CAMILLA

LÄCKBERG

PRÆDIKANTEN

KRIMINALROMAN • PEOPLE'S PRESS

Oversat fra svensk af Birgitte Bojlén

Prædikanten
Oversat fra svensk af Birgitte Bojlén efter:
Predikanten

Published by agreement with Bengt Nordin Agency, Sweden

Omslag: Harvey Macaulay / Imperiet
Sats og tilrettelægning: John Ovesen / Baghus
Bogen er sat med Palatino
ISBN 978-87-7055-090-1
2. udgave, 6. oplag
Printed in Germany 2010

People'sPress · Ørstedhus · Vester Farimagsgade 41 · DK-1606 København V
www.artpeople.dk

Til Micke

DAGEN BEGYNDTE LOVENDE. Han vågnede tidligt, før de andre i familien, og havde held til at snige sig ubemærket ud, efter at han havde klædt sig på så lydløst som muligt. Det lykkedes ham også at få ridderhjelmen med og træsværdet, som han svingede lykkeligt, mens han løb de hundrede meter, der var fra huset til Kongekløftens munding. Han stoppede op et øjeblik og så med ærefrygt ind i den bratte revne midt i bjerget. Der var et par meter mellem bjergvæggene, der tårnede sig omkring ti meter op mod himlen, hvor sommersolens stråler lige var begyndt at aftegne sig. De tre store blokke af sten, der var blevet hængende midt i kløften for al evighed, var et imponerende syn. Stedet havde en magisk tiltrækning på en seksårig, og den blev ikke mindre af, at Kongekløften var forbudt område.

Den havde fået sit navn, da Oscar II aflagde besøg i Fjällbacka i slutningen af 1800-tallet, men det vidste han ikke noget om nu, hvor han langsomt listede sig ind mellem skyggerne med sværdet løftet til angreb, og han ville sikkert også være ligeglad. Hvad han derimod vidste fra sin far, var, at det var her i Kongekløften, at scenerne fra Helvedesgabet i filmen om Ronja Røverdatter var blevet indspillet. Da han selv så filmen, havde det kildet ekstra meget i maven, da han så røverhøvdingen Mattis ride igennem netop dér. Indimellem legede han røver her, men i dag var han ridder. Ridder af det runde bord ligesom i den store flotte bog, mormor havde givet ham i fødselsdagsgave.

Han listede sig hen over de gevaldige sten på jorden og gjorde sig parat til at angribe en kæmpe ildsprudende drage med både sit mod og sit sværd. Sommerens solstråler nåede ikke helt ned i kløften, som var et koldt og mørkt sted, perfekt for en drage. Snart ville han få blodet til at sprøjte ud fra dens hals, og efter en langtrukken dødskamp ville den falde død om for fødderne af ham.

Lige i udkanten af hans synsfelt var der noget, der fangede hans opmærksomhed. Han kunne se et stykke rødt tøj bag en stor sten, og nysgerrigheden tog overhånd. Dragen kunne vente.

Måske var det en skjult skat. Han tog tilløb og hoppede op på stenen for at kigge ned på den anden side. Et kort øjeblik var han lige ved at falde baglæns ned, men efter nogle sekunders vaklen og viften med armene genvandt han balancen. Senere ville han ikke indrømme, at han havde været bange, men netop i det øjeblik var han mere bange, end han nogensinde før havde været i sit seksårige liv. Der lå en dame og stirrede på ham. Hun lå på ryggen og kiggede lige op på ham med et stift blik. Til at begynde med ville han instinktivt løbe sin vej, før hun fik fat i ham og gættede, at han legede her uden at have fået lov. Måske ville hun tvinge ham til at sige, hvor han boede, og slæbe ham hjem til mor og far, som ville blive så vrede og spørge, hvor mange gange de havde fortalt ham, at han aldrig måtte gå ned til Kongekløften uden en voksen.

Men det mærkelige var, at damen ikke bevægede sig. Hun havde heller ikke noget tøj på, og han blev lidt genert over at stå og se på en nøgen dame. Det røde, han havde set, var ikke tøj, men en taske, som lå helt tæt op ad hende; tøj kunne han ikke se noget af. Mærkeligt at ligge her helt nøgen. Det var jo så koldt.

Så slog den umulige tanke ham, at hun måske var død! Han kunne ikke komme på nogen anden forklaring på, hvorfor hun ellers lå så stille. Den opdagelse fik ham til at hoppe ned fra stenen og langsomt gå baglæns tilbage mod kløftens munding. Efter at have lagt et par meters afstand til den døde dame vendte han sig om og løb hjem, så hurtigt han kunne. Nu var han ligeglad med, om han ville få skældud.

Sveden fik lagnet til at klæbe til hendes krop. Erica vendte og drejede sig i sengen, men det var umuligt at finde en bekvem stilling. Den lyse sommernat gjorde det ikke nemmere at falde i søvn, og for 117. gang mindede hun sig selv om at købe mørklægningsgardiner og hænge dem op eller rettere sagt få Patrik til det.

Hans ubekymrede åndedræt ved siden af drev hende til vanvid. Hvordan kunne han ligge dér og snorke, når hun lå vågen nat efter nat? Det var også hans baby. Burde han ikke ligge sympativågen eller sådan noget? Hun pirkede lidt til ham i håb om, at han ville vågne. Ikke så meget som en bevægelse. Hun pirkede lidt hårdere. Han gryntede, trak tæppet over sig og vendte sig om på den anden side.

Hun lagde sig sukkende på ryggen med armene over kors og stirrede op i loftet. Maven hvælvede sig som en stor globus lige op i luften, og hun forsøgte at se babyen for sig, svømmende i væske derinde i mørket. Måske med tommeltotten i munden. Men alt var stadig for uvirkeligt til, at hun kunne få nogen babybilleder frem i hovedet. Hun var i ottende måned, men kunne stadig ikke fatte, at der var et barn derinde. Nå, det blev vel også virkeligt nok inden for den nærmeste fremtid. Erica vekslede mellem at længes og grue. Det var svært at se bort fra selve fødslen. For at være helt ærlig var det her og nu også lidt svært at se bort fra det problem, det var, ikke at kunne sove på maven. Hun så på vækkeurets selvlysende tal: 4.42. Måske skulle hun tænde lyset og give sig til at læse i stedet?

Tre og en halv time og en dårlig krimi senere var hun netop ved at kæmpe sig op af sengen, da telefonen ringede. Hun rakte hjemmevant røret over til Patrik.

"Hallo, det er Patrik." Stemmen var søvndrukken.

"Ja, åh, fandens, jo, jeg kan være der inden for et kvarter. Så ses vi."

Han vendte sig mod Erica. "Vi har fået et alarmopkald. Jeg må af sted."

"Men du har jo ferie. Er der ikke nogen af de andre, der kan tage sig af det?" Hun kunne godt høre, at hun lød gnaven, men det hjalp ikke på humøret, at hun havde ligget vågen den halve nat.

"Det er et mord. Mellberg ville gerne have mig med. Han tager også selv af sted."
"Et mord? Hvor?"
"Her i Fjällbacka. En lille dreng fandt en død kvinde i Kongekløften her i morges."
Patrik klædte sig hurtigt på; det var ingen sag midt i juli, hvor man kun behøvede en let påklædning. Før han fór ud ad døren, krøb han op i sengen og kyssede Erica på maven, i nærheden af det sted hun svagt kunne huske, at hun engang havde haft sin navle.
"Hej hej, baby. Pas godt på mor, så kommer jeg snart hjem igen."
Han kyssede hende hurtigt på kinden og skyndte sig af sted.
Med et suk trak Erica sig selv ud af sengen og iklædte sig noget af det teltagtige tøj, som var det eneste, hun for øjeblikket havde valget imellem. Mod bedre vidende havde hun læst masser af bøger om nyfødte, og efter hendes mening skulle alle, der skrev om den fantastiske graviditet, sættes ud på byens torv i gabestok. Søvnløshed, ømme led, strækmærker, blodsprængninger, hæmorider, svedeture og hormonforstyrrelser i almindelighed var nærmere sandheden. Og hun strålede i hvert fald ikke som af en indre glød! Småmumlende begav hun sig langsomt ned ad trappen på jagt efter dagens første kop kaffe. Den kunne forhåbentlig få tågen til at lette.

Allerede ved ankomsten mødte Patrik hektisk aktivitet. Indgangen til Kongekløften var blevet afspærret med gule bånd, og han kunne se tre politibiler og en ambulance. Det tekniske personale fra Uddevalla var allerede i gang med arbejdet, og han vidste bedre end at træde lige ind på gerningsstedet. At det var en nybegynderfejl, hindrede ikke hans chef, inspektør Mellberg, i at vade rundt mellem kriminalteknikerne. De så fortvivlet på hans sko og tøj, som netop i dette øjeblik overførte tusindvis af fibre og partikler til gerningsstedet. Da Patrik stoppede bag det gule bånd og vinkede, gik han til deres store lettelse væk for at skræve over afspærringen.
"Hej, Hedström."
Stemmen var hjertelig, næsten frydefuld, og det gav et sæt af

overraskelse i Patrik. Han bildte sig et øjeblik ind, at Mellberg var ved at give ham en omfavnelse, men det var gudskelov ikke andet end en foruroligende fornemmelse. Manden så ud til at være forvandlet. Det var ikke mere end en uge siden, at Patrik gik på ferie, men den mand, der stod foran ham, lignede ikke den samme, som han havde efterladt surmulende ved sit skrivebord, mens han vrissede, at ferie var et begreb, der burde afskaffes.

Mellberg ruskede ivrigt Patriks hånd op og ned og dunkede ham i ryggen.

"Og hvordan står det så til med rugehønen derhjemme? Sker der snart noget eller hvad?"

"Først om halvanden måned, siger de."

Patrik forstod stadig ikke, hvad der var grunden til Mellbergs overstrømmende glæde, men skød nysgerrigheden til side og forsøgte at koncentrere sig om, hvorfor han var blevet tilkaldt.

"Hvad er det, I har fundet?"

Mellberg anstrengte sig for at tørre smilet af ansigtet og pegede mod kløftens skyggefulde indre.

"En lille dreng i seksårsalderen sneg sig ud tidligt i morges, mens forældrene lå og sov og ville vist lege ridder her mellem stenblokkene. I stedet fandt han en død kvinde. Vi fik alarmen klokken kvart over seks."

"Hvor længe har teknikerne været her?"

"De kom for en time siden. Først ambulancen, og de kunne med det samme sige, at det ikke var medicinsk hjælp, der var brug for, så siden da har teknikerne kunnet arbejde frit. Temmelig vrisne folk, for øvrigt ... jeg skulle bare ind og kigge lidt, og så skal jeg lige love for, at de blev ubehøvlede. Nå, men man bliver vel også lidt anal af at kravle rundt efter fibre med en pincet hver dag."

Nu kunne Patrik kende sin chef. Det her var mere Mellberg.

Klog af skade vidste han også, at man ikke skulle modsige ham. Det var bedre bare at lade det gå ind ad det ene øre og ud ad det andet.

"Hvad ved vi om hende?"

"Lige nu ved vi ikke noget. Hun er formentlig omkring femogtyve. Den eneste genstand er en håndtaske, og ellers er hun splitternøgen. Ret flotte babser, faktisk."

Patrik lukkede øjnene og gentog stille for sig selv, som et mantra: "Der er ikke længe, til han går på pension, der er ikke længe, til han går på pension ..."

Mellberg fortsatte ufortrødent: "Man kan ikke umiddelbart fastslå dødsårsagen, men hun er ret ilde tilredt. Blå mærker over hele kroppen og en del sår fra noget, der ligner knivstik. Og så ligger hun på et gråt tæppe. Retsmedicineren er her og kigger på hende, så forhåbentlig kan vi få en foreløbig udtalelse inden længe."

"Vi har ikke nogen omkring den alder, der er meldt savnet?"

"Nej, overhovedet ikke. Forleden blev en fyr meldt savnet, men det viste sig, at han bare var blevet træt af at sidde og kukkelure med konen i en campingvogn og var stukket af med en sild, han havde mødt på Galären."

Patrik lagde mærke til, at folkene omkring liget var ved at gøre sig klar til at løfte hende forsigtigt over i en ligpose. Hænder og fødder var, som foreskrevet, forsynet med poser for at bevare eventuelle spor, og holdet af kriminalteknikere fra Uddevalla samarbejdede rutineret for at få kvinden over i posen så skånsomt som muligt. Også tæppet, hun lå på, skulle over i en pose for at kunne undersøges senere.

Det forbløffede udtryk i deres ansigter og den måde, de stivnede på i deres bevægelser, fortalte Patrik, at der var sket noget usædvanligt.

"Hvad er der?"

"I tror det er løgn, men der ligger knogler her. Og to kranier. Hvis jeg skal bedømme det ud fra antallet af knogler, så svarer det nok omtrent til to skeletter."

Sommeren 1979

Hun slingrede kraftigt, da hun cyklede hjemad i midsommernatten. Festen var blevet lidt vildere, end hun havde forestillet sig, men det gjorde ikke noget. Hun var jo voksen, så hun kunne vel gøre, som hun selv ville. Det bedste ved det hele havde været at være lidt ude på egen hånd, uden ungen. Ungen, der skreg, tørstede efter ømhed og havde krav på noget, som hun ikke magtede at leve op til. Det var jo på grund af ungen, at hun stadig var nødt til at bo hjemme hos sin mor, og at kællingen knap ville lade hende komme uden for en dør, selvom hun var tyve år gammel. Det var et under, at hun havde fået lov at gå i aften for at fejre midsommer.

Hvis ikke hun havde haft ungen, havde hun kunnet bo for sig selv nu og tjent sine egne penge. Hun kunne have gået ud, som hun ville, og komme hjem, når hun havde lyst, uden at nogen havde noget at skulle have sagt. Men det gik ikke med ungen. Hun havde egentlig villet bortadoptere hende, men det gik moren ikke med til; det var jo heller ikke hende, det gik ud over. Hvis hun så gerne ville have barnet, kunne hun vel selv tage sig af hende.

Kællingen ville blive rigtig sur, når hun sådan kom trillende ind i de tidlige morgentimer. Hun lugtede helt sikkert af sprut, og det skulle hun sikkert høre for i morgen. Men det havde alligevel været det værd. Så sjovt havde hun ikke haft det, siden det lille krapyl kom til.

Hun cyklede lige igennem krydset ved benzinstationen og fortsatte lidt videre hen ad vejen. Så drejede hun til venstre mod Bräcke, men var lige ved at ryge i grøften. Hun fik rettet cyklen op igen og satte farten op for at tage tilløb til den første stejle bakke. Vinden flagrede i hendes hår, og den lyse sommernat var helt stille. Hun lukkede øjnene et øjeblik og tænkte på en anden lys sommernat, dengang tyskeren gjorde hende gravid. Det var en skøn og forbudt nat, men ikke sin pris værd.

Hun åbnede pludselig øjnene igen. Noget fik cyklen til at standse brat i farten, og det sidste hun huskede, var jorden, der kom imod hende med stærk fart.

TILBAGE PÅ STATIONEN i Tanumshede faldt Mellberg usædvanligt nok i dybe tanker. Patrik sad over for ham i tekøkkenet og sagde heller ikke meget, for han grundede også over morgenens begivenheder. Det var egentlig for varmt til at drikke kaffe, men han havde brug for noget styrkende, og alkohol var nok ikke passende. De viftede begge distræt i skjorterne i et forsøg på at køle lidt af. Ventilationssystemet havde været ude af funktion i to uger, og det var endnu ikke lykkedes at få nogen til at komme og se på det. Indtil videre var det til at holde ud om formiddagen, men hen imod frokost steg temperaturen til ulidelige varmegrader.

"Hvad fanden er det, der sker?" Mellberg kløede sig eftertænksomt et sted midt i den fuglerede til hår, der var snoet op oven på hovedet for at skjule den skaldede isse.

"Det har jeg ingen anelse om, hvis jeg skal være helt ærlig. Et kvindelig oven på to skeletter. Hvis ikke det var tilfældet, at der faktisk var nogen, der var blevet dræbt, ville jeg synes, at det så ud som drengestreger. Skeletter, som var stjålet fra et biologilokale eller sådan noget, men man kan jo ikke se bort fra, at kvinden er myrdet. Jeg hørte også en af kriminalteknikerne sige, at knoglerne ikke så særlig nye ud. Men det har selvfølgelig også lidt at gøre med, hvordan de har ligget. Om de har været udsat for vejr og vind, eller om de har ligget beskyttet. Forhåbentlig kan retsmedicineren sige nogenlunde, hvor gamle de er."

"Ja, netop. Hvornår tror du, at vi kan få hans første rapport?" Mellbergs svedige pande havde dybe folder.

"Vi får nok den første rapport i løbet af dagen, og så tager det ham nok et par dage at gå det hele lidt nøjere igennem. Så indtil videre må vi arbejde med det, vi kan. Hvor er de andre?"

Mellberg sukkede. "Gösta har fået fri i dag. En eller anden skide golfturnering eller sådan noget. Ernst og Martin er blevet kaldt ud. Annika er på Tenerife. Hun troede vel, at det også ville regne den her sommer, den stakkel. Det har nok ikke været sjovt at tage herfra med det vejr, vi har nu."

Patrik så igen overrasket på Mellberg og undrede sig over den ukarakteristiske medfølelse, han lagde for dagen. Der skete noget mærkeligt for tiden, så meget var i hvert tilfælde sikkert. Men det skulle han ikke spekulere over nu. De havde vigtigere ting at tage sig til.

"Jeg ved, du har ferie ugen ud, men kunne du tænke dig at komme ind og hjælpe til med det her? Ernst er for fantasiløs, og Martin for uerfaren til at køre en efterforskning, så vi har virkelig brug for din hjælp."

Forespørgslen talte så smigrende til Patriks forfængelighed, at han accepterede på stående fod. Ganske vist kunne han godt få ballade derhjemme, men han trøstede sig med, at det ikke ville tage mere end et kvarter at komme hjem, hvis Erica pludselig fik brug for ham. Desuden havde de været ved at gå hinanden lidt på nerverne i varmen, så måske var det endda en god idé at være lidt hjemmefra.

"Jeg ville begynde med at lede efter en efterlyst kvinde. Vi skal nok søge ret bredt, for eksempel fra Strömstad ned til Göteborg. Jeg beder Martin eller Ernst tjekke op på det. Jeg synes, det lød, som om de var ved at være tilbage."

"Det er godt, virkelig godt. Det er den rette ånd, fortsæt du bare på den måde!"

Mellberg rejste sig fra bordet og klappede fornøjet Patrik på skulderen. Patrik indså, at det som sædvanligt ville blive sådan, at han gjorde arbejdet, og Mellberg tog æren for det, men det orkede han ikke at hidse sig op over længere. Han satte både sin og Mellbergs kaffekop i opvaskemaskinen med et suk. I dag ville han ikke få brug for solcreme.

"Op med jer, tror I, det er et skide pensionat, det her, hvor I bare kan ligge og drive den af hele dagen!"

Stemmen skar som gennem tyk tåge og ramte pinefuldt mod pandebenet. Johan åbnede forsigtigt et øje, men lukkede det hurtigt igen, da sommerlysets stærke stråler blændede ham.

"Åh, hvad fanden ..." Robert, hans ældre bror, vendte sig om i sin seng og trak puden over hovedet. Den blev brat hevet af ham, og han satte sig brummende op.

"Kan man ikke bare få lov at sove længe en gang imellem."

"Sove længe, det gør I hver eneste dag, dovenlarser. Klokken er næsten tolv. Hvis ikke I rendte ude hver evig eneste nat og lavede gud ved hvad, så lå I ikke her og snuede hele dagen væk. Jeg har faktisk brug for lidt hjælp herhjemme. I bor gratis og spiser gratis, sådan et par granvoksne klepperter, så jeg synes ikke, det er for meget forlangt, at I giver jeres stakkels mor en hjælpende hånd."

Solveig Hult stod i al sin magt og vælde med armene over kors. Hun var sygeligt fed og bleg som én, der aldrig kommer uden for en dør. Håret var fedtet og hang i mørke, stribede tjavser omkring hendes ansigt.

"Tænk, at I næsten er tredive år og stadig lever af jeres mor. Sådan nogle rigtige mandfolk, hvad! Og hvordan får I råd til at rende rundt og feste hver eneste aften, om jeg må spørge? Arbejde har I ikke, og jeg ser i hvert fald ikke noget bidrag til husholdningen. Jeg siger bare, at hvis jeres far havde levet, så havde det set anderledes ud! Har de ikke ringet fra arbejdsformidlingen endnu? Dér skulle I jo hen i forrige uge!"

Nu var det Johan, der lagde puden over hovedet. Han prøvede at holde det evindelige ævl ude, der kørte som en plade i samme rille, men også han fik puden revet væk og måtte sætte sig op med et baghoved, der dunkede som et helt orkester.

"Jeg har ryddet morgenmaden væk for længst. I må selv tage mad i køleskabet."

Solveigs kolossale bagdel vuggede ud af det lille værelse, som de to brødre stadig delte, og så smækkede hun døren efter sig. De turde ikke så meget som prøve på at lægge sig ned igen, men tog en pakke cigaretter frem og tændte hver sin smøg. Morgenmad var de ligeglade med, men smøgen fik gang i livsånden og brændte skønt i halsen.

"Noget af et bræk i går, hvad?" Robert grinede og blæste røgringe op i luften. "Sagde jeg ikke også, at de havde nogle fede ting derhjemme. Direktør i et eller andet Stockholm-firma; heldigt at kun det bedste er godt nok for sådan nogle."

Johan svarede ikke. I modsætning til sin storebror fik han ikke et kick af indbrud. Han gik derimod i dagevis, både før og efter, med en stor, kold knude af angst i maven.

Men han havde altid gjort, hvad Robert sagde, og det faldt ham end ikke ind, at han kunne gøre andet.

Gårsdagens indbrud havde givet det største udbytte, de havde haft i lange tider. Folk var ellers begyndt at blive forsigtige med at have dyre ting i deres sommerhus og stillede mest noget gammelt lort frem, som de ikke vidste, hvor de ellers skulle gøre af, eller også loppemarkedsfund, som fik dem til at føle, at de havde gjort et kup, uden at det var en skid værd. Men i går havde de fået fat i både et nyt tv, en dvd-afspiller, et spil til Nintendo og nogle af husets frues smykker. Robert ville sælge det gennem de sædvanlige kanaler, og det ville nok give ret godt. Stjålne penge brændte i lommen, og efter et par uger ville de være brugt. Spenderet på spil, glade dage med ødselhed og nyanskaffelser. Johan så på det dyre ur om håndleddet. Heldigvis forstod mor sig ikke på værdifulde ting. Hvis hun vidste, hvad det her stod i, ville hun ikke være til at stoppe.

Nogle gange var det, som om han sad fast i et musehjul, som bare kørte rundt og rundt, mens årene gik ét efter ét. Der var egentlig ikke sket de store forandringer, siden de var teenagere, og han kunne heller ikke se noget lys forude. Det eneste, der gav hans liv mening nu, var også det eneste, han havde holdt hemmeligt for Robert. Han vidste instinktivt, at der ikke ville komme noget godt ud af at betro sig til ham. Robert ville bare svine det til med sine grove kommentarer.

Et øjeblik tillod han sig at tænke på, hvor blødt hendes hår var mod hans ru kind, og hvor lille hendes hånd var, når han holdt den mellem sine.

"Nå, sid nu ikke dér og drøm. Vi har noget, vi skal ordne."

Robert rejste sig med cigaretten dinglende i mundvigen og gik ud. Johan fulgte efter, som han plejede. Han kunne ikke andet.

Solveig sad på sin sædvanlige plads i køkkenet. Lige siden dengang med far, da han var lille, havde han set hende sidde i sin stol ved vinduet, mens hun pillede optaget i det, der lå foran hende på bordet. I hans tidlige minder var hun smuk, men med tiden havde fedtet lagt sig stadigt tykkere om hendes krop og ansigtstræk.

Hun så ud, som om hun sad i trance; fingrene levede deres eget liv, ustandseligt pillende og famlende. Hun havde været i gang i godt tyve år med de forbandede fotoalbum, sorteret og omsorteret. Købt nye album og sat fotografierne og avisudklippene ind om og om igen. Hver gang på en bedre måde. Han var ikke dummere, end at han forstod, at det var hendes måde at fastholde lykkeligere tider på, men før eller siden måtte hun vel indse, at de for længst var forbi.

Billederne var fra dengang, Solveig var smuk. Højdepunktet i hendes liv var, da hun giftede sig med Johannes Hult, den yngste søn af Ephraim Hult, den berømte frikirkepræst og ejer af egnens mest velhavende gård. Johannes var flot og rig, og hun var ganske vist fattig, men hun var også den kønneste pige, man kunne opdrive i Bohuslän; det var alle enige om dengang. Og ville man se yderligere bevis for det, så havde hun artiklerne, som hun havde gemt fra dengang, hun blev kronet til majdronning to år i træk. Det var dem og så de mange sort-hvide billeder af hende selv som ung, hun omhyggeligt havde passet på og sorteret hver dag i over tyve år.

Hun vidste, at den unge pige var der et sted under fedtlagene, og hun holdt hende i live ved fotografiernes hjælp, selvom det blev sværere og sværere år for år. Med et sidste blik over skulderen efterlod Johan sin mor i køkkenet og fulgte i hælene på Robert. Som Robert sagde, så var der jo noget, de skulle.

Erica spekulerede på, om hun skulle gå en tur, men indså, at det nok ikke var det bedste, hun kunne finde på, når solen ligefrem stod højest på himlen, og heden var værst. Hun havde haft det strålende under hele sin graviditet, lige til hedebølgen for alvor slog til. Derefter gik hun mest omkring som en svedig hval og forsøgte desperat at finde et køligt sted at opholde sig. Patrik, det søde menneske, var kommet på den idé at købe en bordventilator til hende, og den bar hun nu rundt på som et klenodie, hvor hun end gik i huset. Ulempen var, at den var elektrisk, så hun kunne aldrig sidde længere fra et stik, end ledningen tillod, og det begrænsede mulighederne noget.

Men i havestuen sad stikket perfekt placeret, og hun kunne brede sig ud i sofaen med ventilatoren stående på bordet foran sig. Ingen stilling var bekvem at sidde i mere end fem minutter ad gangen, så hun måtte hele tiden vride og vende sig i forsøg på at finde en behagelig position. I visse stillinger fik hun en fod i ribbenene, eller også blev noget, der sandsynligvis var en hånd, stædigt ved med at bokse hende i siden, hvorefter hun var nødt til at skifte stilling igen. Det var en gåde, hvordan hun skulle udholde godt en måned til på den her måde.

De havde kun været sammen et halvt år, hun og Patrik, da hun blev gravid, men mærkeligt nok var det ikke noget, der bekymrede nogen af dem. De var begge modne, lidt mere sikre på, hvad de ville, og de syntes ikke, at der var nogen grund til at udsætte det. Det var først nu, at hun begyndte at få lidt kolde fødder, og det var lidt sent. Måske havde de oplevet for lidt hverdagsliv sammen forinden? Hvordan ville deres forhold klare, at en lille fremmed pludselig kom med sine krav om al den opmærksomhed, som de hidtil kun havde givet hinanden?

Den første tids stormende, blinde forelskelse var selvfølgelig drevet over, og de var mere realistiske og jordbundne, havde indblik i hinandens gode og dårlige sider. Men tænk hvis der, i dønningerne efter at barnet kom til, kun var de dårlige sider tilbage? Hvor mange gange havde man ikke hørt om statistikken over alle de forhold, der gik i vasken i løbet af barnets første leveår? Nå. Det nyttede som sagt heller ikke at gruble over det nu. Sket var sket, og når det kom til stykket, længtes både hun og Patrik med hver en fiber i kroppen efter, at barnet kom. Forhåbentlig ville den længsel bære dem igennem den store omvæltning, det ville blive.

Hun fór sammen, da telefonen ringede. Hun kæmpede sig møjsommeligt op af sofaen og håbede, at den, der ringede, var tilstrækkelig tålmodig til ikke at lægge på, før hun nåede at tage den.

"Ja, hallo?"

"Jamen hej, Conny."

"Jo tak, godt, det er bare lidt for varmt for en, der er så tyk, som jeg er."

"Komme forbi? Jo, da ... I skal være velkomne til en kop kaffe."

"Nå, overnatte? Jo ..." Erica sukkede indvendigt.

"Jo, jo, selvfølgelig. Hvornår kommer I?"

"I aften! Jo, men det er ikke noget problem. Jeg reder op i gæsteværelset."

Hun lagde træt røret på. Der var en stor ulempe ved at have hus i Fjällbacka om sommeren. Pludselig kunne alle de slægtninge og venner dukke op, som man ikke havde hørt et kuk fra i årets ti koldere måneder. I november var de ikke så forhippede på at mødes, men i juli øjnede de en chance for gratis husly med havudsigt. Erica troede, at de ville blive forskånet denne sommer, eftersom de var nået til midten af juli, uden at nogen havde ladet høre fra sig. Men nu ringede hendes fætter Conny og var allerede på vej til Fjällbacka fra Trollhättan med kone og to børn. Det drejede sig kun om en nat, så det kunne hun vel nok klare. Egentlig havde hun aldrig været særlig begejstret for nogen af sine to fætre, men hendes opdragelse gjorde det umuligt at undslå sig, selv over for de snyltere, som de var efter hendes mening.

Erica var taknemmelig for, at hun og Patrik i det hele taget havde et hus i Fjällbacka, som de kunne tage imod gæster i, hvad enten de var ubudne eller ej. Efter hendes forældres pludselige død havde hendes svoger forsøgt at tvinge et salg igennem. Men hendes søster Anna havde til sidst fået nok af hans fysiske og psykiske mishandling. Hun havde ladet sig skille fra Lucas og ejede nu huset sammen med Erica. Eftersom Anna blev boende i Stockholm med sine to børn, var Patrik og Erica flyttet sammen i huset i Fjällbacka og stod til gengæld for alle udgifter. De ville på længere sigt blive nødt til at løse husspørgsmålet mere permanent, men indtil videre var Erica bare glad for stadig at have huset og for at bo der hele året.

Erica så sig omkring og blev klar over, at hun måtte se at komme i omdrejninger, hvis huset skulle tage sig ordentligt ud, når gæsterne ankom. Hun overvejede, hvad Patrik mon ville sige til, at de blev invaderet, men knejsede så med nakken og tænkte, at når han kunne efterlade hende her alene for at gå på arbejde midt i ferien, så kunne hun vel også modtage gæster, hvis hun ville. Hun havde allerede glemt, at hun var udmærket tilfreds med ikke at have ham hjemme.

Ernst og Martin var ganske rigtig kommet tilbage, og Patrik sørgede først og fremmest for, at de blev sat ind i sagen. Han kaldte dem ind på sit kontor, og de slog sig ned i hver sin stol på den anden side af skrivebordet. Man kunne dårlig undgå at lægge mærke til, at Ernst var indestængt højrød i hovedet over, at Patrik var udset til at lede efterforskningen, men Patrik valgte at ignorere det. Det var noget, Mellberg måtte tage sig af; i værste fald klarede han sig nok uden hjælp fra Ernst, hvis han skulle vægre sig ved at samarbejde.

"I har sikkert allerede hørt, hvad der er sket."

"Ja, det fik vi over politiradioen." Martin, der var ung og entusiastisk, sad i modsætning til Ernst helt rank i stolen med en notesblok i skødet og en kuglepen parat.

"Der er altså fundet en myrdet kvinde i Kongekløften i Fjällbacka. Hun var nøgen og så ud til at være et sted mellem tyve og tredive år gammel. Under hende fandt man to menneskeskeletter af ukendt herkomst og alder, men Karlström på den kriminaltekniske afdeling gav mig et uofficielt gæt på, at de ikke ligefrem var nye. Så det ser ud til, at vi har en hel del at gøre ud over den sædvanlige drukballade og spritkørsel, som vi står i til halsen. Og både Annika og

Gösta har jo fri, så i mellemtiden må vi smøge ærmerne op. Jeg har faktisk selv ferie i denne uge, men jeg er gået med til at komme på arbejde alligevel, og efter Mellbergs ønske skal jeg lede den her efterforskning. Er der nogen spørgsmål i den anledning?"

Spørgsmålet var mest henvendt til Ernst, som dog undgik en direkte konfrontation, sikkert for at brokke sig bag hans ryg i stedet.

"Hvad vil du have mig til at gøre?" Martin var kåd som et føl og sad utålmodigt og tegnede cirkler på blokken.

"Jeg vil gerne have, at du begynder med at tjekke SIS-registrets anmeldelser af, hvilke kvinder der er forsvundet i løbet af, lad os sige, de sidste to måneder. Det er bedst at tage et ordentligt tidsinterval, indtil vi hører nærmere fra Retsmedicinsk. Men jeg ville nok gætte på, at dødsfaldet ligger betydelig nærmere i tid, måske er det kun et par dage siden."

"Har du ikke hørt det?" sagde Martin.

"Hørt hvad?"

"Systemet er nede. Vi må droppe registret og gøre det på den gode, gamle manér."

"Fandens. Det er sgu da timing! Nå, men siden vi ikke selv har nogen savnede, efter hvad Mellberg siger, så vil jeg foreslå, at du ringer rundt til alle nærliggende distrikter. Tegn en cirkel heromkring, og start så inde fra midten og udvid efter behov, er du med?"

"Ja, men hvor stor skal omkredsen være?"

"Så stor, som det er nødvendigt, indtil vi finder nogen, der passer på beskrivelsen. Ring også til Uddevalla med det samme efter mødet, så du kan få et foreløbigt signalement af hende at gå ud fra."

"Og hvad skal jeg så?" Entusiasmen i Ernsts stemme var ikke lige netop smittende.

Patrik så i de notater, han hurtigt havde gjort efter samtalen med Mellberg.

"Jeg vil gerne have, at du begynder at tale med dem, der bor lige omkring indgangen til Kongekløften. Bare for at vide, om de har set eller hørt noget i nat eller i de tidlige morgentimer. Om dagen er kløften jo fuld af turister, så liget – eller ligene, for at være mere nøjagtig – må være bragt derhen på et eller andet tidspunkt i løbet af natten eller morgenen. Vi kan nok gå ud fra, at de er blevet bragt dertil gennem den store indgang, for det er ikke sandsynligt, at de er blevet båret op ad trappen fra Ingrid Bergmans Torv. Den lille dreng fandt hende ved sekstiden, så jeg ville koncentrere mig om tidsrummet fra ni aften til seks morgen. Jeg har selv tænkt mig at gå ned i arkivet. Der er noget med de to skeletter, der ringer i min hukommelse. Jeg har en fornemmelse af, at jeg burde vide, hvad det handler om, men ... Det siger ikke jer noget? Et eller andet langt tilbage ...?"

Patrik slog ud med armene og ventede med hævede øjenbryn på svar, men fik ikke andet end hovedrysten ud af Ernst og Martin. Han sukkede. Ja, så var der vel ikke andet for end at stige ned i katakomberne ...

Helt uvidende om, at han var i unåde, selvom han måske nok kunne gætte det, hvis han havde haft tid til at tænke over det, sad Patrik langt nede i Tanumshede Politistations kælder og rodede i gamle papirer. Støvet havde lagt sig tykt på de fleste af mapperne, men de så heldigvis ud til at ligge i orden. Det meste var arkiveret kronologisk, og selvom han ikke helt vidste, hvad han ledte efter, så var han klar over, at det skulle findes dér.

Han sad direkte på stengulvet i skrædderstilling og bladrede systematisk igennem skuffe efter skuffe med mapper. Årtier af menneskeskæbner passerede gennem hans hænder, og bagefter slog det ham, hvor mange mennesker og familier, der var gengangere i politiets registre. Forbrydelse gik tilsyneladende i arv fra forældre til børn og endda til børnebørn, tænkte han, når det samme efternavn dukkede op igen og igen.

Mobiltelefonen ringede, og han kunne se på displayet, at det var Erica.

"Hej, skat, går det godt?" Han kendte udmærket svaret.

"Ja, jeg ved, det er varmt. Du må bare sætte dig ved ventilatoren, der er ikke meget andet at gøre."

"Du, vi har fået et mord på halsen her, og Mellberg vil gerne have mig til at lede efterforskningen. Vil du blive meget ked af det, hvis jeg tager ind og arbejder nogle dage?"

Patrik holdt vejret. Han vidste, at han selv burde have ringet op og fortalt, at han måske skulle arbejde, men havde i en maskulin undvigemanøvre valgt at udskyde det til det uundgåelige tidspunkt. Men på den anden side vidste hun udmærket godt, at det var vilkårene for hans arbejde. Sommeren var den mest hektiske tid for Tanumshede politi, og de skiftedes til at tage korte ferieperioder. Ikke engang de få dage, de kunne tage i træk, var garanterede; det var afhængigt af, hvor meget druk, slagsmål og andre af de uroligheder, der var forbundet med turismen, stationen skulle tage sig af. Og mord havnede jo ligesom på en særlig skala.

Hun sagde noget, han ikke fik helt fat i.

"Besøg, sagde du? Af hvem? Din fætter?" Patrik sukkede.

"Næh, hvad skal jeg sige? Det ville have været hyggeligere at være alene i aften, men hvis de er på vej, så er det sådan. Men de bliver vel kun en enkelt nat?"

"Okay, så køber jeg lidt rejer med hjem at byde på. Det er jo let, så du slipper for at stå og kokkerere. Jeg er hjemme ved syvtiden. Kys kys."

Han stoppede telefonen i lommen og genoptog sin bladren i skuffernes indhold. En mappe, der stod "Forsvundne" på, fangede hans interesse. Et eller andet ambitiøst menneske havde engang samlet alle de anmeldelser af forsvundne, som politiet havde efterforsket. Patrik fornemmede, at det var dét, han ledte efter. Hans fingre var snavsede af støv, og han tørrede dem af på shortsene, før han åbnede den lidt slunkne mappe. Efter at have bladret og læst lidt vidste han, at hans fornemmelse havde holdt stik. Han burde være kommet på det med det samme; der var jo kun nogle få forsvundne i distriktet, som ikke var dukket op igen senere, men det var vel alderen, der gjorde sig gældende. Nu havde han i hvert fald anmeldelserne liggende, og han følte ikke, at det kunne være et tilfælde. To kvinder, der blev meldt forsvundne i 1979, og som aldrig var blevet fundet. To skeletter, der blev fundet i Kongekløften.

Han tog hele mappen med sig op i dagslyset og lagde den på sit skrivebord.

Hestene var den eneste grund til, at hun blev, hvor hun var. Hun striglede den brune vallak med sikre, rutinerede tag. Fysisk arbejde var som en ventil, hvor hendes frustrationer kunne få afløb. Det var bare noget lort at være sytten år og ikke kunne bestemme over sit eget liv. Lige så snart hun blev myndig, ville hun forlade det her hul i jorden. Så ville hun tage imod det tilbud, hun havde fået af den fotograf, der havde henvendt sig til hende, da hun gik i byen i Göteborg. Når hun så var blevet model i Paris og tjente styrtende med penge, ville hun fortælle dem, hvor de kunne stikke deres forbandede snak om uddannelse hen. Fotografen havde sagt, at hendes værdi som model faldt år for år, og et helt år af hendes liv ville være spildt, bare fordi den gamle havde fået uddannelse på hjernen. Hvad skulle man med uddannelse, når man kunne gå catwalk? Og når hun så var omkring femogtyve og begyndte at blive for gammel, så ville hun gifte sig med en millionær, og så kunne hun sidde og grine ad hans trussel om at gøre hende arveløs. På en enkelt dag ville hun kunne shoppe for lige så meget, som hans samlede formue udgjorde.

Og hendes åh, så pragtfulde bror gjorde i hvert fald ikke tingene lettere. Det var selvfølgelig bedre at bo hos ham og Marita end derhjemme, men så meget bedre var det nu heller ikke. Han var så skide selvretfærdig. Han gjorde aldrig noget forkert, mens hun blev bebrejdet alting.

"Linda?"

Typisk. Ikke engang her i stalden kunne man være i fred.

"Linda?" Stemmen blev mere indtrængende. Han vidste, at hun var her, så der kom ikke noget ud af at prøve at gemme sig.

"Ja, ja, for helvede. Hvad er der?"

"Sådan behøver du ikke at tale til mig. Det er vel ikke for meget forlangt, at du forsøger at være lidt høflig."

Hun bandede lavmælt, og Jacob lod det passere.

"Du er faktisk ikke min far, men bare min bror, har du tænkt på det?"

"Det er jeg klar over, ja, men så længe du bor hos mig, har jeg faktisk et vist ansvar for dig."

Bare fordi han næsten var femten år ældre, troede Jacob, at han vidste alt, men det var ikke svært at sætte sig på den høje hest, når man havde sit på det tørre. Igen og igen havde far sagt, at Jacob sandelig var en søn, man kunne være stolt af, og at han ville forvalte slægtsgården fornuftigt, så Linda gik som en selvfølge ud fra, at han en dag ville overtage hele molevitten. Indtil den dag kom, kunne han bryste sig af, at han ikke var spor interesseret i penge, men det kunne Linda godt gennemskue. Alle beundrede sådan Jacob, fordi han arbejdede med udsatte unge. Men enhver forventede også, at han engang ville arve både gård og formue, og så ville det blive interessant at se, hvor længe hans idealistiske arbejde kunne engagere ham.

Hun fnisede lidt. Hvis Jacob vidste, at hun sneg sig ud om aftenen, ville han flippe totalt ud, og hvis han også vidste, hvem hun mødtes med, ville hun få sit livs gardinprædiken. Snakke om at være solidarisk med de mindrebemidlede kunne han godt, så længe det altså ikke var hjemme hos ham selv. Det var nu ikke kun fordi, hun mødtes med Johan, at Jacob ville få et tilfælde – det stak dybere. Johan var deres fætter, og stridighederne mellem de to grene af slægten var begyndt, længe før hun blev født, ja, endda længe før Jacob kom til verden. Hvorfor vidste hun ikke, men sådan var det, og derfor kildede det endnu mere i mellemgulvet, når hun sneg sig ud for at møde Johan. Desuden kunne hun godt lide ham. Han gjorde sig ganske vist ikke ret bemærket, men han var alligevel ti år ældre og kunne føre sig frem på en helt anden måde end fyre på hendes egen alder. At de var fætter og kusine var hun ligeglad med. Nu om dage kunne fætre og kusiner endda gifte sig, og selvom det ikke ligefrem hørte med til hendes fremtidsplaner, så udforskede hun gerne både det ene og det andet sammen med ham, bare det var hemmeligt.

"Var der noget, du ville, eller skulle du bare overvåge mig?"

Jacob sukkede dybt og lagde en hånd på hendes skulder. Hun forsøgte at vride sig fri, men hans greb var stærkt.

"Jeg forstår slet ikke, hvorfor du er så aggressiv. De unge, jeg arbejder med, ville give deres højre arm for at være i dine sko – at have et hjem og en opvækst som den, du har haft. En smule taknemmelighed ville være klædelig. Og med hensyn til dit spørgsmål; ja, der var noget, jeg ville. Marita har maden klar, så hvis du vil være så sød at skifte tøj og komme og spise med os ..."

Han løsnede sit greb om hendes skulder og forlod stalden for at gå op mod stuehuset. Linda lagde mumlende striglen fra sig og gik over for at gøre sig klar. Hun var trods alt ret sulten.

Endnu en gang var Martins hjerte bristet. For Gud ved hvilken gang, men det sved ikke mindre af, at han kendte følelsen.

Ligesom alle de andre gange havde han troet, at det denne gang var den eneste ene, som lagde sit hoved på puden ved siden af ham. Selvom han udmærket var klar over, at hun allerede var optaget, forledte hans sædvanlige godtroenhed ham til at mene, at han var mere end en adspredelse, og til at tro, at hun ville gå fra sin mand. Han var ganske enkelt helt ubevidst om, at hans uskyldige ansigt og næsten dukkeagtige udseende var en godbid for lidt ældre, modne kvinder, der levede i almindelig hverdagskedsomhed med mænd, som de ikke havde til hensigt at forlade til fordel for en sød, femogtyveårig politimand. Ikke at de af den grund gik af vejen for at vælte sig i høet med ham, når lysten og behovet for bekræftelse meldte sig. Det var heller ikke sådan, at Martin havde noget imod den fysiske del af et forhold – et område, hvor han heller ikke var helt ueffen – men problemet var, at han var en usædvanlig følsom ung mand. Martin Molin havde bare nemt ved at forelske sig. Derfor endte hans kærlighedsaffærer altid i gråd og knuste hjerter, når kvinderne sagde farvel og tak og tog hjem til deres godt nok kedelige, men dog stabile og velkendte tilværelse.

Han sukkede dybt ved skrivebordet, men tvang sig selv til at koncentrere sig om sin opgave. De telefonsamtaler, han indtil videre havde ført, havde været frugtesløse, men han havde stadig mange politidistrikter forude. Det var bare hans sædvanlige uheld, at databasen gik ned, netop som han havde mest brug for den, og derfor sad han nu her og ringede til den ene efter den anden for at prøve at finde nogen, der svarede til beskrivelsen af den døde kvinde.

To timer senere lænede han sig tilbage og smed opgivende sin kuglepen mod væggen. Der var overhovedet ikke nogen, der var meldt savnet, som passede på mordofferet. Hvad skulle de nu gøre?

Det var så fandens uretfærdigt. Han var ældre end den snothvalp, og det var jo ham, der burde have ledet den her efterforskning. Men utak var livets løn. Han havde fedtet målbevidst for den satans Mellberg i flere år, men det kom der åbenbart ikke noget ud af. Ernst fulgte vejens kurver i høj fart på sin vej mod Fjällbacka, og hvis han ikke lige havde kørt i en politibil, ville han nok have set et par løftede fingre i bakspejlet. Nu skulle de bare lige prøve på noget, de dér badegæster.

"Spørge rundt i nabolaget." Det var sgu en opgave for assistenter, ikke for én med femogtyve år på bagen. Det kunne den drengerøv til Martin have gjort, så kunne Ernst selv have ringet rundt og fået sig en snak med kollegerne i de omkringliggende distrikter.

Han skummede forurettet indvendigt, men det havde været hans almindelige sindsstemning, siden han var barn, så det var der ikke noget nyt i. Et kolerisk temperament gjorde ham ikke specielt velegnet til at omgås folk på den måde, som hans job lagde op til. På den anden side satte han sig i respekt hos bøller, der instinktivt fornemmede, at man ikke skulle komme på tværs af Ernst Lundgren.

Da han kørte gennem byen, strakte man hals overalt. Han blev fulgt af blikke, og der blev peget, og han forstod, at nyheden allerede havde bredt sig som en steppebrand over hele Fjällbacka. Hen forbi Ingrid Bergmans Torv måtte han snegle sig af sted på grund af alle de ulovligt parkerede biler, og han så med tilfredshed, hvordan hans tilstedeværelse fik en række af de udendørs cafégæster til at få vældig travlt. Det havde de godt af. Hvis bilerne stadig stod ulovligt parkeret, når han kom tilbage, ville han ikke have noget imod at purre lidt op i feriefreden. Lade dem blæse lidt i ballonen måske. Der var flere af bilisterne, der havde siddet og drukket en kold øl, da de opdagede ham. Med lidt held kunne han måske endda inddrage et par kørekort.

Det var småt med pladsen til parkering ved den lille gade ud for Kongekløften, men det lykkedes ham at klemme sig ind, og så begyndte operation "stemme dørklokker". Som man kunne forvente, havde ingen set noget. Folk, der ellers lagde mærke til hver en vind, som blev sluppet inde hos naboen, var både blinde og døve, når politiet spurgte om noget. Men selvfølgelig, det var da muligt, at de faktisk ikke havde hørt noget, måtte Ernst erkende. I sommernætterne var larmen så høj, at man vænnede sig til at sove til lyden af hujende, berusede mennesker, der begav sig hjemad helt ud på morgentimerne. Men skideirriterende var det ikke desto mindre.

Der var ikke bid, før han kom til det sidste hus. Ja, ikke nogen kæmpefangst, men dog noget. Manden i det hus, der lå længst væk fra Kongekløftens udmunding, havde hørt en bil, da han var oppe for at slå en streg ved tretiden. Han kunne til og med indkredse tidspunktet til klokken kvart i tre, men han kunne hverken sige noget nærmere om fører eller bil, for han havde ikke kigget ud. Til gengæld var han gammel køreskolelærer, så han havde kørt i både det ene og det andet i sin tid og kunne sige så meget som, at det ikke var nogen nyere model. Nogle år gammel var den i hvert fald nok.

Jamen, hurra for det! Det eneste, han havde fået ud af at stemme dørklokker i to timer, var, at morderen efter alt at dømme havde kørt liget hertil ved tretiden, samt at han muligvis kørte i en bil af ældre dato. Det var ikke meget.

Humøret steg dog et par grader, da han på vej tilbage til stationen igen kørte forbi torvet og noterede, at nye parkeringssyndere havde erstattet de tidligere. Nu skulle der blæses balloner, så det stod efter.

Erica blev afbrudt i sin besværede gang rundt med støvsugeren af en vedholdende ringen på døren. Sveden drev, og hun strøg et par våde hårlokker væk fra ansigtet, før hun åbnede. De måtte have kørt i rasende fart for at være nået frem allerede.

"Hej, Tykke!"

Hun blev fanget ind i et stort knus, der gav hende anledning til at mærke, at hun ikke var den eneste, der svedte. Med næsen dybt i Connys armhule vurderede hun, at hun i sammenligning duftede som roser og violer.

Efter at have lirket sig ud af krammet hilste hun på Connys kone Britta, som hun kun havde mødt ved et par enkelte lejligheder, og som hun derfor bare høfligt gav hånden. Hendes håndtryk var fugtigt og slapt og føltes mest af alt som at holde om en død fisk. Erica gøs og beherskede sin lyst til at tørre hånden af i bukserne.

"Sikke en mave. Er der tvillinger derinde, eller hvad?"

Hun brød sig ikke om at få sit korpus kommenteret på den måde, men havde på dette tidspunkt i graviditeten forstået, at tilstanden medførte kommentarer om ens kropsform såvel som at blive taget familiært på maven. Hun havde endda oplevet, at helt fremmede kom hen til hende og uden videre begyndte at gramse hende på maven. Erica kunne bare vente på, at den åbenbart obligatoriske befamling begyndte, og det tog heller ikke mange sekunder, før Connys hænder var der og mærkede efter.

"Nå, sikke en lille fodboldspiller I har derinde. Helt sikkert en dreng, med de spark dér. Kom, børn, så skal I mærke!"

Erica havde ikke åndsnærværelse nok til at protestere og blev angrebet af to par isklistrede hænder, der satte mærker på hendes hvide trøje. Heldigvis tabte Lisa og Victor, der var seks og otte år gamle, hurtigt interessen.

"Og hvad siger den stolte fader så? Tæller han dagene?" Conny ventede ikke på svar, og Erica kom i tanke om, at dialog ikke var hans stærke side.

"Ja, for fanden da, jeg husker jo, da de her snotunger kom til verden. Det var noget af en oplevelse. Men fortæl ham, at han ikke skal kigge dernede. Så taber han lysten for et godt stykke tid."

Han klukkede og stødte med albuen til Britta. Hun så bare surt tilbage. Erica forstod, at denne dag ville blive lang. Bare Patrik ikke kom sent hjem.

Patrik bankede forsigtigt på Martins dør. Han var lidt misundelig på hans ordenssans. Skrivebordet var så rent, at man kunne bruge det som operationsbord.

"Hvordan går det? Har du fundet ud af noget?"

Allerede ved synet af Martins modfaldne udtryk gættede han på et negativt svar. Martin rystede på hovedet. Pokkers. Det vigtigste ved efterforskningen lige nu var at få kvinden identificeret. Et eller andet sted sad der nogen, som var urolige for hende. Der måtte da for fanden være nogen, der savnede hende!

"Og hvad med dig?" Martin nikkede mod den mappe, som Patrik havde i hånden. "Har du fundet, hvad du ledte efter?"

"Det tror jeg nok."

Patrik tog en stol, der stod op ad væggen, og trak den hen ved siden af Martin.

"Prøv at se her. I slutningen af halvfjerdserne forsvandt to kvinder fra Fjällbacka. Jeg forstår ikke, at jeg ikke kom på det med det samme; det var jo forsidestof dengang. Men her er i hvert fald alt det materiale, vi har om det."

Den mappe, han lagde på skrivebordet, var godt støvet, og han kunne se, at det kløede i Martins fingre for at tørre den af. Et advarende blik fik ham dog til at lægge bånd på sig selv. Patrik åbnede mappen og viste ham de fotografier, der lå øverst.

"Det her er Siv Lantin, som forsvandt sankthansaften 1979. Hun var nitten år gammel." Patrik hev det næste foto frem. "Og det her er Mona Thernblad. Hun forsvandt to uger senere og var på det tidspunkt atten år. Ingen af dem blev nogensinde fundet, på trods af et enormt opbud af eftersøgningsmandskab, vodtrækning og alt, hvad man ellers kan tænke sig. Sivs cykel blev fundet i en grøft, men det var det eneste ... Og efter Mona fandt man ikke andet spor end en løbesko."

"Nu du nævner det, synes jeg godt, jeg kan huske sagen. Var der ikke en mistænkt?"

Patrik bladrede i de gulnede papirer og pegede på et navn.

"Johannes Hult. Af alle mennesker var det hans bror, Gabriel Hult, der ringede til politiet og rapporterede, at han havde set sin bror med Siv Lantin, på vej mod sin gård i Bräcke, den nat hun forsvandt."

"Tog man det tip alvorligt? Jeg mener, der kan ligge meget andet bag, hvis man anmelder sin egen bror som mistænkt for mord?"

"Det var almindeligt kendt, at der var en årgammel slægtsfejde i Hult-familien, så jeg tror, at oplysningerne blev modtaget med en vis skepsis. Men det skulle jo trods alt undersøges, så Johannes blev taget ind til forhør nogle gange. Men beviser fandt man aldrig, altså bortset fra brorens oplysninger, og det var Gabriels ord mod Johannes', så han gik fri."

"Hvor er han så i dag?"

"Jeg er ikke helt sikker, men det forekommer mig, at Johannes Hult tog livet af sig kort tid efter alt det her. Åh, nu skulle vi have haft Annika, hun ville kunne føre os ajour på ingen tid. Det er mildest talt nødtørftigt, hvad der står i den her mappe."

"Det lyder, som om du er ret sikker på, at skeletterne, vi fandt, er de to forsvundne piger."

"Sikker og sikker. Jeg tænker bare i sandsynligheder. Vi har to kvinder, som forsvandt i halvfjerdserne, og nu dukker der så to skeletter op, som ser ud til at være en del år gamle. Jeg mener, hvad er sandsynligheden for, at det er et tilfælde? Men jeg kan jo ikke være sikker; det kan vi ikke være, før vi har hørt fra retsmedicineren. Og han skal selvfølgelig have de her oplysninger."

Patrik kastede et blik på uret. "Nå, det er vist bedst, at jeg kommer i omdrejninger. Jeg lovede at være tidligt hjemme i dag. Vi har fået besøg af Ericas fætter, og jeg skal have rejer og lidt andet med hjem. Vil du sørge for, at retsmedicineren får den her information? Og tjek lige med Ernst, når han kommer tilbage, om han skulle have fundet ud af noget."

Så snart Patrik kom ud af bygningen, ramte heden ham som en mur, og han skyndte sig hen til bilen for at nyde sin aircondition.

Hvis den hede var for meget for ham, kunne han kun gætte på, hvad den var for Erica, den søde stakkel.

Det var et uheldigt tidspunkt at få besøg på, men han forstod, at det sikkert var svært for hende at sige nej. Og når nu familien Flood skulle af sted dagen efter, var det trods alt kun en enkelt aften, der ville gå til spilde. Han skruede helt op for kulden og satte kursen mod Fjällbacka.

"Har du talt med Linda?"

Laine vred hænderne nervøst. Noget han efterhånden næsten ikke kunne holde ud.

"Der er ikke så meget at snakke om. Hun skal bare gøre, som der bliver sagt."

Gabriel så ikke engang op, men fortsatte ganske roligt med det, han var i gang med. Han sagde det i en affærdigende tone, men det lod Laine sig ikke gå på af. Desværre. Han havde i snart mange år ønsket, at hans kone kunne holde mund. Det ville klæde hende.

Selv var Gabriel Hult revisor langt ind i sin sjæl. Han elskede at holde kredit og debet op mod hinanden og få det hele til at balancere til slut; til gengæld hadede han inderligt alt, hvad der havde med følelser og utilregnelighed at gøre. Orden i sagerne var hans devise, og selvom sommervarmen var ved at tage overhånd, var han klædt i jakkesæt og skjorte – ganske vist i en tyndere kvalitet, men ikke desto mindre korrekt. Med årene var hans mørke hår blevet sparsomt. Han gjorde ikke forsøg på at skjule det skaldede stykke på midten, men redte bare håret bagud. Som prikken over i'et bar han sine runde briller helt ude på næsetippen, så han hen over kanten kunne se nedladende på dem, han talte med. Ret skulle være ret, det var det motto, han levede efter. Han ville bare ønske, at de mennesker, han omgav sig med, havde det på samme måde. Men det virkede nærmest, som om de af alle kræfter forsøgte at rokke ved hans perfekte balance og gøre livet så besværligt for ham som muligt. Det hele ville være så meget lettere, hvis de bare gjorde, som han sagde, i stedet for at hitte på en masse dumheder på egen hånd.

Det helt store forstyrrende element i hans liv lige nu var Linda. Sådan havde Jacob i hvert fald ikke været som teenager! I Gabriels forestillingsverden var piger roligere og mere eftergivende end drenge. Men ikke i deres tilfælde; i stedet havde de fået et teenagemonster på halsen, der konstant spillede Rasmus Modsat, og som i det hele taget gjorde, hvad hun kunne, for at gøre livet så surt for dem som muligt. Det her åndssvage påfund med at være model gav han ikke meget for. Hun var da en køn pige, men hun havde desværre arvet sin mors hjerne og ville ikke kunne holde til så meget som en time i en hård modelverden.

"Vi har haft den diskussion før, Laine, og jeg har ikke skiftet mening siden sidst. Det kan ikke komme på tale, at Linda skulle tage af sted og få taget billeder hos en eller anden skummel fotograf, som bare er ude på at tage nøgenbilleder af hende. Linda skal have sig en uddannelse, og sådan er det."

"Jo, men om et år er hun atten, og så gør hun jo alligevel, som hun vil. Er det ikke bedre, at vi støtter hende, i stedet for at risikere, at hun helt vender os ryggen om et års tid?"

"Linda ved, hvor pengene kommer fra, så jeg ville blive meget forbavset, hvis hun rejste uden at have sikret sig, at midlerne tilflød hende i en jævn strøm. Og hvis hun bliver ved at læse, er det præcis, hvad de vil gøre. Jeg har lovet, at hun skal få penge hver måned, bare hun fortsætter med at studere, og det løfte har jeg i sinde at holde. Og nu vil jeg ikke høre mere om den sag."

Laine blev ved med at vride hænder, men hun vidste, hvornår hun var besejret, og gik med bøjet hoved ud af hans arbejdsværelse. Hun trak forsigtigt skydedørene til efter sig, og Gabriel drog et lettelsens suk. Den her evindelige snak gik ham på nerverne. Efter alle disse år sammen burde hun kende ham godt nok til at vide, at han ikke ændrede mening, når først han havde taget en beslutning.

Tilfredsheden og roen vendte tilbage, da han kunne genoptage sit arbejde med at skrive i bogen, der lå foran ham. De moderne regnskabsprogrammer til computere havde aldrig vundet indpas hos ham, for han elskede følelsen af at have en stor protokol liggende, med nydelige rækker af tal, som blev lagt sammen på hver side. Efter endt arbejde lænede han sig tilbage i stolen. Dette var en verden, han havde kontrol over.

Et øjeblik spekulerede Patrik på, om han var gået forkert. Det her var i hvert fald ikke det samme stille og rolige hjem, som han efterlod i morges. Lydniveauet oversteg langt, hvad der var tilladt på en normal arbejdsplads, og huset så ud, som om der var blevet smidt en håndgranat derind. Der lå genstande, han ikke kendte, overalt, og de ting, der plejede at ligge på bestemte steder, lå der ikke længere. Efter Ericas ansigtsudtryk at dømme skulle han nok være kommet for en time eller to siden.

Hvordan i alverden kunne de to børn og to voksne, som han talte sig frem til, larme som en hel børnehave. Tv'et stod tændt, og Disney Channel kørte for fuld udblæsning. En lille fyr løb efter en endnu mindre pige med en legetøjspistol. De to uromageres forældre sad i ro og mag ude i havestuen, og en stor tamp vinkede glad til Patrik, men uden at gøre mine til at rejse sig fra sofaen og dermed vriste sig fri af det kagefad, der var stillet frem.

Patrik gik ud i køkkenet til Erica, som faldt sammen i hans arme.

"Tag mig væk fra herfra, søde. Jeg må have begået en frygtelig synd i et tidligere liv, siden jeg har fortjene det her. Det er djævleunger forklædt som børn, og Conny er – ja, Conny. Hans kone har knap åbnet munden og ser så sur ud, at mælken skiller. Kors, bare de snart rejser igen."

Han klappede hende trøstende på ryggen og kunne mærke, at hendes trøje var drivvåd af sved.

"Gå bare ind og tag et bad i fred og ro, så tager jeg mig lidt af gæsterne. Du er jo helt gennemsvedt."

"Tak, du er en engel. Der er en færdig kande kaffe. De er på deres tredje kop, men Conny er begyndt at efterspørge stærkere varer, så vil du se efter, om vi har noget at byde på?"

"Jeg ordner det, skat, kom nu af sted, inden jeg fortryder."

Han fik et taknemmeligt kys, og så vuggede Erica møjsommeligt op ad trappen i retning mod badeværelset.

"Jeg vil ha' is."

Victor var smuttet om bag Patrik og stod og sigtede på ham med pistolen.

"Vi har desværre ikke noget is."

"Så skal du gå hen og købe noget."

Ungens frække ansigtsudtryk tirrede Patrik, men han forsøgte at se venlig ud og sagde så mildt behersket, han kunne: "Nej, det skal jeg ikke. Der er kager derude på bordet, dem kan I tage af."

"Jeg vil have iiis!!" Ungen vrælede og hoppede op og ned. Han var tomatrød i hovedet.

"Vi har ingen is, siger jeg!" Patrik begyndte at tabe tålmodigheden.

"IS, IS, IS, IS ..."

Victor gav sig ikke lige med det første. Men det havde åbenbart været tydeligt i Patriks blik, at grænsen var ved at være nået, for drengen tav og bakkede langsomt ud af køkkenet. Kun for grædende at løbe hen til sine forældre, der sad ude i havestuen og ignorerede hele balladen i køkkenet.

"FAAAR, manden er væmmelig. Jeg vil ha IIIS!"

Patrik forsøgte at vende det døve øre til og gik med kaffekanden i hånden ud for at hilse på gæsterne. Conny rejste sig og rakte hånden frem, og Patrik fik også den kolde torskehånd at mærke, da han hilste på Britta.

"Victor er inde i en fase for tiden, hvor han prøver grænser af. Vi vil ikke hæmme ham i hans personlige udvikling, så vi lader ham selv finde ud af, hvor skillelinjen går mellem hans egne og omgivelsernes ønsker."

Britta så ømt på sin søn, og nu huskede Patrik, at Erica havde fortalt, at hun var psykolog. Hvis det her var hendes opfattelse af børneopdragelse, så var det en branche, lille Victor formentlig ville stifte nærmere bekendtskab med, når han blev stor. Conny så knap ud til at have bemærket, hvad der gik for sig, og fik drengen til at tie stille ved simpelthen at stoppe et stort stykke kage i munden på ham. At dømme ud fra barnets reaktion var det den gængse metode. Patrik måtte indrømme, at den var effektiv og imponerende enkel. Samtidig med at Erica kom ned fra badet med et betydeligt friskere udtryk i ansigtet, stillede Patrik rejer og tilbehør på bordet. Han havde også nået at hente pizza til børnene, efter at han havde indset, at det nok var den eneste måde at undgå en total katastrofe under middagen.

De slog sig ned, og Erica var netop ved at åbne munden og sige "værsgo'," da Conny rundede begge hænder og øste fra skålen. En, to, tre store håndfulde af rejer havnede på hans tallerken, mens ikke engang halvdelen lå tilbage i skålen.

"Mmm, hvor lækkert. Her ser I én, der kan lide rejer." Conny klappede sig stolt på maven og gik i gang med sit rejebjerg.

Patrik, der havde hældt de to hundedyre kilo op på én gang, kunne kun sukke og tage en beskeden nævefuld, der ikke så ud af noget på tallerkenen. Det samme gjorde Erica, som lod skålen passere videre til Britta, der udtryksløst tog sig af resten.

Efter den mislykkede middag redte de op til de besøgende i gæsteværelset og trak sig tidligt tilbage under påskud af, at Erica havde brug for ro og hvile. Patrik viste Conny, hvor whiskyen stod, og gik så med lettet hjerte op til freden ovenpå.

Da de langt om længe lå i sengen, fortalte Patrik om sin dag. I sikker forvisning om, at det ikke blev bragt videre, havde han for længe siden opgivet at tilbageholde detaljerne i sit politiarbejde for Erica. Da han nåede til episoden med de to forsvundne kvinder, lagde han mærke til, at hun spidsede ører.

"Jeg kan godt huske, at jeg læste om det. Så I tror altså, at det er dem, der nu er fundet?"

"Det er jeg ret sikker på. Ellers skulle det være et helt utroligt sammentræf. Men så snart vi får retsmedicinerens rapport, kan vi begynde at undersøge det nærmere. Indtil da må vi bare holde alle muligheder åbne."

"Det er vel ikke sådan, at du har brug for hjælp til at finde noget baggrundsmateriale frem?"

Hun vendte sig ivrigt mod ham, og han genkendte gløden i hendes blik.

"Nej, nej og atter nej. Du skal tage den med ro. Glem ikke, at du rent faktisk er sygemeldt."

"Ja, men sidste gang var blodtrykket jo normalt igen. Og jeg bliver skør af bare at gå herhjemme. Jeg har ikke engang kunnet begynde på en ny bog."

Bogen om Alexandra Wijkner og hendes tragiske død var blevet et hit og havde resulteret i, at Erica fik endnu en kontrakt på en bog om et virkeligt mordtilfælde. Den havde dog krævet en enorm indsats fra hendes side, arbejdsmæssigt såvel som følelsesmæssigt, og siden den blev sendt til forlaget i maj, havde hun ikke orket at begynde på et nyt bogprojekt. Da hun også fik forhøjet blodtryk og blev sygemeldt, havde hun modstræbende udskudt alt arbejde med den nye bog til efter fødslen. Men det passede hende ikke at tulle rundt derhjemme og trille tommelfingre.

"Annika er jo på ferie, så hun kan ikke gøre det. Og det er ikke så let at researche, som man måske skulle tro. Man skal vide, hvor man skal søge, og det ved jeg. Jeg kan bare kigge en smule ..."

"Nej, det er udelukket. Forhåbentlig rejser Conny og hans ustyrlige vedhæng videre tidligt i morgen, og derefter har du bare at holde dig i ro. Og nu skal du være stille, for jeg skal lige veksle et ord med babyen. Vi skal lægge planer om hans fremtid som fodboldspiller ..."

"Eller hendes!"

"Eller hendes. I det tilfælde må det nu nok hellere være golf. Der er ingen penge i kvindefodbold."

Erica sukkede, men lagde sig velvilligt på ryggen for at lette kommunikationen.

"Kan de ikke høre, at du sniger dig ud?"

Johan lå ved siden af Linda og kildede hende i ansigtet med et halmstrå.

"Nej, forstår du, Jacob stoler på mig." Hun lagde panden i dybe folder og efterabede sin brors højtidelige betoning. "Det er noget, han har fra alle de dér få-en-god-kontakt-til-de-unge-kurser, som han har gået på. Det værste er, at de fleste også ser ud til at hoppe på det; for nogle af dem er Jacob nærmest lig med Gud. Hvis man er vokset op uden en far, godtager man måske hvem som helst." Irriteret viftede hun det halmstrå væk, som Johan drillede hende med. "Hold op med det dér."

"Slap af, det er jo bare for sjov."

Hun så, at han blev såret og lænede sig frem for at give ham et forsonende kys. Det var bare ikke nogen god dag i dag. Hun havde fået menstruation om morgenen, så hun kunne ikke sove med Johan i en uge, og så gik det hende i øvrigt på nerverne at bo hos sin, åh, så prægtige bror og hans lige så prægtige kone.

"Århj, hvis bare man kunne knipse et år væk, så jeg kunne komme væk fra det her hul!"

De var nødt til at hviske, så deres gemmested oppe på høloftet ikke blev opdaget; til gengæld slog hun hånden i brædderne for at understrege sine ord.

"Så kan du måske heller ikke vente med at rejse fra mig?"

Det sårede udtryk i Johans ansigt var ikke gået væk, og hun kunne have bidt sig selv i tungen. Ude i den store verden ville hun aldrig interessere sig for sådan én som Johan, men så længe hun måtte blive her, var han god nok at fordrive tiden med. Det behøvede hun selvfølgelig ikke at underrette ham om. Så hun rullede sig sammen som en kælen kattekilling og krøb ind til ham. Hun fik ingen respons, så hun tog hans arm og lagde den omkring sin krop. Som af egen vilje begyndte hans fingre at vandre rundt, og hun smilede indvendigt. Mænd var så lette at manipulere med.

"Du kan da tage med mig?"

Det sagde hun i sikker forvisning om, at han aldrig ville kunne vriste sig væk fra Fjällbacka, og især ikke fra sin bror. Han gik dårligt nok på toilettet uden først at spørge Robert om lov.

Han svarede ikke på hendes spørgsmål. I stedet sagde han: "Har du så talt med din far om det? Hvad siger han til, at du vil herfra?"

"Hvad skal han sige? Han kan kun bestemme over mig i et år mere, men så snart jeg bliver atten, kan han ikke sige en skid til noget længere. Og det går ham virkelig på. Nogle gange tror jeg, at han ville ønske, han kunne føre os alle sammen ind i sine åndssvage regnskabsbøger. Jacob debet, Linda kredit."

"Hvordan, 'debet'?"

Linda lo af hans spørgsmål. "Det er lige meget – noget med økonomi."

"Jeg kan ikke lade være at tænke på, hvordan det havde været ..."

Han lå og tyggede på sit halmstrå, mens han så fjernt frem for sig.

"Hvis hvad?"

"Hvis far ikke havde brugt alle pengene. Så havde det måske været os, der boede herskabeligt, og dig, der sad i det lille hus med onkel Gabriel og tante Laine."

"Ja, det kunne være kønt. Mor sat ud på et sidespor. Fattig som en kirkerotte."

Linda lagde hovedet tilbage og lo hjerteligt, så Johan måtte tysse på hende, så man ikke kunne høre dem i Jacobs og Maritas hus, der lå et stenkast fra laden.

"I så fald havde far måske levet i dag. Og så havde mor ikke siddet med sine skide fotoalbum hele dagen."

"Det var da ikke for pengenes skyld, at han ..."

"Det ved du ikke noget om. Du kan ikke vide, hvorfor han gjorde det!" Stemmen gik helt op i falset og blev skinger.

"Det er vel noget, alle ved."

Linda brød sig ikke om den retning, samtalen havde taget, og turde ikke se Johan i øjnene. Som ved en tavs overenskomst havde både familiefejden og alt, der havde med den at gøre, indtil videre været et emne, de undgik at komme ind på.

"Alle tror, at det er noget de ved, men de ved ikke en skid. Og så din bror, der bor på vores gård, det er for meget ..."

"Det er ikke Jacobs fejl, at det blev, som det blev." Det føltes mærkeligt at forsvare den bror, som hun plejede at brokke sig over, men blod var trods alt tykkere end vand. "Han fik gården af farfar, og forresten har han altid selv været den første til at forsvare Johannes."

Johan vidste, at hun havde ret, og var ikke længere vred. Det var bare sådan, at det nogle gange gjorde ondt, når Linda talte om sin familie, fordi det mindede ham om alt det, han selv havde mistet.

Han vovede ikke at sige det til hende, men han syntes tit, at hun var ret utaknemmelig. Hun og hendes familie havde alt, hans familie havde intet. Var det retfærdigt?

Samtidig var han altid parat til at undskylde hende. Aldrig havde han elsket nogen så hedt, og alene synet af hendes slanke krop ved siden af hans egen fik det til at brænde i ham. Nogle gange kunne han ikke tro på sit held. At sådan et overjordisk væsen overhovedet ville spilde tid på ham. Men han brød ikke sin hjerne med at spekulere. Han lukkede bare øjnene for fremtiden og nød øjeblikket. Så trak han hende nærmere ind til sig og lukkede øjnene, mens han indsnusede duften af hendes hår. Han knappede den øverste knap op i hendes cowboybukser, men hun stoppede ham.

"Jeg kan ikke, jeg har menstruation. Men lad mig."

Hun knappede hans bukser op, og han vendte sig om på ryggen. Bag hans lukkede øjne flimrede skyerne på himlen.

Det var kun en dag siden, den døde kvinde blev fundet, men Patrik var allerede utålmodig. Der måtte være nogen et sted, der sad og spurgte sig selv, hvor hun var. Spekulerede, bekymrede sig, tænkte i mere og mere ængstelige baner. Og det frygtelige var, at de værste anelser i dette tilfælde ville blive bekræftet. Mere end noget andet ønskede han at finde ud af, hvem hun var, så han kunne give dem besked, der elskede hende. Intet var værre end uvished, ikke engang døden. Man kan ikke få hul på bearbejdelsen af sorgen, før man ved, hvad man sørger over. Det ville ikke være rart at være den, der skulle overbringe meddelelsen, men Patrik vidste, at det var en vigtig del af hans arbejde og havde allerede indstillet sig mentalt på det. At hjælpe og støtte, men især at finde ud af, hvad der var sket med den, de elskede.

Martins forgæves opringninger dagen forinden gjorde det kun vanskeligere at få identificeret kvinden. Hun var ikke meldt savnet i de nærliggende områder, så de måtte udvide eftersøgningen til at dække hele Sverige, måske endda også udlandet. Det føltes et øjeblik som en helt umulig opgave, men den tanke fejede han hurtigt af bordet. Lige nu var det kun dem, der kunne bringe sagen videre.

Martin bankede taktfuldt på døren.

"Hvordan synes du, jeg skal gå videre? Udvide området, begynde med storbydistrikterne eller ...?" Han så spørgende ud.

Med ét mærkede Patrik, hvor tungt ansvaret for efterforskningen hvilede på hans skuldre. Der var ikke noget, der pegede specielt i den ene eller den anden retning, men ét sted skulle de jo starte.

"Tjek med storbydistrikterne. Göteborg er jo afklaret, så tag Stockholm og Malmø til en begyndelse. Vi skulle snart få den første rapport fra retsmedicinerne, og hvis vi er heldige, dukker der noget op dér."

"Okay." Martin slog håndfladen mod døren på vejen ud og gik ned mod sit kontor. En gennemtrængende ringeklokke i modtagelsen fik ham til at vende om for at lukke den besøgende ind. Normalt hørte det til Annikas opgaver, men under hendes fravær måtte de hver især træde til.

Pigen så urolig ud. Hun var spinkel, med to lange, lyse fletninger, og hun bar på en kolossal rygsæk.

"I want to speak to someone in charge."

Hendes engelsk havde en stærk accent, som han gættede på var tysk. Martin åbnede døren og vinkede hende ind. Han råbte ned ad gangen: "Patrik, du har besøg."

For sent tænkte han, at han måske først skulle have forhørt sig om hendes ærinde, men da havde Patrik allerede stukket hovedet ud af kontoret, og pigen var på vej hen imod ham.

"Are you the man in charge?"

Et sekund følte Patrik sig fristet til at sende hende videre til Mellberg, som jo rent teknisk var chef, men da han så hendes ulykkelige udtryk, bestemte han sig for at spare hende for den oplevelse. At sende en sød pige ind til Mellberg var som at føre et lam til slagtebænken, og hans naturlige beskytterinstinkt holdt ham tilbage.

"Yes, how can I help you?"

Han gjorde tegn til hende om at træde nærmere og sætte sig i stolen foran hans skrivebord. Med forbavsende lethed fik hun den enorme rygsæk af og placerede den forsigtigt op ad væggen ved siden af døren.

"My English is very bad. You speak German?"

Patrik ransagede sin hjerne for lidt skoletysk. Svaret kom helt og aldeles an på, hvordan hun definerede "speak German". Han kunne bestille en øl og bede om regningen, men hun var næppe kommet for at tage imod bestilling.

"Lidt," svarede han ubehjælpsomt på hendes modersmål og gjorde en håndbevægelse, der skulle indikere "sådan nogenlunde".

Hun stillede sig tilfreds med den besked og talte langsomt og tydeligt for at gøre sig forståelig. Til sin overraskelse mærkede Patrik, at han kunne mere, end han troede, og selv om han ikke forstod hvert eneste ord, forstod han det i store træk.

Hun præsenterede sig som Liese Forster. Hun havde åbenbart været her for en uge siden og meldt sin veninde Tanja savnet. Hun havde talt med en politimand her på stationen og fået den besked, at han ville kontakte hende med eventuelt nyt. Nu havde hun ventet en hel uge og stadig ikke hørt en lyd. Bekymringen var malet i hele hendes ansigt, og Patrik tog hendes beretning alvorligt.

Tanja og Liese havde mødt hinanden i toget til Sverige. De var begge fra Nordtyskland, men kendte ikke hinanden før. De kom godt ud af det med hinanden med det samme, og Liese fortalte, at de var blevet som søstre. Liese havde ikke noget fast program for sin rejse i Sverige, og Tanja havde derfor foreslået, at hun tog med til et lille sted på Sveriges vestkyst, der hed Fjällbacka.

"Hvorfor lige Fjällbacka?" spurgte Patrik, usikker på den tyske grammatik.

Svaret kom eftertænksomt. Det var det eneste emne, Tanja ikke havde snakket ligefremt om, og Liese måtte indrømme, at det vidste hun ikke rigtig. Tanja havde bare nævnt, at hun havde et ærinde dér. Når det var ordnet, kunne de rejse videre gennem Sverige, men først var der noget, hun skulle finde ud af, havde hun sagt. Det havde virket, som om det var et følsomt emne, og Liese havde ikke spurgt mere. Hun var bare glad for at have fundet en rejsekammerat og fulgte gerne med, uanset hvilken grund Tanja måtte have til at ville hertil.

De havde boet på Sälviks Camping i tre dage, da Tanja forsvandt. Hun var taget af sted om morgenen, fordi hun skulle noget, men hun ville komme tilbage om eftermiddagen. Da det blev eftermiddag, så aften og til sidst nat, blev Liese mere og mere urolig. Næste morgen fik hun at vide på turistkontoret på Ingrid Bergmans Torv, hvor hun kunne finde politistationen. Man havde taget imod hendes anmeldelse, og nu ville hun gerne vide, hvad der var sket.

Patrik var forbløffet. De havde vitterlig ikke fået nogen efterlysninger ind, og han mærkede en begyndende knude i maven. Svaret på hans spørgsmål om Tanjas signalement bekræftede hans frygt. Alt, hvad Liese fortalte om sin veninde, stemte overens med den døde kvinde i Kongekløften, og da han med tungt hjerte fremviste et fotografi af den døde, forstod han på Lieses gråd, at anelserne holdt stik. Nu kunne Martin indstille opringningerne, og der var nogen, der skulle stilles til ansvar for, at der ikke var skrevet rapport om Tanjas forsvinden. De havde spildt mange dyrebare timer, og Patrik mente ikke, han behøvede lede længe efter den skyldige.

Patrik var allerede taget på arbejde, da Erica til en afveksling vågnede af en dyb og drømmeløs søvn. Hun så på uret. Den var ni, og der var ikke en lyd at høre fra etagen nedenunder.

Lidt senere var en kande kaffe sat over, og hun begyndte at dække op til morgenmad til sig selv og gæsterne. De kom trissende ind i køkkenet, en efter en, den ene mere søvndrukken end den anden, men de blev snart kvikket op af morgenmaden.

"Var det Koster, I skulle til?"

Ericas spørgsmål var en blanding af høflighed og forventning om at slippe af med dem.

Conny udvekslede et hurtigt blik med sin kone og sagde: "Næ, Britta og jeg talte lidt om det i går, og vi tænkte, at da vi nu alligevel er her, og vejret er så godt, så tager vi nok ud til nogle af øerne i løbet af dagen. I har da en båd, ikke?"

"Jo, det har vi da ..." indrømmede Erica modvilligt. "Men jeg er ikke så sikker på, at Patrik er vild med at låne den ud. Med forsikring og sådan noget ..." fik Erica med i farten. Tanken om, at de blev, om det så bare var nogle timer længere, var ved at give hende knopper af frustration.

"Nej, men vi tænkte, at du måske kunne smide os af et godt sted, så kan vi ringe, når vi skal tilbage."

Hun manglede ord, og det tog Conny som en tavs indvilgen. Erica bad de højere magter om tålmodighed og overbeviste sig selv om, at det ikke var værd at risikere en konfrontation med familien, bare fordi hun ville slippe for deres selskab nogle timer. Desuden ville hun så ikke have dem omkring sig i løbet af dagen, og forhåbentlig var de taget af sted, når Patrik kom hjem fra arbejde. Hun havde så småt planlagt at lave lidt god mad til en hyggelig aften. Han havde jo trods alt ferie. Og det var ikke til at vide, hvor meget tid de ville få til hinanden, når barnet først var kommet til.

Da hele familien Flood efter mange hvis'er og men'er havde pakket deres grej til en dag i solen, begav de sig ned til båden. Den lille, blå træbåd var lav og svær at komme ned i fra broen ved Badholmen, og Erica måtte med sin uformelige krop bakse noget for at komme ned i den. Da de havde krydset rundt i en time i jagten på "en klippe eller helst en strand" til gæsterne, fandt hun til sidst en lille vig, som andre turister mirakuløst havde overset, hvorefter hun styrede hjemad. At komme op på broen uden hjælp viste sig umuligt, så hun måtte ydmyge sig ved at bede nogle forbipasserende badegæster om en hjælpende hånd.

Svedig, varm, træt og sur kørte hun hjemad, men fortrød, netop som hun passerede sejlklubbens hus. Hun drejede hurtigt til venstre i stedet for at køre ligeud mod Sälvik. Hun kørte højre om bjerget, forbi sportspladsen og lejlighedskomplekset for endelig at parkere uden for biblioteket. Hun ville blive vanvittig af at sidde ubeskæftiget hjemme hele dagen. Så måtte Patrik protestere siden hen, men hvad enten han ville eller ej, fik han nu hjælp i efterforskningen!

Da Ernst kom ind på stationen, gik han med bævende hjerte direkte til Hedströms kontor. Han anede uråd, allerede da Patrik ringede ham op på mobilen og med fast stemme bad ham komme ned på stationen. Han ransagede hukommelsen for ting, han kunne have gjort sig skyldig i, men måtte indrømme, at der var for mange muligheder til, at han kunne regne det ud. Han var jo rent faktisk en genvejens mester og havde ophøjet snyd og humbug til en kunstart.

"Sid ned."

Spagt adlød han Patriks kommando og satte en trodsig mine op til forsvar mod det uvejr, der var på vej.

"Hvad er det, der haster sådan? Jeg var lige i gang med noget, og bare fordi du midlertidigt er blevet tildelt ansvaret for en efterforskning, kan du ikke sådan beordre mig til at stille op."

Angreb var det bedste forsvar, men efter det mere og mere formørkede udtryk hos Patrik at dømme, var det ikke den rigtige strategi i det her tilfælde.

"Tog du imod en anmeldelse om en forsvundet tysk turist for en uge siden?"

Satans. Det havde han glemt. Den unge, lyshårede pige var kommet lige før frokost, og han havde bare villet slippe af med hende for at komme ud og spise. Der plejede jo aldrig rigtig at være noget i meldingerne om forsvundne kammerater. Som regel lå de stangstive i en grøft, eller også var de gået hjem med en fyr. Satans også. Det her forstod han, at han ville komme til at bøde for. Tænk, at han ikke havde forbundet det med det pigebarn, de fandt i går, men bagklog kunne man altid være. Nu gjaldt det om at minimere skaden.

"Joh, det gjorde jeg vistnok."

"Vistnok!" Patriks sædvanligvis rolige stemme tordnede og udfyldte det lille rum. "Enten tog du imod en anmeldelse, eller også gjorde du ikke. Der er ikke noget midt imellem. Og hvis du tog imod en anmeldelse, hvor i ... er den så henne?" Patrik var så gal, at han snublede over ordene. "Forstår du egentlig, hvor meget tid det her kan have kostet vores efterforskning?"

"Ja, det er selvfølgelig uheldigt, men hvordan kunne jeg vide ..."

"Du skal ikke vide, du skal bare gøre dit arbejde! Jeg håber ikke, at jeg nogensinde oplever sådan noget igen. Og nu skal vi indhente dyrebar tid ..."

"Er der noget, jeg kan ..." Ernst gjorde sin stemme så underdanig og så så angrende ud, som det overhovedet var ham muligt. Indvendigt bandede han over at blive talt til på den måde af en grønskolling, men da nu Hedström så ud til at være i kridthuset hos Mellberg, ville det være dumt at forværre sin situation.

"Du har gjort nok, tak! Martin og jeg går videre med efterforskningen. Du må tage dig af forefaldende opgaver. Vi har fået melding om et villaindbrud i Skeppstad. Jeg har talt med Mellberg og fået grønt lys for, at du kan tage dig af det på egen hånd."

Patrik vendte ryggen til Ernst som tegn på, at samtalen var slut, og slog så rasende på tastaturet, at tasterne hoppede.

Småbandende gik Ernst derfra. Så helvedes slemt var det vel ikke, at en enkelt, lille rapport glippede. Ved lejlighed ville han tage en snak med Mellberg om det fornuftige i at have en ansvarlig for mordundersøgelser, der var så følelseslabil. Ja, fandeme, det ville han.

Den unge mand med bumserne foran ham var et studie i åndssløvhed. Håbløsheden stod malet i hans ansigt, og det var længe siden, tilværelsens meningsløshed var blevet et grundlæggende vilkår. Jacob kunne udmærket genkende tegnene og kunne ikke lade være at se det som en udfordring. Han vidste, at han havde evnen til at få drengen ind på et helt andet spor. Hvor godt det lykkedes, afhang alene af, om drengen selv havde et ønske om at blive ført ind på den rette vej.

Inden for trossamfundet var Jacobs arbejde med de unge velkendt og respekteret. Der var mange fortabte sjæle, der var kommet inden for gårdens mure for siden at tage derfra som produktive samfundsborgere. Det religiøse aspekt blev dog nedtonet lidt over for omverdenen, eftersom de statslige bevillinger hang i en tynd tråd. Der var altid nogen af de ikke-troende mennesker, der stemplede dem som sekt, så snart der var noget, der ikke lige passede med deres firkantede opfattelse af religion.

Den respekt, han nød, var hovedsagelig hans egen fortjeneste, men han kunne heller ikke nægte, at noget måtte tilskrives den kendsgerning, at han var barnebarn af Ephraim Hult, 'Prædikanten'. Hans farfar havde dog ikke hørt til det samme lille samfund, men langs hele kysten i Bohuslän vandt navnet genklang inden for alle de frikirkelige grupper. Den etablerede, rettroende svenske kirke anså selvfølgelig Prædikanten for at være en charlatan, men sådan opfattede de på den anden side enhver, der foretrak at prædike for tomme kirker om søndagen, så det tog de frie kristne sig ikke videre af.

Arbejdet med de utilpassede og misbrugerne havde fyldt Jacobs liv i næsten ti år, men det gav ham ikke samme tilfredsstillelse mere. Han havde været med til at opbygge kursusvirksomheden i Bullaren, men det tomrum, han havde levet med hele sit liv, opfyldtes ikke længere af arbejdet. Der manglede noget, og jagten på dette "noget" skræmte ham. Han, der altid havde forekommet så sikker i sin sag, kunne nu mærke, hvordan grunden skred under ham, og han frygtede, at jorden ville åbne sig og opsluge ham, med krop og sjæl. Hvor mange gange havde han ikke, sikker i sin sag, påpeget, at tvivlen er djævlens vigtigste redskab – uden at vide, at han en dag selv ville stå i den situation.

Han rejste sig og stillede sig med ryggen til drengen. Han så ud ad vinduet, der vendte mod søen, men så kun sit eget spejlbillede i glasset. En stærk, sund mand, tænkte han ironisk. Hans mørke hår var klippet kort, og Marita, der selv klippede ham, gjorde det faktisk rigtig godt. Ansigtet var fintskåret, med følsomme træk uden at være feminint. Han var hverken spinkel eller særlig kraftigt bygget, men nærmest gennemsnitlig. Men Jacobs største aktiv var hans øjne. De var dybblå, og hans blik havde den særlige egenskab at være både mildt og gennemborende på samme tid. Det blik havde hjulpet ham til at overbevise mange om den rette vej. Det vidste han, og han udnyttede det også.

Men ikke i dag. Hans egne dæmoner gjorde det svært at koncentrere sig om andres problemer, og det var lettere at forholde sig til det, drengen sagde, hvis han ikke så på ham. Han slap sit eget spejlbillede med øjnene og så ud over Bullarsøen og skoven, der bredte sig i miles omkreds. Det var så varmt, at han kunne se luften vibrere på vandets overflade. De havde købt den store gård billigt, eftersom den var så nedslidt af mange års vanrøgt, og efter mange timers fælles slid havde de renoveret den til den stand, den nu var i. Der var ingen luksus, men der var nyt, rent og hyggeligt. Kommunens udsendte medarbejder blev altid imponeret over huset og de smukke omgivelser og udbredte sig om, hvilken positiv indflydelse det måtte have på de stakkels utilpassede piger og drenge. Indtil videre havde de ikke haft problemer med at få tilskud, og virksomheden havde været godt kørende gennem de ti år, de havde været i gang. Så problemet var vel kun i hans eget hoved, eller sad det i sjælen?

Måske var fristelsen i hverdagen blevet det, der skubbede ham i den forkerte retning, da han stod ved en skillevej. Han havde ikke et sekund tøvet ved at lade søsteren bo hos sig. Hvem andre end han ville kunne lindre hendes rastløshed og berolige hendes rebelske sind? Men hun havde vist sig at være ham overlegen i deres psykologiske kamp, og mens hun blev mere og mere selvbevidst for hver dag, mærkede han, hvordan den stadige irritation udhulede hele hans fundament. Nogle gange tog han sig i at knytte hænderne og tænke, at hun var en dum, enfoldig tøs, som fortjente, at familien slog hånden af hende. Men det var ikke en kristen tankegang, og konsekvenserne af sådanne tanker blev hver gang timers ransagelse og ivrige bibelstudier i hans søgen efter styrke.

Udadtil var han stadig en klippe af tryghed og tillid. Jacob vidste, at menneskerne omkring ham havde behov for, at han var den, de altid kunne læne sig op ad, og det billede af sig selv var han endnu ikke parat til at ofre. Lige siden han besejrede den sygdom, der havde hærget i hans krop, havde han kæmpet for ikke at miste kontrollen over tilværelsen. Men bare det at opretholde denne facade tærede på hans kræfter, og han nærmede sig afgrunden med stormskridt. Det var ironisk, at cirklen var sluttet efter så mange år. Meddelelsen havde et øjeblik fået ham til at gøre det umulige. At tvivle. Tvivlen varede ikke længe, men den havde dannet en lille bitte sprække i det stærke væv, der holdt hans tilværelse sammen, og den sprække blev større og større. Jacob jog tankerne på flugt og tvang sig selv til at fokusere på den unge fyr og hans elendige tilværelse. Han stillede spørgsmål med den samme automatik som det medfølende smil, han altid viste et nyt sort får i flokken.

Endnu en dag. Endnu et ødelagt menneske at reparere på. Det holdt aldrig op. Men selv Gud hvilede jo på den syvende dag.

Efter at have hentet den grisefarvede familie ude på skæret ventede Erica ivrigt på, at Patrik kom hjem. Hun så også efter tegn på, at Conny og hans familie skulle begynde at pakke, men klokken halv seks gjorde de stadig ikke mine til at tage af sted. Hun bestemte sig for at forholde sig afventende, indtil hun fandt en taktfuld måde at spørge, om de ikke snart skulle køre, men det måtte ikke vare for længe, for børnenes skrig og skrål havde givet hende en voldsom hovedpine. Hun hørte lettet Patrik på trappen og vraltede ud for at møde ham.

"Hej, skat." Hun måtte op på tå for at kysse ham.

"Hej. Er de rejst?" Patrik talte med lav stemme og spejdede ind i stuen.

"Nej, og de lader heller ikke til at være på vej til det. Hvad fanden gør vi?" Erica viste sin utilfredshed ved at himle med øjnene og talte lige så lavmælt.

"De kan da ikke bare blive en dag mere uden at spørge? Eller kan de?" sagde Patrik med uro i blikket.

Erica fnyste. "Du skulle lige vide, hvor mange gæster mine forældre havde om sommeren, der bare lige skulle overnatte, men så blev hængende i en uge i forventning om fuld forplejning. Folk er ikke rigtig kloge. Og familien er altid værst."

Patrik så forskrækket ud.

"De kan vel ikke finde på at blive en uge! Vi må gøre noget. Kan du ikke sige, at de skal rejse?"

"*Jeg*, hvorfor skal *jeg* sige det?"

"Det er da *din* familie."

Det kunne der være noget om, måtte Erica medgive. Så var der vel ikke andet for end at bide i det sure æble. Hun gik ind i stuen for at høre gæsternes planer, men så langt nåede hun aldrig.

"Hvad skal vi have til middag?" Fire par forventningsfulde øjne blev rettet mod hende.

"Øh ..." Det bramfri spørgsmål bragte Erica helt ud af fatning. Hun tyede til fryseren. "Vi skal have spaghetti med kødsovs. Om en time."

Erica kunne sparke sig selv, da hun vendte tilbage til Patrik i køkkenet.

"Hvad sagde de? Hvornår tager de af sted?"

Erica så ikke Patrik i øjnene, da hun sagde: "Det ved jeg faktisk ikke. Men der er spaghetti med kødsovs om en time."

"Sagde du ikke noget?" Nu var det Patriks tur til at himle med øjnene.

"Det er ikke så let. Prøv selv engang." Erica skummede og begyndte med voldsomme bevægelser at hive gryder og kasseroller frem. "Vi må bide tænderne sammen en aften til. Jeg siger det til dem i morgen. Hjælp mig med at hakke løg, jeg orker ikke at lave mad til seks mennesker alene."

Under trykkende tavshed arbejdede de i køkkenet, indtil Erica ikke længere kunne dy sig.

"Jeg var på biblioteket i dag og fandt lidt materiale, som du måske kan bruge. Det ligger dér." Hun nikkede i retning af bordet. Der lå en stor bunke kopier.

"Jeg sagde jo, at du ikke skulle ..."

"Ja, ja, jeg ved det godt. Men nu er det gjort, og det var godt med lidt afveksling fra at sidde herhjemme og glo ind i væggen. Så tag det roligt."

Patrik havde lært, hvornår han skulle lukke munden, så han satte sig ved bordet og begyndte at skimme materialet igennem. Med stor interesse læste han avisartiklerne om de to forsvundne piger.

"Hold da kæft, hvor er det godt! Jeg tager det her med på kontoret i morgen og kigger nærmere på det, men det ser godt ud."

Han gik over til hende ved komfuret, stillede sig bag ved hende og lagde armene om den svulmende mave.

"Det var ikke min mening at lyde mavesur. Jeg er bare urolig for dig og babyen."

"Det ved jeg." Erica vendte sig om og lagde armene om hans hals. "Men jeg er jo ikke lavet af porcelæn, og hvis kvinder før i tiden kunne gå i marken til de fødte, så kan jeg nok også sidde på et bibliotek og bladre, uden at der sker noget."

"Ja, okay. Det ved jeg også godt." Han sukkede. "Bare vi slipper af med vores logerende, så vi kan få lidt tid sammen. Og du lover, at du siger til, hvis jeg skal blive hjemme en dag. De ved henne på stationen, at jeg arbejder på eget initiativ, og at du kommer i første række."

"Det lover jeg. Men giv nu en hånd med at få maden færdig, så kan det være, at ungerne dæmper sig."

"Det har jeg svært ved at tro. Vi skulle give dem hver sin whiskysjus før maden, så kunne det være, de faldt i søvn." Han smilede drilsk.

"Uh, hvor er du slem. Servér du en til Conny og Britta i stedet for, så holder vi i det mindste dem i godt humør."

Patrik fulgte hendes råd og så trist på det hastigt dalende indhold i sin bedste maltwhisky. Hvis de blev meget længere, ville hans whiskybeholdning aldrig blive den samme igen.

Sommeren 1979

Med en knaldende hovedpine åbnede hun ganske forsigtigt øjnene. Men hvor mærkeligt det end var, gjorde det ikke nogen forskel, om hun havde åbne eller lukkede øjne. Der var stadig kun massivt mørke. I et øjebliks panik troede hun, at hun var blevet blind. Den hjemmebrændte sprit, hun havde drukket i går, var måske dårlig. Hun havde hørt historier om, at unge var blevet blinde af at drikke hjemmebrændt. Men efter nogle sekunder begyndte omgivelsernes konturer vagt at aftegne sig, og hun blev klar over, at der ikke var noget i vejen med hendes syn, men at hun var et sted helt uden lys. Hun så op for måske at se en stjernehimmel eller måneskin, hvis hun lå et eller andet sted udenfor, men indså straks, at så mørkt blev det aldrig om sommeren: Da ville hun have set den klare, nordiske sommernat.

Hun følte på underlaget og fik fat på en næve sandagtig jord, som hun lod sile mellem fingrene. Den lugtede stærkt af muld, en kvælende sødlig lugt, og hun fik en fornemmelse af at være et sted under jorden. Følelsen var klaustrofobisk, og hun blev grebet af panik. Uden at kende stedets størrelse fik hun alligevel et billede af vægge, der kom imod hende, omsluttede hende. Hun tog sig til halsen, da det var, som om luften var ved at slippe op, men tvang så sig selv til at tage nogle rolige, dybe åndedrag for at kontrollere panikken.

Det var koldt, og hun opdagede pludselig, at hun, bortset fra underbukserne, var helt nøgen. Hele kroppen var øm, og hun skuttede sig og trak knæene helt op under hagen. Efterhånden veg panikken for en rædsel så grusom, at den næsten åd sig ind i knoglerne på hende. Hvordan var hun havnet her? Og hvorfor? Hvem havde klædt hende nøgen? Hendes sunde fornuft sagde hende, at hun sandsynligvis ikke ønskede at kende svarene. Der var sket hende noget ondt, og hun vidste ikke hvad. Noget, der vakte en navnløs rædsel i hende.

En stribe lys viste sig på hendes hånd, og hun hævede automatisk blikket mod dens udspring. En lille sprække lys var synlig mod det begsorte mørke, og hun tvang sig op på benene og råbte om hjælp. Intet svar. Hun stillede sig op på tå og prøvede at nå det sted, lyset kom fra, men var ikke tæt nok på. I stedet kunne hun mærke noget, der dryppede ned på hendes ansigt. Vanddråber, der blev til en lille strøm, og nu mærkede hun, hvor tørstig hun var. Hun reagerede instinktivt og åbnede munden for at suge væsken i sig, i store, grådige slurke. Først løb det meste ved siden af, men lidt efter lidt fik hun fat i den rette teknik og drak begærligt. Siden var det, som om en tåge lagde sig over det hele, og rummet begyndte at snurre rundt. Så blev alt mørkt.

LINDA VAGNEDE FOR en gangs skyld tidligt, men prøvede at falde i søvn igen. Det var blevet en sen aften med Johan – eller nat for at være helt præcis – og hun følte sig næsten lidt omtåget af mangel på søvn. Men det var første gang i månedsvis, at hun hørte regnen mod taget. Det værelse, som Jacob og Marita havde gjort i stand til hende, lå lige under tagryggen, og lyden af regn mod tagstenene var så høj, at det rungede i hendes hoved.

Det var også den første morgen i lang tid, at hun vågnede i et køligt værelse. Varmen havde sat rekord, efter at solen havde bagt i næsten to måneder; det var den varmeste sommer i hundrede år. Først havde hun nydt den stegende sol, men nyhedens interesse fortog sig for flere uger siden, og så var hun begyndt at hade at vågne hver morgen i sengetøj, der var vådt af sved. Så meget desto mere nød hun den friske, kølige luft, der trak ind under tagbjælkerne. Linda hev det tynde tæppe af for at mærke den behagelige luft mod kroppen. Modsat hvad hun plejede, bestemte hun sig for at stå op, før nogen kom og jog hende ud af sengen. Det kunne måske være rart til en afveksling ikke at spise morgenmad alene. Nede fra køkkenet hørte hun skramlen ved morgenbordet, der blev dækket, og hun tog en kort kimono på og stak fødderne i et par tøfler.

Hun blev mødt med overraskelse over at være så tidligt oppe. Hele familien sad der; Jacob, Marita, William og Petra. Deres dæmpede samtale blev brat afbrudt, da hun kastede sig ned på en stol og begyndte at smøre sig en mad.

"Det er rart, at du gør os selskab for en gangs skyld, men jeg ville sætte pris på lidt mere tøj på kroppen. Tænk på børnene."

Jacob var så fandens skinhellig. Bare for at tirre ham lod hun den tynde kimono glide til side, så man kunne skimte det ene bryst gennem åbningen. Han blev bleg af vrede, men orkede åbenbart ikke tage kampen op og lod hende være. William og Petra så fascineret på hende, og hun gjorde nogle grimasser, der fik dem til at knække sammen i fnisekrampe. Hun måtte indrømme, at ungerne faktisk var rigtig søde, men det skulle Jacob og Marita nok få ødelagt. Når deres religiøse opdragelse var fuldbragt, ville de ikke have en gnist af livsglæde tilbage.

"Nu tager I det roligt. Sid ordentligt ved bordet, når I spiser. Petra, tag benene ned af stolen og sid som en stor pige. Og må jeg være fri for at se maden inde i din mund, William. Luk munden, når du spiser."

Grinet blev hurtigt tørret af, og så sad de stive som to tinsoldater med tomme, stirrende blikke. Linda sukkede indvendigt. Det var svært at forstå, at hun og Jacob var søskende. De kunne dårligt være mere forskellige, det var hun overbevist om. Det mest uretfærdige var, at han var forældrenes favorit og hele tiden blev rost til skyerne, mens de ikke bestilte andet end at hakke på hende. Kunne hun måske gøre for, at hun var kommet som en uplanlagt efternøler, efter at de allerede havde indstillet sig på at være færdige med at være småbørnsforældre? Eller at Jacobs sygdom, mange år før hun blev født, havde afholdt dem fra at prøve igen? Hun forstod selvfølgelig, at det var alvorligt, at han næsten døde, men det skulle hun vel ikke straffes for? Det var jo ikke hendes skyld, at han blev syg.

Al den pylren med Jacob under hans sygdom var ligesom bare blevet ved, selv efter at han var blevet helt rask. Som om deres forældre betragtede hver ny dag i hans liv som en gave fra Gud, mens hun bare var til ærgrelse og besvær. For slet ikke at tale om farfar og Jacob. Efter det, farfar havde gjort for Jacob, forstod hun godt, at der havde været et særligt bånd imellem dem, men der skulle vel også være plads til hans andre børnebørn. Farfar døde ganske vist, før hun blev født, så hun slap for at mærke hans ligegyldighed, men hun vidste fra Johan, at han og Robert ikke havde haft farfars sympati, men havde kunnet se, hvordan al opmærksomhed blev rettet mod deres fætter Jacob. Hvis han havde levet, var det samme sikkert sket for hende.

Al den uretfærdighed fik tårerne frem i øjnene, men som så ofte før holdt Linda dem tilbage. Hun havde ikke i sinde at give Jacob den tilfredsstillelse at se hende græde og dermed få mulighed for endnu en gang at spille rollen som verdens frelser. Hun vidste, at det kløede i hans fingre efter at få hende ind på den rette vej, men hun ville hellere dø end blive sådan en dørmåtte som ham. Det kunne godt være, at søde piger kom i himlen, men hun ville meget, meget mere. Hellere gå under med bulder og brag end vaje som et strå i vinden som sin storebror, der levede i tryg forvisning om, at alle elskede ham.

"Har du nogen planer for i dag? Jeg kunne godt bruge lidt hjælp herhjemme."

Marita rettede spørgsmålet til Linda, mens hun roligt smurte flere madder til børnene. Hun var en moderlig kvinde med et almindeligt udseende og godt i stand. Linda havde altid syntes, at Jacob kunne have gjort det bedre. Hun så broren og svigerinden for sig i sengen. De gjorde det sikkert pligtskyldigt en gang om måneden med lyset slukket og svigerinden i lang natkjole. Forestillingen fik hende til at fnise, og de andre kiggede undrende på hende.

"Hallo, Marita stillede dig et spørgsmål. Kan du hjælpe til her i dag? Det er ikke noget pensionat, ved du."

"Ja, ja, jeg hørte det også første gang. Du behøver ikke være så skidesur. Og nej, jeg kan ikke hjælpe til i dag. Jeg skal ..." Hun ledte efter en god undskyldning. "Jeg skal tjekke op på Scirocco. Han haltede lidt i går."

Hendes undskyldning blev modtaget med skeptiske blikke, og Linda satte sin mest stridslystne mine op, parat til kamp. Men til hendes overraskelse var der ingen, der magtede at tage kampen op i dag, til trods for den åbenlyse løgn. Sejren var hendes, og hun havde udsigt til endnu en fridag.

Martin havde en uimodståelig lyst til at stille sig ud i den silende regn med ansigtet op mod himlen og lade den gennemvæde ham. Men der var visse ting, man ikke kunne gøre som voksen og i hvert fald ikke på sit arbejde. Men skønt var det. Al den hede og lumre varme, der havde holdt dem i et jerngreb de sidste to måneder, blev skyllet væk med et enkelt, ordentligt skybrud. Han mærkede duften af regn i næseborene gennem det vindue, han havde åbnet på vid gab. Vandet stænkede ind på den del af skrivebordet, der var nærmest vinduet, men han havde flyttet alle papirer, så det gjorde ikke noget. Det var det værd bare for at mærke duften af kølighed.

Patrik havde ringet og sagt, at han havde sovet over sig, så Martin var til en afveksling den første på arbejde. Efter afsløringen af Ernsts fadæse i går havde stemningen været temmelig trykkende, så det var godt bare at sidde i ro og fred og samle tankerne. Han misundte ikke Patrik, at han skulle give besked til kvindens slægtninge, men også han var klar over, at vished var det første skridt i en lægende bearbejdelse af sorgen. Sandsynligvis vidste de ikke engang, at hun var forsvundet, så beskeden ville komme som et chok. Nu gjaldt det først og fremmest om at finde frem til dem, og det var en af dagens opgaver for Martin at kontakte de tyske kolleger. Forhåbentlig kunne de tale sammen på engelsk, ellers havde han et problem. Han kunne tilstrækkeligt meget skoletysk til at forstå, at Patriks tyske ikke var noget at råbe hurra for, efter at han havde hørt ham hakke og stamme sig igennem samtalen med Tanjas veninde.

Han skulle lige til at løfte røret og ringe til Tyskland, da telefonens ringen kom ham i forkøbet. Pulsen slog hurtigere, da han hørte, at det var Retsmedicinsk i Göteborg, og han rakte ud efter sin tætbeskrevne notesblok. Det var egentlig Patrik, de skulle tale med, men da han ikke var kommet endnu, måtte de tage til takke med Martin.

"I har da efterhånden fået jeres sag for derude på landet."

Retsmediciner Tord Pedersen tænkte på den obduktion, han havde foretaget af Alexandra Wijkner halvandet år tidligere, og som var blevet optakten til en af Tanumshede Politistations meget få mordsager.

"Ja, man begynder at tro, det er noget, der smitter. Vi haler vel snart ind på Stockholm i mordstatistikken."

Den humoristiske tone var ikke udtryk for, at der blev taget let på situationen. For dem – som for mange andre, der ofte var i kontakt med død og ulykke – var det bare en måde at håndtere det daglige arbejde på.

"Har I allerede nået at obducere hende? Jeg troede, folk havde mere travlt med at tage livet af hinanden i sådan en varme?" fortsatte Martin.

"Jo, det har du sådan set ret i. Man kan godt mærke, at folk får en kortere lunte, men vi har haft mindre at lave de seneste par dage, så vi kunne tage os af sagen tidligere, end vi regnede med."

"Sig frem." Martin holdt vejret. Efterforskningen stod og faldt mere eller mindre med, hvor meget Retsmedicinsk kunne diske op med.

"Ja, det er helt sikkert ikke noget rart menneske, I har med at gøre. Dødsårsagen var ikke noget problem at fastsætte, hun blev kvalt, men det, man lægger mærke til, er, hvad hun har været udsat for, før døden indtraf."

Pedersen holdt en pause, og det lød, som om han tog briller på.

"Ja?" Martin kunne dårligt skjule sin utålmodighed.

"Lad os se ... Det her kommer også på faxen, jeg sender ... Hmmm." Pedersen skimmede, og Martins hånd blev svedig af sit krampagtige greb om røret.

"Jo, her har vi det. Fjorten brud på forskellige steder af skelettet. Alle tilføjet inden dødens indtræden at dømme efter den varierende grad af heling."

"Du mener ..."

"Jeg mener, at nogen har brækket hendes arme, ben, fingre og tæer i løbet af formentlig en uges tid."

"Er de brækket ved et enkelt tilfælde eller ved flere, kan I se det?"

"Som sagt kan man se en varierende lægningsgrad, så min faglige vurdering er, at de er tilført hende i løbet af hele perioden. Jeg har skitseret den rækkefølge, jeg mener, knoglebruddene er sket i. Det står i faxen. Hun havde også en hel del overfladiske snitsår på kroppen. Også på forskellige helingsstadier."

"Føj," kommenterede Martin spontant.

"Jeg er tilbøjelig til at istemme," lød Pedersens stemme tørt i telefonen. "Hun må have lidt forfærdeligt."

De sad begge lidt i dystre tanker. Så fattede Martin sig og fortsatte: "Har I fundet nogen spor på kroppen, som vi kan bruge til noget?"

"Ja, vi har fundet sæd. Hvis bare I finder en mistænkt gerningsmand, så kan han knyttes til mordet med dna. Vi søger selvfølgelig også i databasen, men det er sjældent, vi rammer plet ad den vej. Registeret er for lille. Man kan drømme om den dag, hvor man kan søge på alle borgeres dna. Så vil vi stå helt anderledes."

"Ja, drømme er ordet. Begrænsningen af individets frihed og alt det dér skal nok få sat en kæp i hjulet for den idé."

"Hvis ikke det kan kaldes begrænsning af friheden, hvad denne kvinde har været udsat for, så ved jeg ikke ..."

Det var usædvanlig filosofiske ord fra den ellers så saglige Tord Pedersen, og Martin forstod, at han for en gangs skyld var blevet berørt af kvindens skæbne. Følelser var ellers ikke noget, en retsmediciner kunne tillade sig, hvis han ville kunne sove om natten.

"Har du nogen vurdering af, hvornår hun døde?"

"Ja, jeg har fået resultatet af de prøver, som teknisk afdeling tog, og sammenholdt dem med mine egne iagttagelser, så jeg mener, at jeg kan give et ret pålideligt tidsinterval."

"Lad mig høre."

"Så vidt jeg kan bedømme, døde hun mellem klokken elleve og klokken seks, aftenen før hun blev fundet i Kongekløften."

Martin lød skuffet. "Kan du ikke give et mere præcist tidspunkt end det?"

"I sager som den her er det praksis aldrig at give mindre end fem timers intervaller, så det er det bedste, jeg kan komme med. Til gengæld er sandsynligheden så 95 procent, så det er meget pålideligt. Men jeg kan bekræfte, hvad I sikkert allerede har haft mistanke om: at Kongekløften er det sekundære åsted. Hun blev myrdet et andet sted og lå dér et par timer efter døden. Det fremgår blandt andet af ligpletterne."

"Det er jo altid noget." Martin sukkede. "Men hvad så med skeletterne – gav de noget? Patrik fortalte dig vel, hvem vi tror, det kan være?"

"Ja, det gjorde han. Og dér er vi ikke helt færdige. Det er ikke helt så enkelt, som man skulle tro at finde tandkort fra halvfjerdserne, men vi arbejder på det og giver jer besked, så snart vi ved noget. Men vi kan i hvert fald sige, at det er to kvindeskeletter, og alderen ser ud til at stemme nogenlunde. Den ene kvindes hofteknogler tyder også på, at hun har født, og det stemmer jo meget godt med de oplysninger, vi har. Og det mest interessante er, at begge skeletter har frakturer, der ligner den døde kvindes. Imellem os sagt, tør jeg næsten sige, at de er omtrent identiske på de tre ofre."

Martin tabte en kuglepen på gulvet af bar overraskelse. Hvad var det egentlig, de havde fået mellem hænderne her? En sadistisk morder, der lod gå femogtyve år mellem sine grusomme gerninger. Han ville ikke engang tænke på alternativet. At morderen ikke havde ventet femogtyve år, og at de ganske enkelt ikke havde fundet de andre ofre.

"Har de også været udsat for knivstik?"

"Når der ikke længere eksisterer organisk materiale, så er det sværere at sige, men der er nogle skrabemærker på knoglerne, der indikerer, at de kan have været udsat for samme behandling, ja."

"Og deres dødsårsag?"

"Den samme som den tyske piges. Knogler, der er presset ind lige på halsen, er i overensstemmelse med de skader, der opstår ved kvælning."

Martin tog hurtige notater under samtalen.

"Er der ellers noget af interesse?"

"Ikke andet end at skeletterne sandsynligvis har været gravet ned, der er jordrester på dem, som vi måske kan få noget ud af ved analysen. Men den er ikke færdig endnu, så I må slå jer til tåls med det her. Der var også jord på det tæppe, som Tanja Schmidt lå på, så det skal vi sammenligne med prøverne fra skeletterne." Pedersen holdt en lille pause, men fortsatte så: "Er det Mellberg, der leder efterforskningen?"

Der afslørede sig en vis uro i hans stemme. Martin smilede lidt i skægget, men kunne berolige ham på det punkt.

"Nej, det er Patrik, der har fået overdraget ansvaret. Men hvem der får æren, hvis vi opklarer det her, er jo en anden sag ..."

De lo begge to, men hos Martin blev grinet siddende i halsen.

Efter at have afsluttet samtalen med Tord Pedersen hentede han de ark, der var kommet ind på stationens fax, og da Patrik kort efter kom på arbejde, var Martin velorienteret. En opsummering senere var Patrik lige så slukøret som han. Det her så ud til at blive noget af en hovedpine.

Anna lå i bikini på sejlbådens stævn og solede sig. Børnene sov til middag nede i kahytten, og Gustav stod ved roret. Hver gang forstavnen slog i vandet, stænkede små, salte vanddråber op på hende og kølede vidunderligt. Hvis hun lukkede øjnene, kunne hun næsten glemme, at hun havde noget at bekymre sig om, og overbevise sig selv om, at det her var hendes virkelige liv.

"Anna, der er telefon." Gustavs stemme rev hende ud af hendes nærmest meditative tilstand.

"Hvem er det?" Hun skyggede med hånden over øjnene og kunne se, at han viftede med hendes mobiltelefon.

"Det ville han ikke sige."

Fandens også. Hun blev i det samme klar over, hvem det var, og med en knude i maven gik hun forsigtigt over mod Gustav.

"Anna."

"Hvem fanden var det?" hvæsede Lucas.

Anna tøvede. "Jeg fortalte jo, at jeg skulle ud og sejle med en ven."

"Du prøver altså at bilde mig ind, at det var en ven." Svaret kom prompte. "Hvad hedder han?"

"Det har ikke noget med dig ..."

Lucas afbrød hende. "Hvad HEDDER han, Anna?"

Hendes indre forsvar blev brudt mere og mere ned for hvert sekund, hun hørte hans stemme i telefonen. Hun svarede stille: "Gustav af Klint."

"Det må jeg sige, det lyder sandelig fint." Stemmen gik fra hånlig til lav og truende: "Hvor vover du at tage mine børn med på ferie med en anden mand?"

"Vi er skilt, Lucas," sagde Anna. Hun lagde hånden over øjnene.

"Du ved lige så vel som jeg, at det ikke forandrer noget, Anna. Du er mine børns mor, og det betyder, at du og jeg altid vil høre sammen. Du er min, og børnene er mine."

"Hvorfor prøver du så at tage dem fra mig?"

"Fordi du er uligevægtig, Anna. Du har altid haft svage nerver, og jeg stoler ærlig talt ikke på, at du kan tage dig af mine børn på den måde, de fortjener. Se bare, hvordan I lever. Du arbejder hele dagen, og de er i børnehave. Er det måske et godt liv for børnene, synes du det, Anna?"

"Men jeg er nødt til at arbejde, Lucas. Og hvordan ville du løse det, hvis du skulle tage dig af børnene? Du skal jo også arbejde. Hvem skulle så passe dem?"

"Der er en løsning, Anna, det ved du, der er."

"Er du vanvittig? Skulle jeg gå tilbage til dig, efter at du brækkede armen på Emma? For slet ikke at nævne alt det, du gjorde mod mig?" Hendes stemme blev høj. Hun vidste i samme øjeblik instinktivt, at hun var gået for langt.

"Det var ikke min skyld. Det var et uheld! Og hvis du ikke var blevet ved med at modarbejde mig, så var jeg ikke altid blevet i så dårligt humør!"

Det var som at tale til en væg. Nytteløst. Efter alle årene med Lucas vidste Anna, at han mente, hvad han sagde. Det var aldrig hans skyld. Alting var altid alle andres skyld. Hver gang han havde slået hende, fik han hende til at føle sig skyldig over, at hun ikke var forstående nok, kærlig nok, underdanig nok.

Da hun ved hidtil ukendte kræfters hjælp havde gennemført skilsmissen, følte hun sig for første gang i mange år stærk, uovervindelig.

Nu kunne hun endelig generobre sit liv. Hun og børnene kunne begynde forfra. Men det var gået lidt for let. Lucas var virkelig blevet chokeret over, at han under et af sine vredesudbrud havde brækket datterens arm og var blevet usædvanlig medgørlig. Et hektisk ungkarleliv havde også gjort sit til, at han lod Anna og børnene være i fred, mens han var optaget af den ene erobring efter den anden. Men lige da Anna begyndte at tro, at det var lykkedes hende at gøre sig fri, var Lucas ved at køre træt i sit nye liv og vendte igen blikket mod familien. Da hverken blomster, gaver eller bønner om tilgivelse virkede, tog han silkehandskerne af. Han krævede forældreretten over børnene. Han kom med en række grundløse beskyldninger om Annas uegnethed som mor. Ingen af dem var sande, men Lucas kunne være så overbevisende og charmerende, at hun alligevel gruede for, om det ville lykkes ham. Hun vidste, at når det kom til stykket, var det ikke børnene, han ville have. Med hans karriere ville det ikke fungere at skulle tage sig af to mindre børn, men han håbede at skræmme Anna tilstrækkeligt til at drive hende tilbage i folden. I svage stunder var det lige, hvad hun var parat til at gøre. Samtidig med at hun kunne se, at det var umuligt. Så ville hun gå til. Hun manede sig op.

"Lucas, den her diskussion fører ingen steder hen. Jeg er kommet videre efter skilsmissen, og det skulle du også tage og gøre. Det er rigtigt, at jeg har mødt en ny mand, og det må du acceptere. Børnene har det godt, og jeg har det godt. Kan vi ikke tage det her som to voksne mennesker?"

Hun forsøgte at appellere, men tavsheden i den anden ende var massiv. Hun forstod, at hun var gået over grænsen. Da hun hørte, at Lucas simpelthen lagde på, vidste hun, at det her ville hun komme til at betale for. Dyrt.

Sommeren 1979

Den djævelske smerte i hendes hoved fik hende til at begrave fingerspidserne dybt i ansigtet. Smerten, når hendes negle rev lange rifter i huden, var næsten tilfredsstillende i sammenligning med den dunkende hovedpine, og den hjalp hende til at fokusere.

Det var stadigvæk sort, men der var noget, der fik hende til at vågne af den dybe, drømmeløse dvale. En lille sprække lys viste sig over hendes hoved, og mens hun missede med øjnene op mod den, blev den langsomt større. Uvant med lyset, kunne hun gennem sprækken, der nu var blevet til en åbning, ikke se, men høre, at nogen kom ned ad en trappe. En, som kom nærmere og nærmere i mørket. Forvirringen gjorde det svært for hende at finde ud af, om hun følte skræk eller lettelse. Hun havde begge følelser, og på skift fik først den ene, så den anden overtaget.

De sidste skridt frem mod hende, dér hvor hun lå sammenkrøbet i fosterstilling, var lydløse, og uden at der var blevet sagt et eneste ord, mærkede hun en hånd, der strøg hende over håret. Måske skulle det have været beroligende, men bevægelsens enkelhed gjorde, at hendes hjerte trak sig sammen af skræk.

Hånden søgte videre over hendes krop, og hun rystede i mørket. Et sekund strejfede den tanke hende, at hun kunne gøre modstand mod den ansigtsløse fremmede. Tanken forsvandt lige så hurtigt, som den var kommet. Mørket var for overvældende, og den hånd, der strøg ned over hende, var så stærk, at det gennemtrængte hendes hud, hendes nerver, hendes sjæl. Underkastelse var den eneste mulighed, stod det forfærdende klart for hende.

Da hånden gik fra at kæle til at brække og vride, hive og slide, var det ikke nogen overraskelse. På en måde følte hun lettelse ved smerten. Det var lettere at håndtere smerten end at vente rædselsslagen på det ukendte.

DEN NÆSTE SAMTALE med Tord Pedersen kom kun få timer efter, at Patrik havde talt med Martin. Det ene skelet var blevet identificeret. Mona Thernblad, den ene af de to piger, der forsvandt i 1979, var en af dem, der var blevet fundet i Kongekløften.

Patrik og Martin sad og gennemgik den information, der var blevet samlet i løbet af efterforskningen. Mellberg glimrede ved sit fravær, men Gösta Flygare var tilbage på arbejde efter en pæn indsats i golfturneringen. Han havde ikke vundet, men til sin store overraskelse og glæde havde han lavet et hole-in-one og var blevet budt på champagne i klubhuset. Indtil videre havde Martin og Patrik hørt tre gange på den detaljerede historie om, hvordan kuglen røg ned i første hug på det 16. hul, og de tvivlede ikke på, at de nok skulle få den igen. Men det gjorde ikke så meget. De undte begge to Gösta den glæde, og Patrik lod ham få lidt respit, før de inddrog ham i undersøgelserne. Så lige nu sad Gösta og ringede rundt til alle sine golfvenner og fortalte om "Den store begivenhed".

"Der er altså en eller anden satan, der brækker pigernes knogler, før han myrder dem," sagde Martin. "Og snitter dem med en kniv," tilføjede han.

"Ja, det ser ikke godt ud. Hvis jeg skal gætte, er der nok et seksuelt motiv. En eller anden sadist, der tænder på andres smerte. Det tyder det jo på, siden vi fandt sæd på Tanja."

"Taler du med Monas pårørende? Meddeler, at vi har fundet hende, mener jeg?"

Martin så urolig ud, og Patrik beroligede ham ved at påtage sig opgaven.

"Jeg havde tænkt mig at tage ud til hendes far i eftermiddag. Hendes mor døde for mange år siden, så der er kun faren tilbage."

"Hvordan ved du det? Kender du dem?"

"Nej, men Erica var på biblioteket i Fjällbacka i går og fandt frem til alt, hvad der har stået om Siv og Mona i pressen. Deres forsvinden er blevet taget op med jævne mellemrum, og for et par år siden var der blandt andet et interview med familierne. Mona har altså kun en far i live, og Siv havde allerede dengang kun sin mor. Der var også en lille datter, så hende vil jeg også tale med, så snart vi får bekræftet, at den anden kvinde er Siv."

"Det ville da være noget af et tilfælde, hvis det var en anden?"

"Ja, jeg regner også med, at det er hende, men det er ikke til at sige med hundrede procents sikkerhed. Mærkelige sammentræf sker jo."

Patrik bladrede i de papirer, Erica havde fundet til ham og lagde nogle stykker ud som en vifte foran sig på skrivebordet. Han havde også sagsmappen fra kælderarkivet for at sammenholde informationerne om pigernes forsvinden. Meget af det, der stod i avisartiklerne, var ikke med i papirerne fra efterforskningen, så for at få et fuldstændigt billede var begge kilder nødvendige.

"Hør her: Siv forsvandt midsommeren 1979, og så forsvandt Mona to uger senere."

Patrik rejste sig og skrev på tavlen for at tydeliggøre og strukturere deres data.

"Siv Lantin blev sidst set i live, da hun cyklede hjem efter at have været ude med vennerne og feste. Det allersidste vidneudsagn beskriver, hvordan hun drejer af fra den store vej og cykler mod Bräcke. Da var klokken to om natten, og hun blev set af en bilist, der passerede hende på vejen. Derefter har ingen set eller hørt fra hende."

"Hvis man altså ser bort fra Gabriel Hults oplysninger," tilføjede Martin. Patrik nikkede samstemmende. "Ja, hvis man ser bort fra Gabriel Hults vidneudsagn, hvilket jeg synes, vi skal indtil videre."

Han fortsatte: "Mona Thernblad forsvandt to uger senere. Til forskel fra Siv forsvandt hun ved højlys dag om eftermiddagen. Hun forlod hjemmet ved tretiden for at jogge, men kom aldrig tilbage. En af hendes løbesko blev fundet ved vejen langs den rute, hun plejede at løbe, men det var alt."

"Var der nogen lighed mellem pigerne? Ud over at de var piger og på nogenlunde samme alder."

Patrik kunne ikke lade være at smile lidt. "Man har set en del 'FBI-files', hva'? Desværre må jeg skuffe dig. Hvis vi har med en massemorder at gøre – og det er vel det, du fisker efter – så var der i hvert fald ingen ydre ligheder mellem pigerne." Han satte to sorthvide fotografier op på tavlen.

"Siv var nitten år. Lille, mørk og rund. Rygtet sagde, at hun var ret utilpasset og lavede lidt af en skandale i Fjällbacka, da hun fik barn som syttenårig. Både hun og barnet boede hos moren, men skal man tro aviserne, så var Siv meget ude og feste og var ikke begejstret for at sidde hjemme. Mona beskrives derimod som et rigtigt familiemenneske, der var dygtig i skolen, havde mange venner og i det hele taget var populær. Hun var høj, lys og trænede en del. Atten år gammel, men boede stadig hjemme, da hendes mor var svagelig, og hendes far ikke kunne tage sig af hende alene. Det lader ikke til, at der er nogen, der har haft noget dårligt at sige om hende. Så det eneste, de to piger havde til fælles, var, at de forsvandt sporløst fra jordens overflade for mere end tyve år siden og nu er dukket op som skeletter i Kongekløften."

Martin støttede eftertænksomt hovedet i hånden. Både han og Patrik sad lidt uden at sige noget og kiggede i avisudklippene og på notaterne på tavlen. De tænkte begge på, hvordan de unge piger så ud. De havde haft så mange år tilbage at leve i, hvis ikke noget fatalt var kommet i vejen. Og så Tanja, som de endnu ikke havde et foto af i levende live. Endnu en ung pige, der havde haft livet foran sig. Men nu var også hun død.

"Der blev foretaget utallige afhøringer." Patrik trak et tykt bundt maskinskrevne ark ud af mappen. "Pigernes venner og familie blev afhørt. Man stemte dørklokker i området, og alt i alt var der, efter hvad jeg kan se, omkring hundrede afhøringer."

"Gav de noget?"

"Nej, intet. Ikke før de fik det tip af Gabriel Hult. Han ringede selv op til politiet og fortalte, at han havde set Siv i sin brors bil, den nat hun forsvandt."

"Og hvad så? Det var vel ikke nok til at mistænke ham for mord?"

"Nej, men da Gabriels bror, Johannes Hult, blev afhørt, benægtede han at havde talt med hende eller så meget som set hende, så i mangel på et bedre spor valgte man at fokusere på ham."

"Kom man nogen vegne med det?" Martin spærrede øjnene op i modvillig fascination.

"Nej, der kom ikke mere frem. Og nogle måneder senere hængte Johannes Hult sig i sin lade, så man kan godt sige, at sporet blev ret koldt."

"Det virker besynderligt, at han tog livet af sig så kort efter."

"Ja, men hvis det nu var ham, der var skyldig, så skulle det i så fald være hans spøgelse, der myrdede Tanja. En død mand myrder ikke ..."

"Og hvad så med det, at hans eget kød og blod, hans bror, ringede ind og meldte ham? Hvorfor gør man det?" Martin rynkede panden. "Åh, selvfølgelig, hvor er jeg dum: Hult – det må jo være familie til Johan og Robert, vores gode, gamle tyvevenner."

"Ja, netop. Johannes var deres far. Efter at have læst lidt om slægten Hult kan jeg faktisk bedre forstå grunden til, at vi har så meget at gøre med Johan og Robert. De var ikke mere end fem og seks år, da Johannes hængte sig, og det var Robert, som fandt ham i laden. Man kan forestille sig, hvad det har gjort ved en seksårig."

"Ja, for fanden." Martin rystede på hovedet. "Men nu må jeg have lidt kaffe, før vi går videre. Koffeinniveauet er ved at blive kritisk. Vil du også have en kop?"

Patrik nikkede, og lidt efter kom Martin tilbage med to kopper dampende varm kaffe. For en gangs skyld var det vejr til varme drikke.

Patrik fortsatte sin udlægning. "Johannes og Gabriel er sønner af Ephraim Hult, en mand, der også blev kaldt 'Prædikanten'. Ephraim var en velkendt – eller berygtet, om man vil – frikirkepræst i Göteborg. Han afholdt store møder, hvor hans sønner talte i tunger, dengang de var små, og helbredte de syge og forkrøblede. De fleste betragtede ham som en charlatan og bedrager, men ikke desto mindre skød han papegøjen, da en af damerne i hans tro skare, Margareta Dybling, døde, og efterlod ham alt, hvad hun ejede. Ud over en betragtelig formue i rede penge efterlod hun sig også et stort skovområde og en statelig herregårdsbygning på Fjällbacka-egnen. Så Ephraim tabte pludselig lysten til at sprede Guds ord, flyttede hertil med sine sønner, og siden da levede familien af damens penge."

Opslagstavlen var nu plastret til med notater, og der lå papirer spredt ud over hele Patriks bord.

"Ikke fordi slægtshistorie er kedelig, men hvad har det med mordene at gøre? Som du selv sagde, så døde Johannes mere end tyve år, før Tanja blev myrdet, og en død mand myrder ikke, som du så veltalende udtrykte det." Martin havde svært ved at skjule sin utålmodighed.

"Sandt nok, men jeg har gennemgået alt det gamle materiale, og Gabriels vidneudsagn er faktisk det eneste interessante, jeg har fundet i den gamle undersøgelse. Jeg havde også håbet at kunne tale med Errold Lind, som var ansvarlig for efterforskningen, men han døde desværre af et hjertestop i 1989, så vi har kun det her materiale at gå ud fra. Medmindre du har et bedre forslag, så foreslår jeg, at vi begynder med at finde ud af mere om Tanja, samtidig med at vi taler med dem af Sivs og Monas forældre, der er i live. Efter det kan vi så vurdere, om det er værd at tale med Gabriel Hult igen."

"Det lyder fornuftigt. Hvor skal jeg starte?"

"Begynd med efterforskningen omkring Tanja. Og sørg også for at sætte Gösta i sving fra i morgen. Nu er de kronede dage forbi for hans vedkommende."

"Og hvad med Mellberg og Ernst?"

Patrik sukkede. "Min strategi er så vidt muligt at holde dem udenfor. Det indebærer selvfølgelig en større arbejdsbyrde for os andre tre, men jeg tror, at det kommer til at betale sig i længden. Mellberg er bare glad, hvis han slipper for at lave noget, og desuden har han i realiteten givet afkald på den her efterforskning. Ernst fortsætter bare som hidtil med at tage de indløbende anmeldelser. Hvis han har brug for hjælp, sender vi Gösta, du og jeg skal så vidt muligt friholdes til den her efterforskning. Forstået?"

Martin nikkede. "Yes, boss."

"Så går vi i gang."

Da Martin var ude af kontoret, vendte Patrik sig mod opslagstavlen, i dybe tanker og med hænderne foldet bag nakken. Det var en overvældende opgave, de stod overfor, og de havde ikke meget erfaring med mordundersøgelser, så han blev ramt af et pludseligt anfald af mismod. Han håbede inderligt, at de kunne kompensere for den manglende erfaring med entusiasme. Martin var i hvert fald fyr og flamme, så mon ikke det også ville lykkes at vække Flygare af sin tornerosesøvn. Hvis de så også bare kunne holde Mellberg og Ernst ude af efterforskningen, mente Patrik, at de måske havde en chance for at opklare mordene. Men den var ikke stor, især fordi sporene efter de to af mordene var så kolde, at de nærmest var dybfrosne. Han vidste, at deres bedste chance var at koncentrere sig om Tanja, men samtidig sagde hans instinkt ham, at der var så tæt en sammenhæng mellem mordene, at de ikke kunne løses uafhængigt af hinanden. Det ville ikke blive let at ryste liv i den gamle undersøgelse, men de blev nødt til at gøre forsøget.

Han tog en paraply, slog en adresse op i telefonbogen og begav sig af sted med tungt hjerte. Visse opgaver var det ikke humant at skulle tage på sig.

Regnen trommede vedholdende på ruderne, og under andre omstændigheder ville Erica have budt dens kølighed velkommen. Men skæbnen og påtrængende slægtninge ville det anderledes, så i stedet blev hun langsomt, men sikkert, drevet mod vanviddets rand.

Børnene løb rundt som tosser i frustration over at sidde indespærret, og Conny og Britta var begyndt at toppes som dyr under pres. Det havde ikke udviklet sig til et regulært skænderi, men smågnaveriet var taget til, så det nu stod på hvæsen og snerren. Gamle synder og forurettelser begyndte at blive hevet frem fra skabet, og Erica havde kun lyst til at gå op og trække dynen over hovedet. Men endnu en gang stod hendes gode opdragelse med en løftet pegefinger og fik hende til at opføre sig civiliseret midt på krigsskuepladsen.

Hun havde set længselsfuldt mod døren, da Patrik gik på arbejde. Han havde ikke haft held til at skjule sin lettelse over at kunne flygte til stationen, og hun havde følt sig fristet til at teste hans tilbud om at blive hjemme, når som helst hun ville have det. Men hun syntes ikke, det ville være rigtigt at gøre det bare for at slippe for at sidde alene med 'firebanden', så i stedet vinkede hun som en lille, pligttro hustru til ham ud ad køkkenvinduet, da han kørte.

Huset var ikke større, end at den almindelige uorden nu var ved at blive katastrofal. Hun havde taget nogle spil frem til børnene, men det havde kun resulteret i, at der nu lå scrabble-brikker spredt overalt i stuen i en skønsom blanding med matadorhuse og spillekort. Hun bøjede sig med besvær og tog de små spillebrikker op i et forsøg på at få lidt orden i stuen. Samtalen ude i havestuen, hvor Britta og Conny sad, blev mere og mere højrøstet, og hun begyndte at forstå, hvorfor ungerne ikke var så omgængelige. Med forældre, der opførte sig som femårige, var det ikke nemt at lære respekt for andre eller andres ejendele. Bare denne dag snart var overstået. Så snart det holdt op med at regne, ville hun smide familien Flood ud. Det kunne være meget godt med ordentlig opdragelse og gæstfrihed, men blev de ret meget længere, skulle hun være en helgen for ikke at få et føl på tværs.

Dråben, der fik bægeret til at flyde over, kom ved frokosttid. Ømme fødder og en gnavende smerte over lænden var resultatet af en time i køkkenet for at tilgodese både Connys glubende appetit og børnenes kræsenhed. Hun mente, at gratineret pølse og pasta i flødesovs ville stille alle tilfredse, men deri tog hun grueligt fejl, viste det sig.

"Adr, det hader jeg. Hvor ulækkert!"

Lisa skød demonstrativt tallerkenen væk og lagde surmulende armene over kors.

"Det var synd, for det er, hvad der bliver serveret," sagde Erica med fast stemme.

"Men jeg er suuulten. Jeg vil ha' noget andet!"

"Der er ikke andet. Hvis du ikke kan lide pølsen, så kan du jo spise pasta med ketchup." Erica gjorde sig umage med at lyde afbalanceret, på trods af at hun var ved at koge over indvendigt.

"Pastaen er ulækker! Jeg vil have noget andet. Moar!"

"Har du eventuelt noget andet at give hende?" Britta klappede sin lille tudemarie på kinden og blev belønnet med et smil. Lisa fik glødende kinder af triumfen og så opfordrende på Erica. Men nu var grænsen nået. Nu var der krig.

"Der er ikke andet. Enten spiser du det, der står på bordet, eller også er det bare ærgeligt."

"Men søde Erica, nu synes jeg, at du er urimelig. Conny, forklar hende, hvordan vi gør hjemme, hvordan vi opdrager børnene." Hun ventede dog ikke på hans svar. "Vi tvinger ikke vores børn til noget. Det hæmmer dem i deres udvikling. Hvis min Lisa vil have noget andet, så synes vi kun, at det er rimeligt, at hun får det. Jeg mener, hun er jo et individ, der har lige så meget ret til at udtrykke sig som alle andre. Og hvad ville du sige til, at nogen tvang dig til at spise noget, du ikke ville have? Det tror jeg ikke, du ville bryde dig om."

Britta docerede med sin bedste psykologstemme, og Erica følte pludselig, at målet var fuldt. Med isnende ro tog hun barnets tallerken, hævede den over Brittas hoved og vendte bunden i vejret på den. Britta stoppede midt i en sætning af bar overraskelse, da hun mærkede pasta og flødesovs glide ned over håret og ind under blusen.

Ti minutter efter var de væk. Sikkert for aldrig mere at vende tilbage. Efter al sandsynlighed ville hun nu være sortlistet hos den del af slægten, men Erica kunne ikke engang med sin bedste vilje påstå, at det var noget, hun sørgede over. Hun var heller ikke flov, selvom hendes opførsel i bedste fald kunne betegnes som barnlig. Det føltes fantastisk at få afløb for alle de aggressioner, der havde hobet sig op i løbet af de to dages besøg, og det var ikke noget, hun havde i sinde at undskylde.

Resten af dagen planlagde hun at tilbringe i havestuens sofa med en god bog og sommerens første kop te. Straks så livet meget lysere ud.

Den overvældende plantevækst i hans udestue kunne nemt tåle sammenligning med de flotteste haver, selvom den var lille. Hver blomst var med nænsom pleje vokset frem fra frø eller stikling, og takket være sommervarmen var atmosfæren nu nærmest tropisk. I et hjørne af udestuen dyrkede han grønsager, og intet kunne måle sig med den tilfredsstillelse, det var at gå ud og plukke hjemmedyrkede tomater, squash, løg og oven i købet meloner og vindruer.

Rækkehuset lå på vejen mod Dingle, ved den sydlige indfartsvej til Fjällbacka. Det var lille, men funktionelt. Hans udestue stak ud som et grønt udråbstegn imellem de andre rækkehuses mere beskedne vækster.

Det var kun, når han sad herude, at han ikke savnede det gamle hus. Det hus, han selv var vokset op i, og som han senere havde skabt et hjem i til sig selv, sin kone og datter. De var begge gået bort nu, og smerten var blevet ubærlig i ensomheden, lige til han erkendte, at han måtte tage afsked med huset og alle dets minder.

Det lille rækkehus savnede nok den sjæl, som han elskede ved det gamle hus, men det var samtidig det upersonlige, der lindrede hans hjertesorg. Nu lå den mest som en konstant, men svag skygge i baggrunden.

Da Mona forsvandt, troede han, at Linnea ville dø af sorg. Hun var svagelig allerede før det, men havde vist sig at være sejere end som så. Hun levede ti år til. For hans skyld, var han sikker på. Hun ville ikke efterlade ham alene med den sorg at bære på. Hun bed sig fast i det liv, der nu kun var en skyggetilværelse for dem begge.

Mona havde været deres livs lys. Hun kom til, da de havde opgivet håbet om at få børn, og flere blev det heller ikke til. Al den kærlighed, de kunne opdrive, havde fået bolig i det lyse, glade væsen, hvis latter fik hans hjerte til at banke. At hun bare sådan kunne forsvinde, forekom ham fuldstændig ufatteligt. Solen skulle være slukket og himlen faldet ned. Men det skete ikke. Livet gik videre som sædvanligt uden for deres sorgens hus. Mennesker lo, levede og arbejdede. Men Mona var væk.

De levede længe på håbet. Måske var hun et eller andet sted. Måske havde hun en tilværelse uden dem og havde selv valgt at forsvinde. Men de kendte begge sandheden. Det andet pigebarn var jo forsvundet kort forinden, og de kunne ikke narre sig selv til at tro, at det var tilfældigt. Mona var heller ikke den slags pige, der bevidst ville gøre dem ondt. Hun var en sød og elskelig pige, som gjorde sit bedste for at tage sig godt af dem.

Den dag Linnea døde, fik han det endelige bevis for, at Mona var i himlen. Sygdom og sorg havde ædt hans elskede hustru op, så hun efterhånden kun var en lille skygge af sig selv. Da hun lå i sengen og holdt ham i hånden, vidste han, at det var dagen, hvor han ville blive ladt alene tilbage. Han vågede i timevis, indtil hun klemte om hans hånd en sidste gang, og et smil bredte sig på hendes ansigt. Det lys, der tændtes i Linneas øjne, havde han ikke set i ti år. Ikke siden hun sidst havde set på Mona. Hendes blik fæstede sig på noget bag ham, og så døde hun. Så var han sikker. Linnea døde lykkelig, fordi det var deres datter, som gik hende i møde i tunnelen. Det gjorde på mange måder ensomheden lettere at bære. I det mindste var de to, han havde elsket højest, nu sammen. Det var kun et spørgsmål om tid, før han blev genforenet med dem. Han så frem til den dag, men indtil den kom, var det hans pligt at leve sit liv efter bedste evne. Herren havde ikke forståelse for dem, der svigtede, og han vovede ikke at risikere sin plads i himlen sammen med Linnea og Mona.

En banken på døren afbrød de melankolske tanker. Han kom med besvær op af lænestolen, og støttet til stokken bevægede han sig frem forbi alle planterne, gennem gangen og hen til hoveddøren. Udenfor stod en alvorlig ung mand, der skulle lige til at banke igen.

"Albert Thernblad?"

"Ja, det er mig. Men jeg skal ikke have noget, hvis De har noget at sælge."

Manden smilede. "Nej, jeg skal ikke sælge noget. Jeg heder Patrik Hedström og kommer fra politiet. Må jeg komme indenfor et øjeblik?"

Albert sagde ikke noget, men trådte til side og lod ham komme ind. Han førte ham ud til udestuen og viste ham til rette på bænken. Han spurgte ikke om mandens ærinde. Det behøvede han ikke. Det var et besøg, han havde ventet på i over tyve år.

"Fantastiske planter. Det skal man vist have grønne fingre for." Patrik lo nervøst.

Albert sagde ingenting, men så med et overbærende blik på Patrik. Han forstod såmænd godt, at det ikke var noget let ærinde at komme i, men han behøvede ikke bekymre sig. Efter alle disse års venten var det kun godt endeligt at få vished.

"Ja, det er sådan ... at vi har fundet din datter." Patrik rømmede sig og begyndte forfra. "Vi har fundet din datter og kan bekræfte, at hun blev myrdet."

Albert nikkede kun. Han følte en fred i sindet. Endelig kunne han få hende stedt til hvile. Få en grav at gå hen til. Hun skulle ligge ved siden af Linnea.

"Hvor fandt I hende?"

"I Kongekløften."

"Kongekløften?" Albert rynkede panden. "Hvis det var dér, hun lå, hvordan kan det så være, at I ikke fandt hende før? Der kommer jo så mange dér."

Patrik Hedström fortalte ham om den myrdede tyske turist, og at de sandsynligvis også havde fundet Siv. At de troede, at Mona og Siv var blevet flyttet derhen, men at de oprindeligt havde ligget et andet sted i alle de år.

Albert kom ikke så meget omkring mere, så til forskel fra det øvrige Fjällbacka havde han ikke hørt om mordet på den unge pige. Da han hørte om hendes skæbne, følte han først et sug i maven. Der var nogen, der skulle opleve samme smerte, som han og Linnea. Et sted var der en far og en mor, som aldrig mere skulle se deres datter. Det overskyggede nyheden om Mona. Sammenlignet med den døde piges familie var han heldig. For ham var sorgen efterhånden blevet slebet ned og var ikke længere så skarp. De ville have mange år foran sig, før de nåede dertil, og han følte med dem.

"Ved man, hvem der har gjort det her?"

"Desværre ikke. Men vi gør alt, hvad vi kan, for at finde ud af det."

"Ved I, om det er den samme person?"

Politimanden hang med hovedet. "Nej, ikke engang det ved vi med sikkerhed, som det ser ud lige nu. Der var visse ligheder, mere kan vi ikke sige indtil videre."

Patrik så lidt uroligt på den gamle mand. "Er der nogen, jeg skal ringe til? Nogen, der kan komme over og holde dig med selskab?"

Smilet var mildt og faderligt. "Nej, det er der ikke."

"Jeg kunne ringe til præsten og bede ham komme?"

Det samme milde smil. "Nej tak, jeg har ikke brug for præsten. Tag det bare roligt, jeg har gennemlevet denne dag igen og igen i tankerne, så det kommer ikke som et chok. Jeg sætter mig bare her blandt mine planter og tænker lidt over tingene. Jeg har ikke brug for noget. Nok er jeg gammel, men jeg er sej."

Han lagde sin hånd på politimandens, som om det var ham, der havde brug for trøst. Og sådan var det måske også.

"Hvis det er i orden, ville jeg bare gerne vise dig nogle fotografier af Mona og fortælle lidt om hende. Så du virkelig forstår, hvordan hun var, da hun levede."

Den unge mand nikkede uden at tøve, og Albert humpede ud for at hente de gamle album. I godt en time viste han billeder og fortalte om sin datter. Det var den bedste tid, han havde haft længe, og han mærkede, at det var alt for længe siden, han havde tilladt sig selv at gå tilbage i minderne.

Da de tog afsked i døren, lagde han et af fotografierne i Patriks hånd. Det forestillede Mona på hendes femårs fødselsdag med en stor kage med fem lys i og et smil, der gik fra den ene side af hovedet til den anden. Hun var virkelig sød med lyse lokker og øjne, der strålede af liv. Det var vigtigt for ham, at det var det billede, politiet havde på nethinden, når de søgte datterens morder.

Da politimanden var gået, satte han sig ud igen. Han lukkede øjnene og indsnusede den søde blomsterduft. Kort efter faldt han i søvn og drømte om en lang, lys tunnel, hvor Mona og Linnea ventede på ham som skygger for enden af tunnellen. Det forekom ham, at de vinkede.

Døren til hans arbejdsværelse blev revet op med et smæld. Ind stormede Solveig, og bag hende så han Laine komme løbende med hjælpeløse fagter.

"Din skiderik. Din satans skiderik."

Han skar en grimasse over hendes sprogbrug. Han havde altid været ilde tilpas, når folk viste stærke følelser, og sådan et sprog stødte ham.

"Hvad foregår der? Solveig, tag dig sammen og tal ikke til mig på den måde."

Han indså for sent, at den irettesættende tone, der faldt ham så naturligt, kun provokerede hende. Hun så ud til at være lige ved at fare i struben på ham, så han gik for en sikkerheds skyld i ly bag ved skrivebordet.

"Tage mig sammen! Siger du, at jeg skal tage mig sammen, din skinhellige djævel. Røvhul."

Han kunne se, at hun nød at se det rykke i ham for hvert skældsord, og bag hende stod Laine og blev mere og mere bleg.

Solveig sænkede stemmen lidt, men kun for at anlægge en ondskabsfuld tone. "Hvad så, Gabriel? Hvorfor ser du så beklemt ud? Du plejede jo at kunne lide, når jeg hviskede noget frækt i dit øre, det plejede du at tænde på. Kan du huske det, Gabriel?"

Solveig hvislede nu ordene, mens hun nærmede sig skrivebordet.

"Der er ingen grund til at hive gamle, fortærskede ting frem. Er der noget, du vil sige, eller er du bare fuld og ubehagelig som sædvanligt?"

"Om der er noget, jeg vil sige? Ja, det kan du bande på, der er. Jeg var nede i Fjällbacka, og ved du hvad? De har fundet Mona og Siv."

Gabriel for sammen og overraskelsen stod malet i hans ansigt.

"Har de fundet pigerne? Hvor?"

Solveig lænede sig frem over skrivebordet, støttede på hænderne til hendes ansigt kun var få centimeter fra Gabriels.

"I Kongekløften. Sammen med en ung tysk pige, der er blevet myrdet. Og de tror, at det er den samme morder. Så skam dig, Gabriel Hult. Skam dig, du, som udpegede din egen bror, dit eget kød og blod. Ham, der bar skylden i alles øjne, selvom der aldrig blev fundet nogen beviser mod ham. Det var al den pegen og hvisken og tisken bag hans ryg, der knækkede ham. Men du vidste måske, at det var sådan, det ville gå. Du vidste jo, at han var svag. At han var følsom. Han kunne ikke klare skammen og hængte sig, og det skulle ikke undre mig, om det var det, du havde regnet med, dengang du ringede til politiet. Du tålte ikke, at Ephraim elskede ham højest."

Solveig prikkede ham så hårdt i brystet, at han blev trykket bagud for hvert stød. Han stod allerede med ryggen mod vindueskarmen og kunne ikke træde længere tilbage. Han var trængt op i en krog. Han forsøgte med et blik at gøre tegn til Laine om at gøre noget ved den ubehagelige situation, men hun stod som sædvanligt bare rådvild med hænderne ned langs siden og gloede.

"Min Johannes var elsket – af alle – og det kunne du ikke holde ud, vel?" Hun ventede ikke svar på sine påstande, selvom de lød som spørgsmål, men fortsatte sin monolog. "Selv da Ephraim gjorde ham arveløs, elskede han stadig Johannes højere end dig. Du fik gården og pengene, men din fars kærlighed fik du aldrig. Til trods for, at det var dig, der arbejdede på gården, mens Johannes levede livet. Og da han senere tog din forlovede, var det dråben, var det ikke? Var det dengang, du begyndte at hade ham, Gabriel? Var det dengang, du begyndte at hade din bror? Ja, det var måske nok uretfærdigt, men det gav dig ingen ret til at gøre, som du gjorde. Du ødelagde Johannes' liv og også mit og drengenes for den sags skyld. Tror du ikke, jeg er klar over, hvad drengene går og laver? Og det er din skyld, Gabriel Hult. Men nu kommer folk endelig til at forstå, at Johannes ikke gjorde det, de gik og hviskede om i alle de år. Nu kan drengene og jeg gå med oprejst pande igen."

Vreden så endelig ud til at ebbe ud og blev erstattet af tårer. Gabriel vidste snart ikke, hvad der var værst. For et kort øjeblik kunne han i hendes vrede se den gamle Solveig. Den yndige skønhedsdronning, som han havde været så stolt af at være forlovet med, før hans bror kom og tog hende, ligesom han tog alt andet, han ville have. Da vreden blev til tårer, gik luften ud af Solveig som af en ballon, og han så igen den fede, usoignerede sjuske, der henslæbte sine dage i selvmedlidenhed.

"Måtte du brænde i helvede, Gabriel Hult, sammen med din far."

Hun hvæsede ordene frem, og så forsvandt hun lige så pludseligt, som hun var kommet. Tilbage stod Gabriel og Laine. Selv følte han sig som ramt af et granatchok. Han satte sig tungt ned i skrivebordstolen og så tavst på sin kone. De udvekslede et forstående blik. De vidste begge, hvad det indebar, at gamle lig bogstavelig talt var kommet op til overfladen igen.

Ihærdigt og fortrøstningsfuldt gik Martin igang med at finde ud af, hvem pigen, som passet benævnte Tanja Schmidt, var. På deres anmodning havde Liese afleveret alle Tanjas ting, og han havde minutiøst gennemgået rygsækkens indhold. Hendes pas lå helt nede i bunden. Det så ret nyt ud og havde kun få stempler. Faktisk kun stempler fra hendes vej fra Tyskland til Sverige. Enten havde hun aldrig før været uden for Tysklands grænser, eller også havde hun af en eller anden grund fået nyt pas.

Pasfotoet var forbavsende godt, og hun så pæn, men også ret almindelig ud. Brune øjne og brunt hår til lidt ned over skuldrene. 1,65 meter høj, normal af bygning, hvad det så end ville sige.

Derudover var der ikke noget interessant i rygsækken. Skiftetøj, nogle slidte billigbøger, toiletsager og lidt slikpapir. Overhovedet intet personligt, hvilket han syntes var lidt mærkeligt. Ville man ikke i det mindste have et foto med sig af familie eller kæreste, eller en adressebog? Men de havde jo også fundet en håndtaske ved liget. Liese havde bekræftet, at Tanja havde haft en rød håndtaske. Hun havde sikkert haft sine personlige ejendele i den. Nu var de der i hvert fald ikke længere. Kunne der være tale om et røveri? Eller havde morderen måske taget hendes personlige ting som souvenirs? Engang havde han set et program om massemordere på Discovery, hvor det fremgik, at de ofte gemte nogle af ofrenes ejendele som en del af ritualet.

Martin fattede sig. Der var endnu ikke noget, der tydede på, at det var en massemorder. Han gjorde bedst i ikke at køre fast i en bestemt tankegang.

Han begyndte at skrive nogle punkter ned om, hvordan han skulle gå til værks. Først kontakte de tyske politimyndigheder, hvilket han lige skulle til, da han blev afbrudt af Tord Pedersens opringning. Så skulle han tale lidt nærmere med Liese, og endelig havde han planer om at få Gösta til at køre til campingpladsen og forhøre sig lidt. Se, om Tanja skulle have talt med nogen dér. Eller måske var det bedre at bede Patrik give Gösta den opgave. Det var ikke Martin, men Patrik, der havde bemyndigelse til at give Gösta ordrer i den her sag. Alting gik ligesom smidigere, når det gik efter bogen.

Han trykkede igen nummeret til det tyske politi og kom endelig igennem. Det ville være en overdrivelse at sige, at samtalen gik flydende, men da han lagde på, var han temmelig sikker på, at han havde fået fremstammet de relevante oplysninger sådan nogenlunde. De lovede at ringe tilbage, når de havde mere information. Det var i hvert fald, hvad han mente, at personen, han talte med, havde sagt. Hvis de skulle have meget kontakt med de tyske kolleger, måtte de nok få sig en tolk.

Når han tænkte på den tid, det tog at få oplysninger fra udlandet, ønskede han inderligt, at hans internetforbindelse var lige så god som den, han havde hjemme. Men fordi man var bange for hackere, havde politistationen kun en sølle modemopkopling. Han skrev sig bag øret, at han skulle søge på Tanja Schmidt, hvis de tyske telefonbøger lå på nettet. Men huskede han rigtigt, så var Schmidt et af de almindeligste efternavne, så det var ikke sikkert, at det ville give noget.

Eftersom han ikke kunne gøre meget andet end at vente på information fra Tyskland, kunne han lige så godt tage fat på den næste opgave. Han havde fået Lieses mobilnummer, og han ringede hende op for at høre, om hun stadig opholdt sig på egnen. Hun havde egentlig ikke pligt til at blive, men hun havde lovet ikke at rejse videre de næste par dage, så de kunne nå at tale med hende.

Hun måtte have mistet lysten til at rejse. Efter hvad hun havde fortalt Patrik, var de to piger blevet meget nære venner på kort tid. Nu sad hun alene i et telt på Sälviks Camping i Fjällbacka, og hendes midlertidige rejsekammerat var blevet myrdet. Måske var hun også selv i fare? Det havde Martin ikke tænkt på før nu. Det var noget, han måtte snakke med Patrik om, så snart han kom tilbage til stationen. Det kunne jo være, at morderen havde set de to piger på campingpladsen og havde udset sig dem begge to. Men hvor kom så knoglerne efter Mona og Siv ind i billedet? Mona og *måske* Siv, rettede han hurtigt sig selv. Man skulle aldrig være for sikker på noget, som i virkeligheden kun var sandsynligt, havde en lærer på politiskolen engang sagt, og det var en tese, som Martin forsøgte at efterleve i sit politiarbejde.

Ved nærmere eftertanke troede han ikke, at Liese var i fare. Igen handlede det om sandsynligheder, og sandsynligheden talte for, at hun bare var blevet draget ind i noget, fordi hun rejste med den forkerte.

Trods sine betænkeligheder bestemte han sig for at lokke Gösta ind på lidt egentligt politiarbejde. Han gik ned ad gangen til hans kontor.

"Gösta, må jeg afbryde?"

Stadig helt opstemt over sin bedrift sad Gösta og telefonerede og lagde skyldbetynget på, da Martin stak hovedet ind.

"Ja?"

"Patrik har bedt os køre til Sälviks Camping. Jeg skal tale med offerets rejsekammerat, og du skulle vist spørge lidt rundt, tror jeg."

Gösta gryntede, som man kunne forvente, men satte ikke spørgsmålstegn ved deres arbejdsfordeling. Han tog sin jakke og fulgte lige i hælene på Martin. Den øsende regn var gået over i støvregn, men luften var frisk og klar at indånde. Det var, som om ugers støv og hede var skyllet væk, og alt så renere ud, end det plejede.

"Man må håbe, at regnen kun er forbigående, ellers kan jeg skyde en hvid pind efter mit golfspil."

Gösta sad og surmulede i bilen, og Martin tænkte, at han nok var den eneste, der ikke syntes, det var skønt med en pause i sommervarmen.

"Nå, jeg synes, det er dejligt. Den dér bagende hede var ved at tage livet af mig. Og tænk på Patriks kæreste. Det må sgu være tungt at være højgravid midt om sommeren. Jeg havde aldrig holdt det ud, det er i hvert fald sikkert."

Martin småsnakkede, vel vidende, at Gösta kunne være ret tavs, hvis ikke snakken ligefrem drejede sig om golf. Og da Martins viden på det område begrænsede sig til, at kuglen var rund og hvid, og at golfspillere som regel kunne kendes på deres ternede klovnebukser, så indstillede han sig på egenhændigt at holde snakken kørende. Derfor registrerede han først ikke Göstas lavmælte kommentar.

"Vores dreng blev født i begyndelsen af august, på sådan en varm sommer som den her."

"Har du en søn, Gösta, det vidste jeg faktisk ikke."

Martin søgte i hukommelsen efter noget om Göstas familie. Han vidste, at hans kone var død for et par år siden, men han kunne ikke huske, at han skulle have hørt noget om et barn. Han rettede et forbavset blik mod Gösta på sædet ved siden af ham. Kollegaen mødte ikke hans blik, men så ned på sine hænder i skødet. Han så ikke ud til selv at bemærke, hvordan han drejede på den vielsesring, han stadig gik med. Måske hørte han ikke Martin. I hvert fald fortsatte han tonløst:

"Majbritt tog tredive kilo på. Hun blev stor som et hus. Hun orkede heller ikke at bevæge sig i den varme. Hen imod slutningen sad hun bare og stønnede i skyggen. Jeg hentede den ene kande vand efter den anden til hende, men det var som at vande en kamel, tørsten blev aldrig slukket."

Han lo, en mærkelig, indadvendt, men kærlig latter, og Martin blev klar over, at Gösta var så dybt nede i minderne, at det ikke længere var ham, han talte til. Gösta fortsatte:

"Da drengen kom, var han perfekt. Tyk og fin, var han. Mig op ad dage, sagde de. Men så gik alt pludselig stærkt." Gösta drejede hurtigere og hurtigere på vielsesringen. "Jeg var på besøg på stuen, da han pludselig holdt op med at trække vejret. Så blev der røre. Folk kom løbende fra alle sider, og de tog ham væk. Vi så ham ikke igen, før han lå i kisten. Det var en fin begravelse. Siden da turde vi ligesom ikke. Tænk, hvis der skulle ske noget. Det havde vi ikke kunnet bære, Majbritt og jeg. Så vi tog til takke med hinanden."

Gösta rettede sig op med et sæt, som om han blev vækket af en trance. Han så bebrejdende på Martin, som om det var hans skyld, at han havde talt over sig.

"Det behøver vi ikke tale mere om, forstået. Og det er heller ikke noget, I skal sidde og sladre om i frokostpausen for den sags skyld. Det er fyrre år siden, og det er ikke noget, andre behøver at vide."

Martin nikkede. Han kunne ikke lade være at klappe Gösta let på skulderen. Den gamle gryntede, men Martin følte alligevel, at de i det øjeblik blev forbundne med et tyndt bånd, hvor der før havde været en gensidig mangel på respekt. Gösta var måske ikke et pragteksemplar inden for politistanden, men det betød ikke, at han ikke havde en erfaring og viden, som Martin selv kunne lære noget af.

De var begge lettede over at nå frem til campingpladsen. Tavsheden efter store betroelser var gerne lidt tung, og sådan en tavshed havde de sidste fem minutter været.

Gösta luntede af sted for sig selv, med hænderne i lommen og et træt udtryk i ansigtet, for at gå rundt hos campisterne. Martin spurgte om vej til Lieses telt og fandt frem til ét på størrelse med et lommetørklæde. Det lå klemt inde mellem to større telte og så i sammenligning endnu mindre ud. En støjende børnefamilie holdt til i teltet til højre, og i teltet til venstre sad et muskelbundt af en fyr omkring femogtyve og drak øl under et oversejl. Alle så nysgerrigt på Martin, da han nærmede sig Lieses telt.

Banke på kunne man ikke, så han råbte lavt udefra. Lyden af en lynlås, der blev trukket op, blev efterfulgt af hendes blonde hoved, der stak ud ad åbningen.

To timer senere kørte de derfra uden at have fundet ud af noget nyt. Liese havde ikke kunnet bidrage med mere end det, hun allerede havde fortalt Patrik på stationen, og ingen af de andre campister havde lagt mærke til noget særligt omkring Tanja eller Liese.

Men noget, Martin havde set, lurede i baghovedet. Han ledte desperat imellem sine synsindtryk fra besøget, men var lige forvirret. Der var et eller andet, som han burde have bemærket. Han trommede irriteret på rattet, men måtte give efter for den svigtende hukommelse. Hjemturen foregik i fuldstændig tavshed.

Patrik kunne kun håbe, at han ville blive som Albert Thernblad, når han blev gammel. Selvfølgelig ikke så ensom, men lige så værdig. Albert havde ikke ladet stå til efter sin kones død, hvad der ellers ofte skete for ældre mænd, der blev alene. Næ, han var pænt klædt i skjorte og vest, og hans hvide hår og skæg var velplejet. Han bevægede sig værdigt og holdt hovedet højt, på trods af sit besvær med at gå, og det lidt, Patrik havde set af huset, havde set rent og pænt ud. Patrik var også imponeret over den måde, han modtog nyheden om, at hans datter var blevet fundet. Det så ud til, at han havde affundet sig med sin skæbne og levede, så godt han kunne efter omstændighederne.

De billeder, Albert havde vist ham af Mona, berørte Patrik dybt. Det var alt for nemt at gøre ofre for forbrydelser til et nummer i statistikken, eller sætte en etiket på dem som "pårørende" eller "offeret", hvad enten det drejede sig om nogen, der havde været udsat for røveri eller, som i dette tilfælde, et mordoffer. Albert havde gjort ret i at vise ham fotografierne. Nu havde han kunnet følge Mona fra fødestuen til lille, buttet barn, fra skolepige til student og den glade, sunde pige, hun havde været, lige indtil hun forsvandt.

Men der var en pige mere, som han skulle finde oplysninger om. Forresten kendte han bygden tilstrækkeligt godt til at vide, at rygter bredte sig med lynets hast. Det var bedst at komme dem i forkøbet og tale med Siv Lantins mor, selvom Sivs identitet ikke var bekræftet endnu. For alle tilfældes skyld havde han fundet hendes adresse frem, før han tog fra stationen. Hende havde det været lidt sværere at lokalisere, for Gun hed ikke længere Lantin, men måtte være blevet gift eller gift igen. Efter lidt detektivarbejde fandt han ud af, at hun nu hed Struwer, og at der var en sommeradresse på en Gun og Lars Struwer i Norra Hamngatan i Fjällbacka. Efternavnet forekom ham bekendt, men han kunne ikke helt placere det.

Heldet var med ham, og han fandt en parkeringsplads foran badehotellet og gik de sidste 100 meter. Trafikken var ensrettet i Norra Hamngatan om sommeren, men alene på det korte stykke, han gik, mødte han hele tre bilister, der åbenbart ikke kunne læse færdselsskilte, og tvang ham op mod klippevæggen, da de skulle presse sig forbi den modkørende trafik. De fandt tydeligvis terrænet så barskt, at de måtte have store jeeps. Det var en overrepræsenteret biltype blandt sommergæsterne, og han gættede på, at årsagen var det ufremkommelige terræn omkring Stockholm.

Det kløede i Patriks fingre for at hale politiskiltet frem og læse paragraffer højt, men han lod det ligge. Hvis man skulle prøve at lære turisterne gode manerer om sommeren, ville der ikke være tid til andet.

Da han fandt huset, der var hvidt med blå hushjørner, lige over for den række af røde bådehuse, der gav Fjällbacka sit karakteristiske udseende, stod ejerne af huset og løftede et par store weekendtasker ud af en guldfarvet Volvo. Eller for at være mere præcis: En ældre herre i dobbeltradet jakke bar prustende taskerne ud alene, mens en lille, stærkt sminket kvinde stod ved siden af og gestikulerede. De var begge to meget solbrændte med streg under brændte, og hvis ikke denne sommer havde været så solrig, ville Patrik have gættet på, at de havde været på ferie i udlandet. Men nu kunne farven lige så vel stamme fra solbadning på Fjällbackas klippesten. Han trådte hen til dem og tøvede lidt, før han påkaldte sig deres opmærksomhed ved at rømme sig. De stoppede begge to op og vendte sig mod ham.

"Ja?" Gun Struwers stemme var en anelse skinger, og Patrik bemærkede hendes spidse ansigtstræk.

"Jeg hedder Patrik Hedström og kommer fra politiet. Kan vi veksle et par ord?"

"Endelig!" Hænderne med de rødlakerede negle fór op i luften, og hun himlede med øjnene. "Det tog sandelig sin tid! Hvis jeg vidste, hvad skatteborgernes penge går til. Nu har vi hele sommeren igennem klaget over, at folk parkerer ulovligt på vores parkeringsplads, men har man hørt en lyd fra jer? Så nu tager I jer altså endelig af det. Vi har faktisk betalt i dyre domme for det hus, så vi mener selv at have ret til at benytte parkeringspladsen, men det er måske for meget at bede om!"

Hun satte hænderne i siden og stirrede stift på Patrik. Hendes mand stod bag hende og så ud, som om han mest havde lyst til at kravle i et musehul. Det lod ikke til, at han var lige så oprørt.

"Jeg kommer ikke på grund af en parkeringsforseelse. Allerførst må jeg spørge: Hed du Gun Lantin som ugift, og har du haft en datter, der hed Siv?"

Gun tabte mælet og holdt hånden for munden. Andet svar behøvede han ikke. Det var hendes mand, der først fattede sig. Han viste Patrik hen mod gadedøren, der stod åben. Det forekom lidt vovet at lade weekendtaskerne stå ude på gaden, så Patrik hankede op i to af dem og hjalp Lars Struwer med at bære dem ind, mens Gun skyndte sig foran dem ind i huset.

De satte sig i stuen, Gun og Lars ved siden af hinanden i sofaen, Patrik i lænestolen. Gun klyngede sig til Lars, men der var noget mekanisk over hans trøstende klap, som var de af ren høflighed.

"Hvad er der sket? Hvad har I fundet ud af? Der er jo gået mere end tyve år, hvordan kan I have fundet ud af noget så lang tid efter?" Hun snakkede nervøst.

"Jeg må understrege, at vi ikke har fået noget sikkert bevis endnu, men det *kan* være, at vi har fundet Siv."

Gun tog sig til struben, og for en gangs skyld virkede hun målløs.

Patrik gik videre: "Vi venter stadig på retsmedicinerens endelige identifikation, men efter al sandsynlighed er det Siv."

"Men hvordan, hvor ...?" Hun stammede spørgsmålene, de samme som Monas far stillede.

"Der er blevet fundet en ung kvinde død i Kongekløften. Og ved samme lejlighed fandt man Mona Thernblad og sandsynligvis Siv."

Ligesom til Albert Thernblad forklarede han, at pigerne var blevet transporteret derhen, og at politiet nu gjorde alt, hvad der stod i deres magt for at finde ud af, hvem der kunne have begået mordene.

Gun støttede sit ansigt mod mandens bryst, men Patrik bemærkede, at hun græd uden tårer. Han fik det indtryk, at hendes sorg til en vis grad var spil for galleriet, men det var kun en fornemmelse.

Da Gun havde samlet sig, tog hun et lille lommespejl op af tasken og kontrollerede sminken. Så spurgte hun: "Hvad sker der så nu? Hvornår kan vi begrave min stakkels lille Siv?" Uden at vente på hans svar, vendte hun sig mod sin mand. "Vi må have en ordentlig begravelse for min lille skat, Lars. Vi kan byde på lidt mad og kaffe bagefter i hotellets festsal. Eller måske middag med treretters menu. Tror du ikke, vi kunne invitere ..." Hun nævnte en af erhvervslivets spidser, som Patrik vidste ejede et af husene længere nede ad vejen.

Gun fortsatte: "Jeg løb på hans kone hos købmanden i forsommeren, og hun sagde, at vi skulle tage og mødes på et tidspunkt. De ville sikkert sætte pris på en invitation."

En vis ophidselse havde nu sneget sig ind i hendes stemme, mens hendes mand fik en misbilligende rynke i panden. I det samme vidste Patrik, hvor han havde hørt efternavnet før. Lars Struwer var ophavsmanden til en af Sveriges største fødevarekæder, men hvis Patrik huskede ret, havde han været pensioneret længe, og kæden var blevet solgt til en udenlandsk køber. Ikke sært, at de havde råd til et hus med sådan en beliggenhed. Manden var god for adskillige millioner. Sivs mor var kommet på den grønne gren siden dengang i halvfjerdserne, hvor hun boede i et lille sommerhus hele året sammen med datteren og barnebarnet.

"Søde ven, du skal vist først fordøje de her nyheder, så kan vi tage fat på det praktiske siden hen."

Han sendte hende et bebrejdende blik, og Gun sænkede straks hovedet, da hun blev mindet om sin rolle som sørgende mor.

Patrik så sig omkring i stuen, og latteren boblede indeni ham, på trods af det triste ærinde han var kommet i. Det var en parodi på netop den slags hjem, som Erica plejede at more sig med at nedgøre. Hele rummet var indrettet som en kahyt i maritime farver, med søkort på væggene, lysestager i form af fyrtårn, gardiner med muslingemønster og oven i købet et gammelt ror som sofabord. Et illustrativt eksempel på, at mange penge og god smag ikke nødvendigvis gik hånd i hånd.

"Kunne jeg bede dig fortælle lidt om Siv. Jeg kommer lige fra Albert Thernblad, Monas far, og så lidt fotografier fra Monas opvækst. Du skulle vel ikke også have et par billeder af din datter?"

I modsætning til Albert, som havde været oplivet ved at få lejlighed til at fortælle om sin øjesten, så sad Gun og vred sig lidt i sofaen.

"Åh, jeg ved ikke rigtigt, om det tjener til noget. De stillede en masse spørgsmål om Siv, dengang hun forsvandt, og I har vel papirerne fra dengang ..."

"Jo, det er klart, men jeg tænkte på det mere personlige. Hvordan hun var, hvad hun kunne lide, hvad hun ville være og sådan ..."

"Ville være – ja, hun var nok ikke blevet til noget. Hun blev jo gravid med tyskeren, da hun var sytten, og så sørgede jeg for, at hun ikke spildte mere tid på studierne. Da var det jo alligevel for sent, og jeg havde ikke tænkt mig at passe hendes unge, det var i hvert fald sikkert."

Tonen var spydig, og da Patrik så blikket i Lars' øjne, når han så på sin kone, tænkte han i sit stille sind, at der nok ikke var meget tilbage af den illusion, han formentlig havde haft om hende, før de blev gift. Hans ansigt var furet af skuffelser, og der var noget træt og opgivende over ham. Det var tydeligt, at ægteskabet var nået til et stadium, hvor Gun ikke længere gjorde sig umage med at skjule sit sande væsen. I begyndelsen havde det måske været blind kærlighed fra Lars' side, men for Guns vedkommende var Patrik ikke i tvivl om, at det var alle Lars Struwers millioner, der var attraktionen.

"Hendes datter, ja, hvor er hun i dag?" Patrik lænede sig nysgerrigt frem.

Flere krokodilletårer. "Efter at Siv forsvandt, kunne jeg ikke selv tage mig af hende. Selvfølgelig ville jeg gerne, men jeg sad lidt hårdt i det dengang, og jeg kunne ganske enkelt ikke passe et lille barn. Så jeg gjorde det bedste jeg kunne, og sendte hende ned til sin far i

Tyskland. Han blev nok ikke så glad for at få et barn på halsen, men han kunne ikke stille noget op, eftersom han var ungens far – det havde jeg papir på."

"Så hun bor i Tyskland i dag?" En tanke begyndte at spire i Patriks hoved. Kunne det være, at ... nej, det var næppe muligt alligevel.

"Nej, hun er død."

Patriks tanke brast som en sæbeboble. "Død?"

"Ja, i en bilulykke da hun var fem. Tyskeren anstrengte sig ikke engang med at ringe. Jeg fik bare et brev, hvor han skrev, at Malin var død. Jeg blev ikke engang bedt med til begravelsen, vil du tro det! Mit eget barnebarn, og så skulle jeg ikke engang med til begravelsen." Stemmen dirrede indigneret.

"Han svarede heller aldrig på de breve, jeg skrev, mens ungen levede. Synes du ikke, at det havde været rimeligt at hjælpe sit stakkels moderløse barns mormor en smule. Det var dog mig, der sørgede for, at hans barn fik mad på bordet og tøj på kroppen i de første to år. Skulle jeg ikke have ret til en kompensation for det!"

Gun havde nu arbejdet sig op til et raseri over de uretfærdigheder, hun mente at være blevet offer for, og faldt først ned, da Lars lagde hånden på hendes skulder og klemte den blidt, men bestemt, som en opfordring til hende om at beherske sig.

Patrik undlod at svare. Han vidste, at hans svar ikke ville falde i god jord hos Gun Struwer. Hvorfor i alverden skulle barnets far sende penge til hende? Kunne hun virkelig ikke se det urimelige i det krav? Tydeligvis ikke, siden han kunne se røde pletter af vrede aftegne sig på hendes solbrune, læderagtige kinder, selvom barnebarnet nu havde været død i mere end tyve år.

Han gjorde et sidste forsøg på at få noget mere personligt at vide om Siv. "Findes der nogle fotografier?"

"Nåh, jeg tog ikke så mange billeder, men lidt kan jeg vel nok finde frem."

Hun forlod stuen og lod Patrik sidde alene med Lars. De sad tavse lidt, men så tog Lars til orde – lavmælt, så Gun ikke hørte ham.

"Hun er ikke så kold, som hun virker. Gun har mange gode sider."

Yeah, right, tænkte Patrik. En dåres forsvarstale, ville han mene. Men Lars gjorde vel, hvad han kunne for at retfærdiggøre sit ægteskab. Patrik vurderede Lars til at være omkring tyve år ældre end Gun, og hans kvalificerede gæt var, at det var en anden legemsdel end hovedet, der havde været på spil, da han fandt sig en kone. På den anden side måtte han indrømme, at hans kynisme kunne være en erhvervsskade. Måske var det alligevel ægte kærlighed, hvad vidste han.

Gun kom tilbage, ikke med tykke fotoalbum som Albert Thernblad, men med et eneste lille sort-hvidt foto, som hun stak Patrik. Det forestillede en teenagemut Siv med sin nyfødte datter i favnen, men i modsætning til billedet af Mona var der ingen glæde i hendes ansigt.

"Nå, men nu må vi se at komme videre. Vi er lige kommet tilbage fra Provence, hvor Lars' datter bor." Måden hvorpå Gun sagde "datter" lod ane, at der ikke ligefrem var de varmeste følelser imellem hende og steddatteren.

Han forstod også, hvornår hans tilstedeværelse ikke længere var ønsket, og tog afsked.

"Og tak for lån af billedet. Jeg skal passe godt på det."

Gun vinkede affejende. Så kom hun i tanke om sin rolle og lagde ansigtet i de rette folder.

"Bare giv mig besked, så snart I ved noget sikkert. Jeg vil så gerne endeligt kunne begrave min lille Siv."

"Jeg vender selvfølgelig tilbage, så snart der er nyt."

Han var unødvendigt kort for hovedet, men hele dette skuespil gjorde ham ubehageligt til mode.

Da han igen kom ud på Norra Hamngatan, åbnede himlen sig over ham. Han stod stille lidt og lod regnen skylle sig ren for den klæbrige følelse, besøget hos Struwer havde efterladt ham med. Nu havde han brug for at komme hjem og kramme Erica og mærke livet, der pulserede, når han lagde hånden på hendes mave. Han havde brug for at føle, at verden ikke var så ond og grum, som den nogle gange forekom. Det kunne den bare ikke være.

Sommeren 1979

Det var, som om der var gået måneder. Men hun vidste, at så lang tid kunne der ikke være gået. Alligevel føltes hver en time nede i mørket som en livstid.

Alt for god tid til at spekulere. Alt for god tid til at mærke smertens greb om hver en nerve. Tid til at tænke på alt det, hun havde mistet. Eller ville komme til at miste.

Nu vidste hun, at hun ikke ville komme herfra. Ingen kunne flygte fra sådan en smerte. Og alligevel havde hun aldrig mærket så bløde hænder som hans. Ingen hånd havde nogensinde kærtegnet hende så kærligt, og det fik hende til at længes efter mere af den berøring. Ikke den frygtelige, den smertefulde, men den blide, der fulgte bagefter. Hvis hun havde mærket sådan en berøring tidligere, havde alt været anderledes, det vidste hun nu. Den følelse af hans hænder over hendes krop var så ren, så uskyldig, at den nåede helt ind til hendes kerne – den, som ingen nogensinde havde kunnet nå.

I mørket betød han alt for hende. Der blev ikke talt et eneste ord, men hun fantaserede om, hvordan hans stemme måtte lyde ... faderlig, varm. Men når smerten kom, hadede hun ham. Så ønskede hun kun at dræbe ham. Hvis bare hun kunne.

ROBERT FANDT HAM ude i skuret. De kendte hinanden godt nok til, at han vidste, at det var dér, Johan ville sidde, når han havde noget at tænke over. Da han så, at der ikke var nogen i huset, gik han direkte derover og fandt ganske rigtigt sin bror siddende på gulvet med knæene trukket op og armene rundt om dem.

De var så forskellige, at Robert knap kunne forstå, at de virkelig var brødre. Han selv var stolt over, at han ikke havde spildt et øjeblik af sit liv med eftertanke eller med overhovedet at prøve på at forudse konsekvenserne af noget. Han handlede bare, og så blev det, som det gjorde. "Den, der lever, ser", var hans motto. Der var ingen grund til at gruble over noget, man alligevel ikke var herre over. Livet gik sin gang, sådan var det bare.

Johan var derimod alt for dybsindig for sit eget bedste. I enkelte klare øjeblikke kunne Robert beklage, at lillebroren var fulgt i hans skæve fodspor, men på den anden side var det måske det bedste. Ellers ville Johan bare være blevet skuffet. De var Johannes Hults sønner, og der hvilede ligesom en forbandelse over deres gren af familien. Der var ingen risiko for, at nogen af dem skulle have held med noget af det, de foretog sig, så hvorfor prøve?

Ikke engang under tortur ville han indrømme det, men han elskede sin bror mere end nogen i hele verden, og det stak ham i hjertet at se omridset af Johan i skurets mørke. Han var langt væk i tankerne, og den sørgmodighed, Robert nogle gange kunne iagttage, lå tungt over ham. Det var, som om en sky af melankoli trak hen over Johan og tvang ham ind på et mørkt og dystert sted i uger ad gangen. Det havde ikke været der hele sommeren, men nu kunne han mærke det fysisk, så snart han trådte ind ad døren.

"Johan?"

Intet svar. Robert trådte forsigtigt nærmere i mørket. Han satte sig på hug ved siden af sin bror og lagde hånden på hans skulder.

"Johan, sidder du nu her igen?"

Hans lillebror nikkede bare. Da Johan vendte sig mod Robert, så han til sin overraskelse, at ansigtet var opsvulmet af gråd. Sådan plejede Johans perioder ikke at være. Han blev bekymret.

"Hvad er der, Johan? Hvad er der sket?"

"Far."

Resten af sætningen druknede i hulk, og Robert anstrengte sig for at høre, hvad han sagde.

"Hvad siger du om far, Johan?"

Johan beroligede sig selv med et par dybe vejrtrækninger. Så sagde han: "Nu vil alle vide, at far ikke havde noget at gøre med, at de der piger forsvandt. Forstår du, nu vil folk forstå, at han var uskyldig!"

"Hvad ævler du om?" Han rystede Johan og følte, at hjertet sprang et slag over.

"Mor var nede i byen og hørte, at en pige var blevet myrdet, og hun blev fundet sammen med de piger, der forsvandt. Forstår du det? Der er en pige, der er blevet myrdet *nu*. Det er der ikke nogen, der kan påstå, at far har gjort."

Johan lo med en snert af hysteri. Robert fattede stadig ikke, hvad han sagde. Lige siden han fandt sin far på gulvet i laden med en løkke om halsen, havde han drømt og fantaseret om at komme til at høre det, som Johan nu råbte.

"Du laver ikke fis, vel? For det kommer du til at fortryde, skal jeg hilse og sige."

Han knyttede næven, men Johan fortsatte bare sit hysteriske grin, og glædestårerne løb. Johan vendte sig om og omfavnede Robert så hårdt, at han var ved at klemme luften ud af ham. Nu da Robert forstod, at han talte sandt, krammede han ham, så hårdt han kunne.

Endelig ville deres far få oprejsning. Endelig ville de og deres mor kunne gå med løftet pande uden at høre hvisken bag ryggen og uden at se fingrene, som diskret pegede mod dem, når folk troede, at de ikke så det. Nu ville de fortryde, de skide sladdertasker, der havde rakket ned på deres familie i fireogtyve år. Nu kunne de sidde dér med skammen.

"Hvor er mor?"

Robert så spørgende på Johan, der begyndte at fnise ubehersket. Gennem fnisene sagde han noget, der var svært at tyde.

"Hvad siger du? Fald ned og tal, så jeg kan høre dig. Hvor er mor, spurgte jeg?"

"Hun er hos onkel Gabriel."

Roberts ansigt blev formørket. "Hvad fanden laver hun hos den gamle nar?"

"Fortæller ham et par sandheder, vil jeg tro. Jeg har aldrig set mor så gal, som da hun kom tilbage og fortalte, hvad hun havde hørt. Hun ville tage hen til gården og fortælle Gabriel, hvad han var for en, sagde hun. Så bliver der ikke stukket noget under bordet! Nej, du skulle have set hende. Håret strittede, og det var lige før, at der kom røg ud af ørerne, kan jeg godt sige dig."

Forestillingen om deres mor med strittende hår og med røgskyer ud af ørerne fik også Robert til at grine. Hun havde været en sjokkende, kværulerende skygge så længe, han kunne huske tilbage, så det var svært at se hende som en rasende furie.

"Jeg ville godt nok gerne have set Gabriels ansigt, når hun kommer stormende ind. Og forestil dig lige tante Laine."

Johan karikerede hende på kornet, hændervridende og med ængsteligt udtryk. Han talte med skinger stemme: "Men Solveig dog, kære Solveig, sådan et sprog kan man da ikke bruge."

De faldt sammen på gulvet i krampelatter.

"Du, tænker du nogensinde på far?"

Johans spørgsmål fik dem ned på jorden igen, og Robert var stille et øjeblik, før han svarede.

"Ja, det gør jeg da. Selvom det er svært at tænke på andet, end hvordan han så ud den dag. Du skal være glad for, at du ikke så ham sådan. Og hvad med dig – tænker du på ham?"

"Ja. Tit. Men det er som at se en film, hvis du forstår, hvad jeg mener. Jeg kan huske, hvor glad han var, og hvordan han lavede sjov og dansede og kastede mig op i luften. Men jeg ser det ligesom udefra, som på en film."

"Jeg ved godt, hvad du mener."

De lå side om side og stirrede op i loftet, mens regnen trommede på bliktaget over dem.

Johan sagde stille: "Han elskede os, ikke Robert? Robert svarede lige så stille: "Det gjorde han helt sikkert, Johan. Det gjorde han."

Hun kunne høre Patrik ryste en paraply af på trinene og trak sig tungt op af sofaen for at møde ham i døren.

"Hej?"

Tonefaldet var spørgende, og han så sig undrende omkring. Fred og ro var nok ikke det, han havde forestillet sig at komme hjem til. Egentlig burde hun være vrissen over, at han ikke havde ringet hjem hele dagen, men hun var alt for glad for at se ham til at være sur. Hun vidste også, at han altid kun var en mobilopringning væk og tvivlede ikke på, at han også havde tænkt på hende mange gange i løbet af dagen. Så godt et forhold havde de, og det var dejligt at vide.

"Hvor er Conny og banditterne?" Han hviskede, fordi han stadig var usikker på, om de var der eller ej.

"Britta fik en tallerken pølseret med pasta i hovedet, så de ville ikke blive længere. Utaknemmelige skarn."

Erica morede sig over Patriks overraskede udtryk.

"Det løb af med mig, ganske enkelt. Grænsen måtte trækkes et eller andet sted. Vi skal ikke vente nogen indbydelser fra den del af familien de første hundrede år, men det gør ikke noget, vel?"

"Nej, er du rigtig klog." Han himlede med øjnene. "Gjorde du det virkelig? Hældte du maden ud over hovedet på hende?"

"På æresord. Al min gode opdragelse gik af fløjten. Nu kommer jeg nok aldrig i himlen."

"Mmm, du er jo selv en lille del af himlen, så det behøver du ikke ..."

Han bed hende på halsen for sjov, lige dér hvor han vidste, at hun var kilden, og hun skubbede ham fra sig med et grin.

"Jeg laver lidt varm kakao, så må du fortælle det hele." Patrik tog hendes hånd og førte hende ud i køkkenet, hvor han hjalp hende ned på en stol.

"Du ser træt ud," sagde hun. "Hvordan går det?"

Han sukkede, mens han rørte kakaopulver ud i mælken.

"Jo, det er okay, lige akkurat. Det var heldigt, at teknikerne blev færdige på gerningsstedet, før regnen kom. Hvis vi havde fundet dem i dag, og ikke i forgårs, så ville der ikke have været en skid tilbage at kigge efter. Forresten: Tak for det materiale, du havde fundet frem til mig. Det var virkelig noget, jeg kunne bruge."

Han satte sig over for hende, mens de ventede på, at kakaoen blev varm.

"Og hvad med dig? Hvordan har I det? Er alt godt med babyen?"

"Alt er fint med os. Vores kommende lille fodboldspiller har lavet ballade som sædvanlig, men efter at Conny og Britta kørte, har jeg haft en skøn dag. Det var måske lige det, jeg havde brug for, for endelig at kunne slappe af og læse – en flok skøre slægtninge."

"Godt, så behøver jeg altså ikke bekymre mig om jer."

"Nej, ikke det mindste."

"Skulle jeg prøve at komme til at blive hjemme i morgen? Jeg kan måske arbejde lidt hjemme, så jeg i hvert fald er i nærheden?"

"Det er sødt af dig, men jeg har det faktisk helt fint. Det er vigtigere at bruge kræfter på at finde morderen nu, inden sporet bliver koldt. Jeg skal nok komme til at lægge beslag på dig." Hun smilede og klappede ham på hånden. Så fortsatte hun: "Desuden er der vist et generelt hysteri under opsejling. Jeg er blevet ringet op nogle gange af folk, der prøver at klemme ud af mig, hvor meget I ved – og der er selvfølgelig syv segl for min mund, selv hvis jeg skulle vide noget, hvad jeg jo ikke gør." Her måtte hun holde en pause for at få vejret. "Turistkontoret har åbenbart fået en masse aflysninger fra folk, der ikke tør komme hertil, og en del sejlere har fundet andre havne. Så hvis I ikke allerede er under pres fra det lokale turisterhverv, så skal I nok regne med at komme det."

Patrik nikkede. Det var lige netop det, han frygtede ville ske. Hysteriet ville sprede sig, indtil de kunne sætte nogen bag lås og slå. For et samfund som Fjällbacka, der levede af turisme, var det her en katastrofe. Han kunne huske en sommer for nogle år siden, da en mand nåede at begå fire voldtægter i løbet af juli måned, før de fangede ham. Samfundets næringsdrivende var ved at gå fallit, da turisterne valgte at tage til nærliggende egne som Grebbestad eller Strömstad. Mord ville skabe en endnu værre situation. Heldigvis var det stationslederens job at håndtere sådan nogle ting. Han overlod gerne til Mellberg at besvare den slags samtaler.

Han kløede sig på næsen. Der var en massiv hovedpine under opsejling. Patrik var ved at tage en hovepinepille, da han kom i tanke om, at han ikke havde fået noget at spise hele dagen. Mad var ellers en af de laster, han tillod sig at have, hvilket et begyndende bildæk vidnede om. Han kunne ikke huske, hvornår han sidst havde sprunget et måltid over. Han var for træt til at tilberede noget, men lavede sig bare et par madder med ost og kaviar, som han dyppede i den varme chokolade. Som sædvanlig så Erica på ham med væmmelse ved synet af det, hun mente, var en gastronomisk upassende kombination, men for Patrik var det sådan, det var bedst. Tre madder senere var hovedpinen væk, og han havde fået fornyede kræfter.

"Skal vi ikke invitere Dan og hans kæreste over i weekenden? Så kan vi grille."

Erica rynkede på næsen og så ikke det mindste begejstret ud.

"Kom nu, giv Maria en chance. Hvor mange gange har du mødt hende? To?"

"Ja, ja, jeg ved det godt. Hun er bare så ..." hun ledte efter ordet, "21."

"Det kan hun jo ikke gøre for. At hun er ung, altså. Okay, hun kan være lidt fjoget, men hvad ved jeg, måske er hun bare lidt genert?

Og man kan da godt anstrenge sig lidt for Dans skyld i det mindste. Jeg mener, det er jo hende, han har valgt. Og efter sin skilsmisse fra Pernilla er det da godt, at han har fundet en anden."

"Det er utroligt, så tolerant du pludselig er," surmulede Erica, men hun var trods alt nødt til at medgive, at han havde ret. "Hvordan er du blevet så storsindet?"

"Jeg er altid storsindet, når det gælder 21-årige piger. De har så mange kvaliteter."

"Nå, hvilke?" sagde Erica muggent, indtil det gik op for hende, at Patrik drillede.

"Åh, hold op. Jamen, du har vel ret. Så lad os invitere Dan og hans teenager."

"Hold op."

"Okay, Dan og MARIA. Det bliver sikkert hyggeligt. Jeg kan finde Emmas dukkehus frem, så hun har noget at lave, mens vi voksne spiser middag."

"Erica ..."

"Okay, nu holder jeg op. Det er bare ikke til at lade være. Det er ligesom en slags tics."

"Dit væmmelige kvindemenneske, kom her og få et kram i stedet for at være ondskabsfuld."

Hun tog ham på ordet, og de krøb sammen i sofaen. Det var det her, der gjorde, at Patrik kunne holde menneskehedens mørke sider ud i sit arbejde. Erica, og så tanken om at han måske, om det så kun var en lille smule, kunne yde sit til at gøre verden tryggere for det barn, som lige nu trykkede sine fødder mod hans håndflader lige inden for Ericas udspilede maveskind. Uden for vinduet løjede vinden af, i takt med at skumringen faldt på, og himlens farve skiftede fra grå til flammende rosa. I morgen, gættede han på, ville solen skinne igen.

Patrik gættede rigtigt. Dagen efter var det, som om det slet ikke havde regnet, og hen imod middagstid dampede det igen fra asfalten. Selvom Martin havde shorts og T-shirt på, svedte han, men det var snart ved at være en naturlig tilstand. Gårsdagens kølighed var efterhånden bare som en fjern drøm.

Han var lidt rådvild med hensyn til, hvordan han skulle komme videre i arbejdet. Patrik sad inde hos Mellberg, så han havde ikke konfereret med ham endnu. Informationen fra Tyskland var et af de problemer, han havde. De kunne vende tilbage til ham når som helst, og han var bange for at gå glip af noget, fordi han ikke kunne tysk nok. Det ville være det bedste, hvis de allerede nu kunne finde en, der kunne tolke for ham i et telefonmøde. Men hvem skulle han spørge om hjælp. De tolke, der før havde hjulpet dem, havde mest oversat fra de baltiske sprog og fra russisk og polsk, fordi det var i de lande, de stjålne biler endte, men tysk havde de ikke før haft brug for. Han tog telefonbogen og bladrede lidt på må og få uden helt at vide, hvad han ledte efter. Så var der en rubrik, der gav ham en idé. Når man tænkte på det antal tyske turister, der strømmede gennem Fjällbacka hvert år, måtte der være nogle blandt personalet på Fjällbackas turistkontor, der beherskede sproget. Han trykkede oplivet nummeret og fik en lys og glad kvindestemme i røret.

"Fjällbacka Turistkontor, god morgen, det er Pia."

"Hej, det er Martin Molin fra Tanumshede Politistation. Jeg kunne godt tænke mig at vide, om I har en hos jer, der er rigtig god til tysk?"

"Joh, det skulle i så fald være mig. Hvad drejer det sig om?"

Stemmen lød mere og mere tiltalende, jo mere hun sagde, og Martin fik en idé.

"Kan jeg komme ned og snakke med dig om det? Har du tid?"

"Jo, da. Jeg går til frokost om en halv time. Hvis du kan være her på det tidspunkt, kan vi måske spise frokost på Café Bryggan?"

"Det lyder helt fint. Så ses vi om en halv time."

Martin lagde glad på. Han var ikke sikker på, hvad det var for tosserier, han var i gang med, men hun lød bare så sød.

Da han en halv time senere havde parkeret uden for isenkræmmeren og zigzag'et sig frem mellem sommergæsterne over Ingrid Bergmans Torv, var han lige ved at få kolde fødder. Det her er ikke en date, det er et politianliggende, overbeviste han sig selv om, men han kunne ikke nægte, at han ville blive svært skuffet, hvis turistkontorets Pia viste sig at veje 200 kilo og have udstående tænder.

Han trådte op på broen mellem cafébordene og så sig søgende omkring. Ved et af de borde, der stod længst væk, vinkede en pige i blå skjorte og farverigt tørklæde med turistkontorets logo på. Et lettelsens suk undslap ham, efterfulgt af en følelse af triumf over at have gættet rigtigt. Pia var en sild. Store, brune øjne og mørkt, bølget hår. Et stort smil med hvide tænder og charmerende smilehuller. Det her ville blive en betydelig hyggeligere frokost end at sidde i køkkenet på politistationen og skovle en kold pastasalat i sig sammen med Hedström. Ikke fordi der var noget i vejen med Hedström, men noget festfyrværkeri var han ikke!

"Martin Molin."

"Pia Löfstedt."

Med introduktionen således afklaret, bestilte de hver en fiskesuppe hos den høje, blonde servitrice.

"Vi er heldige, det er "Silden", der er her i denne uge."

Hun kunne se, at Martin ikke forstod, hvad hun talte om.

"Christian Hellberg. Årets kok i 2001. Han er her fra Fjällbacka. Vent bare, til du har smagt fiskesuppen; den er himmelsk."

Hun gestikulerede hele tiden, når hun talte, og Martin tog sig i at stirre fascineret på hende. Pia var helt forskellig fra de piger, han plejede at kende, og netop derfor var det så rart at sidde her med hende. Han måtte igen minde sig selv om, at det ikke var en almindelig hyggefrokost, men en arbejdsfrokost, og om at han faktisk havde et ærinde.

"Jeg må indrømme, at det ikke er hver dag, vi bliver ringet op af politiet. Jeg går ud fra, at det har noget at gøre med ligene i Kongekløften?"

Hun spurgte på en tørt konstaterende, ikke sensationslysten måde, og Martin nikkede.

"Jo, det er rigtigt. Pigen var en tysk turist, som I sikkert har hørt, og vi får brug for lidt hjælp til at tolke. Mener du, at du ville kunne klare den opgave?"

"Jeg har gået i skole i Tyskland i to år, så det er ikke noget problem."

Suppen kom, og allerede efter første skefuld var Martin parat til at give hende ret i lovprisningen. Han prøvede på at lade være med at slubre, men gav op. Han håbede bare, at hun havde set Emil fra Lønneberg. "Man er da nødt til at slubre, ellers ved man jo ikke, at det er suppe ..."

"Det er lidt underligt ..." Pia stoppede op og tog en skefuld til af suppen. Der kom en svag brise mellem bordene og gav nogle sekunders kølighed. De fulgte begge en smuk, gammel kutter med blikket, mens den kæmpede sig frem med blafrende sejl. Der var ikke vind nok til at kalde det en god dag for sejlbåde, så de fleste brugte motor. Pia fortsatte: "Den dér tyske pige, Tanja var det vist, ikke? Hun kom ind på turistkontoret for en uges tid siden og bad om hjælp til at oversætte nogle artikler."

Martins interesse var vakt med det samme. "Hvilke artikler?"

"Om de piger, som de fandt hende sammen med. Det var artikler om deres forsvinden. Nogle gamle artikler, som hun havde fotokopier af fra biblioteket, vil jeg tro."

Skeen klirrede, da han tabte den ned på tallerkenen af bar ophidselse. "Sagde hun, hvad hun ville med det?"

"Nej, og jeg spurgte heller ikke. Vi skal egentlig ikke lave sådan noget i arbejdstiden, men det var på den anden side midt på dagen, og alle turisterne var ude og bade ved klipperne, så her var stille. Og så virkede hun så opsat på det, så jeg syntes, det var synd for hende."

Pia tøvede. "Har det her noget med mordet at gøre? Jeg skulle måske have ringet og fortalt det ..."

Hun lød usikker, og Martin skyndte sig at berolige hende. Af en eller anden grund var det ham meget imod, at hun skulle føle sig dårligt tilpas sammen med ham.

"Nej, det kunne du da ikke vide. Men det var godt, at du fortalte det nu." De fortsatte frokosten med hyggeligere emner, og den time, hun havde pause, var hurtigt gået. Hun måtte skynde sig tilbage til den lille turistbod midt på torvet, for at den kollega, hun skulle afløse, ikke skulle blive irriteret. Før han vidste af det, var hun væk efter en alt for hurtig afsked. Han havde været på nippet til at foreslå et nyt møde, men kunne ligesom ikke få det sagt. Bandende og sværgende gik han hen til bilen, men undervejs til Tanumshede gled tankerne tilbage til det, Pia havde fortalt, om at Tanja bad om hjælp til oversættelse af artiklerne. Hvorfor havde hun været interesseret i dem? Hvem var hun? Hvad var forbindelsen mellem hende, Siv og Mona?

Livet var skønt. Meget skønt, endda. Han kunne ikke huske, hvornår luften sidst havde føltes så frisk, duftene så stærke og farverne så klare. Livet var i sandhed skønt.

Mellberg betragtede Hedström, der sad i en stol foran ham. Pæn fyr, og en dygtig politimand var han også. Ja, det havde han måske ikke sagt så klart, men nu ville han benytte lejligheden. Det var vigtigt, at medarbejderne følte sig værdsatte. En god leder giver ris og ros med samme fasthed, havde han læst et sted. I sit nyfundne klarsyn kunne han se, at han måske hidtil havde været for rundhåndet med kritikken, men det kunne man så kompensere for nu.

"Hvordan skrider det frem med efterforskningen?"

Hedström fortalte i korte træk, hvad de havde arbejdet med indtil videre.

"Udmærket, udmærket." Mellberg nikkede jovialt. "Ja, selv har jeg haft en del ubehagelige samtaler i dagens løb. Man er jo meget forhippet på, at det her skal løses hurtigt, så det ikke, som de så fint udtrykte det, får uheldige virkninger for turismen på langt sigt. Men det skal du ikke tage dig af. Jeg har personligt forsikret dem om, at en af korpsets dygtigste mænd arbejder dag og nat på at få sat forbryderen bag lås og slå. Så hold du bare din sædvanlige høje standard, så skal jeg tage mig af kommunens spidser."

Hedström kiggede forundret på ham. Mellberg så tilbage og fyrede et bredt smil af. Fyren skulle bare vide ...

Det havde taget næsten en time inde hos Mellberg, og på vej tilbage til kontoret kiggede han efter Martin. Han var ikke til at få øje på, så Patrik tog hen og købte noget folieret smørrebrød hos Hedemyrs og skyllede det ned med en kop kaffe. Midt i den sidste bid hørte han Martins skridt ude i gangen og vinkede ham ind på sit kontor.

Patrik indledte: "Har du bemærket noget specielt ved Mellberg på det sidste?"

"Nej, altså ikke ud over, at han hverken brokker sig eller kritiserer, at han smiler hele tiden, har tabt sig og går i tøj, der ser ud til at være, om ikke sidste skrig, så dog rimeligt moderne." Martin smilede ironisk.

"Der er noget mærkeligt ved det. Jeg skal være den sidste til at klage. Han blander sig ikke i efterforskningen, og i dag blev jeg rost, til jeg rødmede. Men der er noget, der ..."

Patrik rystede på hovedet, men de lod overvejelserne om den nye Bertil Mellberg ligge til fordel for mere påtrængende spørgsmål. Visse ting skulle man bare nyde uden at sætte spørgsmålstegn ved det.

Martin fortalte om det resultatløse besøg på campingpladsen og om, at de ikke havde fået mere at vide af Liese. Da han nåede til det, Pia havde sagt om Tanjas forsøg på at få oversat artiklerne om Mona og Siv, blev Patriks interesse vakt.

"Jeg vidste, at der var en sammenhæng dér! Men hvad sytten kan det være?" Han kløede sig i håret.

"Hvad sagde forældrene i går?"

De to billeder, Patrik havde fået af Albert og Gun, lå på bordet, og dem gav han til Martin. Han beskrev mødet med Monas far og Sivs mor og kunne ikke skjule sin afsky for den sidste.

"Det må jo alligevel have været en lettelse, at pigerne blev fundet. Det må være forfærdeligt at gå år efter år uden at vide, hvor de er. Uvisheden er jo det værste, siges det."

"Ja, men nu må vi virkelig håbe, at Pedersen kan bekræfte, at det andet skelet er Siv Lantin, ellers sidder vi med håret i postkassen."

"Det er rigtigt, men jeg tror næsten, jeg kan love, at det er tilfældet. Er der noget nyt fra analysen af den jord, som var på skeletterne?"

"Nej, desværre. Og spørgsmålet er vel også, hvor meget det kan give. De kan jo have været gravet ned hvor som helst, så selvom vi ved, hvilken type jord det er, vil det være som at lede efter en nål i en høstak."

"Dna'et er nok det, jeg har allerstørst forhåbning til. Hvis bare vi finder den rette, får vi det at vide i det øjeblik, vi har fået mulighed for at analysere hans dna og sammenligne det med det, vi har."

"Ja, så er det jo bare det med at finde den rette person."

Det tænkte de lidt over i tavshed, indtil Martin brød den dystre stemning og rejste sig.

"Nå, vi kommer ikke videre på den her måde. Tilbage til arbejdet."

Han efterlod Patrik eftertænksom ved skrivebordet.

Ved middagen var stemningen trykket. Det var sådan set ikke usædvanligt, efter at Linda var flyttet ind, men nu var luften så tyk, at man nærmest kunne skære i den. Hendes bror havde med få ord fortalt om Solveigs besøg hos deres far, men virkede ikke opsat på at debattere emnet. Det lod Linda sig ikke gå på af.

"Så var det altså ikke onkel Johannes, der myrdede de der piger. Nu må far da virkelig have det dårligt, sådan at have peget på sin egen bror, som så viser sig at være uskyldig."

"Ti stille, det ved du ikke noget om."

Det gav et sæt i alle ved bordet. Det var sjældent, hvis det da nogensinde skete, at Jacob hævede stemmen. Selv Linda blev et øjeblik lidt forskrækket, men tog sig sammen og fortsatte ufortrødent:

"Hvorfor troede far egentlig, at det var onkel Johannes? Der er aldrig nogen, der fortæller mig noget."

Jacob tøvede lidt, men var klar over, at Linda ikke var til at lukke munden på. Han kunne lige så godt svare på hendes spørgsmål, i det mindste delvis.

"Far så en af pigerne i Johannes bil, den nat hun forsvandt."

"Hvorfor var far ude og køre midt om natten?"

"Han havde besøgt mig på sygehuset og bestemte sig for at køre hjem i stedet for at overnatte."

"Så det var altså det? Det var grunden til, at han ringede og meldte Johannes til politiet? Jeg mener, der kan jo have været en hel masse andre grunde; han gav hende måske et lift eller sådan noget?"

"Måske. Men Johannes benægtede, at han overhovedet havde set pigen den aften; han sagde, at han havde ligget derhjemme og sovet."

"Men hvad sagde farfar? Blev han ikke rasende over, at Gabriel meldte Johannes?"

Linda var helt fascineret. Hun var blevet født, efter at pigerne var forsvundet, og havde kun hørt små stumper af historien. Der var ingen, der ville fortælle, hvad der egentlig var sket, og det meste af det, Jacob nu fortalte, var helt nyt for hende.

Jacob fnyste. "Om farfar blev rasende. Jo, det kan man godt kalde det. Han var desuden indlagt på det tidspunkt og havde nok at gøre med at hjælpe mig, så han blev godt gal på far over, at han kunne gøre sådan noget."

Børnene var gået fra bordet. Ellers ville deres blikke være naglet til Jacobs læber, når han fortalte om, hvordan oldefar havde reddet deres fars liv. Den historie havde de hørt mange gange, men de blev aldrig trætte af den.

Han fortsatte: "Han var åbenbart så vred, at han nær havde skrevet testamentet om igen og indsat Johannes som enearving, men det nåede han ikke, før Johannes døde. Hvis ikke han var død, var det måske os, der havde boet nede i skovløberhuset i stedet for Solveig og drengene."

"Men hvorfor brød far sig ikke om Johannes?"

"Det ved jeg ikke rigtig. Far har ikke ligefrem udbredt sig om det emne, men farfar fortalte en del, som måske kan forklare det. Farmor døde, da Johannes blev født, og derefter rejste de langs vestkysten med farfar, der holdt prædikener og gudstjenester. Farfar fortalte mig, at han havde opdaget, at både Johannes og Gabriel havde evnen til at helbrede, så hver gudstjeneste blev afsluttet med, at de helbredte de mennesker i menigheden, der var syge eller havde et handicap."

"Gjorde far? Helbredte mennesker, mener jeg? Kan han stadig det?"

Linda tabte underkæben af overraskelse. Et helt nyt kapitel af hendes slægtshistorie åbnede sig, og hun turde knap trække vejret af angst for, at Jacob skulle lukke godteposen til igen og udelukke hende fra det, han vidste. Hun kendte til det særlige forhold, der havde været mellem ham og farfar, især efter at det havde vist sig, at farfars knoglemarv egnede sig til at donere til den leukæmisyge Jacob, men hun vidste ikke, at farfar havde betroet ham så meget. At farfar blev kaldt "Prædikanten" i folkemunde vidste hun også, og hun havde hørt, at han på en eller anden måde skulle have svindlet sig til sin formue, men de historier om Ephraim havde hun aldrig set som andet end overdrivelser. Desuden var hun så lille, da han døde, så for Linda var han mest en sammensnerpet ældre herre på familiefotografierne.

"Nej, det kan han næppe." Jacob smilede lidt ved tanken om sin korrekte far som helbreder af de syge og forkrøblede. "Hvad far angår, så har det nok aldrig været tilfældet. Og ifølge farfar er det ikke ualmindeligt, at man mister den evne, når man kommer i puberteten. Man kan komme i kontakt med den evne igen, men det er sjældent. Hverken Gabriel eller Johannes havde evnen længere, da de var over drengeårene, tror jeg. Grunden til, at far afskyede Johannes, var nok, at de var så forskellige. Johannes var meget flot, og han kunne charmere alle og enhver; til gengæld var han håbløst uansvarlig med alt i sit liv. Både han og Gabriel fik hver deres betragtelige andel af pengene, allerede mens farfar var i live, men det tog ikke Johannes mange år at formøble sine. Det var farfar gal over, så han gjorde Gabriel til hovedarving i stedet for at dele formuen ligeligt mellem de to. Men som sagt: Havde han levet lidt længere, kunne han have nået at ændre mening igen."

"Men der må have været noget mere; far kan vel ikke kun have hadet Johannes så meget, fordi han var kønnere og mere charmerende, end han selv var? Det er da ikke grund nok til at melde sin bror til politiet?"

"Nej, jeg vil gætte på, at det også havde noget at gøre med, at Johannes snuppede hans forlovede."

"Hvad! Var far sammen med Solveig? Den fede ko!"

"Har du ikke set fotografier af Solveig fra dengang? Hun var en ren skønhed, kan jeg godt sige dig, og hun og far var forlovede. Men så en dag kom hun bare og fortalte, at hun var blevet forelsket i onkel Johannes, og at hun skulle giftes med ham i stedet. Jeg tror, det knækkede far fuldstændigt. Du ved, hvordan han hader uorden og drama."

"Ja, det må have fået ham til at flippe skråt."

Jacob rejste sig fra bordet. "Nå, nu må det være nok med familiehemmelighederne. Men så forstår du måske, hvorfor forholdet mellem far og Solveig er lidt kompliceret."

Linda fnisede. "Jeg ville godt have været en flue på væggen, da hun var ovre og skælde far ud. Det må have været noget af en forestilling."

Selv Jacob trak lidt på smilebåndet. "Ja, forestilling er nok ordet. Men prøv at være lidt mere alvorlig, når du ser far. Jeg tror ikke, han kan se det humoristiske i det."

"Ja, ja, jeg skal nok opføre mig pænt."

Hun stillede tallerkenen i opvaskemaskinen, takkede Marita for maden og gik op på sit værelse. Det var første gang i meget lang tid, at hun og Jacob havde grinet ad noget sammen. Han kunne jo være helt hyggelig, når bare han anstrengte sig lidt, tænkte Linda. Hun så bekvemt bort fra, at hun ikke ligefrem selv havde været nogen charmetrold i de senere år.

Hun ringede for at få fat i Johan. Til sin egen overraskelse var hun ikke helt ligeglad med, hvordan han havde det.

Laine var mørkeræd. Frygtelig mørkeræd. Til trods for alle de aftener hun havde tilbragt alene uden Gabriel på gården, havde hun aldrig vænnet sig til det. Før havde Linda også været hjemme og endnu tidligere Jacob, men nu var hun helt alene. Gabriel var nødt til at rejse en del, men alligevel kunne hun ikke lade være med at være bitter. Det var ikke den tilværelse, hun havde drømt om, dengang hun giftede sig til guld og grønne skove. Ikke fordi pengene i sig selv var vigtige, det var trygheden, der var så tillokkende. Den tryghed, der var ved den kedelige Gabriel, og trygheden ved at have penge i banken. Hun ville have et liv, der var helt anderledes end sin mors.

Som barn levede hun i konstant skræk for de raserianfald, hendes far fik, når han var fuld. Han tyranniserede hele familien og gjorde sine børn usikre og hungrende efter kærlighed og tryghed. Hun var den eneste, der var tilbage af søskendeflokken. Både hendes bror og søster var bukket under for deres indre mørke – den ene ved at vende det indad, den anden ved at vende det udad. Selv var hun den mellemste og var hverken-eller. Bare usikker og svag. Hverken stærk nok til at vende sin usikkerhed ind eller ud. I stedet lod hun den ligge og ulme år efter år.

Den trængte sig mest på, når hun gik alene gennem de stille stuer om aftenen. Så huskede hun tydeligt den stinkende ånde, slagene – og de blide strøg, der kom i hemmelighed om natten.

Da hun giftede sig med Gabriel, troede hun for alvor, at hun havde fundet nøglen til det mørke skrin i sit bryst. Men hun var ikke dum. Hun vidste godt, at hun var trøstpræmien. Én han tog, fordi han ikke kunne få den, han ville have. Men det gjorde ikke noget. På en måde var det nemmere sådan. Ingen følelser, der kunne forstyrre den stille overflade. Ikke andet end kedelig forudsigelighed i en uendelig række af dage, der føjede sig til andre dage. Det var det eneste, hun ønskede, troede hun.

Femogtredive år senere vidste hun, hvor meget hun havde taget fejl. Intet var så slemt som ensomhed midt i tosomheden, og det var, hvad hun havde fået med sit ja i Fjällbacka kirke. De havde levet parallelle liv. De havde passet gården og børnene og talt om vejr og vind i mangel på andet at tale om.

Kun hun vidste, at der var en anden mand inden i Gabriel end den, han hver dag viste omverdenen. Hun havde iagttaget ham i årevis, studeret ham i smug og langsomt lært den mand at kende, som han kunne have været. Det overraskede hende, at det fremkaldte sådan en længsel i hende. Det var så dybt begravet, at hun ikke troede, han selv kendte noget til det, men bag det kedelige, beherskede ydre var der en lidenskabelig mand. Hun så al den vrede, der havde samlet sig, men troede, at der måtte være lige så rigeligt med kærlighed, hvis bare hun havde evnet at lokke den frem.

De nærmede sig ikke engang hinanden, da Jacob var syg. De havde bare siddet ved siden af hinanden ved det, de troede, var hans dødsleje, men uden at være hinanden til gensidig trøst. Tit havde hun endda haft en fornemmelse af, at Gabriel slet ikke ville have hende dér.

Det var til dels Gabriels far, der var skyld i hans indelukkethed. Ephraim Hult var en imponerende mand, der delte sine omgivelser i to lejre: Enten var man med ham, eller også var man imod ham. For Prædikanten var ingen ligegyldig, men Laine forstod, hvor svært det måtte have været at vokse op i skyggen af sådan en mand. Hans sønner var som nat og dag. Johannes var i hele sit korte liv et stort barn, en livsnyder, der tog, hvad han ville have, og aldrig standsede op længe nok til at se sporene af det kaos, han efterlod sig. Gabriel gik i den modsatte retning. Hun havde set, hvordan han skammede sig over sin far og Johannes, over deres vidtløftighed, deres måde at lyse op på i enhver sammenhæng. Han ville bare forsvinde ind i en anonymitet, der skulle vise alverden, at han ikke havde noget til fælles med sin far. Mere end noget andet stræbte Gabriel efter respekt, orden og retfærdighed. Barndomsårene på farten med Ephraim og Johannes var ikke noget, han talte om. Alligevel vidste hun en del om det og forstod, hvor meget det betød for hendes mand at skjule den del af sin fortid, der stemte så dårligt overens med det billede, han ville skabe af sig selv. Derfor vakte det modstridende følelser hos Gabriel, at det netop var Ephraim, der reddede Jacobs liv. Det var et skår i glæden over at have fundet en måde at sejre over sygdommen på, at det var hans far og ikke ham selv, der kom Jacob til undsætning som ridderen i den skinnende rustning. Han ville have givet alt for at være sin søns helt.

Laines tanker blev afbrudt af en lyd udefra. Ud ad øjenkrogen så hun først én skygge, så to, løbe hurtigt gennem haven. Hun blev grebet af rædsel igen. Hun ledte efter den trådløse telefon og nåede at blive helt panikslagen, før hun endelig fandt den på sin plads i opladeren. Med rystende fingre trykkede hun nummeret til Gabriels mobiltelefon. Der var noget, der ramte vinduet, og hun skreg højt. Vinduet var blevet knust af en sten, der nu lå blandt glassplinterne på gulvet. Endnu en sten slog ruden ved siden af i stykker, og hun løb hulkende ud af stuen og op på etagen ovenover, hvor hun låste sig inde i badeværelset, mens hun stiv af skræk ventede på at få Gabriel i røret. Men der var kun en telefonsvarer, og hun kunne høre panikken i sin egen stemme, da hun indtalte en usammenhængende besked.

Så satte hun sig rystende på gulvet med armene knuget om benene og lyttede efter støj uden for døren. Hun hørte ikke mere, men hun turde knap røre sig alligevel.

Sådan sad hun stadig, da det blev morgen.

Det var telefonen, der vækkede Erica. Hun så på uret. Halv elleve om formiddagen. Hun måtte være faldet i søvn efter at have vendt og drejet sig den halve nat, svedig og utilpas.

"Hallo," sagde hun med søvndrukken stemme.

"Hej, Erica, undskyld, vækkede jeg dig?"

"Ja, men det gør ikke noget, Anna. Jeg skulle alligevel ikke ligge og sove så langt op ad dagen."

"Jo, sørg nu for at få sovet, så meget du kan. Det bliver der ikke for meget af siden hen. Hvordan har du det forresten?"

Erica beklagede sig lidt over graviditetens mange besværligheder over for sin søster, der selv havde født to børn og udmærket forstod, hvad Erica talte om.

"Stakkels dig ... den eneste trøst er, at man ved, det kun er en overgang. Hvordan er det så at have Patrik hjemme? Går I ikke hinanden på nerverne? Jeg kan huske, at jeg helst ville være i fred de sidste uger."

"Jo, jeg var ved at gå ud af mit gode skind, må jeg indrømme. Så da han skulle ind og arbejde med en mordsag, protesterede jeg ikke synderligt."

"En mordsag? Hvad er der da sket?"

Erica fortalte om den unge tyske pige, der var blevet myrdet, og om de to forsvundne kvinder, som nu var genfundet.

"Uha, hvor væmmeligt." Det begyndte at knitre i telefonen.

"Hvor er I henne? Har I det godt på båden?"

"Ja, vældig godt. Emma og Adrian er vilde med det. De er snart fuldbefarne sejlere, hvis det står til Gustav."

"Gustav, ja. Hvordan går det med ham? Er han snart moden til at blive præsenteret for familien?"

"Det var faktisk derfor, jeg ringede. Vi er i Strömstad nu og tænkte på at sejle derudad. Du må jo sige, hvis det er for meget, men ellers havde vi tænkt på at lægge til i Fjällbacka i morgen og komme og hilse på. Vi bor på båden, så vi bliver ikke til besvær. Og du må altså virkelig sige til, hvis du ikke orker det. Det ville bare være så hyggeligt at få maven at se."

"Selvfølgelig kan I komme. Dan og hans kæreste kommer også til grillaften i morgen, så det er ikke noget problem at smide nogle ekstra burgere på grillen."

"Åh, hvor skønt, så møder jeg endelig lamsebenet."

"Patrik har allerede været efter mig og sagt, at jeg skal være sød, så nu må du ikke også begynde ..."

"Ja, men det kræver jo lidt ekstra forberedelse. Vi må jo tjekke ud, hvilken musik de unge kan lide, og hvilket tøj der er hot, og om lipgloss med smag stadig er populært. Nu skal du høre: Hvis du tjekker MTV, så køber jeg Vi Unge og kigger det igennem. Kan man forresten stadig få Tjeck? Det ville i så fald også være en god idé."

Erica holdt sig på maven og lo. "Hold op, jeg dør. Hold nu op ... Og man skal ikke kaste med sten, når man selv bor i et glashus. Vi har jo ikke mødt Gustav endnu, så efter alt hvad vi ved, kan han være rigtig utjekket."

"Nå, utjekket er måske ikke lige det ord, jeg ville forbinde Gustav med."

Erica kunne høre, at hendes drillende kommentar havde gjort Anna syrlig. At være så sart ...

"Jeg synes faktisk, at jeg har været heldig, at sådan en som Gustav overhovedet gider se i min retning, enlig mor og så videre. Han kan vælge og vrage mellem de adelige frøkner, og så vælger han alligevel mig – det mener jeg siger en hel del om ham. Jeg er den første pige, han har været sammen med, som ikke er adelig, så jeg synes, at jeg er ret heldigt stillet."

Erica syntes også, at det sagde en del om ham, men desværre ikke på samme måde som søsteren. Anna havde aldrig haft nogen særlig god dømmekraft med hensyn til mænd, og den måde hun talte om Gustav på, var lidt foruroligende. Men Erica bestemte sig for ikke at dømme ham på forhånd; forhåbentlig blev hendes bange anelser gjort til skamme, når først hun mødte ham.

Udglattende sagde hun: "Hvornår kommer I?"

"Omkring klokken fire, hvis det passer jer."

"Det passer fint."

"Så ses vi dér, hej."

Efter at hun havde lagt røret, blev Erica lidt bekymret. Der var noget ved Annas forcerede tonefald, der fik hende til at tvivle på, hvor godt forholdet til den fantastiske Gustav af Klint i grunden var.

Hun havde været så glad, dengang Anna blev skilt fra Lucas Maxwell, børnenes far. Anna var endda begyndt at opfylde sin gamle drøm om at studere kunst og antikviteter og havde haft det store held at få et deltidsjob på Stockholms Auktionshus. Det var dér, hun havde mødt Gustav. Han kom fra en af de mest blåblodede slægter i Sverige og brugte sin tid på at forvalte slægtsgodset i Hälsingland, som hans forfader engang havde fået i len af Gustav Vasa. Hans familie sås med kongefamilien, og hvis hans far var forhindret, plejede han personligt at blive indbudt til kongens årlige jagt. Alt dette havde Anna andagtsfuldt fortalt Erica, der havde set lidt for rigeligt til overklasserødderne inde i Stockholms centrum til ikke at føle en vis uro. Hun havde aldrig mødt Gustav, så måske var han helt anderledes end de rige arvinger, som bag facaden af penge og titler følte sig frie til at opføre sig, som det passede dem på in-stederne. Nå, det ville hun få syn for i morgen. Hun krydsede fingre for, at hun tog fejl, og at Gustav var af et ganske andet format. Hun kunne i hvert fald kun unde Anna så meget lykke og stabilitet som muligt.

Hun tændte for ventilatoren og begyndte at overveje, hvordan hun skulle fordrive dagen. Hendes jordemoder havde forklaret, at hormonet oxytocin, som kroppen udskilte mere og mere af hen imod fødslen, skaber stærk redebyggertendens hos gravide kvinder. Det forklarede, hvorfor Erica i de seneste uger nærmest manisk havde kastet sig over sortering, nummerering og katalogisering af alt i hjemmet. Hun havde fået den fikse idé, at alt skulle være parat og i orden, før babyen kom, og nu begyndte hun at nærme sig det tidspunkt, hvor der simpelthen ikke var mere at ordne. Skabene var gjort rene, børneværelset parat, bestikskufferne støvsuget. Det eneste, der manglede, var at ordne skramlet i kælderen. Ja, netop. Hun rejste sig stakåndet og tog resolut bordventilatoren med. Det var bedst at skynde sig lidt, inden Patrik greb hende på fersk gerning.

Han tog sig en lille pause og spiste en is ude i solskinnet foran politistationen, da Gösta stak hovedet ud gennem et åbent vindue og kaldte på ham.

"Patrik, her er et opkald, jeg tror, du skal tage dig af."

Patrik slikkede hurtigt det sidste af sin Magnum i sig og gik ind. Han tog telefonen på Göstas skrivebord og blev lidt overrasket, da han hørte, hvem det var. Efter en kort samtale, hvor han kradsede en masse notater ned, lagde han røret og sagde til Gösta, der sad på sin kontorstol og iagttog ham: "Som du hørte, er der nogen, der har smadret ruderne hjemme hos Gabriel Hult. Tager du med og ser på det?"

Gösta var lidt forundret over, at Patrik bad ham om det i stedet for Martin, men nikkede bare.

Da de lidt senere kørte op langs alléen, var det svært ikke at føle et stik af misundelse. Den herregård, hvor Gabriel Hult residerede, var virkelig storslået. Den strålede som en hvid perle midt i alt det grønne, og elmetræerne, der kantede vejen op mod huset, bøjede sig ærbødigt i vinden. Patrik tænkte, at Ephraim Hult måtte have været mesterlig til at prædike, siden han fik alt det foræret.

Selv måden, det knasede på under deres fødder, føltes luksuriøs, da de gik op ad grusgangen mod trappen, og han var meget spændt på at se huset indefra.

Det var Gabriel Hult selv, der åbnede for dem, og både Patrik og Gösta tørrede omhyggeligt skoene af på dørmåtten, før de trådte ind i hallen.

"Tak, fordi I kom så hurtigt. Min kone er meget oprevet. Jeg har været på forretningsrejse, så hun var alene hjemme i aftes, da det skete."

Mens han talte, viste han dem ind i et stort, smukt rum med høje vinduer, der lukkede alt sollyset ind. I en hvid sofa sad en kvinde med et ængsteligt udtryk i ansigtet, og hun rejste sig for at hilse, da de kom ind.

"Laine Hult. Det var godt, at I kunne komme så hurtigt."

Hun satte sig ned igen, og Gabriel viste med en håndbevægelse mod sofaen overfor, hvor Patrik og Gösta kunne slå sig ned. De følte sig begge lidt malplacerede. Ingen af dem havde tænkt på at klæde sig pænt på, før de gik på arbejde, så de var i shorts. Patrik havde dog en nydelig T-shirt på, mens Gösta bar en umoderne, kortærmet skjorte i syntetisk stof og med mintgrønt mønster. Kontrasten var åbenlys, idet Laine var iført en kølig, naturfarvet hørdragt, og Gabriel var fuldt udstyret i jakkesæt. Det må være varmt, tænkte Patrik og håbede for Gabriel, at han ikke behøvede gå klædt sådan hele sommeren. Samtidig var det vanskeligt at forestille sig ham i noget mere afslappet. Han så heller ikke engang ud til at have det for varmt i sit mørkeblå jakkesæt, mens Patrik blev helt svedig bare af at forestille sig den mundering her i sommervarmen.

"Din mand fortalte kort i telefonen, hvad der var sket, men du kunne måske fortælle lidt mere i detaljer?"

Patrik smilede beroligende til Laine, samtidig med at han tog sin lille notesblok og pen frem. Han ventede.

"Ja, jeg var alene hjemme i går. Gabriel er ofte ude at rejse, så jeg har mange nætter alene."

Patrik kunne høre en sørgmodighed i stemmen, da hun sagde det, og han spekulerede på, om Gabriel også hørte det. Hun fortsatte:

"Jeg ved godt, det lyder fjollet, men jeg er mørkeræd, så jeg opholder mig som regel kun i to værelser, når jeg er alene, mit soveværelse og fjernsynsstuen, som ligger ved siden af."

Patrik lagde mærke til, at hun sagde "mit" soveværelse og kunne ikke lade være med at tænke på, hvor sørgeligt det var, når ægtefolk ikke engang sov sammen. Det ville aldrig ske for ham og Erica.

"Jeg skulle lige til at ringe til Gabriel, da jeg så noget bevæge sig udenfor. I næste sekund kom der noget flyvende gennem et af vinduerne, lige til venstre for mig. Jeg nåede at se, at det var en stor sten, før der kom én til, som knuste ruden ved siden af. Så hørte jeg bare lyden af nogen, der løb væk, og så to skygger, der forsvandt hen mod skovbrynet."

Patrik noterede. Gösta havde ikke sagt et ord, siden de var kommet, bortset fra sit navn, da han hilste på Gabriel og Laine. Patrik så opfordrende på ham for det tilfælde, at der var noget, han ville spørge om i forbindelse med hændelsen, men han sad tavs og studerede sine neglebånd. Jeg kunne lige så godt have medbragt en sofapude, tænkte Patrik.

"Har I nogen idé om, hvad motivet kan have været?"

Svaret kom med det samme fra Gabriel, som om han ville forhindre Laine i at svare.

"Nej, ikke ud over god gammeldags misundelse. Det er altid faldet folk for brystet, at det nu er os, der bor her på gården, og vi har været udsat for en del af den slags indskyldelser fra fulde folk gennem årene. Uskyldige drengestreger, som det her også ville have været, hvis ikke min kone havde insisteret på at involvere politiet."

Han sendte Laine et misfornøjet blik. Hun viste til gengæld for første gang under samtalen en smule styrke og stirrede vredt tilbage. Hendes trods tændte en ulmende glød hos hende, for hun sagde henvendt til Patrik og uden at se på sin mand:

"Jeg synes, at I skal tale med Robert og Johan Hult, min mands nevøer, og spørge dem, hvor de var i går."

"Laine, det er jo helt unødvendigt, det dér!"

"Det var ikke dig, der var her i går, så du ved ikke, hvor uhyggeligt det er at få sten kastet ind gennem vinduet nogle få meter fra dig. De kunne have ramt mig. Og du ved lige så godt som jeg, at det var de to slyngler, der var her i går!"

"Laine, vi var jo blevet enige om ..." Han talte med sammenpressede læber og anspændte kæbemuskler.

"*Du* blev enig!" Styrket af sit eget usædvanlige mod ignorerede hun ham og vendte sig mod Patrik.

"Som sagt så jeg dem ikke, men jeg vil vædde på, at det var Johan og Robert. Deres mor, Solveig, var her tidligere på dagen og var meget ubehagelig, og de to drenge er nogle rigtige bøller, så ... ja, det ved I jo, I må kende dem."

Hun gjorde en bevægelse mod Patrik og Gösta, som kun kunne nikke samstemmende. Jo, man måtte sige, at de meget jævnligt havde haft med de berygtede brødrene Hult at gøre, lige siden de var store drenge med bumser.

Laine så udfordrende på Gabriel, parat til at besvare hans modsigelser, men han trak bare på skuldrene som for at antyde, at nu kunne det være lige meget.

"Hvad var årsagen til balladen med deres mor?" spurgte Patrik.

"Det er ikke sådan, at det kvindemenneske behøver nogen særlig årsag; hun har altid hadet os, men det, der fik hende til at gå fra koncepterne i går, var nyheden om de piger, som I har fundet i Kongekløften. Med sine begrænsede åndsevner havde hun fået det til at være bevis for, at Johannes, hendes mand, var blevet uskyldigt anklaget, og det klandrede hun så Gabriel for."

Hendes stemme blev højere, og hun rettede en opadvendt håndflade mod sin mand, som nu så ud til mentalt at være et andet sted.

"Ja, jeg har gennemgået de gamle dokumenter fra dengang, pigerne forsvandt, og kunne se at du anmeldte din bror til politiet. Kan du fortælle lidt om det?"

Det trak umærkeligt i Gabriels ansigt, bare en lille antydning af, at han fandt spørgsmålet ubehageligt, men han svarede med rolig stemme:

"Det er mange, mange år siden. Men hvis det, du spørger om, er, om jeg står fast ved, at det var min bror, jeg så med Siv Lantin, så er svaret ja. Jeg kom fra sygehuset i Uddevalla, hvor min søn lå syg med leukæmi. På vejen mod Bräcke så jeg min brors bil. Jeg syntes, at det var lidt sært, at han var ude og køre midt om natten, så jeg kiggede ekstra godt og så pigen sidde ved siden af min bror med hovedet mod hans skulder. Det så ud, som om hun sov."

"Hvordan kunne du vide, at det var Siv Lantin?"

"Det kunne jeg heller ikke. Men så snart jeg så billedet i avisen, kunne jeg genkende hende. Men jeg vil gerne understrege, at jeg aldrig har udpeget ham som morder, hvad folk her omkring har fået det til. Det eneste, jeg gjorde, var at meddele, at jeg havde set ham sammen med pigen. Det anså jeg for at være min almindelige pligt som borger. Det havde intet at gøre med en konflikt mellem os eller hævn, som man også har påstået. Jeg fortalte, hvad jeg havde set, men hvad det betød, overlod jeg til politiet at bedømme. Man fandt åbenbart aldrig nogen beviser mod Johannes, så hele diskussionen er unødig."

"Men hvad troede du selv?" Patrik så nysgerrig på Gabriel. Han havde svært ved at tro, at nogen kunne være så pligttro, at de ville udpege deres egen bror.

"Jeg tror ikke noget, jeg holder mig bare til kendsgerningerne."

"Men du kendte vel din bror. Tror du, at han ville være i stand til at begå mord?"

"Min bror og jeg havde ikke meget til fælles. Vi var så forskellige, at det ikke var til at tro, at vi havde samme gener. Om jeg tror, at han ville kunne tage livet af nogen?" Gabriel slog ud med hænderne. "Det ved jeg faktisk ikke. Jeg kendte ham ikke godt nok til at kunne svare på det spørgsmål. Og nu med den seneste udvikling af begivenhederne er det jo lidt overflødigt, ikke?"

Dermed anså han diskussionen for at være slut og rejste sig fra lænestolen. Patrik og Gösta forstod den ikke videre subtile hentydning og takkede farvel.

"Nå, hvad siger du? Skal vi tage hen og snakke med drengene om, hvad de lavede i går aftes?"

Spørgsmålet var retorisk, og Patrik var allerede på vej i retning mod Johans og Roberts hjem uden at vente på svar. Den ældre kollegas tilbageholdenhed under forhøret undrede ham. Hvad skulle der til for at ryste liv i den gamle knark? Godt nok var der ikke længe, til han skulle på pension, men han var dog stadig i tjenesten og måtte forventes at gøre sit arbejde.

"Hvad mener du om alt det her?" Irritationen i Patriks stemme lod sig ikke skjule.

"At jeg ikke ved, hvad der er værst. At vi har en morder, som har dræbt mindst tre piger i løbet af tyve år, og som vi ikke aner, hvem er. Eller at det faktisk var Johannes Hult, som torterede og myrdede Siv og Mona, og at der nu er nogen, der efterligner ham. Hvis det skulle være det første, så må vi nok tjekke fængselsregistret. Er der nogen, der har siddet inde i tiden, fra Siv og Mona forsvandt og til mordet på den unge tyske pige? Det ville forklare pausen." Gösta talte med eftertænksomhed, og Patrik kiggede forundret på ham. Manden var alligevel ikke så fraværende, som han havde troet.

"Det skulle ikke være så svært at finde ud af. Der er ikke mange i Sverige, der har siddet så længe som tyve år. Tjekker du det, når vi er tilbage på stationen?"

Gösta nikkede og gav sig til at se ud ad vinduet i tavshed.

Vejen hen til den gamle skovløberbolig blev dårligere og dårligere, men i fugleflugtslinie var der kun en kort strækning mellem Gabriels og Laines hjem og Solveigs og drengenes lille hus, selv om der var en betydelig længere afstand til omgivelserne. Grunden lignede en losseplads. Der stod tre afpillede biler i forskellige grader af forfald, som om de var smidt tilfældigt. Derudover lå der en masse andet udefinerligt skrammel. Familien bestod åbenbart af samlere, og Patrik fik en fornemmelse af, at hvis de rodede lidt rundt, ville de nok også finde en del tyvekoster, som var rapporteret forsvundet fra indbrud i omegnen. Men det var ikke deres ærinde i dag. Én ting ad gangen.

Robert kom hen mod dem fra et halvtag, hvor han havde stået og rodet med et af de gamle bilvrag. Han havde en beskidt overall på i en forvasket, blågrå farve. Hans hænder var dækket af olie, og han havde tydeligvis gnedet sig i ansigtet, for der var også oliepletter. Han tørrede hænderne i noget twist på vej over til dem.

"Hvad fanden vil I nu? I skal ikke regne med at røre en skid uden kendelse, hvis I har tænkt jer at lede efter noget her." Tonen var familiær, hvad der ikke var underligt, så ofte som de mødtes.

Patrik holdt afværgende hånden op. "Tag det roligt. Vi skal ikke kigge efter noget. Vi vil bare snakke lidt."

Robert så mistænksomt på dem, men nikkede så.

"Og vi skal også tale med din bror. Er han hjemme?"

Robert nikkede igen og råbte op mod huset: "Johan, strisserne er her. De vil snakke med os!"

"Kan vi ikke gå ind og sætte os?"

Uden at vente på svar gik Patrik hen mod døren med Gösta i hælene. Robert kunne ikke gøre andet end at følge efter. Han gad hverken tage arbejdstøjet af eller vaske hænder. Fra de tidligere husundersøgelser var Patrik også klar over, at der ikke var nogen særlig grund til det. Alt i huset var sovset til i skidt. Hvor småt der end var i det hus, de boede i, havde der sikkert været rigtig hyggeligt engang. Men mange års misligholdelse gjorde, at det hele var nedslidt. Tapetet, som var dystert brunt, sad løst hist og her og havde et utal af pletter. Ud over snavset føltes det, som om alt var dækket af en tynd, fedtet hinde.

Politimændene nikkede begge til Solveig, der sad ved et vakkelvornt bord i køkkenet med sine album. Det mørke hår hang i tjavser, og da hun nervøst strøg pandehåret væk fra øjnene, skinnede fingrene af hårfedt. Patrik kom uforvarende til at tørre sine hænder af i sine shorts og satte sig yderst på en pindestol. Johan kom ud fra et tilstødende værelse og satte sig mut ved siden af sin bror og mor på køkkenbænken. Som de sad dér på rad og række, var slægtskabet tydeligt. Solveigs forgangne skønhed levede videre i drengenes ansigter. Efter hvad Patrik havde hørt, havde Johannes været en flot fyr, og hvis hans sønner gad rette ryggen, så de heller ikke værst ud. Nu var der en flygtighed over dem, som gav et lidt sleskt indtryk. Utroværdig var det ord, Patrik først kom på. Hvis man kunne have et utroværdigt udseende, så passede det i hvert fald på Robert. Johan var der endnu håb for, mente Patrik. Når han tidligere i embeds medfør var stødt på ham, havde den yngre bror altid gjort et mindre forhærdet indtryk end sin storebror. Nogle gange havde Patrik anet, at han var lidt ambivalent over for den livsbane, han havde valgt i kølvandet på Robert. Det var synd, at Robert havde sådan en indflydelse på ham, ellers havde Johan kunnet få et helt andet liv. Men nu var det, som det var.

"Hvad fanden er der så nu?" Johan stillede samme mavesure spørgsmål som sin bror.

"Vi kunne godt tænke os at høre, hvad I lavede i går aftes. Var I for eksempel ovre hos jeres onkel og tante og more jer med lidt stenkasteri?"

Brødrene udvekslede et indforstået blik, før de tillagde sig en maske af fuldstændig uvidenhed.

"Næ, hvorfor skulle vi det? Vi var herhjemme hele aftenen, ikke også, mor?"

De vendte sig mod Solveig, og hun nikkede bekræftende. Hun havde lukket albummet for en stund og sad og lyttede opmærksomt til samtalen.

"Jo, de var her begge to i går. Vi sad og så fjernsyn sammen. En hyggelig familieaften."

Hun gjorde sig ikke besvær med at skjule ironien.

"Og Johan og Robert var ikke kort udenfor? Sådan omtrent ved titiden?"

"Nej, ikke et øjeblik. Ikke engang for at gå på lokum, så vidt jeg husker," kom det stadig i samme ironiske tonefald, mens hendes sønner ikke kunne dy sig for at fnise.

"Så der var nogen, som baldrede ruder hos dem i går. Så blev de vel skideforskrækkede derovre?"

Fniseriet blev nu til et regulært grin, og Patrik fik associationer til Beavis og Butt-head.

"Næ, faktisk kun jeres tante. Gabriel var ikke hjemme i går, så hun var alene hjemme."

Det var åbenlyst, at de havde forregnet sig dér. De havde nok håbet på at skræmme dem begge to og havde ikke regnet med, at Gabriel ikke var hjemme.

"Jeg hørte også, at du var på en lille visit på herregården i går, Solveig. Og at der var trusler i luften. Har du noget at tilføje til det?"

Det var Gösta, der tog ordet, og både Patrik og brødrene så overrasket på ham.

Hun slog en rå latter op. "Nå, så de sagde, at jeg truede dem. Men jeg sagde ikke noget, de ikke fortjente. Det var Gabriel, der pegede min mand ud som morder. Det var ham, der tog livet af ham; han kunne lige så godt selv have lagt strikken om hans hals."

Ved omtalen af den måde, hans far var død på, jog en trækning over Roberts ansigt, og Patrik huskede, at han havde læst, at det var Robert, der fandt sin far, efter at han havde hængt sig.

Solveig fortsatte sin enetale. "Gabriel har altid hadet Johannes. Han var jaloux på ham helt fra barnsben. Johannes var alt det, Gabriel ikke var, og det vidste han. Ephraim favoriserede Johannes, og det forstår jeg godt. Selvfølgelig skal man ikke gøre forskel på sine børn," hun nikkede mod drengene på bænken, "men Gabriel var en kold skid, og Johannes var fuld af glæde. Det må jeg da vide, jeg, som var forlovet med først den ene og så den anden. Man kunne ikke fyre op under Gabriel. Han var så skide korrekt og ville vente, til vi var gift. Det irriterede mig. Så kom hans bror, og det var noget andet, kan jeg sige. Hans hænder kunne være over det hele på én gang, og han fik mig til at gløde bare ved at se på mig." Hun lo og så drømmende frem for sig, som om hun genoplevede sin ungdoms hede nætter.

"Føj for helvede, hold nu kæft, mor."

Det var tydeligt, at sønnerne fandt det usmageligt. De havde ikke lyst til at høre detaljer fra morens kærlighedsliv. Patrik så for sig en nøgen Solveig, der vellystigt vred sin fede krop og måtte blinke for at få synet til at forsvinde.

"Så da jeg hørte om den pige, de havde fundet myrdet, og at de også havde fundet Siv og Mona, gik jeg derop for at fortælle ham et par sandheder. Den mand ødelagde både Johannes', mit og drengenes liv af ren misundelse og ondskab, men nu går sandheden endelig op for folk. Nu kan de skamme sig over, at de lyttede til den forkerte, og jeg håber, at Gabriel kommer til at brænde i helvede for sine synder!"

Hun var ved at arbejde sig op til et raseri, der mindede om gårsdagens, så Johan lagde en beroligende og lidt advarende hånd på hendes arm.

"Nå, men uanset hvad grunden er, så må man ikke rende rundt og true folk. Og heller ikke kaste sten gennem deres vinduer!"

Patrik pegede sigende på Robert og Johan for at vise dem, at det ikke gjorde indtryk på ham, at deres mor bedyrede, at de havde tilbragt aftenen foran fjernsynet. *De* vidste, at *han* vidste det, og han påpegede, at han ville holde et vågent øje på dem. De svarede med en mumlen, men Solveig lod til at ignorere advarslen, og hendes kinder brændte stadig af ophidselse.

"Og for den sags skyld er det ikke kun Gabriel, der skulle skamme sig. Hvornår får vi egentlig en undskyldning fra politiet! Sådan som I rendte rundt på Västergården og vendte hver en sten og hentede Johannes til forhør i politibilen; I gjorde sandelig, hvad I kunne for at drive ham i døden. Nu ville en undskyldning være på sin plads!"

Det var for anden gang Gösta, der tog til orde: "Før vi ved, hvad der er sket med de tre piger, så bliver der ikke undskyldt noget som helst. Og indtil vi er færdige med alt det her, kan du godt tage og opføre dig ordentligt, Solveig."

Det var, som om Gösta hentede en bestemthed i sin stemme fra et eller andet ukendt sted. Tilbage i bilen spurgte Patrik overrasket: "Kender du og Solveig hinanden?"

Gösta gryntede. "Kender og kender. Hun er jævnaldrende med min yngste bror og kom en del i vores hjem, da vi var børn. Da hun så blev teenager, vidste alle, hvem Solveig var. Hun var det kønneste pigebarn i hele omegnen; det skulle man måske ikke tro, sådan som hun ser ud i dag. Ja, det er synd og skam. Tænk, at livet skulle tage sig sådan ud for hende og drengene." Han rystede beklagende på hovedet. "Og jeg kan ikke engang give hende ret i, at Johannes var uskyldig. Vi ved jo for fanden ingenting!"

Han slog frustreret en knytnæve i låret. Det forekom Patrik, at han var som en bjørn, der vågnede af sin dvale.

"Finder du så ud af det med fængslerne, når vi kommer tilbage?"

"Ja, ja, det har jeg jo sagt! Jeg er ikke så gammel, at jeg ikke kan forstå en besked første gang. At få ordrer af en drengerøv, der knap er blevet tør bag ørerne ..." Gösta stirrede dystert ud ad bilruden.

De havde vist stadig langt igen, tænkte Patrik træt.

Efterhånden som de nærmede sig lørdagen, begyndte Erica at glæde sig til at have Patrik hjemme igen. Han havde lovet at holde weekend, og de tøffede nu ned i træbåden på vej ud mod klipperne. De havde været så heldige at finde en båd næsten magen til den, som Ericas far, Tore, havde haft. Hun kunne ikke tænke sig at have nogen anden slags båd. Hun havde aldrig været helt begejstret for at sejle, selvom hun havde forsøgt sig på sejlerskole. En motorbåd i plast kom ganske vist hurtigere frem, men hvorfor skulle man have så travlt?

Lyden fra motoren var lyden af barndom. Som lille havde hun tit ligget og sovet på det varme træ til lyden af den søvndyssende dunken. Normalt foretrak hun at kravle frem og sætte sig på det høje stykke foran vindskærmene, men i sin nuværende, betydelig mindre adrætte tilstand turde hun ikke, men satte sig på en bænk bag de beskyttende ruder. Patrik stod ved roret med vinden i det brune hår og et smil på læben. De var taget tidligt af sted for at komme før alle turisterne, og luften var frisk og klar. Båden blev med jævne mellemrum oversprøjtet med små, salte stænk, og Erica genkendte smagen af salt i den luft, hun indåndede. Tænk, at hun bar på et lille menneske indeni, som måske om få år ville sidde ved siden af Patrik i agterstævnen, iført en poset orange redningsvest med stor krave, ligesom hun selv havde gjort med sin far.

Tårerne begyndte at trænge sig på ved tanken om hendes far, som aldrig skulle opleve sit barnebarn. Det skulle hendes mor heller ikke, men da hun aldrig havde været særlig optaget af sine døtre, troede Erica ikke, at barnebarnet ville have rørt hendes mors hjerte. Hun havde også været unaturlig og stiv i det, når hun var sammen med Annas børn og omfavnede dem kun kejtet, når situationen krævede det. Bitterheden overmandede Erica, men hun sank for at holde den nede. I sine mere sorte øjeblikke kunne hun være bange for, at hun skulle vise sig lige så tynget af moderskabet som Elsy. At hun med ét slag skulle forvandle sig til sin kolde, utilnærmelige mor. Logisk set var det en fjollet tanke, men frygten kendte ikke til logik og kunne komme under alle omstændigheder. På den anden side var Anna en varm og kærlig mor for Emma og Adrian, så hvorfor skulle hun ikke også blive det, spurgte hun beroligende sig selv. I det mindste havde hun valgt den rigtige far til barnet, det vidste hun, når hun så på Patrik. Hans ro og pålidelighed var en god modvægt til hendes egen rastløshed, som ingen anden tidligere havde været det. Han ville blive en virkelig strålende far.

De gik i land i en lille, beskyttet vig og lagde håndklæderne på de nøgne klipper. Det her havde hun savnet, da hun boede i Stockholm. Skærgården var så anderledes dér, med masser af skov og frodighed, og den havde på en måde føltes så urolig og påtrængende. Beboerne på vestkysten kaldte den foragteligt for en oversvømmet have. Skærgården langs vestkysten var så ren i sin enkelthed. Den grå og rosa granit spejlede sig i vandet og stod hjerteskærende smukt mod en skyfri himmel. De eneste vækster var små blomster i sprækkerne, og i det knappe miljø kom deres skønhed rigtigt til sin ret. Erica lukkede øjnene og gled væk i en behagelig søvn til lyden af klukkende vand og båden, der slog let mod fortøjningen.

Da Patrik forsigtigt vækkede hende, vidste hun først ikke rigtig, hvor hun var. Det skarpe sollys gjorde, at hun i starten ikke kunne se tydeligt, og Patrik var ikke andet end en mørk skygge over hende. Så snart hun havde sundet sig, forstod hun, at hun havde sovet i næsten to timer, og nu havde hun rigtig appetit til den medbragte mad.

De hældte kaffe i store krus og spiste kanelboller til. Der var ingen steder, mad smagte så godt som på en ø, og de nød den i fulde drag. Erica kunne ikke dy sig for at bringe det forbudte emne på bane.

"Hvordan skrider det egentlig frem for jer?"

"Nåh, du ved, ét skridt frem og to tilbage."

Patrik svarede kort. Det var tydeligt, at han ikke havde lyst til, at arbejdets alvor skulle trænge sig ind på den solbeskinnede stilhed. Men nysgerrigheden vandt, og hun prøvede at få mere ud af ham.

"Kunne I bruge de artikler, jeg fandt? Tror I, at det hele har noget at gøre med familien Hult, eller var det kun Johannes, der var så uheldig at blive sat i forbindelse med det?"

Patrik, der sad med kruset mellem sine hænder, sukkede.

"Bare jeg vidste det. Hele familien Hult er som én stor hvepserede, og jeg ville allerhelst være fri for at rode rundt i deres indbyrdes forhold. Men der er noget, der ikke føles helt rigtigt – om det så har med mordene at gøre, ved jeg ikke. Måske er det simpelthen tanken om, at vi i politiet bidrog til, at en uskyldig tog livet af sig. Jeg håber det ikke. Da pigerne forsvandt, var Gabriels vidneudsagn trods alt det eneste, de havde at gå videre med. Men vi skal ikke stirre os blinde på dem, så vi søger ret bredt." Han tav, men fortsatte efter et par sekunder. "Jeg vil helst ikke tale om det. Lige nu har jeg brug for at koble helt af fra alt, der har med mord at gøre, og tænke på noget helt andet."

Hun nikkede. "Jeg lover ikke at spørge mere. En bolle til?"

Det sagde han ikke nej til, og efter nogle timers læsning og solbadning på øen var det på tide at begive sig hjem og forberede sig til, at gæsterne skulle komme. I sidste øjeblik havde de bestemt sig for også at invitere Patriks far og hans kone, så ud over børnene var der otte voksne at bespise med grillmad.

Gabriel blev altid rastløs i weekenderne, hvor han forventedes at slappe af og ikke arbejde. Han vidste ganske enkelt ikke, hvad han skulle lave, hvis ikke han arbejdede. Arbejdet var hans liv. Han havde ingen fritidsinteresser, ingen lyst til at omgås sin kone, og børnene var fløjet fra reden, selvom det nok kunne diskuteres, om det også gjaldt Linda. Resultatet var, at han som regel lukkede sig inde på kontoret med hovedet begravet i sin bogføring. Det var tal, han havde forstand på her i livet. I modsætning til de fleste mennesker, der var irrationelle og så besværligt følelsesladede, så havde tal sine givne regler. Dem kunne han stole på, og han følte sig godt tilpas i deres verden. Man skulle ikke være synsk for at forstå, hvor længslen efter overskuelighed og orden kom fra. Gabriel selv havde allerede for lang tid siden tilskrevet det sin kaotiske barndom, men det var heller ikke noget, han gad beskæftige sig videre med. Det fungerede og havde været ham til nytte. Kilden til det behov havde derfor ingen særlig betydning.

Årene på landevejen med Prædikanten var noget, han forsøgte at skyde fra sig. Men når han tænkte på sin barndom, var det altid billedet af faren som Prædikanten, der dukkede op. En ansigtsløs, skrækindjagende skikkelse, som fyldte deres dage med skrigende, ævlende, hysteriske mennesker. Mænd og kvinder, der prøvede at komme til at røre ved ham og Johannes. Som greb ud efter dem med hænder, der lignede kløer, for at få dem til at lindre den fysiske eller mentale smerte, de var plaget af. Som troede, at han og broren var svaret på deres bønner. At de var en direkte kanal til Gud.

Johannes havde elsket den tid. Han trivedes med opmærksomheden og stillede sig gerne i projektørlyset. Indimellem havde Gabriel grebet ham i fascineret at betragte sine hænder, når de gik i seng om aftenen. Som om han prøvede at forstå, hvor de vidunderlige mirakler egentlig kom fra.

Mens Gabriel blev fyldt af taknemmelighed over, at den egenskab forsvandt, var Johannes derimod blevet fortvivlet. Han kunne ikke forlige sig med, at han nu kun var en almindelig dreng uden en særlig gave, helt ligesom alle andre. Han havde grædt og bønfaldet Prædikanten om at hjælpe ham med at få gaven tilbage, men deres far forklarede bare kort, at nu var det liv forbi, et andet ville begynde, og Herrens veje var uransagelige.

Da de flyttede ind på herregården uden for Fjällbacka, blev Prædikanten efter Gabriels opfattelse så til Ephraim, ikke far, og det liv elskede han fra første færd. Det var ikke, fordi han kom tættere på sin far, det var Johannes, der altid havde været yndlingssønnen, men han havde langt om længe fået et hjem. Et sted at være og noget at ordne sin tilværelse efter. Faste tider og klokkeslet. En skole at gå i. Han elskede også gården og drømte om engang at være den, der passede den. Han vidste, at han ville forvalte den bedre end både Ephraim og Johannes, og om aftenen bad han til, at faren ikke ville begå den dumhed at overdrage gården til sin yndlingssøn, når de blev store. Han kunne leve med, at Johannes fik al kærligheden og opmærksomheden, bare han fik gården.

Og sådan var det blevet. Men ikke på den måde, han havde troet. I hans forestilling havde Johannes altid været der. Det var først, da han døde, at Gabriel forstod, hvor meget han havde brug for sin sorgløse bror til at irriteres over og bekymre sig for. Men han havde ikke kunnet handle anderledes.

Han havde bedt Laine holde for sig selv, at de mistænkte Johan og Robert for at have kastet stenene gennem vinduerne. Det overraskede ham. Var han begyndt at miste sin fornemmelse for lov og orden, eller havde han en ubevidst dårlig samvittighed over familiens skæbne? Han vidste det ikke, men var bagefter taknemmelig for, at Laine havde valgt at trodse ham og fortælle politiet alt. Også det overraskede ham dog. I hans øjne var hun noget af en viljeløs nikkedukke, og han undrede sig over hendes skarpe tone og den trods, han så i hendes blik. Det bekymrede ham. Sammen med alt det, der var sket i løbet af den sidste uge, var det, som om hele verdens fundament var ved at skride. For en mand, der afskyede forandring, var det et skræmmende perspektiv. Gabriel arbejdede sig endnu dybere ned i tallenes verden.

De første gæster kom præcist til tiden. Patriks far og hans kone Bittan kom på slaget fire og medbragte blomster og en flaske vin til værtsparret. Patriks far var en stor, høj mand med ølvom. Hans kone gennem de sidste 20 år var lille og rund som en bold. Men det klædte hende, og smilerynkerne om øjnene viste, at hun havde let til latter. Erica vidste, at Patrik på sin vis havde lettere ved at omgås Bittan end sin egen mor Kristina, som var meget mere firkantet. Skilsmissen havde indimellem været bitter, men med tiden var der etableret om ikke et venskab, så i hvert fald en slags våbenstilstand mellem Lars og Kristina, og de kunne endda omgås hinanden i sociale sammenhænge. Men det var nu alligevel nemmest at invitere dem hver for sig, og da Kristina for tiden var hos Patriks lillesøster i Göteborg, så var det i orden kun at invitere Lars og Bittan til grillaften.

Et kvarter senere kom Dan og Maria, og netop som de havde sat sig i haven og hilst høfligt på Lars og Bittan, hørte Erica Emma larme fra bakken, der førte op til huset. Hun gik dem i møde og hilste på den nye mand i Annas liv, efter at have omfavnet børnene.

"Hej, hvor hyggeligt omsider at se dig!"

Hun rakte hånden frem og hilste på Gustav af Klint. Næsten som for at bekræfte hendes fordomme ved første indtryk, lignede han fuldstændig de andre overklassefyre fra Stockholm. Mørkt pageklippet hår, der var redt bagud. Den obligatoriske trøje, der var bundet over skuldrene, og skjorte og bukser i tilsyneladende afslappet stil, men det narrede ikke Erica, som også nogenlunde kunne anslå prislejet. Hun måtte tage sig i at dømme ham på forhånd. Han havde jo dårligt nok nået at åbne munden, og nu var hun allerede i gang med i sit stille sind at håne ham. Det strejfede hende kort, om det var ren og skær misundelse, der fik hende til at rejse børster, når hun mødte mennesker, der var født med en guldske i munden. Det håbede hun ikke.

"Hvordan har mosters baby det så? Er du sød ved mor?"

Søsteren lagde øret mod maven som for at høre et svar, men lo så og gav Erica et stort kram. Patrik fik samme hilsen, hvorefter de gik ud til resten af selskabet og blev præsenteret. Børnene løb kræfterne af sig i haven, mens de voksne drak vin, eller cola for Ericas vedkommende, og maden kom på grillen. Som sædvanligt samlede mændene sig om grillen og følte sig som rigtige mænd, mens pigerne snakkede. Det var aldrig gået op for Erica, hvad det var med mænd og grillstegning. Selv mænd, der normalt benægtede, at de havde nogen som helst fornemmelse for at stege et stykke kød på en pande, anså sig selv for at være rene virtuoser, når det drejede sig om at få kødet helt perfekt på en udendørs grill. Man kunne muligvis betro kvinderne at stå for tilbehøret, og de fungerede også helt fint som ølhentere.

"Guud, hvor har I det fint!" Maria var allerede på sit andet glas vin, mens de andre kun lige akkurat var begyndt at smage på deres første.

"Tak skal du have. Vi er også glade for det."

Erica kunne ikke finde anden rolle end den korrekte over for Dans kæreste. Hun forstod ikke, hvad han så i hende, navnlig sammenlignet med hans ekskone Pernilla, men det var sikkert bare endnu et af de mandlige mysterier, som kvinder ikke fattede. Men hun kunne i hvert fald regne ud, at han ikke havde valgt Maria for hendes evne til at konversere. Hun talte dog tilsyneladende til Bittans moderfølelse, for hun tog sig særligt af hende, og imens kunne Anna og Erica komme til at tale med hinanden.

"Han er da sød!" Anna så beundrende på Gustav. "Tænk at sådan en fyr interesserer sig for mig!"

Erica så på sin kønne lillesøster og tænkte på, hvordan et menneske fuldstændigt kan miste sit selvværd. En gang havde Anna været en stærk, selvstændig og fri sjæl, men årene med Lucas og den mishandling, han havde udsat hende for, havde knækket hende. Erica fik lyst til at ruske hende. Hun så på Emma og Adrian, der fór vildt rundt omkring dem, og undrede sig over, hvordan søsteren kunne undgå at føle sig tilfreds og stolt over de dejlige børn, hun havde født og opdraget. På trods af alt det, de havde været vidne til i deres korte liv, var de glade og stærke og elskede de mennesker, de var omgivet af. Hvilket udelukkende var Annas fortjeneste.

"Jeg har ikke haft lejlighed til at snakke med ham endnu, men han virker rar. Jeg må komme med en nærmere bedømmelse, når jeg har lært ham lidt bedre at kende. Men det lyder, som om I godt kan holde ud at være lukket inde i en lille sejlbåd sammen, så det lover vel godt."

Smilet føltes en anelse stift og påtaget.

"Lille og lille." Anna lo. "Han har lånt en Najad 400 af en ven, og den kan nemt huse en mindre hær."

Deres samtale blev afbrudt, da kødet kom på bordet, og den mandlige del af selskabet satte sig ned hos dem, tilfredse med at have udført den moderne version af at nedlægge en sabeltiger.

"Og hvad sidder pigerne så her og hvisker om?"

Dan lagde armen om Maria, som kurrende krøb ind til ham. Kæleriet blev til regulær nærkontakt, og selvom hendes og Dans forhold lå år tilbage, brød Erica sig ikke om synet af deres roterende tunger. Gustav så også misbilligende ud, men Erica kunne ikke undgå at lægge mærke til, at han i smug fik hele Marias dybe udringning med.

"Lars, du skal da ikke også have dressing på kødet. Du ved jo, at du skal passe på vægten med dit hjerte."

"Åh, hvad, jeg er stærk som en okse! Det her er ren muskelmasse," forkyndte Patriks far højt og klappede sig på vommen. "Erica sagde også, at der var olivenolie i dressingen, så det er kun af det gode. Olivenolie er godt for hjertet, det læser man jo hele tiden om."

Erica undlod at belære ham om, at en deciliter måske var i overkanten af en sund dosis. Den her diskussion havde de haft mange gange før, og Lars havde det med kun at tage de kostråd til sig, som passede ham. Mad var hans store fornøjelse i livet, og han betragtede alle forsøg på at begrænse spiseriet som ren hetz. Bittan havde resigneret for længe siden, men alligevel kom hun indimellem til at sige, hvad hun mente om hans madvaner. Det nyttede ikke at sætte ham på diæt: Alle forsøg var strandet på, at han snød, så snart hun vendte ryggen til, og når vægten ikke gik ned, spillede han overrasket, for efter eget udsagn spiste han jo ikke mere end en gennemsnitlig kanin.

"Kender du E-Type?" Maria var færdig med sin undersøgelse af Dans mund og så nu fascineret på Gustav. "Jeg mener, han hænger jo ud med Vickan og hendes venner, og Dan sagde, at I kender kongefamilien, så jeg tænkte, at du måske kender ham. Han er bare så fed!"

Gustav virkede noget forbavset over, at nogen kunne synes, at det var sejere at kende E-Type end kongen, men han fattede sig og svarede afmålt: "Jeg er jo lidt ældre end kronprinsessen, men min lillebror kender både kronprinsessen og Martin Eriksson."

Maria så desorienteret ud. "Hvem er Martin Eriksson?"

"E-Type," sukkede Gustav sigende efter en lille pause.

"Nåh. Sejt." Hun lo og så vældig imponeret ud.

Vorherre bevares, var hun overhovedet de enogtyve år, som Dan påstod, tænkte Erica. Hun ville have gættet på sytten. Men hun så da godt ud, det kunne selv hun se. Hun så sørgmodigt ned på sine egne kvindelige yndigheder, kun for at konstatere, at de dage hvor hendes brystvorter pegede opad som Marias, nok var forbi.

Middagen var ikke en af deres mest vellykkede. Erica og Patrik gjorde deres bedste for at holde samtalen i gang, men Dan og Gustav var som fra forskellige planeter, og Maria havde drukket alt for meget vin på alt for kort tid, så hun blev akut syg inde på toilettet. Den eneste, der hyggede sig, var Lars, der med stor koncentration mæskede sig med alle fadets rester, mens han lykkeligt ignorerede Bittans morderiske øjekast.

Da klokken var otte, havde alle brudt op, og Patrik og Erica var alene med opvasken.

De bestemte sig for at lade den stå lidt og satte sig med hver sit glas.

"Åh, hvor jeg trænger til et glas vin nu." Erica så trist ned i sit colaglas.

"Ja, efter den her middag forstår jeg dig glimrende. Kors, hvordan fik vi skrabet den her brogede forsamling sammen? Hvad tænkte vi dog på."

Han lo og rystede på hovedet. "Kender du E-Type?" Patriks stemme gik i falset i efterligning af Maria, og Erica kunne ikke lade være at fnise.

"Arj, hvor sejt!" Han fortsatte i falset, og Ericas fnis blev til uhæmmet latter.

"Min mor siger, at det ikke gør noget, man er lidt dum, bare man ser godt ud!"

Nu lagde han hovedet på skrå, og Erica måtte holde sig på maven og snappe efter vejret: Hold nu op, jeg holder det ikke ud. Var det ikke dig, der sagde, at *jeg* skulle være ordentlig!"

"Jo, jo, jeg ved det. Det er bare så svært at lade være." Patrik blev alvorlig. "Hør, hvad mener du om ham, Gustav? Han virkede da ikke som det varmeste menneske i verden. Tror du, han er god nok til Anna?"

Erica holdt op med at grine og rynkede panden.

"Nej, jeg er overhovedet ikke tryg ved det. Alt er vel bedre end en hustrumishandler, kan man jo mene, og det er det også, men jeg havde bare ..." hun tøvede og ledte efter ordene, "jeg kunne bare ønske noget bedre for Anna. Lagde du mærke til, hvor knotten han så ud, da børnene løb rundt og larmede? Jeg vil vædde på, at han er sådan én, der synes, at børn skal ses, men ikke høres. Men det er jo helt forkert for Anna. Hun har brug for én, der er sød og varm og kærlig. Én, hun har det godt sammen med. Hvad hun end siger, så kan jeg se på hende, at det har hun ikke nu. Men hun synes ikke, at hun fortjener bedre."

Foran sig så de solen sænke sig i havet som en ildrød kugle, men for en gangs skyld tog de ikke notits af aftenens skønhed. Erica var tynget af uro over søsteren, og ansvaret føltes nogle gange så tungt, at hun ikke kunne få luft. Hvis hun havde det sådan med sin søster, hvordan skulle det så ikke blive med ansvaret for et lille, nyt liv?

Hun støttede hovedet mod Patriks skulder og lod aftenmørket sænke sig over dem.

Mandagen begyndte med gode nyheder. Annika var tilbage fra sin ferie. Solbrændt og frodig, afslappet efter nydelsen af elskov og vin, sad hun på sin plads i receptionen og strålede mod Patrik, da han kom slentrende ind. Normalt kunne han ikke døje mandagsmorgener, men synet af Annika fik dagen til at se meget lysere ud. Hun var på en eller anden måde den akse, resten af stationen drejede sig omkring. Hun organiserede, diskuterede, skældte ud og roste, alt efter behov. Hvad man end havde af problemer, kunne man altid regne med et klogt og trøstende ord fra hende. Selv Mellberg var begyndt at få en vis respekt for hende og vovede ikke længere de små knib og længselsfulde blikke, han havde lagt ud med i sin første tid på stedet.

Der gik ikke mere end en time, efter at Patrik var kommet på arbejde, før Annika med alvorlig mine bankede på døren.

"Patrik, der er et par her, der gerne vil melde deres datter forsvundet."

De så på hinanden og vidste hver især, hvad den anden tænkte.

Annika viste det ængstelige par ind, og de satte sig forstemte på den anden side af Patriks skrivebord. De præsenterede sig som Bo og Kerstin Möller.

"Vores datter Jenny kom ikke hjem i går aftes," sagde faren. Han var en lille, og sat mand i 40'erne. Han pillede nervøst ved de stormønstrede shorts, mens han talte og så stift ned på skrivebordet. Det, at de nu faktisk sad og erklærede deres datter savnet på en politistation, så ud til at give panikken frit spil. Ordene satte sig fast i halsen på ham, og hans kone, der også var lille og trind, fortsatte:

"Vi camperer i Grebbestad, og Jenny tog ind til Fjällbacka ved syvtiden med nogle venner, hun havde mødt. De skulle vist ud, men hun lovede at være hjemme senest klokken et. Jeg tror, de havde arrangeret et lift hjem, men de ville tage bussen derind."

Hendes stemme mistede styrke, og hun måtte tage sig sammen, før hun gik videre: "Vi blev urolige, da hun ikke kom hjem. Så bankede vi på hos en af de andre piger, som hun skulle følges med, og vækkede både hende og hendes forældre. Hun fortalte, at Jenny slet ikke var kommet hen til busstoppestedet som aftalt, og så regnede de med, at hun bare havde fundet på noget andet. Da vidste vi, at der var noget galt. Sådan ville Jenny aldrig gøre over for os. Hun er vores eneste barn, og hun er meget omhyggelig med at sige til, hvis hun er forsinket eller noget. Hvad kan der være sket? Vi har jo hørt om den pige, de fandt i Kongekløften, tror I at ..."

Her svigtede stemmen, og hun brød ud i fortvivlet gråd. Hendes mand lagde trøstende armen om hende, men tårerne pressede sig også på i hans øjne. Patrik var meget bekymret. Men han prøvede på ikke at vise det.

"Nu synes jeg ikke, vi skal drage paralleller."

Det var pokkers så korrekt, man kan lyde, tænkte Patrik, men det faldt ham ikke let at håndtere sådan nogle situationer. Disse menneskers angst fik hans hals til at snøre sig sammen af medfølelse, men han kunne ikke tillade sig at give efter for sine følelser, og resultatet blev en næsten bureaukratisk korrekthed.

"Lad os begynde med nogle oplysninger om jeres datter. Hun hedder altså Jenny. Hvor gammel er hun?"

"Sytten, snart atten."

Kerstin græd stadig med ansigtet ind mod sin mands skjorte, så Bo måtte give Patrik de nødvendige oplysninger. Som svar på spørgsmålet om de havde et foto af hende af nyere dato, tørrede Jennys mor sig i ansigtet og tog et skolefoto op af tasken.

Patrik tog forsigtigt imod farvebilledet og betragtede det. Pigen var en typisk syttenårig, med lidt for meget sminke og en anelse trods i blikket. Han smilede til forældrene og forsøgte at se ud, som om han var fuld af fortrøstning.

"Sød pige. Hende er I stolte af, kan jeg tænke mig."

De nikkede begge to, og et lille smil fandt endda vej hos Kerstin.

"Hun er en god pige. Det er klart, at det er sin sag med teenagere. Hun ville ikke på campingferie med os i år, selvom det er sådan, vi har holdt ferie, siden hun var lille, men vi sagde, at det nok ville være den sidste sommer, vi kunne gøre sådan noget sammen, og så gav hun efter."

Med sine ord om den sidste sommer, brød Kerstin igen ud i gråd, og Bo strøg hende beroligende over hovedet.

"Nu tager I det vel alvorligt, det her? Man har jo før hørt, at der skal gå 24 timer, før man begynder at efterlyse nogen, men I må stole på os, når vi siger, at der er sket noget, ellers ville hun have ladet høre fra sig. Hun er ikke den type, der bare ville være ligeglad og lade os sidde og være ængstelige."

Patrik prøvede igen at udstråle ro, men inden i ham fór tankerne allerede i alle retninger. Billedet af Tanjas nøgne krop i Kongekløften trængte sig på, og han blinkede for at få det væk.

"Vi venter ikke 24 timer; det er kun i amerikanske film, men før vi ved noget, må I prøve at tage det roligt. Selvom jeg forstår, at Jenny har orden i sine aftaler, så har jeg dog oplevet det før. De møder nogen, glemmer tid og sted, glemmer, at mor og far er urolige for dem. Det er helt almindeligt. Men vi vil begynde at forhøre os rundt omkring med det samme. Hvis I efterlader et nummer, vi kan træffe jer på hos Annika, når I går ud, så skal jeg nok lade høre fra mig, når vi ved mere. Og vær rare at give os besked, hvis I hører fra hende. Det skal nok ordne sig alt sammen, skal I se."

Da de var gået, tænkte Patrik, om han havde lovet for meget. Han havde en gnavende fornemmelse i maven, der ikke lovede godt. Han så på fotografiet af Jenny, som de havde efterladt. Bare hun kun var ude og strejfe.

Han rejste sig og gik ind til Martin. Det var bedst, at de begyndte at lede efter hende med det samme. Hvis det værst tænkelige var sket, havde de ikke et minut at spilde. Ifølge retsmedicinerens rapport havde Tanja levet i fangenskab i omkring en uge, før hun døde. Uret var begyndt at tikke.

Sommeren 1979

Smerten og mørket fik tiden til at flyde sammen i drømmeløs tåge. Dag eller nat, liv eller død, det gjorde ingen forskel. Ikke engang lyden af trin ovenfra, visheden om den ondskab, der var på vej, fik længere virkeligheden til at trænge ned i hendes mørke. Lyden af knogler, der knustes, blandede sig med nogens smertelige skrig. Måske var det hendes. Hun vidste det ikke helt.

Det var ensomheden, der var det sværeste. Den fuldstændige mangel på lyd, bevægelse og følelsen af berøring mod huden. Hun havde aldrig forestillet sig, hvor pinefuldt afsavnet af menneskelig kontakt kunne være. Ensomheden trodsede al smerte. Den skar som en kniv gennem sjælen og fik hende til at ryste over hele kroppen.

Efterhånden var lugten af den fremmede velkendt. Ikke væmmelig. Ikke sådan som hun ville have forestillet sig lugten af ondskab. Den var nærmest frisk og fuld af løfter om sommer og varme. Det føltes så tydeligt i kontrast til den mørke, fugtige lugt, hun hele tiden indåndede. Som omgav hende ligesom et vådt tæppe, og som stykke for stykke åd resterne af den, hun var, før hun havnede her. Derfor sugede hun længselsfuldt duften af varme til sig, når den fremmede nærmede sig. Det var værd at gennemleve det onde bare for et øjeblik at kunne indånde lugten af det liv, der gik sin gang et sted deroppe. Samtidig vakte den også et slumrende savn til live.

Hun var ikke længere den samme, som hun havde været, og hun savnede den person, hun nu aldrig skulle blive igen. Det var en smertelig afsked, men en afsked, hun måtte tage for at overleve.

Ellers var det tanken om ungen, der plagede hende mest hernede. I hele datterens korte liv, havde hun bebrejdet hende, at hun var kommet til verden, men nu i elvte time forstod hun, at datteren havde været en gave. Erindringen om de bløde arme om hendes hals, eller de store øjne, der sultent fulgte hende i jagten på noget, som hun ikke havde kunnet give, forfulgte hende i drømme. Hun kunne se hver detalje af hende for sig. Hver lille fregne, hvert et hårstrå, den lille hvirvel i nakken, der sad helt på samme måde som hendes egen. Om og om gav hun sig selv og Gud det løfte, at hvis hun undslap dette fangenskab, ville hun gøre hvert sekund, den lille var blevet nægtet sin mors kærlighed, godt igen. Hvis blot …

"Du går ikke ud sådan dér!"
"Jeg går ud i, hvad der passer mig; det skal du ikke blande dig i."

Melanie gloede olmt på sin far, der gloede tilbage. Sådan var det altid med deres skænderier; det handlede om, hvor meget eller snarere hvor lidt, hun havde på.

Det tøj, hun havde valgt, dækkede ganske vist ikke ret meget; det var hun godt klar over, men Melanie syntes, tøjet var pænt, og hendes veninder gik i det samme. Faktisk var hun også sytten år og ikke nogen lille pige, så det måtte vel være op til hende selv, hvad hun gik i. Hun iagttog foragteligt sin far, hvis vrede havde givet ham en rødlig farve fra nakken og op. Godt, man ikke var så gammel og indsunken. Hans blanke Adidas-shorts var allerede umoderne for femten år siden, og den spraglede, kortærmede skjorte skreg mod shortsene. Den mave, han havde erhvervet sig efter alt for mange poser chips i tv-sofaen spilede skjorten ud, så knapperne var ved at springe, men kronen på værket var de grimme plasticbadesandaler. Hun var flov over at vise sig med ham og hadede tanken om at tilbringe hele sommeren på den her skide campingplads.

Da hun var lille, elskede hun ferierne i campingvognen. Der var altid en masse andre børn at lege med, og de kunne bade og løbe omkring mellem vognene. Men nu havde hun jo vennerne hjemme i byen, og det værste var, at hun skulle tage af sted fra Tobbe. Nu når hun ikke kunne pleje sine interesser, ville han sikkert gå ud med hende Madde, som altid klæbede til ham, og hvis det skete, ville hun hade sine forældre resten af livet.

At sidde og glo på en campingplads i Grebbestad var døden, og som om det ikke var nok, behandlede de hende, som om hun var fem år. Ikke engang, hvad hun skulle have på, måtte hun selv bestemme. Hun knejsede trodsigt med nakken og rettede på sin top, der ikke var meget større end en bikinioverdel. De minimale cowboyshorts krøb ubehagelig langt op mellem ballerne, men drengenes blikke var det hele værd. Prikken over i'et var de skyhøje plateausko, der lagde i hvert fald ti centimeter til hendes en meter og tres.

"Så længe det er os, der betaler mad og tag over hovedet, så er det faktisk os, der bestemmer, og nu kan du godt tage og ..."

Hendes far blev afbrudt af en hård banken på døren, og Melanie, der var taknemmelig over afledningen, skyndte sig at lukke op. Udenfor stod en mørkhåret mand i trediverne, og hun rettede sig automatisk og skød brystet frem. Måske lidt for gammel for hendes smag, men han så rar ud, og det kunne altid irritere faren lidt.

"Jeg hedder Patrik Hedström, og jeg er fra politiet. Kan jeg komme ind et øjeblik; det drejer sig om Jenny?"

Melanie trådte lidt til side, så han kunne komme ind, men kun så meget at han var nødt til at klemme sig forbi hendes letklædte skikkelse. Efter at have hilst på hinanden satte de sig ved det lille spisebord.

"Skal jeg også hente min kone; hun er nede ved vandet?"

"Nej, nej, det er ikke nødvendigt, jeg ville bare gerne veksle et par ord med Melanie. Som I måske ved, har Bo og Kerstin Möller meldt deres datter Jenny savnet, og de siger, at I havde aftalt at følges ind til Fjällbacka i går, er det rigtigt?"

Hun trak umærkeligt lidt i toppen for at understrege kavalergangen og fugtede så læberne, før hun svarede. Politimand, det var da sexet.

"Ja, vi skulle have mødtes ved busstoppestedet klokken syv for at tage bussen ti minutter over. Der var nogle fyre, vi havde mødt; de ville stige på ved Tanum Strand. Vi skulle bare ind og se, hvad der skete; der var ingen særlige planer."

"Men Jenny kom ikke?"

"Nej, det var mærkeligt. Ikke fordi vi kender hinanden ret godt, men hun virkede sådan ret pæn i det, så jeg undrede mig, da hun bare aldrig dukkede op. Jeg vil ikke sige, jeg blev særlig skuffet, det var mest hende, der fulgte efter mig, og for mig var det okay at være alene med Micke og Fredde, altså dem fra Tanum Strand."

"Melanie dog!"

Hendes far sendte hende et vredt øjekast, og hun gloede sigende tilbage på ham.

"Altså, jeg kan ikke gøre for, at jeg syntes, hun var ret kedelig. Det er da ikke min skyld, hun er forsvundet. Hun er sikkert bare taget hjem til Karlstad. Hun snakkede om en fyr, hun havde mødt dér, og hvis der var noget ved hende, så ville hun skide på den her campingferie og tage tilbage til ham."

"Du kan lige vove på at gøre sådan noget! Ham, Tobbe ..."

Patrik var nødt til at afbryde skænderiet og påkaldte sig opmærksomheden ved at vifte forsigtigt med hånden. De tav heldigvis.

"Du har altså ingen anelse om, hvorfor hun ikke dukkede op?"

"Overhovedet ikke."

"Ved du, om hun kom sammen med nogen her på campingpladsen, som hun kan have betroet sig til?"

Som ved et tilfælde lod Melanie sit bare ben strejfe politimandens og morede sig over at se det rykke i ham. Fyre var så utrolig nemme. Det var lige meget, hvor gamle de var, så havde de kun én tanke i hovedet, og var man klar over det, så kunne man sno dem om sin lillefinger. Hun berørte hans ben igen, og han begyndte at svede lidt på overlæben. Men der var selvfølgelig også ret trykkende i campingvognen.

Hun tænkte lidt efter, før hun svarede.

"Der var en fyr, en eller anden nørd, som hun vist havde mødt hver sommer her, siden hun var barn. Noget af en tumpe, men hun var som sagt heller ikke alt for sej selv, så de havde vel noget til fælles."

"Ved du, hvad han hedder, eller måske hvor jeg kan finde ham?"

"Hans forældre har deres campingvogn to rækker herfra. Det er den med det brun- og hvidstribede fortelt og alle de dér åndsvage pelargonier i krukker udenfor."

Patrik takkede for hjælpen og klemte sig med rødme i kinderne forbi Melanie igen.

Hun prøvede at posere forførerisk i døråbningen, da hun vinkede farvel. Faren genoptog sin monolog, men hun vendte det døve øre til. Fra den kant kom der ikke noget, der var værd at høre.

Patrik gik godt til, temmelig svedig og ikke kun på grund af varmen. Det var med lettelse, at han trådte ud af den lille, trange campingvogn til virvaret udenfor. Han havde følt sig som en pædofil, da pigen skubbede sine små bryster lige op i hovedet på ham, og da hun også begyndte at gnide sig mod hans ben, vidste han ikke, hvad han skulle gøre, så ubehageligt syntes han det var. Det var heller ikke meget tøj, hun havde på. Omtrent som et lommetørklæde fordelt på hele kroppen. I et lynsnart klarsyn indså han, at om sytten år ville det måske være hans egen datter, som klædte sig sådan og lagde op til ældre mænd. Han gøs ved tanken og håbede straks, at det var en søn, Erica havde i maven. Teenagedrenge vidste han da lidt om. Dette pigebarn var som et væsen fra det ydre rum med sin overdrevne sminke og sit væld af store, dinglende smykker. Han havde heller ikke kunnet undgå at lægge mærke til hendes ring i navlen. Måske var han ved at blive gammel, men sexet var det i hvert fald ikke. Han tænkte mere på risikoen for infektion og ardannelse. Men det skyldtes vel netop hans alder. Han havde stadig i frisk erindring, hvordan hans mor skældte ud, da han kom hjem med en ring i det ene øre, og da havde han endda været nitten år gammel. Ringen var kommet af, nærmest før den var kommet på, og mere oprør blev det ikke til.

Han forvildede sig ind mellem campingvognene, der stod så tæt, at de kunne være hægtet sammen. Personligt forstod han ikke, hvordan man frivilligt kunne tilbringe sin ferie pakket som sild i en tønde med en masse andre mennesker. Rent intellektuelt forstod han dog, hvordan det for mange var blevet en livsstil, og at fællesskabet med andre campister, der vendte tilbage til samme sted hvert år, var det, der lokkede. En del campingvogne kvalificerede sig dårlig nok til betegnelsen, eftersom de var udbygget med telte i alle retninger, der havde større lighed med små helårshuse og stod på samme sted år efter år.

Efter at have bedt om hjælp fandt Patrik endelig den vogn, Melanie havde beskrevet, og så en høj, ranglet fyr med mange bumser sidde udenfor. Patrik fik helt medlidenhed med ham, da han så det røde og hvide udslæt og kunne se, at han ikke havde kunnet lade være at klemme en del ud, på trods af at han sikkert ville få ar, som ville blive der, længe efter at hans acne var forsvundet.

Solen skinnede Patrik lige i øjnene, da han stillede sig foran fyren, og han måtte holde hånden op over øjnene. Solbrillerne havde han glemt på stationen.

"Hej, jeg kommer fra politiet. Jeg var henne og tale med Melanie, og hun siger, at du kender Jenny Möller, er det rigtigt?"

Fyren nikkede tavst. Patrik slog sig ned ved siden af ham på græsset, og lagde mærke til, at drengen her – i modsætning til lolita'en et par vogne væk – så oprigtigt bekymret ud.

"Jeg hedder Patrik. Hvad hedder du?"

"Per."

Patrik viste med sit ansigtsudtryk, at han ventede sig lidt mere.

"Per Thorsson." Han stirrede stift ned på de græstotter, han rastløst var ved at hive op af jorden. Uden at se på Patrik sagde han:

"Det er min skyld, at der er sket hende noget."

"Hvad mener du?" Patrik studsede.

"Hun kom for sent til bussen på grund af mig. Vi har mødtes her hver sommer, siden vi var små, og har altid haft det sjovt sammen. Men så mødte hun den finke til Melanie, og så blev hun så led. Det eneste, hun talte om, var Melanie mig her og Melanie mig dér, og Melanie siger det ene og det andet. Før kunne man snakke med Jenny om vigtige ting, om noget, der betød noget, men nu var det bare sminke og tøj og sådan noget, og hun turde ikke engang fortælle Melanie, at hun var sammen med mig, for Melanie syntes åbenbart, at jeg var en nørd."

Han trak græsset op hurtigere og hurtigere, og ved siden af ham blev der en lille, bar plet, der blev større, for hver tot han hev op. Der lå en tung lugt over deres hoveder af grillmad, og Patriks mave begyndte at knurre som på tælling.

"Sådan er teenagepiger. Det går over, kan jeg sige dig. Så bliver de mennesker igen." Patrik smilede, men blev hurtig alvorlig. "Hvorfor mener du, at det var din skyld? Ved du, hvor hun er? For i så fald skal du vide, at hendes forældre er virkelig urolige ..."

Per viftede afværgende med hånden.

"Jeg aner ikke, hvor hun er; jeg ved bare, at hun må være kommet ud for noget. Hun ville aldrig bare tage af sted sådan. Og eftersom hun tog af sted på tommelfingeren ..."

"På tommelfingeren? Hvortil? Hvornår skulle hun det?"

"Det er jo derfor, det er min skyld." Per talte med overdreven tydelighed til Patrik som til et lille barn. Han fortsatte: "Jeg begyndte at stikke til hende, da hun skulle hen og møde Melanie ved busstoppestedet. Jeg blev så skideked af, at jeg kun var værd at være sammen med, når hende heksen ikke vidste det, og så stoppede jeg Jenny, da hun gik her forbi og fortalte hende, hvad jeg mente. Hun blev ked af det, men hun sagde mig ikke imod, hun stod bare og hørte på mig. Lidt efter sagde hun så, at nu havde hun misset bussen, så hun blev nødt til at få et lift ind til Fjällbacka. Så tog hun af sted."

Per løftede blikket fra sin bare jordplet og så på Patrik. Underlæben bævede let, og Patrik kunne se, at han kæmpede for at undgå den ydmygelse at begynde at græde, her midt blandt campingfolket.

"Det er derfor, det er min skyld. Hvis ikke jeg var begyndt at skælde hende ud for noget, der bagefter bare er så meningsløst, så var hun kommet med den bus, og så var det her ikke sket. Hun fik sikkert et lift med en eller anden psykopat, og det er min skyld."

Tonen steg en oktav og hoppede i falset som en stemme i overgang. Patrik rystede kraftigt på hovedet.

"Det er ikke din skyld. Og desuden ved vi ikke, om der i det hele taget er sket noget. Det er det, vi skal finde ud af. Hvem ved; hun kan dukke op når som helst og har bare været ude og køre med en bus."

Han talte beroligende, men Patrik kunne selv høre, at det ikke lød overbevisende. Han vidste, at den uro, han så i drengens øjne, også kunne skimtes i hans egne. Få hundrede meter væk sad ægteparret Möller i deres campingvogn og ventede på datteren. Patrik fornemmede med en isnende følelse i maven, at Per havde ret, og at de måske ventede forgæves. En eller anden havde samlet Jenny op. En, der ikke havde gode hensigter.

Mens Jacob og Marita var på arbejde, og børnene var i dagpleje, ventede Linda på Johan. Det var første gang, de skulle mødes inde i selve huset på Västergården og ikke på høloftet i laden, og Linda syntes, det var spændende. Det, at de sås i hendes brors eget hus i smug gav ekstra krydderi til deres møde. Først da hun så Johans udtryk, da han trådte ind ad døren, indså hun, at det vakte helt andre følelser hos ham at være tilbage i det hus.

Han havde ikke været der, siden de måtte forlade Västergården kort efter Johannes' død. Med dvælende skridt gik Johan rundt, først i stuen, så i køkkenet og endda på toilettet. Det var, som om han sugede hver detalje til sig. Der var meget, der var ændret. Jacob havde snedkereret og malet, og huset så ikke ud, som han huskede det. Linda gik lige i hælene på ham.

"Det er længe siden, du har været her."

Johan nikkede, og hans hånd strøg langs kakkelovnens kant i stuen.

"Fireogtyve år siden. Jeg var kun fem, da vi flyttede herfra. Han har gjort meget ved huset."

"Ja, alt skal jo være så fint for Jacob. Han snedkererer og reparerer hele tiden. Alt skal være perfekt."

Johan svarede ikke. Han var som i en anden verden. Linda begyndte at fortryde, at hun havde inviteret ham hjem. Hun havde bare forestillet sig en sorgløs tur i sengen, ikke en rejse gennem Johans vemodige barndomsminder. Hun ville helst ikke tænke på den del af ham, den del med følelser og oplevelser, som hun ikke havde del i. Han havde været så tryllebundet af hende, næsten tilbedende, og det var den bekræftelse, hun ønskede af ham, ikke den eftertænksomme, grublende voksne mand, der nu gik omkring i huset.

Hun trak ham i armen, og det gav et sæt i ham, som om han blev vækket af en trance.

"Skal vi ikke gå op? Mit værelse er på loftet."

Johan fulgte hende viljeløst op ad den stejle trappe. De gik gennem første salen, men da Linda fortsatte op ad trappen til loftet, blev Johan stående. Heroppe havde han og Robert haft deres værelser og forældrene deres soveværelse.

"Vent, jeg kommer med det samme, jeg skal bare lige se noget."

Han var ligeglad med Lindas protester, åbnede bare den første dør i gangen med rystende hånd. Der var hans gamle værelse. Det var stadig en lille drengs værelse, men nu var det Williams legetøj og sager, der lå og flød. Han satte sig på den lille seng og så for sig, hvordan værelset havde set ud, da det var hans. Efter et øjeblik rejste han sig og gik ind i værelset ved siden af, Roberts værelse. Det var endnu mere forandret end Johans. Det var tydeligvis et pigeværelse, med lyserødt og tyl og pailletter som dominerende træk. Han gik ud igen med det samme. I stedet trak værelset for enden af gangen ham til sig som en magnet. Mange nætter var han snublet over tæppet, hans mor havde lagt ud, på vej mod den hvide dør, som han forsigtigt havde skubbet op for så at smyge sig ned i sengen til forældrene. Dér kunne han sove trygt, befriet for mareridt og monstre gemt under sengen. Allerhelst havde han trykket sig helt, helt tæt ind til faren. Han kunne se, at Jacob og Marita havde beholdt den gamle, overdådige sengeramme. Det værelse var det mindst forandrede.

Han mærkede tårerne brænde bag øjenlågene, og han blinkede et par gange, inden han vendte sig mod Linda. Han ville ikke vise sig så svag foran hende.

"Har du snart set nok eller hvad? Der er ikke noget at stjæle, hvis det er det, du tror."

Den ondskabsfulde tone i hendes stemme havde han ikke hørt

før. Han blev optændt af vrede. Tanken om, hvordan det kunne have været, pustede til ilden, og han tog hende hårdt i armen.

"Hvad fanden snakker du om! Tror du, at jeg er ude på at se, om der er noget at stjæle. Du er jo ikke rigtig klog. Jeg boede her, længe før din bror flyttede ind, og hvis ikke det var for din satans far, så havde vi stadig haft Västergården. Så du kan godt knytte sylten."

Linda blev for et øjeblik stum af overraskelse over forvandlingen hos den milde Johan, så rev hun sin arm til sig og hvæsede:

"Det er sgu ikke min fars skyld, at din far spillede og smed om sig med penge. Og selvom min far kan beskyldes for meget, så kunne han ikke gøre for, at din far var så fej at tage livet af sig. Det var ham, som valgte at forlade jer, og det er ikke min fars skyld."

Af bar raseri så han små, hvide pletter for sine øjne. Han knyttede hænderne. Linda var så tynd og skrøbelig, at han tænkte på, om han ville komme til at knække hende midt over, men så tvang han sig selv til at tage nogle dybe vejrtrækninger for at falde ned. Med en underlig hvislende stemme sagde han:

"Der er meget, jeg både kan og vil skyde skylden på Gabriel for. Din far ødelagde vores liv af misundelse. Mor har selv fortalt, hvordan det var. At alle elskede far, men syntes at Gabriel bare var en vindtør knold, og det kunne han ikke tåle. Men i går tog mor op på gården for at sige ham et par ord. Bare synd at hun ikke også slog ham i gulvet, men hun havde nok ikke lyst til at røre ham."

Linda lo hånligt. "Der var i hvert fald engang, at han var god nok. Hvor ulækkert at tænke sig ham sammen med din beskidte mor, men sådan var det, altså lige indtil det gik op for hende, at det var lettere at malke din far for penge end min. Så tog hun ham i stedet. Du ved vel, hvad man kalder sådan én? Luder!"

Små spytstænk havnede i ansigtet på Johan ved hvert ord Linda, der var næsten lige så høj som Johan, hvæsede imod ham.

Af angst for ikke at kunne styre sig gik Johan langsomt baglæns mod trappen. Han havde allermest lyst til at lægge hænderne om hendes hals og klemme til for at stoppe alle ordene, men i stedet flygtede han.

Linda, der var forvirret over den udvikling, det hele havde taget, og vred over, at hun alligevel ikke havde det tag på ham, som hun havde troet, lænede sig ud over gelænderet og råbte ondskabsfuldt efter ham:

"Løb du bare, din åndssvage taber, du duede alligevel kun til én ting. Og det var du ikke engang særlig god til."

Han var allerede på vej ud ad hoveddøren og så ikke den langfinger, hun gav ham.

Hun tog langsomt fingeren ned og fortrød straks med en teenagers hurtige humørskift allerede, hvad hun havde sagt. Hun var bare blevet så sur.

Faxen fra Tyskland kom netop, som Martin lagde røret på efter at have talt med Patrik. Det gjorde ikke sagen bedre, at Jenny nok havde fået et lift med nogen. Det kunne være hvem som helst; nu havde de kun folks almindelige opmærksomhed at forlade sig på. Pressen ringede som vanvittige til Mellberg, og da de nu forstod, hvilken dækning nyheden ville få, håbede Martin, at de ville høre fra nogen uden for campingpladsen, der havde set Jenny stige ind i en bil. Det ville forhåbentlig være muligt at sortere guldkornene fra den massive mængde af samtaler fra psykisk ustabile og fra folk, der greb lejligheden til at gøre livet surt for en uven.

Det var Annika, som kom ind med faxen, der var kort og præcis. Han hakkede sig gennem de få sætninger og forstod så meget som, at en tidligere ægtefælle til Tanja var hendes nærmeste pårørende. Martin fandt det overraskende, at en, der var så ung, allerede var fraskilt, men det stod der ikke desto mindre sort på hvidt. Efter en kort tøven og en hurtig snak med Patrik på mobilen, ringede han til Fjällbacka Turistkontor og kom til at smile, da han hørte Pias stemme.

"Hej, det er Martin Molin." Den tavshed, der fulgte, varede lige et sekund for længe. "Politiet i Tanumshede." Det ærgrede ham frygteligt, at han var nødt til at tydeliggøre, hvem han var. Selv ville han sikkert kunne beskrive hende i søvne.

"Undskyld, hej, jeg er bare så dum til navne, men heldigvis så meget desto bedre til ansigter. Det er jo smart i mit job." Hun lo.

"Hvad kan jeg hjælpe dig med i dag?"

Hvor skal jeg begynde, tænkte Martin, men mindede sig selv om anledningen og strammede sig an.

"Jeg har et vigtigt opkald til Tyskland og tør ikke rigtig forlade mig på mit middelmådige tysk. Kunne du tolke til et telefonmøde?"

"Selvfølgelig." Svaret kom prompte. "Så vil jeg bare bede min kollega tage vagten her i butikken imens."

Han kunne høre, at hun talte med nogen i baggrunden, hvorefter hun kom tilbage.

"Det er i orden. Hvordan gør man? Ringer du op til mig eller hvad?"

"Ja, hvis du bare venter ved telefonen, så ringer jeg om lidt."

Præcis fire minutter efter havde han Tanjas eksmand, Peter Schmidt, og Pia på linien samtidig.

Han indledte forsigtigt med at beklage de triste omstændigheder, der var årsagen til hans opringning. Det tyske politi havde allerede meddelt Peter, at hans ekskone var død, så den opgave slap han for, men alligevel var det ubehageligt at skulle ringe så kort efter et dødsfald. Det var en af de sværeste ting ved arbejdet og heldigvis ikke noget, man kom ud for til hverdag.

"Hvor meget vidste du om Tanjas rejse til Sverige?"

Pia oversatte uden problemer til tysk og omvendt Peters svar til svensk.

"Intet. Vi skiltes desværre ikke som venner, så vi har knap talt sammen efter skilsmissen, men hun nævnte ikke noget om, at hun ville til Sverige, da vi var gift. Hun var mere til badeferier, Spanien eller Grækenland. Jeg ville have troet, at Sverige var for koldt et land for hende."

Koldt, tænkte Martin ironisk og så ud ad vinduet på de varmedampe, der stod op fra asfalten. Jo, jo, og der går isbjørne i gaderne ... Han fortsatte:

"Hun nævnte altså aldrig noget om, at hun skulle have et ærinde i Sverige eller nogen anden tilknytning dertil? Ikke noget om et sted, der hedder Fjällbacka?"

Peters svar var stadig benægtende, og Martin kunne ikke komme i tanke om mere at spørge om. Han vidste stadig ikke, hvad det var, Tanja havde antydet over for sin rejsekammerat om sit formål med rejsen. Lige før han afsluttede samtalen, kom han på et sidste spørgsmål:

"Er der nogen andre, vi kan spørge? Det tyske politi har angivet dig som eneste pårørende, men der er måske en veninde?"

"I kan jo forhøre jer hos hendes far. Han bor i Østrig. Det var nok derfor, politiet ikke fik ham frem i deres register. Jeg har hans telefonnummer, vent et øjeblik."

Martin hørte Peter gå lidt væk og lyden af ting, der blev flyttet. Kort efter kom han tilbage. Pia oversatte og talte ekstra tydeligt, da hun sagde det nummer, der blev læst op.

"Jeg er ikke sikker på, om han vil kunne fortælle jer så meget. For to år siden, lige efter vi var blevet skilt, blev han og Tanja uvenner. Hun ville ikke sige hvorfor, men jeg tror ikke, de har talt med hinanden længe. Men man ved jo aldrig. I må endelig hilse fra mig."

Der var ikke kommet meget ud af samtalen, men Martin takkede for hjælpen og spurgte om han måtte vende tilbage, hvis det skulle blive nødvendigt. Pia blev på linien og kom ham i forkøbet, da hun spurgte, om han ville ringe til Tanjas far med det samme, så hun kunne hjælpe med oversættelsen.

Den ene ringetone efter den anden gik igennem. Der var vist ingen hjemme. Det, Tanjas tidligere mand havde sagt om en konflikt mellem Tanja og hendes far, havde dog gjort Martin nysgerrig. Hvad kunne være alvorligt nok til, at far og datter helt afbrød kontakten? Og havde det nogen forbindelse med Tanjas rejse til Fjällbacka og hendes interesse for de to pigers forsvinden?

Han faldt helt i staver og måtte hovedkulds takke Pia, der stadig var i røret. De blev enige om, at hun skulle hjælpe ham med at ringe til Tanjas far næste dag.

Martin betragtede længe og eftertænksomt fotografiet af Tanja fra lighuset. Hvad var det, Tanja havde ledt efter i Fjällbacka, og hvad var det, hun havde fundet?

Erica vuggede forsigtigt frem ad pontonbroerne. Det var højst usædvanligt at se ledige pladser mellem bådene på denne tid af året.

Normalt lå sejlbådene i to og endda tre rækker. Men mordet på Tanja havde tyndet ud i rækkerne og fået mange sejlere til at søge andre havne. Erica håbede oprigtigt, at Patrik og kollegerne fik løst sagen hurtigt, ellers ville det blive en hård vinter for mange af dem, der levede af sommerens indtægter.

Anna og Gustav havde dog valgt at gå mod strømmen og blive et par dage mere i Fjällbacka. Da Erica så båden, forstod hun, hvorfor det ikke var lykkedes at overtale dem til at overnatte i huset hos hende og Patrik. Den var overdådig. Blændende hvid med trædæk, og stor nok til at rumme mindst to ekstra familier, tronede den længst ude ved broen.

Anna vinkede, da hun så Erica nærme sig, og hjalp hende ned i båden. Erica var blevet stakåndet og fik straks serveret et stort glas kold cola af sin søster.

"Man bliver godt træt af det hen mod slutningen, ikke?"

Erica himlede med øjnene. "Mon ikke. Men det er vel naturens måde at få én til at se frem til fødslen, vil jeg tro. Hvis bare det ikke var så varmt også." Hun tørrede panden med en serviet, men kunne lidt efter mærke nye sveddråber løbe ned fra tindingen.

"Din stakkel." Anna smilede medlidende.

Gustav kom op fra kahytten og hilste høfligt på Erica. Han var lige så upåklageligt klædt som sidst, og tænderne skinnede hvidt i det solbrændte ansigt. I en misbilligende tone sagde han til Anna:

"Morgenmaden står stadig fremme. Jeg har jo bedt dig holde lidt orden i båden. Ellers fungerer det ikke."

"Åh, undskyld. Det ordner jeg nu."

Smilet forsvandt fra hendes ansigt, og med sænket blik skyndte hun sig ned i bådens nedre regioner. Gustav slog sig ned ved siden af Erica med en kold øl i hånden.

"Man kan bare ikke bo på en båd, hvis ikke man holder pinlig orden. Særligt med børn, ellers bliver der jo utrolig rodet."

I sit stille sind tænkte Erica, hvorfor han dog ikke selv kunne sætte morgenmaden til side, hvis det var så vigtigt. Han så da ikke ud til at være lam i armene ...

Stemningen var lidt trykket, og Erica mærkede den afgrund mellem dem, der kom af forskellen i deres baggrund og opdragelse. Hun måtte bryde tavsheden.

"Meget smuk båd."

"Ja, det er en sand skønhed." Han emmede af stolthed. "Jeg har lånt den af en god ven, men nu har jeg virkelig selv fået lyst til at anskaffe sådan en."

Ny tavshed. Erica var taknemmelig, da Anna kom op til dem igen og satte sig ved siden af Gustav. Hun satte sit medbragte glas på den anden side. Gustav rynkede irriteret panden.

"Vil du være sød ikke at stille glasset dér. Det pletter træet."

"Undskyld." Stemmen var lille og beklagende. Hun fjernede straks glasset.

"Emma." Gustav rettede nu opmærksomheden mod datteren. "Jeg har jo sagt, at du ikke må lege med det sejl. Kan du gå væk derfra." Annas fireårige datter spillede døv og ignorerede ham. Gustav var ved at rejse sig, da Anna kom ham i forkøbet.

"Jeg tager hende. Hun hørte dig vist ikke."

Barnet råbte af harme over at blive løftet væk og satte sin sureste mine op, da Anna satte hende hos de voksne.

"Du er dum." Emma rettede et spark mod Gustavs skinneben, og Erica smilede i hemmelighed.

Gustav tog fat i Emmas arm for at skælde hende ud, og endelig så Erica et glimt tændes i Annas blik. Hun rev Emma fri og tog hende ind til sig.

"Du rører hende ikke!"

Han holdt afværgende begge hænder op. "Undskyld, men dine unger er ustyrlige. Nogen må jo rette dem lidt til."

"Mine børn er udmærket opdraget, tak, og det skal jeg nok selv tage mig af. Kom, så går vi til købmanden og køber is."

Hun nikkede opfordrende til Erica, som ikke havde noget imod at få søsteren og niecen lidt for sig selv uden hr. Fisefornem. De tog Adrian med i vognen, og Emma fik lov at løbe i forvejen.

"Synes du, jeg er hysterisk? Han tog hende jo bare i armen? Jeg mener, jeg ved jo godt, at Lucas har fået mig til at blive lidt af en hønemor ..."

Erica tog sin søster under armen. "Jeg synes overhovedet ikke, at du er en hønemor. Personligt mener jeg, at din datter er en fantastisk menneskekender, og du skulle have ladet hende give ham et ordentligt los over benet."

Anna blev forstemt. "Nu synes jeg, det er dig, der overdriver lidt. Så galt var det heller ikke. Hvis man ikke er vant til børn, er det ikke så mærkeligt, man bliver stresset."

Erica sukkede. Hun havde for et øjeblik troet, at hendes søster ville rette ryggen og kræve, at hun og børnene fik en ordentlig behandling, men Lucas havde sat sine spor.

"Hvordan går det med forældremyndigheden?"

Først så Anna ud, som om hun skulle til at slå det hen som før, men så svarede hun lavt:

"Det går overhovedet ikke. Lucas har bestemt sig for at tage alle midler i brug, og det her med at jeg har mødt Gustav, har gjort ham endnu mere rasende."

"Men det vil jo være grundløse beskyldninger. Hvad kan han slå på som grunde til, at du skulle være en dårlig mor? Hvis der er en, der har gode grunde til at fratage nogen forældremyndigheden, så er det da dig!"

"Ja, men det er, som om Lucas tror, at hvis bare han finder på tilstrækkeligt meget, så skal der nok være noget om det."

"Men din anmeldelse for børnemishandling; den må da veje tungere end et eller andet han finder på?"

Anna svarede ikke, og en ubehagelig tanke strejfede pludselig Erica.

"Du anmeldte ham aldrig, gjorde du? Du løj mig lige op i ansigtet, da du sagde, du anmeldte ham, men du gjorde det aldrig."

Søsteren kiggede væk.

"Så svar dog. Er det sådan, det er? Har jeg ret?"

Annas svar kom modvilligt. "Ja, du har ret, kære storesøster. Men du skal ikke dømme mig. Du har ikke været i mine sko, så du ved ikke en skid om, hvordan det er. Altid at leve i frygt for, hvad han kan finde på. Hvis jeg havde anmeldt ham, ville han have jagtet mig, til jeg ikke kunne flygte længere. Jeg håbede, at han ville lade os være i fred, hvis jeg ikke gik til politiet. Og i begyndelsen så det jo også ud til at virke, ikke?"

"Det kan godt være, men nu virker det ikke længere. Anna, for fanden, du må lære at tænke længere end til din egen næsetip."

"Let for dig at sige! Du, som sidder her i tryghed med en mand, der dyrker dig og aldrig kunne gøre dig fortræd og nu også med en indtægt fra bogen om Alex. Det er så skidelet for dig at sige! Du aner ikke, hvordan det er at være alene med to børn og slide for at skaffe dem mad og tøj på kroppen. Det hele kører bare for dig, og jeg lagde også mærke til, hvordan du så overlegent på Gustav. Du tror, du ved det hele, men du ved ikke en skid!"

Anna ventede ikke på Ericas reaktion, men løb ned mod torvet med Adrian i vognen og Emma i et fast greb i hånden. Erica stod tilbage på fortovet med gråden stikkende i halsen og tænkte på, hvordan det hele pludselig havde kunnet tage den drejning. Hun havde jo ikke sagt noget i ond mening. Det eneste, hun ønskede, var, at Anna skulle få det så godt, som hun fortjente.

Jacob kyssede sin mor på kinden og gav formelt sin far hånden. Sådan havde deres forhold altid været. Mere distanceret og korrekt end varmt og hjerteligt. Det var mærkeligt at se på sin far som en fremmed, men det var den beskrivelse, der kom nærmest. Han havde hørt historierne om dengang, hans far vågede dag og nat på sygehuset sammen med hans mor, men selv huskede han det kun svagt, som i en tåge, og det havde ikke bragt dem nærmere hinanden. Nærheden havde han fået med Ephraim, som han plejede at betragte mere som en far end en farfar. Lige siden Ephraim reddede hans liv ved at donere sin egen knoglemarv, havde han haft noget af en heltestatus for Jacob.

"Du er ikke på arbejde i dag?"

Hans mor lød som sædvanligt ængstelig, som hun sad dér ved siden af ham i sofaen. Jacob spekulerede på, hvad det var for farer, som hun troede lurede bag hvert hjørne. Hele sit liv havde hun levet, som om hun balancerede på afgrundens rand.

"Jeg tænkte, jeg ville komme lidt senere i dag. Så kan jeg bare arbejde lidt i aften. Jeg syntes, jeg ville komme over og se, hvordan I har det. Jeg hørte om de knuste ruder. Mor, hvorfor ringede du ikke til mig i stedet for far? Jeg kunne jo have været ovre hos dig på ingen tid?"

Laine smilede kærligt. "Jeg ville ikke gøre dig urolig. Du har ikke godt af at blive ophidset."

Han svarede ikke, men smilede blidt for sig selv.

Hun lagde sin hånd på hans. "Jeg ved det, jeg ved det, men lad mig bare. Man kan ikke lære en gammel cirkushest noget, ved du."

"Du er ikke gammel, mor, du er stadig en ung pige."

Hun rødmede opmuntret. Det var en velkendt tone mellem dem, og han vidste, at hun elskede sådan nogle kommentarer. Han leverede gerne. Hun havde sikkert ikke haft det så muntert med hans far i årenes løb, og komplimenter var næppe Gabriels stærke side.

Gabriel fnyste utålmodigt i sin lænestol. Han rejste sig.

"Nå, men nu har politiet også talt med dine driverter af fætre, så nu holder de sig forhåbentlig i skindet et stykke tid." Han begyndte at gå hen mod kontoret. "Har du tid til at se lidt på tallene?"

Jacob kyssede sin mor på hånden, nikkede og fulgte efter sin far. For flere år siden var Gabriel begyndt at sætte sønnen ind i gårdens forhold, og læretiden var ikke slut. Hans far ville sikre sig, at Jacob var i stand til at tage over efter ham. Heldigvis havde Jacob anlæg for at passe en gård og havde et fint greb om både regnskab og mere praktiske gøremål.

Efter at have stukket hovederne tæt sammen over bøgerne i nogen tid, strakte Jacob sig og sagde: "Jeg vil lige gå op og kigge mig lidt om hos farfar. Det er længe siden, jeg har været der."

"Hmm, javel, ja, gør du det." Gabriel var langt inde i tallenes verden.

Jacob tog trappen op til etagen ovenover og gik langsomt hen mod den dør, der førte til herregårdens venstre fløj. Dér havde farfar Ephraim henlevet sine sidste dage indtil sin død, og Jacob havde som barn tilbragt mange timer dér.

Han trådte indenfor. Alt stod urørt. Det var Jacob, der havde bedt sine forældre lade alting stå i den fløj, og det ønske havde de respekteret, vel vidende, at der var et særligt bånd mellem ham og Ephraim.

Værelserne vidnede om styrke. Indretningen var maskulin og enkel. Den adskilte sig tydeligt fra herregårdens øvrige, lyse indretning, og for Jacob var det som at træde ind i en anden verden.

Han satte sig i læderlænestolen ved det ene vindue og lagde fødderne op på fodskamlen. Sådan havde Ephraim siddet, når Jacob var inde og besøge ham. Selv havde han ligget sammenkrøbet på gulvet foran ham som en hundehvalp og lyttet andægtigt til historierne fra gamle dage.

Fortællingerne om vækkelsesmøderne var så medrivende. Ephraim havde beskrevet ekstasen så levende, at den stod malet i folks ansigter, og den udelte opmærksomhed, de viede Prædikanten og hans sønner. Ephraim havde haft en tordenstemme, og det var ikke svært at forestille sig, at den kunne tryllebinde folk. Den del af historierne, Jacob havde holdt mest af, handlede om Gabriels og Johannes' underværker. Hver dag bragte et nyt mirakel, og for Jacob var det helt vidunderligt. Han forstod ikke, hvorfor hans far ikke ville tale om den periode af sit liv, ja, næsten så ud til at skamme sig over den. Tænk at have den gave at kunne helbrede. At kurere de syge og læge krøblingene. Og hvor måtte de have sørget, da gaven forsvandt. Ifølge Ephraim var den væk fra den ene dag til den anden. Gabriel havde trukket på skuldrene, men Johannes havde været fortvivlet. Han havde bønfaldet Gud hver aften om at give ham gaven tilbage, og så snart han så et skadet dyr, forsøgte han straks at mane den kraft frem, som han engang havde haft.

Jacob havde aldrig forstået, hvorfor Ephraim lo så mærkeligt, når han fortalte om den tid. For Johannes var det jo en stor sorg, og det måtte være indlysende for en mand, der stod Gud så nær, som Prædikanten gjorde. Men Jacob elskede sin farfar og satte ikke spørgsmålstegn ved noget af det, han sagde, eller ved måden han sagde det på. Han var ufejlbarlig. Han havde jo reddet hans liv. Måske ikke ved håndspålæggelse, men ved at give Jacob af sin egen krop og derved give ham livet igen. Derfor forgudede han ham.

Men det bedste af det hele var den måde, Ephraim altid afsluttede sine historier på. Han holdt en dramatisk pause, så barnebarnet dybt i øjnene og sagde:

"Og du, Jacob, du har også gaven i dig. Den sidder dybt derinde og venter på at blive kaldt frem."

De ord elskede Jacob.

Det var aldrig lykkedes, men for ham var det nok at vide, at farfar havde sagt, kraften var der. Mens han lå syg, lukkede han nogle gange øjnene og prøvede at fremmane den for at helbrede sig selv, men han havde kun set mørke, det mørke, der nu holdt ham i et jerngreb.

Han havde måske kunnet finde den, hvis farfar havde levet længere. Han havde jo lært Gabriel og Johannes det, så han havde vel også kunnet lære ham det?

En fugls høje skrig lød udenfor og vækkede ham af grublerierne. Hans indre mørke lagde igen et krampagtigt bånd om hjertet, og han spekulerede på, om det kunne få hjertet til helt at stoppe. I den senere tid var mørket kommet oftere og oftere og var også blevet tættere end nogensinde.

Han trak benene op i lænestolen og slog armene om knæene. Bare Ephraim havde været her. Så havde han kunnet hjælpe ham med at finde det helbredende lys.

"Som det er nu, går vi ud fra, at Jenny Möller ikke frivilligt har gjort sig usynlig. Vi vil gerne have hjælp fra offentligheden, og vi beder alle sige til, hvis de har set hende, navnlig hvis hun er set i eller i nærheden af en bil. Ifølge vores oplysninger skal hun have taget et lift til Fjällbacka, og alle iagttagelser i den forbindelse er af største interesse."

Patrik så hver eneste af de forsamlede journalister i øjnene. Samtidig sendte Annika fotografiet af Jenny Möller rundt, så alle aviser kunne trykke det. Det var ikke altid således, men i denne sag var pressen nyttig for dem.

Til Patriks store forundring var det Mellberg, der havde foreslået, at han skulle hasteindkalde til pressekonference. Mellberg selv sad bagest i stationens lille møderum og iagttog Patrik, som stod i forgrunden.

Der var flere, der stak en hånd i vejret.

"Har Jennys forsvinden nogen sammenhæng med mordet på Tanja Schmidt? Og har I fundet noget, der forbinder det mord med fundet af Mona Thernblad og Siv Lantin?"

Patrik rømmede sig. "For det første har vi ikke identificeret Siv med sikkerhed, så det ville jeg være glad for, at I ikke skriver. Ellers kan jeg ikke kommentere, hvad vi er eller ikke er kommet frem til af hensyn til opklaringen."

Journalisterne sukkede over altid at blive spist af med en henvisning til opklaringen, men lod sig dog ikke bremse af den grund.

"Turisterne er jo begyndt at forlade Fjällbacka. Har de nogen grund til at være bekymrede for sikkerheden?"

"Der er ingen grund til bekymring. Vi arbejder hårdt på at løse det her, men lige nu må vi koncentrere os om Jenny Möller. Det er alt, hvad jeg har at sige. Tak."

Han forlod lokalet under journalisternes protester, men lagde mærke til, at Mellberg blev siddende. Bare han nu ikke sagde noget dumt.

Han gik ind til Martin og satte sig på kanten af hans skrivebord.

"Det er fandeme som at stikke hånden i en hvepserede."

"Ja, men nu kan vi faktisk drage lidt nytte af dem."

"Ja, hvis Jenny blaffede, som fyren påstod, så må nogen jo have set hende sætte sig ind i en bil. Det skulle være underligt andet med al den trafik på vejen."

"Det kan man aldrig vide." Martin sukkede.

"Og der er stadig ikke kontakt med Tanjas far?"

"Jeg har ikke prøvet igen. Tænkte jeg ville vente til i aften. Han er jo nok på arbejde."

"Ja, det har du ret i. Ved du, om Gösta har tjekket med fængslerne?"

"Ja, det har han overraskende nok. Det gav ikke noget. Der er ingen, der har siddet inde i hele perioden op til nu. Det regnede du vel heller ikke med. Jeg mener, man kan for fanden nærmest skyde kongen og komme ud på grund af god opførsel efter et par år. Udgangstilladelse ville man vel få efter nogle uger." Han smed irriteret kuglepennen fra sig på skrivebordet.

"Nå, nå, nu ikke så kynisk. Det er du alt for ung til at være. De første ti år i politiet skal du være naiv og have tiltro til systemet, derefter kan du måske få lov at blive lidt bitter."

"Okay, du gamle." Martin gjorde slapt honnør, og Patrik rejste sig med et grin.

"Forresten," fortsatte Patrik, "vi kan ikke regne med, at Jennys forsvinden har noget med mordene i Fjällbacka at gøre, så kan du ikke for en sikkerheds skyld bede Gösta finde ud af, om der er nogen voldtægtsmænd, der har udstået deres fængselsstraf. Bed ham finde frem til alle, der har siddet inde for voldtægt, grovere vold mod kvinder eller lignende, og som plejer at operere her i området."

"Godt tænkt, men det kan jo lige så godt være nogen udefra, en turist."

"Sandt nok, men et eller andet sted må vi jo begynde."

Annika stak hovedet ind. "Undskyld, de herrer, men der er en retstekniker i telefonen til dig, Patrik. Skal jeg stille ham herind, eller tager du den inde hos dig selv?"

"Stil den bare ind til mig. Om et halvt minut."

Han slog sig ned inde hos sig selv og ventede på opringningen. Hjertet slog lidt hurtigere. At høre fra kriminalteknikerne var lidt som juleaften. Man vidste aldrig, hvad man ville få.

Ti minutter efter var han tilbage hos Martin, men blev stående i døråbningen.

"Så er det bekræftet, at det andet skelet var Siv Lantin, som vi troede. Og jordanalysen er lavet. Den kan vise sig at være nyttig."

Martin lænede sig interesseret frem i stolen og foldede hænderne.

"Okay, kan vi skippe kunstpausen. Hvad fandt de ud af?"

"For det første er det samme slags jord, som var på Tanjas krop, på det tæppe, hun lå på, og på skeletterne. Det betyder, at de i hvert fald på et tidspunkt har befundet sig på samme sted. Desuden fandt Statens Kriminaltekniske Laboratorium et gødningsmiddel i jorden, der kun bruges på bøndergårde. Det lykkedes dem endda at finde frem til mærket og til producentens navn. Det bedste af det hele er, at det ikke sælges gennem forhandlere, men direkte fra producenten. Dertil kommer, at det ikke er et af de mest gængse mærker. Så hvis du ringer nu og beder dem finde en liste frem med køberne af det her middel, så begynder det måske endelig at rykke. Her er en seddel med midlets navn og producenten. Du kan sikkert finde et nummer i De Gule Sider."

Martin vinkede afværgende med hånden. "Det ordner jeg. Jeg giver dig besked, så snart jeg har listerne."

"Skidegodt." Patrik gav ham en opadvendt tommelfinger og trommede let mod dørkarmen.

"Forresten ..."

Patrik var allerede på vej ud i gangen og vendte rundt, da han hørte Martin. "Ja?"

"Sagde de noget om det dna, de fandt?"

"De arbejder stadig på det. Det er også Statens Kriminaltekniske Laboratorium, der laver de analyser, og de har åbenbart en helvedes kø på sådan nogle prøver. Årstid for voldtægter, ved du."

Martin nikkede nedslået. Jo, det vidste han. Det var en af de store fordele ved vinterhalvåret. Det var for koldt for en voldtægtsmand at trække bukserne ned, men om sommeren rørte det ham ikke.

Patrik gik smånynnende ind til sig selv. Endelig en lille åbning. Selvom det ikke var meget, så havde de nu lidt at gå efter.

Ernst undte sig selv en pølse med kartoffelmos på torvet i Fjällbacka. Han satte sig på en af de bænke, der vendte ud mod havet, og overvågede mistænksomt de måger, der cirklede rundt over ham. Hvis de fik chancen, ville de vriste pølsen fra ham, så han slap dem ikke af syne et sekund. De skide fugle. Som barn morede han sig med at binde en fisk fast i en line og så selv holde i den anden ende. Når mågen så intetanende havde sat fisken til livs, fik han på den måde sin egen levende drage, som flaksede panisk og hjælpeløst rundt i luften. Et andet godt tidsfordriv var at dyppe brødstykker i lidt af fars hjemmebrændte og smide det ud til mågerne. Det fik ham altid til at trille om og holde sig på maven af grin, når han så, hvordan de fløj dinglende frem og tilbage. Han kastede sig ikke ud i den slags drengestreger længere, men han kunne godt få lyst. Forbandede gribbe, de fugle.

Et velkendt ansigt kom til syne. Gabriel Hult holdt ind ved fortovet med sin BMW lige foran kiosken. Ernst rettede sig op på bænken. Han havde fulgt med i opklaringen af pigemordene i ren og skær harme over at være blevet holdt udenfor og kendte derfor udmærket til Gabriels vidneudsagn mod sin bror. Måske … bare måske kunne man klemme lidt mere ud af den fisefornemme fyr, tænkte Ernst. Alene tanken om gården og den jord, Gabriel ejede, fik mundvandet til at løbe af misundelse, og det ville føles skønt at klemme ham lidt. For slet ikke at tale om, hvor godt det ville være, hvis der var en lille bitte chance for at få noget nyt frem i opklaringen, så skulle han nok vise den fandens Hedström.

Han smed resten af sin pølse i nærmeste papirkurv og slentrede ugideligt hen mod Gabriels bil. Den sølvfarvede BMW skinnede i solen, og han kunne ikke modstå fristelsen til længselsfuldt at lade hånden stryge langs taget. For pokker, sådan en skulle man have. Han trak hurtigt hånden til sig, da Gabriel kom ud af kiosken med en avis. Han så mistænksomt på Ernst, som stod sløvt lænet mod bildøren.

"Undskyld, men det er min bil, du læner dig op ad."

"Det er det, ja." Ernst anlagde en så uforskammet tone, som han turde. Man kunne lige så godt sætte sig i respekt med det samme. "Ernst Lundgren, Tanumshede Politistation."

Gabriel sukkede. "Hvad er der så nu? Har Johan og Robert været om sig igen?"

Ernst fnisede. "Det har de sikkert, hvis jeg kender dem ret, men ikke med noget, jeg kender til for øjeblikket. Nej, jeg har et par spørgsmål i forbindelse med de kvinder, vi fandt i Kongekløften." Han nikkede i retning mod trætrappen, der snoede sig derop langs klippevæggen. Gabriel lagde armene over kors med avisen under den ene.

"Hvad i alverden skulle jeg vide om det? Det er vel ikke den historie med min bror en gang til? Jeg har allerede besvaret spørgsmål fra nogle af dine kolleger i den anledning. For det første er det temmelig lang tid siden, og for det andet skulle de sidste dages begivenheder være bevis nok for, at Johannes ikke havde noget med det at gøre! Se her!"

Han foldede avisen ud og holdt den op foran Ernst. Forsiden var prydet med et fotografi af Jenny Möller, ved siden af et utydeligt pasfoto af Tanja Schmidt. Overskriften var en rigtig kioskbasker.

"Mener du, at min bror er steget op fra de døde for at gøre det her?" Stemmen rystede af ophidselse. "Hvor meget tid vil I spilde med at rode i min familie, mens den virkelige morder går løs? Det eneste, I har at holde jer til, er det vidneudsagn, jeg gav for tyve år siden, og for fanden: Selvom jeg var sikker dengang, var det ikke helt lyst; jeg havde våget ved min søns hospitalsseng, og jeg tog måske ganske enkelt fejl!"

Han gik oprørt hen til førersædet og trykkede centrallåsen op. Før han satte sig ind i bilen, rettede han en sidste ophidset skylle mod Ernst.

"Hvis det her bliver ved, skal jeg sætte mig i forbindelse med vores advokater. Lige siden I fandt pigerne, er jeg blevet gloet på, til øjnene er ved at trille ud af folks hoveder, og det er jeg godt træt af. Jeg har ikke i sinde at lade jer holde liv i rygtespredningen om min familie, bare fordi I ikke har andet at lave."

Gabriel smækkede med bildøren, accelererede og kørte op ad Galärbakken i en fart, der fik de gående til at kaste sig til siden.

Ernst grinede for sig selv. Penge havde han måske, Gabriel Hult, men som politimand havde Ernst alligevel magt til at skabe røre i hans lille, privilegerede verden. Med ét føltes livet meget bedre.

"Vi står over for en krise, der vil berøre hele kommunen." Stig Thulin, kommunens stærke mand, fæstnede blikket på Mellberg, som ikke så ud til at blive synderlig imponeret.

"Ja, som jeg har fortalt dig og alle andre, der har ringet, så har vi hænderne fulde med den her efterforskning."

"Jeg får et utal af daglige opringninger fra urolige næringsdrivende, og jeg forstår deres bekymring. Har du set, hvordan der ser ud på campingpladserne og i havnene her i området? Det påvirker ikke kun erhvervslivet i Fjällbacka, det er ellers også galt nok. Med den pige, der er savnet, flygter turisterne nu også fra alle de nærliggende områder. Grebbestad, Hamburgsund, Kämpersvik, ja, helt op til Strömstad begynder det at kunne mærkes. Jeg vil vide, hvad I konkret gør for at løse den her situation!"

Der var dybe rynker i den ellers altid så tandpastasmilende Stig Thulins pande. I mere end et årti havde han været kommunens mest fremtrædende repræsentant og havde også ry for at være noget af en præmietyr. Mellberg var nødt til at indrømme, at der var god grund til, at egnens kvinder blev charmeret. Ikke fordi Mellberg var på det hold, påpegede han hurtigt for sig selv, men ikke engang en mand kunne undgå at se, at Stig Thulin var ret veltrænet af en halvtredsårig at være, kombineret med de grå tindingers charme og drengede, blå øjne.

Mellberg smilede beroligende. "Du ved lige så godt som jeg, Stig, at jeg ikke kan gå i detaljer omkring vores undersøgelser, du må bare tro på mig, når jeg siger, at vi sætter alle ressourcer ind på at finde Jenny og den, som har begået de her forfærdelige handlinger."

"Har I virkelig kapacitet til sådan en avanceret efterforskning? Skulle I ikke have assistance fra, hvor ved jeg, Göteborg for eksempel?"

Stigs grå tindinger var svedige af ophidselse. Hans politiske grundlag hvilede tungt på de næringsdrivendes tilfredshed med ham, og den røre, der havde været blandt dem de sidste dage, lovede ikke godt for næste valg. Han trivedes glimrende i magtens korridorer og vidste også, at hans politiske status for en stor del lå til grund for hans succes hos det modsatte køn.

Nu viste der sig også en rynke i Mellbergs ikke helt så ædle pande.

"Jeg kan forsikre dig om, at vi ikke har brug for hjælp. Og jeg bryder mig ikke om den mistro over for vores kompetence, som du antyder. Vi har ikke haft klager over vores arbejde hidtil, og jeg ser ingen grund til, at ubegrundet kritik skal fremføres ved denne lejlighed."

Stig Thulin var en udmærket menneskekender. Politisk havde det været ham til gavn, og han forstod, hvornår det var tids at holde inde. Han tog et dybt åndedrag og sagde til sig selv, at det heller ikke tjente noget formål at rage uklar med det lokale politivæsen.

"Nå, ja, det var måske lidt overilet at komme med sådan et spørgsmål. Det er klart, at I har vores fulde tillid. Jeg vil bare understrege, hvor vigtigt det er, at det her bliver løst snarest muligt!"

Mellberg svarede med et nik, og efter de sædvanlige høflighedsfraser fejede kommunens stærke mand ud fra politistationen.

Hun granskede sig kritisk i det spejl, som hun havde plaget sig til, at de skulle hænge op i campingvognen. Ikke så tosset. Men et par kilo mindre ville også være fint. Melanie trak prøvende i huden på maven og sugede den ind. Ja, sådan dér, det var bedre. Hun ville ikke have, at man skulle se så meget som et gram fedt, og bestemte sig for kun at spise et æble til morgenmad i de næste uger. Så kunne mor sige, hvad hun ville, så fed og ulækker som hende ville hun i hvert fald ikke blive.

Hun rettede bikini'en til en sidste gang, tog strandtasken og badehåndklædet og skulle netop til at gå ned til badestedet, da hun blev afbrudt af en banken på døren. Det var nok nogle af vennerne, der ville have hende med ud og bade. Hun åbnede døren. I samme sekund røg hun tilbage i vognen og slog lænden mod det lille spisebord. Det sortnede for hendes øjne af smerte, og slaget havde trykket al luft ud af lungerne, så hun ikke kunne få en lyd frem. En mand trængte sig ind, og hun ransagede sin hukommelse for at komme på, om hun havde set ham før. Han forekom hende på en måde bekendt, men chokket og smerten forhindrede hende i at samle tankerne. Én tanke stod dog straks klar: at Jenny var forsvundet. Panikken drev fornuften på flugt, og hun sank forsvarsløs sammen på gulvet.

Hun protesterede ikke, da han trak hende op i den ene arm og tvang hende over mod sengen. Men da han begyndte at hive i bikinistropperne, der var bundet på ryggen, gav skrækken hende styrke nok til at rette et spark bagud mod hans skridt. I stedet ramte hun låret, og reaktionen kom prompte. En knytnæve landede over lænden, dér hvor hun havde ramt bordet, og slog atter luften ud af hende. Hun gav op og segnede om på sengen. Mandens slag fik hende til at føle sig lille og forsvarsløs, og overlevelse var hendes eneste tanke. Hun beredte sig på at dø. Ligesom hun nu var sikker på, at Jenny måtte være død.

En lyd fik manden til at vende sig om, netop som han havde fået Melanies bikinitrusser ned til knæene. Før han nåede at reagere, blev han ramt af noget i hovedet, og med en lyd i halsen faldt han ned på knæ. Bag ham så Melanie Per, nørden, med et boldtræ i hånden. Et af de kraftige, nåede hun at bemærke, før alt blev sort.

"Pokkers, jeg burde have genkendt ham!"

Martin trampede i ren frustration og gjorde en håndbevægelse hen mod den mand, der nu i håndjern blev trykket ned på bagsædet af en politibil.

"Hvordan fanden skulle du have kunnet det? Han har jo taget mindst tyve kilo på i fængslet og bleget håret. Hans egen mor ville knap kunne kende ham. Og du har desuden kun set ham på et billede."

Patrik gjorde sit bedste for at trøste Martin, men havde fornemmelsen af at tale for døve øren. De stod på Grebbestad Camping, ved siden af Melanies og hendes forældres campingvogn, mens en stor gruppe nysgerrige havde samlet sig for at se, hvad der var sket. Melanie var allerede kørt af sted med ambulancen til hospitalet i Uddevalla. Hendes forældre havde været ude og købe ind, da Patrik kom igennem til deres mobil, og de var chokeret taget direkte til hospitalet.

"Jeg så ham lige i øjnene, Patrik. Jeg tror endda, jeg nikkede til ham. Han må have grinet sin røv i laser, da vi kørte derfra. Og så lå hans telt lige ved siden af Tanjas og Lieses. For fanden, hvor dum kan man være?"

Han bankede sig med en knytnæve i panden og kunne mærke en angsten vokse i brystet. "Hvis bare" var begyndt at spøge. Hvis bare han havde genkendt Mårten Frisk, så havde Jenny måske siddet hjemme hos sine forældre nu. Hvis bare, hvis bare, hvis bare.

Patrik var helt klar over, hvad der foregik i Martins hoved, men vidste ikke, hvilke ord der kunne mindske selvpineriet. Han ville sikkert også selv have tænkt sådan, selvom han vidste, at han ikke kunne bebrejdes noget. Det ville næsten have været umuligt at genkende den mand, der for fem somre siden var blevet pågrebet for fire voldtægter. Dengang var Mårten Frisk kun sytten år og en spinkel, mørkhåret, ung mand, der havde brugt kniv for at få sine ofre til at makke ret. Nu var han et blondt muskelbundt, der tilsyneladende mente, at det udelukkende var fysisk styrke, der skulle til for at være herre over situationen. Patrik havde også en mistanke om, at steroider, som ikke var særlig svære at få fat i på landets anstalter, havde lidt at gøre med Mårtens fysiske forandring. Det ville i så fald ikke afhjælpe hans aggressivitet, men kun forvandle en ulmende glød til et rasende inferno.

Martin pegede på den unge fyr, der stod lidt kejtet i udkanten og bed nervøst i sine negle. Politiet havde taget sig af boldtræet, og nervøsiteten stod tydeligt skrevet i ansigtet på ham. Han var formentlig ikke sikker på, om han var helt eller forbryder. Patrik opfordrede med et nik Martin til at følge med og gik hen til fyren, der stod og trådte sig selv over tæerne.

"Det var Per Thorsson, du hed, ikke?"

Han nikkede.

"Han er Jenny Möllers ven," forklarede Patrik Martin. "Det var ham, der fortalte, at hun ville blaffe ind til Fjällbacka."

Patrik vendte sig igen mod Per. "Det var godt gjort, det her. Hvordan vidste du, at Melanie var ved at blive voldtaget?"

Per så ned i jorden. "Jeg plejer at sidde og betragte folk. Ham dér lagde jeg mærke til med det samme, da han slog sit telt op forleden. Fordi han rendte rundt og gjorde sig til for småpigerne. Troede han så sej ud med sine gorillaarme. Jeg så også, hvordan han kiggede på pigerne, især hvis de ikke havde så meget tøj på."

"Og hvad skete der så i dag?" Martin hjalp ham lidt på gled.

Med blikket fæstet i jorden fortsatte Per: "Jeg så, at han sad og kiggede, da Melanies forældre tog af sted, og så sad han ligesom og ventede lidt."

"Hvor længe, tror du?" spurgte Patrik.

Per tænkte efter. "Måske fem minutter. Så gik han over til Melanies campingvogn, sådan beslutsomt, og jeg tænkte, at de måske skulle mødes, men så da hun åbnede, kastede han sig ind, og så tænkte jeg, for fanden, det må være ham, der tog Jenny, og så hentede jeg et af ungernes boldtræer og tog derhen og slog ham i hovedet med det."

Her måtte han holde inde for at få vejret, og først nu løftede han blikket og så lige på Patrik og Martin. Underlæben dirrede.

"Får jeg ballade for det her? Altså, for at slå ham i hovedet?"

Patrik lagde en beroligende hånd på hans skulder.

"Jeg tør vist godt love, at det ikke får følger for dig. Ikke fordi vi opmuntrer borgerne til at gøre sådan noget, misforstå mig ikke, men sagen er jo den, at han nok havde nået at voldtage Melanie, hvis du ikke havde grebet ind."

Per sank lettet sammen, men han rettede sig snart op igen og sagde: "Kan det have været ham, der ... med Jenny altså?" Han kunne ikke få sig selv til at udtale ordene, og her slap Patriks beroligende forsikringer op, for det var netop, hvad han selv spekulerede på.

"Jeg ved det ikke. Lagde du mærke til, om han så på Jenny på den måde?"

Per tænkte, så det knagede, men rystede så på hovedet. "Det ved jeg ikke. Jeg mener, det gjorde han sikkert, han kiggede på alle piger, men jeg kan ikke sige, om han specielt kiggede på hende."

De takkede Per og overlod ham til hans urolige forældre. Så kørte de til stationen. Nu var den, de så febrilsk havde søgt, måske allerede i sikker forvaring. Uvidende om, at de gjorde det samme, krydsede både Martin og Patrik hver især fingre for, at det var tilfældet.

Stemningen i forhørslokalet dirrede. Tanken om Jenny Möller stressede dem alle i deres iver efter at få sandheden ud af Mårten Frisk, men de vidste også, at visse ting ikke lod sig presse frem. Patrik ledte forhøret, og det kom ikke som nogen overraskelse, at han bad Martin om at sidde med. Efter at have fulgt den obligatoriske procedure med oplysning om navn, tid og klokkeslag af hensyn til båndoptagelsen, kunne de begynde.

"Du er anholdt for voldtægtsforsøg mod Melanie Johansson, har du noget at bemærke til det?"

"Ja, det kan du tro, jeg har!"

Mårten sad sløvt tilbagelænet på stolen, med den ene enorme overarmsmuskel hvilende på ryglænet. Han var sommerligt klædt i en ærmeløs T-shirt og små shorts, minimalt med tøj for at eksponere så meget muskel som muligt. Det afblegede hår var lidt for langt, og pandehåret faldt hele tiden ned i hans øjne.

"Jeg gjorde ikke noget, som hun ikke var med på, og hvis hun siger noget andet, så lyver hun! Vi havde aftalt at mødes, når hendes forældre var gået, og vi var lige kommet i gang med at hygge os lidt, da den idiot kom farende med sit boldtræ. Jeg vil forresten gerne anmelde ham for vold. Så det kan I skrive i jeres notesblokke." Han grinede og pegede mod blokkene, som både Patrik og Martin havde foran sig.

"Det kan vi komme tilbage til, lige nu snakker vi om de anklager, der er rettet mod dig."

Patriks korte meddelelse udtrykte hele den foragt, som denne mand fremkaldte i ham. Store mænd, der overfaldt små piger, hørte til blandt de værste i hans verden.

Mårten trak på skuldrene, som om det ragede ham en papand. Han var blevet skolet godt gennem sine år i fængsel. Sidst han sad foran Patrik, var han en tynd, usikker syttenårig, som rablede en tilståelse af sig om de fire voldtægter næsten i samme øjeblik, de satte sig. Nu havde han taget ved lære, og hans fysiske forandring svarede til den mentale. Det eneste, der ikke havde forandret sig, var hans had og aggression over for kvinder. Efter hvad de vidste, havde det tidligere kun vist sig i brutale voldtægter, ikke mord, men Patrik frygtede, at årene i fængsel havde gjort større skade, end de anede. Var Mårten Frisk gået fra at være voldtægtsmand til morder? Hvor var i så fald Jenny Möller, og hvordan hang det sammen med Monas og Sivs død? Mårten Frisk var ikke engang født, da de blev myrdet!

Patrik sukkede og fortsatte forhøret. "Lad os bare sige, at vi tror dig. Så har vi stadig et besynderligt sammentræf, der bekymrer os. Nemlig, at du boede på Grebbestad Campingplads, da en pige ved navn Jenny Möller forsvandt, og du boede på Sälviks Camping i Fjällbacka, da en tysk turist forsvandt og senere blev fundet myrdet. Du boede endda i teltet ved siden af Tanja Schmidt og hendes veninde. Lidt underligt, ikke?"

Mårten blegnede tydeligt. "Næ, nej, du, det har jeg ikke noget med at gøre."

"Men ved du, hvilken pige vi mener?"

Han svarede modvilligt: "Ja, selvfølgelig så jeg de dér lebber i teltet ved siden af, men sådan nogle har jeg aldrig brudt mig om, og så var de også lidt gamle efter min smag. Lidt konede begge to."

Patrik tænkte på Tanjas måske noget almindelige, men venlige ansigt på pasfoto'et og beherskede lysten til at smide sin blok i hovedet på manden.

"Men Jenny Möller? Sytten år, sød, blond pige. Hun falder vel i din smag eller hvad?"

På Mårtens pande kom små svedperler til syne. Han havde små øjne, der blinkede, når han blev nervøs, og nu blinkede han rigtig meget.

"Jeg har ikke en skid med det at gøre. Jeg sværger, jeg har ikke rørt hende!"

Han forsøgte at understrege sin uskyld med en armbevægelse, og Patrik syntes, meget mod sin vilje, at det blev sagt overbevisende. Han reagerede helt anderledes, når Tanja og Jenny kom på tale, end da de spurgte ham ud om Melanie. Ud ad øjenkrogen kunne Patrik ane, at selv Martin så eftertænksom ud.

"Okay, jeg indrømmer, at hende kællingen i dag måske ikke var helt med på den, men I må altså tro på mig: Jeg aner ikke, hvad I taler om med de andre to, det sværger jeg på!"

Der var panik i Mårtens stemme, og efter en tavs overenskomst afbrød Patrik og Martin forhøret. Desværre troede de på ham. Det betød, at en eller anden havde Jenny Möller et sted, hvis ikke hun allerede var død. Det løfte, Patrik havde givet Albert Thernblad om at finde hans datters morder, føltes med ét meget, meget fjernt.

Gösta var tynget af angst. Det var, som om der var kommet liv i en legemsdel, der havde været følelsesløs. Han havde opfattet sit arbejde med ligegyldighed så længe, at det var underligt igen at mærke noget, der tilnærmelsesvist mindede om engagement. Han bankede forsigtigt på Patriks dør.

"Kan jeg komme ind?"

"Hvad? Øh, jo, jo." Patrik så distræt op fra skrivebordet.

Gösta luntede ind og satte sig. Han sagde ingenting, og efter et øjeblik måtte Patrik hjælpe ham i gang:

"Ja? Var der noget, du havde på hjerte?"

Gösta rømmede sig og studerede nøje sine hænder i skødet. "Jeg fik listen i går."

"Hvilken liste?" Patrik rynkede panden.

"Den med områdets voldtægtsmænd, som var sat på fri fod. Der var kun to navne, hvoraf det ene var Mårten Frisk."

"Og giver det grund til sætte sådan et ansigt op?"

Gösta så op. Angsten var som en stor, hård knude i maven.

"Jeg gjorde ikke mit arbejde. Jeg havde tænkt at finde ud af, hvor de var, hvad de lavede ... tage en snak med dem. Men jeg orkede det ikke. Det er den sørgelige sandhed, Hedström. Jeg orkede det ikke. Og nu ..."

Patrik svarede ikke med det samme.

"Nu må jeg erkende, at hvis jeg havde gjort mit arbejde ordentligt, så var tøsen ikke blevet antastet, næsten voldtaget i dag, og vi havde haft lejlighed til at spørge ham ud om Jenny en hel dag tidligere. Hvem ved, det handler måske om liv og død for hende. I går levede hun måske, og i dag kan hun være død. Bare fordi jeg er så helvedes slap og ikke gjorde, hvad jeg skulle!" Han slog en knytnæve i låret.

Patrik sad stille lidt, men lænede sig så frem over skrivebordet og foldede hænderne. Han talte fortrøstningsfuldt, slet ikke bebrejdende, som Gösta havde regnet med.

"Dit arbejde kan godt lade noget tilbage at ønske, Gösta, det ved både du og jeg. Men det er ikke min opgave at tage den diskussion, det er noget, vores chef må tage sig af. Hvad angår Mårten Frisk og det, at du ikke tjekkede op på ham i går, så kan du slappe af. For det første ville det have taget dagesvis at lokalisere ham til campingpladsen. For det andet tror jeg desværre ikke, at det er ham, der har taget Jenny Möller."

Gösta så forbavset på Patrik. "Men jeg troede, det stort set var løst?"

"Ja, det troede jeg vel også. Og jeg er ikke helt sikker, men hverken Martin eller jeg fik det indtryk under forhøret."

"Åh, fandens." Gösta grundede over det i tavshed. Angsten havde dog ikke helt sluppet sit tag. "Er der noget, jeg kan gøre?"

"Vi er som sagt ikke helt sikre, men vi har taget en blodprøve af Frisk, som vil kunne afgøre, om det er ham. Den er allerede sendt til laboratoriet, og vi har sagt, at det haster, men jeg ville være glad, hvis du kunne presse lidt ekstra på. Hvis det mod alle forventninger er ham, så kan hver en time tælle for Jenny."

"Selvfølgelig, det klarer jeg. Jeg skal hænge i haserne på dem som en terrier."

Patrik smilede ved sammenligningen. Hvis han skulle sammenligne Gösta med en hunderace, ville det snarere være en gammel, træt beagle.

Af bar iver efter at være behjælpelig fór Gösta op af stolen og bevægede sig med en hidtil uset hast ud af lokalet. Lettelsen over ikke at have begået den store fejltagelse, som han havde forventet, fik ham til at føle, at han fløj af sted. Nu ville han arbejde hårdere end nogensinde, lovede han sig selv, måske oven i købet på overtid i aften! Nå, nej, det var jo sandt: Han havde booket en tid til golf klokken fem. Nå, men så ville han arbejde over en anden dag.

Hun afskyede at være nødt til at bevæge sig i alt det skidt og møg. Det var som at træde ind i en anden verden. Hun trådte forsigtigt hen over gamle aviser, skraldeposer og gud ved hvad.

"Solveig?" Intet svar. Hun holdt sin håndtaske ind mod kroppen og gik længere ind i gangen. Dér sad hun. Hun kunne mærke modviljen i hele sin krop. Hun hadede hende mere, end hun nogensinde havde hadet nogen, inklusive sin far. Men hun var samtidig afhængig af hende. Den tanke væmmedes hun altid ved.

Solveig flækkede i et smil, da hun så Laine.

"Næ, hvem kommer da dér. Punktligt som sædvanligt. Du er altid så ordentlig, Laine." Hun lukkede fotoalbummet i, som hun sad og puslede med, og viste med en håndbevægelse Laine på plads.

"Jeg vil gerne aflevere med det samme, jeg har lidt travlt ..."

"Så, så, Laine, du kender spillereglerne. Først en lille kaffetår i ro og mag og så betalingen. Det ville da være upassende ikke at byde på lidt, når man får fine gæster."

Hånen drev af hendes ord. Laine vidste bedre end at protestere. Det her havde de været igennem i mange år. Hun børstede forsigtigt en krumme af køkkenbænken og kunne ikke dy sig for at skære en grimasse af afsky, da hun satte sig. Hun følte sig altid beskidt i flere timer, efter at hun havde været her.

Solveig rejste sig med besvær fra sin stol og satte varsomt sine album til side. Hun satte to kopper frem, og Laine måtte tage sig i at tørre sin af. Dernæst blev en brødkurv med triste småkager sat frem, og Solveig nødede hende til at tage én. Hun tog en lille bid af kagen og bad til, at besøget snart ville være overstået.

"Vi har det på sin vis hyggeligt, ikke?"

Solveig dyppede med nydelse en kage i kaffen og blinkede til Laine, som ikke svarede.

Solveig fortsatte: "Man skulle næsten ikke tro, at den ene af os bor på en herregård og den anden i en gammel rønne, når vi sidder her som to gamle veninder, vel, Laine?"

Laine lukkede øjnene og håbede, at ydmygelsen snart var overstået. Indtil næste gang. Under bordet knyttede hun hænderne og huskede sig selv på, hvorfor hun gang på gang udsatte sig for det her.

"Ved du, hvad der bekymrer mig, Laine?" spurgte Solveig med munden fuld af kage, mens små kagekrummer trillede ud af munden og ned på bordet.

"At du pudser politiet på mine drenge. Jeg mente jo, at vi havde en overenskomst, du og jeg. Men når politiet kommer her og påstår noget så vanvittigt, som at mine drenge har smadret ruder oppe hos jer, så er det jo, at jeg begynder at undre mig."

Laine kunne kun nikke.

"Det synes jeg, at jeg fortjener en undskyldning for, synes du ikke? For som vi også fortalte politiet, så var drengene her hele aftenen. Så de kan ikke have kastet med sten oppe på herregården." Solveig tog en slurk af kaffen og pegede med koppen på Laine. "Nå, jeg venter."

"Undskyld." Laine mumlede ydmyget ned i skødet.

"Jeg hørte det ikke helt?" Solveig satte demonstrativt hånden bag øret.

"Undskyld. Jeg må have taget fejl." Hendes blik mødte trodsigt Solveigs, men svigerinden tog til takke.

"Nå, så er det ude af verden. Det var da ikke så svært, vel? Skal vi få det andet lille ærinde ud af verden med det samme?"

Hun lænede sig hen over bordet og slikkede sig om læberne. Laine tog modstræbende håndtasken op fra skødet og trak en kuvert op. Solveig rakte grådigt ud efter den og talte beløbet efter med sine fedtede fingre.

"Det stemmer. Som sædvanligt. Det er det, jeg altid har sagt, du er så ordentlig, Laine. Du og Gabriel, I er virkelig så ordentlige."

Med fornemmelsen af evig gentagelse rejste Laine sig og gik hen mod døren. Endelig ude af huset tog hun en dyb indånding af den friske sommerluft. Før døren smækkede i efter hende, nåede Solveig at råbe:

"Altid godt at se dig, Laine. Lad os mødes igen næste måned også!"

Laine lukkede øjnene og tvang sig til at trække vejret dybt. Det skete, at hun overvejede, om det virkelig var det værd.

Så huskede hun stanken af sin fars ånde i ansigtet og dermed på, hvorfor trygheden i den tilværelse, hun havde bygget op, måtte bevares for enhver pris. Så det måtte være det værd.

Så snart han trådte inden for døren, kunne han se, at der var noget galt. Erica sad i havestuen, med ryggen mod ham, men hele hendes kropsholdning viste, at der var noget, der ikke var, som det skulle være. Uroen overvældede ham et sekund, før han indså, at hun ville have ringet på mobilen, hvis der var noget med barnet.

"Erica?"

Hun vendte sig om mod ham, og han så hendes forgrædte øjne. På ét øjeblik var han henne og sætte sig ved siden af hende i kurvesofaen.

"Men søde ven, hvad er der?"

"Jeg har skændtes med Anna."

"Hvad nu?"

Han kendte godt bølgegangen i deres komplicerede forhold og også grundene til deres sammenstød. Men siden Anna havde gjort sig fri af Lucas, var det, som om de havde indgået en midlertidig fredsaftale, og Patrik forstod ikke, hvad der nu kunne være galt.

"Hun meldte aldrig Lucas for det, han gjorde mod Emma."

"Hvad siger du!"

"Ja, og jeg troede, at det var hendes trumfkort nu, hvor Lucas har sat en sag i gang om forældremyndigheden. Men nu har hun ingenting på ham, mens han kommer til at strikke den ene løgn sammen efter den anden om, hvorfor Anna ikke er egnet som mor."

"Jamen, sådan nogle beviser har han jo ikke."

"Nej, det ved *vi*. Men tænk, hvis han får svinet hende så meget til, at bare lidt af det hænger ved. Du ved, hvor dreven han er. Jeg ville ikke blive det mindste overrasket, hvis det lykkedes ham at charmere retten og få dem over på sin side." Erica støttede fortvivlet ansigtet mod Patriks skulder. "Tænk, hvis Anna mister børnene. Det vil hun ikke kunne klare."

Patrik lagde armen om hende og trak hende tæt ind til sig.

"Lad nu ikke fantasien løbe af med os. Det var dumt af Anna ikke at melde ham, men jeg kan på en måde godt forstå hende. Lucas har gang på gang vist, at han ikke er til at spøge med, så det er jo ikke mærkeligt, at hun er bange."

"Nej, du har vel ret. Men det, jeg blev mest ked af, var, at hun har løjet for mig hele tiden. Så jeg føler mig så ført bag lyset, også her bagefter. Hver gang jeg har spurgt hende, hvad der var sket efter anmeldelsen, har hun bare været undvigende og sagt, at politiet i Stockholm har så travlt med at komme igennem den store mængde af anmeldelser. Ja, du ved jo selv, hvad hun har sagt. Og det har bare været løgn alt sammen. Og på en eller anden måde får hun altid mig til at være skurken." Hun kom til at græde igen.

"Jamen, skat. Tag det nu lidt roligt. Vi skal jo ikke have babyen til at få indtryk af, at det er den rene jammerdal, han kommer ud til."

Erica kunne ikke lade være med at le lidt gennem tårerne og tørrede øjnene i trøjeærmet.

"Hør nu. Nogle gange har du og Anna mere et mor-datterforhold end et søskendeforhold, og det er det, der hele tiden forkludrer det for jer. Du tog dig af Anna i stedet for din mor, og det gør, at Anna har behov for, at du bliver ved med det, samtidig med at hun har behov for at frigøre sig fra dig. Forstår du, hvad jeg mener?"

Erica nikkede. "Ja, det ved jeg. Men det er bare så uretfærdigt, at jeg skal straffes for, at jeg tog mig af hende." Hun hulkede lidt igen.

"Nu har du lidt for ondt af dig selv, ikke ..." Han strøg en hårlok væk fra hendes pande. "Du og Anna finder helt sikkert ud af det, som I plejer, og den her gang synes jeg egentlig godt, at du kan være den overbærende part. Anna har det nok ikke så nemt lige nu. Lucas er en overvældende modstander, og jeg forstår ærligt talt udmærket, hvis hun er skrækslagen. Så tænk lidt på det, før du får for ondt af dig selv."

Erica gjorde sig fri af Patriks favn og så syrligt på ham. "Holder du ikke med mig?"

"Det er det, jeg gør, skat, det er det, jeg gør." Han strøg hende over håret og så pludselig fjern ud.

"Undskyld, her sidder jeg og vander høns over mine egne problemer – hvordan går det for jer?"

"Åh, mind mig ikke om den elendighed. I dag var faktisk en rigtig dårlig dag."

"Men du kan ikke gå i detaljer," tilføjede Erica.

"Nej, det kan jeg ikke. Men det har som sagt været en rigtig dum dag." Han sukkede, men rettede sig straks op. "Skal vi ikke gøre det lidt hyggeligt i aften? Det lyder, som om vi begge to har brug for at muntres op. Jeg tager hen til fiskehandleren og køber lidt godt, hvis du dækker bord. Er det ikke en god idé?"

Erica nikkede og vendte sit ansigt op til kys. Han havde sine lyse sider, hendes barns far.

"Køb lidt chips og dip, gider du? Jeg er jo tyk alligevel!"

Han lo. "Som du befaler, chef."

Martin bankede irriteret kuglepennen i bordet. Det var sig selv, han var irriteret på. Alt det, der var sket dagen før, havde fået ham til at glemme at ringe Tanja Schmidts far op. Han kunne sparke sig selv. Hans eneste undskyldning var, at han ikke mente, det var vigtigt længere, da de fik fat i Mårten Frisk. Nu kunne man sikkert ikke træffe ham før i aften, men han kunne i det mindste prøve. Han så på uret. Ni. Han bestemte sig for allerførst at se, om hr. Schmidt var hjemme, før han ringede til Pia og bad hende tolke.

Ringetonerne lød én, to, tre, fire gange, og han var så småt indstillet på at lægge på. Men efter den femte ringetone svarede en søvndrukken stemme. Flov over at have vækket ham, lykkedes det Martin på gebrokkent tysk at forklare, hvem han var og sige, at han ville ringe straks efter igen. Han havde heldet med sig: Pia svarede med det samme på turistkontoret. Hun lovede at hjælpe til, og få minutter senere var de alle på linien.

"Allerførst vil jeg sige, at det gør mig ondt."

Manden i den anden ende takkede lavmælt, men Martin mærkede hans sorg lægge sig tungt over samtalen. Han var lidt usikker på, hvordan han skulle gå videre. Pias bløde stemme oversatte alt, hvad han sagde, og mens han tænkte over, hvad han skulle sige, hørtes kun deres åndedræt.

"Ved I, hvem der har gjort det her mod min datter?"

Stemmen dirrede let, og Pia behøvede dårligt nok at oversætte. Martin forstod det godt.

"Ikke endnu. Men vi finder ud af det."

Ligesom Patrik havde gjort, da han traf Albert Thernblad, spekulerede Martin nu på, om han lovede for meget, men han kunne bare ikke lade være at gøre et forsøg på at lindre mandens sorg på den eneste måde, han kunne.

"Vi har talt med Tanjas rejsekammerat, og hun sagde, at Tanja havde et ærinde i Sverige, her i Fjällbacka. Men da vi spurgte Tanjas tidligere mand, kunne han ikke forestille sig nogen grund til det. Ved du noget?"

Martin holdt vejret. Der fulgte en lang pause, uudholdelig lang. Så begyndte Tanjas far at tale.

Da Martin endelig lagde på, kunne han dårligt tro sine egne ører. Historien var alt for fantastisk. Men på samme tid havde den en umiskendelig klang af sandhed, og han troede på Tanjas far. Da han selv skulle til at lægge på, indså Martin, at Pia stadig var på linien. Hun spurgte tøvende:

"Fandt du ud af det, du skulle? Jeg tror, jeg fik det hele med."

"Jeg er sikker på, at alt blev godt oversat. Og ja, jeg fandt ud af det, jeg ville. Jeg ved, at jeg ikke behøver understrege det, men ..."

"Jeg ved det, jeg skal ikke tale med nogen om det. Jeg lover ikke at sige et ord."

"Det er godt. Forresten ..."

"Ja?"

Hørte han rigtigt? Var der et strejf af håb i tonen? Men modet svigtede ham, og han følte heller ikke, at anledningen var den rette.

"Nej, ikke noget. Det kan vi tage en anden gang."

"Okay."

Nu var det næsten, som om han hørte en smule skuffelse i stemmen, men selvtilliden var stadig for skrøbelig efter hans seneste fiasko på kærlighedsfronten til, at han kunne opfatte det som andet end indbildning.

Da han havde takket Pia og lagt røret, vandrede hans tanker videre. Han renskrev hurtigt sine notater fra samtalen og tog udskriften med hen til Patrik. Nu var der endelig et gennembrud i sagen.

De var afventende begge to, da de mødtes. Det var første gang efter det katastrofale møde på Västergården, og de ventede begge på, at den anden skulle tage det første skridt til forsoning. Eftersom det var Johan, der havde ringet, og Linda faktisk havde haft ret dårlig samvittighed over sin andel i skænderiet, lagde hun ud.

"Det løb vist af med mig forleden. Det var ikke meningen. Jeg blev bare så skidesur."

De sad på deres sædvanlige mødested oppe på høloftet i Västergårdens lade, og Johans træk var som skåret i sten, da Linda så på ham. Så så hun ansigtet bløde op.

"Nå, bare glem det. Jeg reagerede også lidt skarpt. Det var bare ..." Han tøvede og ledte efter de rette ord. "Det var bare svært at komme dérhen med alle de minder og sådan noget. Det havde ikke så meget med dig at gøre."

Linda smøg sig, stadig med en vis forsigtighed, op bag ham og lagde armene om ham. Den uventede følge af deres skænderi var, at hun havde fået en vis respekt for ham. Hun havde altid set ham som en dreng, én, der hang efter sin mor og storebror, men nu havde hun set et glimt af manden i ham. Det tiltrak hende. Faktisk virkelig meget. Hun havde også fået øje på et farligt træk, og selv det tiltrak hende. Han havde været tæt på at slå hende, det kunne hun se i hans blik, og som hun sad med kinden mod hans ryg, fik den tanke hende til at sitre indeni. Det var som at flyve tæt på en flamme, tæt nok til at mærke varmen, men kontrolleret nok til ikke at brænde sig. Hvis der var nogen, der kunne gå den balancegang, var det hende.

Hun lod sine hænder vandre fremad, sultent og krævende. Hun kunne stadig mærke lidt modstand hos ham, men hun var sikker på, at det var hende, der var ovenpå i deres forhold. Det havde udelukkende baseret sig på noget kropsligt, og i den henseende mente hun, at kvinder i almindelighed, og hun selv i særdeleshed, havde fat i den lange ende. Det overtag udnyttede hun nu. Med tilfredsstillelse mærkede hun hans åndedrag blive dybere og modstanden i ham aftage.

Linda flyttede sig til hans skød, og da deres tunger mødtes, vidste hun, at hun var sejrherren. Hun forblev i den tro, indtil hun mærkede Johan tage et fast greb i hendes hår og med overvældende kraft tvinge hende bagud, til han kunne se hende i øjnene oppefra. Hvis hensigten var at få hende til at føle sig lille og hjælpeløs, havde han heldet med sig. I et sekund genkendte hun det glimt i hans øjne, han havde haft under skænderiet på Västergården, og hun overvejede kort, om det ville kunne høres i hovedbygningen, hvis hun råbte om hjælp. Det ville det sikkert ikke.

"Du ved, du skal være sød mod mig. Ellers er der måske en lille fugl, der synger til politiet om, hvad jeg har set her på gården."

Linda fik store øjne. Hun hviskede. "Det ville du ikke gøre? Du lovede det, Johan."

"Efter hvad folk siger, betyder et løfte fra nogen i familien Hult jo ikke noget særligt. Det burde du vide."

"Du må ikke, Johan. Hør nu, Johan, jeg vil gøre hvad som helst."

"Nå, så blod viser sig trods alt at være tykkere end vand."

"Du siger jo selv, at du ikke forstår, at Gabriel kunne gøre, hvad han gjorde mod onkel Johannes. Vil du så gøre det samme?" Hendes stemme var blid og bedende. Situationen var kommet helt ud af hendes kontrol, og hun forstod ikke, hvordan han pludselig havde fået overtaget. Det var jo netop hende, der lige havde været ovenpå.

"Hvorfor skulle jeg ikke gøre det? Man kunne jo på en måde sige, at det er karma. Cirklen er sluttet." Han smilede ondskabsfuldt. "Men du har måske en pointe dér. Jeg siger nok ikke noget så. Men husk, at det kan ændres når som helst, så du må hellere være sød mod mig – skat."

Han strøg hende over kinden, men beholdt sin hånd i et smertefuldt greb om hendes hår. Så førte han hendes hoved endnu længere ned. Hun protesterede ikke. Magtbalancen var for alvor forrykket.

Sommeren 1979

Hun vågnede ved lyden af gråd i mørket. Det var ikke til at sige, hvor lyden kom fra, men hun slæbte sig langsomt af sted, til hun kunne mærke tøj og noget, der bevægede sig under hendes fingre. Bylten på gulvet begyndte at skrige af rædsel, men hun tyssede på pigen og strøg hende beroligende over håret. Hun af alle mennesker vidste, hvordan skrækken hev og sled, før den blev til håbløshed.

Hun vidste godt, at det var egoistisk, men kunne ikke lade være med at være glad for, at hun slap for at være alene. Det føltes som en evighed, siden hun havde haft selskab af et andet menneske, men alligevel troede hun ikke, at det kunne dreje sig om mere end nogle dage. Det var svært at holde regnskab med tiden hernede i mørket. Tid var noget, der kun eksisterede deroppe. I lyset. Hernede var tiden derimod en fjende, som holdt én fast i bevidstheden om, at der var et liv, som måske allerede var ved at være forbi.

Da pigens gråd begynde at ebbe ud, kom en stormflod af spørgsmål. Hun kunne ikke svare. I stedet forsøgte hun at forklare, hvor vigtigt det var at give efter, ikke at kæmpe imod det ukendte onde. Men pigen ville ikke forstå. Hun græd og spurgte, tiggede og bad til en Gud, som hun aldrig selv havde troet på, måske bortset fra engang som barn. Men for første gang befandt hun sig i den situation, at hun håbede, hun tog fejl, at der virkelig fandtes en Gud. Hvordan skulle livet ellers gå for ungen, uden hverken mor eller

Gud at støtte sig til. For datterens skyld havde hun givet efter for rædslen, var gået ind i den, og den anden piges måde at kæmpe imod på begyndte at vække vrede i hende. Igen og igen prøvede hun at forklare, at det ikke nyttede noget, men pigen ville ikke lytte. Måske kom hun til at smitte hende med sin kamplyst, og så ville det ikke vare længe, før håbet vendte tilbage og også gjorde hende sårbar.

Hun kunne høre lemmen blive trukket til side og skridtene nærme sig. Hun skubbede hurtigt pigen, som havde ligget med hovedet i hendes skød, væk fra sig. Måske var hun heldig, måske var det ikke hende, men den anden pige, han gjorde fortræd denne gang.

STILHEDEN VAR ØREDØVENDE. Hele campingvognen rungede normalt af Jennys snakketøj, men nu var her stille. De sad over for hinanden ved det lille bord, lukket inde i hver sin verden. Hver især i deres minder.

Som i en indre film flimrede 17 år hurtigt forbi. Kerstin huskede vægten af Jennys lille, nyfødte krop i sine arme. Uden at bemærke det formede hun armene til en vugge. Spædbarnet voksede, og nu bagefter var det gået så hurtigt. Alt for hurtigt. Hvorfor havde de dog brugt så meget tid på det sidste med at kives og skændes? Hvis hun havde vidst, hvad der skulle ske, havde hun ikke sagt et ondt ord til Jenny. Siddende her med knust hjerte svor hun, at hvis alt blev godt igen, ville hun aldrig så meget som hæve stemmen over for hende igen.

Bo var som et spejlbillede af hendes eget indre kaos. Han var ældet et årti på ganske få dage, og ansigtet var furet og opgivende. Det var nu, de skulle vende opmærksomheden mod hinanden, støtte sig til hinanden, men skrækken lammede dem.

Hænderne på bordet rystede. Bo foldede dem i et forsøg på at holde dem stille, men slap, så snart han opdagede, at det så ud, som om han bad. Det var for tidligt til, at han turde påkalde de højere magter. Det ville kræve, at han erkendte det, han endnu ikke turde indse. Han klamrede sig til et forfængeligt håb om, at datteren skulle vise sig bare at være ude på et uansvarligt eventyr. Men inderst inde vidste han, at der var gået for lang tid til, at det var sandsynligt.

Jenny var alt for betænksom og kærlig til bevidst at gøre dem så urolige. De havde haft deres skænderier, selvfølgelig, især de sidste par år, men han havde altid vidst, at der trods alt var et stærkt bånd imellem dem. Han vidste, at hun elskede dem, og det eneste mulige svar på, hvorfor hun ikke kom hjem, var uhyggeligt. Der var sket noget. Nogen havde gjort deres elskede Jenny fortræd. Han brød tavsheden. Stemmen svigtede, og han var nødt til at rømme sig for at kunne fortsætte.

"Skal vi ringe til politiet igen og høre, om de har fundet ud af mere?"

Kerstin rystede på hovedet. "Vi har jo allerede ringet to gange i dag. De siger til, hvis de finder ud af noget."

"Men vi kan da for fanden ikke bare sidde her!" Han rejste sig brat og bankede hovedet ind i skabet ovenover bordet. "For helvede, der er så trangt her! Hvorfor tvang vi hende også med på en campingferie igen, hun ville jo ikke! Bare vi var blevet hjemme. Havde ladet hende gå ud med kammeraterne i stedet for at tvinge hende til at sidde lukket inde her med os i det her fandens hul!"

Han hamrede løs på skabet, som han havde slået hovedet på. Kerstin lod ham være, og da vreden blev til gråd, rejste hun sig og lagde tavst armene om ham. Sådan stod de længe, helt stille, omsider forenede i deres skræk og i en sorg, som de var begyndt at tage på forskud trods ønsket om at fastholde håbet.

Kerstin kunne stadig mærke spædbarnets vægt i sine arme.

Denne gang skinnede solen, da han gik ad Norra Hamngatan. Patrik tøvede lidt, inden han bankede på døren. Så vandt pligtfølelsen, og han bankede mere bestemt. Stadig ingen reaktion. Typisk, han skulle have ringet, før han tog herhen. Men da Martin kom og fortalte, hvad Tanjas far havde sagt, tog han af sted med det samme. Han så sig omkring. Uden for nabohuset stod en kvinde og rodede i blomsterkrukkerne.

"Undskyld, ved du, hvor familien Struwer er henne? Deres bil står her, så jeg troede, de var hjemme."

Hun afbrød sit arbejde og nikkede. "De er i bådehuset." Hun pegede med en planteske mod et af de små, røde huse, der lå nede ved havet.

Patrik takkede og gik ned ad en lille stentrappe, der førte derned. Der var sat en liggestol frem på broen, og han så, at Gun lå og nød solen i en lille bikini. Han bemærkede, at hun var lige så chokoladebrun over hele kroppen, som hun var i ansigtet, og lige så rynket. Nogle mennesker tog tydeligvis ikke risikoen for hudkræft særlig alvorligt. Han rømmede sig for at gøre opmærksom på sig selv.

"Goddag, undskyld jeg forstyrrer, men jeg ville gerne veksle et par ord med dig." Patrik anlagde sit formelle tonefald, som altid når han kom med en kedelig meddelelse. Politimand, ikke menneske, ellers ville man ikke kunne sove ordentligt om natten.

"Ja, selvfølgelig." Svaret lød som et spørgsmål. "Et øjeblik, jeg tager lige noget over mig." Hun forsvandt ind i bådehuset. Patrik slog sig ned ved et bord i mellemtiden og tillod sig i et sekund bare at nyde udsigten. Havnen var ikke så livlig, som den plejede at være, men havet glitrede, og mågerne fløj ubekymret over broerne på udkig efter noget spiseligt. Det tog nogen tid, men da Gun langt om længe kom ud, havde hun et par shorts på og en bluse og Lars på slæb. Han hilste alvorligt på Patrik, og de slog sig ned ved bordet.

"Hvad er det, der er sket? Har I fundet Sivs morder?" Gun lød ivrig.

"Nej, det er ikke af den grund, jeg er her." Patrik holdt en pause, mens han overvejede sin formulering. "Det er sådan, at vi i morges har talt med faren til den unge tyske kvinde, vi fandt sammen med Siv." Ny pause.

Gun hævede spørgende øjenbrynene. "Ja?"

Patrik nævnte Tanjas fars navn og blev ikke skuffet over Guns reaktion. Det gav et sæt i hende, og hun snappede efter vejret. Lars så spørgende på hende, ikke helt med.

"Men det er jo Malins far. Hvad er det, du siger? Malin er jo død?"

Det var ikke så ligetil at udtrykke sig diplomatisk. Men sandt at sige var det heller ikke hans opgave. Patrik besluttede sig for at sige det, som det var.

"Hun døde ikke. Det var bare noget, han sagde. Ifølge ham begyndte dine krav om erstatning at blive lidt – hvad skal jeg sige –

besværlige. Derfor opdigtede han en historie om, at dit barnebarn var omkommet."

"Men den pige, der døde, hed jo Tanja, ikke Malin?" Gun måbede.

"Han ændrede åbenbart også hendes navn til et mere tyskklingende. Men der hersker ingen tvivl om, at Tanja er dit barnebarn Malin."

For en gangs skyld var Gun Struwer stum. Så kunne Patrik se, at det begyndte at koge i hende. Lars lagde en beroligende hånd på hendes skulder, men den rystede hun af sig.

"Hvem fanden tror han, han er! Har du hørt noget så frækt, Lars! Lyver mig lige op i ansigtet og siger, at mit barnebarn, mit eget kød og blod, er omkommet! I alle disse år har hun levet i bedste velgående, mens jeg har gået og troet, at min stakkels skat døde en forfærdelig død! Og tænk, at have været så fræk at påstå, at han gjorde det, fordi jeg var besværlig, har du kendt mage, Lars! Bare fordi jeg krævede det, jeg havde ret til, så er man besværlig!"

Lars forsøgte igen at berolige hende, og igen rystede hun hans hånd af. Hun var så ophidset, at der kom små spytbobler i hendes mundvige.

"Jeg skal sør'me sige ham et par sandhedens ord, skal jeg. I har jo hans telefonnummer. Det vil jeg gerne bede om, tak, og så skal han få at vide, hvad jeg mener om dén historie, den pølsetysker ..."

Patrik sukkede dybt. Hun havde vel ret til at være ophidset, men efter hans opfattelse gik hun helt fejl af pointen. Han lod hende rase lidt ud og sagde så roligt:

"Jeg forstår, at det kan være svært at høre, men det er altså dit barnebarn, vi fandt myrdet for en uge siden. Sammen med Siv og Mona. Så jeg må spørge: Havde I overhovedet ingen kontakt med en pige, der kaldte sig Tanja Schmidt? Hun satte sig ikke i forbindelse med jer på nogen måde?"

Gun rystede voldsomt på hovedet, men Lars så eftertænksom ud. Han sagde langsomt:

"Der var nogen, der ringede et par gange uden at sige noget i telefonen. Kan du ikke huske det, Gun? Det er nok to-tre uger siden, og vi tænkte, at det var telefonsfis. Tror du, det kan have været ...?"

Patrik nikkede. "Meget sandsynligt. For to år siden havde hendes far fortalt hende hele historien, og så har hun måske syntes, at det var svært at tage kontakt til dig. Hun var også på biblioteket og tog kopier af artiklerne fra dengang, hendes mor forsvandt, så hun kom nok hertil for at få klarhed over, hvad der var sket hendes mor."

"Min stakkels lille øjesten." Gun indså, hvad situationen lagde op til og græd nu krokodilletårer. "Tænk, at min lille skat stadig levede og var så tæt på. Bare vi havde mødtes før ... hvad er det for et menneske, der gør sådan noget mod mig? Først Siv og nu min lille Malin." En tanke slog ned i hende. "Tror I, at jeg er i fare? Er der nogen, der er ude efter mig? Har jeg brug for politibeskyttelse?" Guns øjne flakkede ophidset mellem Lars og Patrik.

"Det bliver vist ikke nødvendigt. Vi tror ikke, at mordene på nogen måde har med dig at gøre, så jeg ville ikke bekymre mig, hvis jeg var dig." Og så kunne han ikke modstå fristelsen: "Desuden ser det ud til, at morderen kun går efter *unge* kvinder."

Han fortrød med det samme og rejste sig for at markere, at der ikke var mere at tale om. "Jeg er virkelig ked af at skulle komme med den slags nyheder. Men jeg ville være glad for en opringning, hvis I skulle komme i tanke om noget mere. Til at begynde med ser vi på de dér telefonopringninger."

Før han gik, kastede han et sidste, misundeligt blik på havudsigten. Gun Struwer var det udtalte billede på den sandhed, at det ikke altid går en efter fortjeneste.

"Hvad sagde hun?" Martin sad sammen med Patrik i tekøkkenet. Som sædvanligt havde kaffen stået alt for længe og snerret i kaffemaskinen, men de havde vænnet sig til det og drak den uanfægtet.

"Jeg burde jo ikke sige det, men altså for fanden, sikke et menneske. Det, hun blev allermest oprørt over, var ikke, at hun var gået glip af så mange år af barnebarnets liv, eller at hun lige var blevet myrdet, men simpelthen at faren havde fundet en effektiv måde at sætte en stopper for hendes erstatningskrav."

"Det er sgu utroligt."

Med deres refleksioner over menneskets smålighed var stemningen langt nede. Der var usædvanligt stille på stationen. Mellberg var ikke dukket op; han var nok længe om at komme ud af sengen, og Gösta og Ernst var ude og jage fartbøller. De sad med andre ord og spiste på en rasteplads og håbede, at fartbøllerne skulle komme og præsentere sig og bede om at blive taget med på stationen. "Forebyggende politiarbejde" kaldte de det vist. Og det kunne de selvfølgelig have ret i. Den rasteplads var i det mindste sikker, så længe de sad der.

"Hvad tror du, hun ville opnå ved at komme hertil? Hun havde vel ikke tænkt sig at spille detektiv og finde ud af, hvor hendes mor var blevet af?"

Patrik rystede på hovedet. "Nej, det tror jeg ikke. Men jeg forstår godt, at hun var nysgerrig efter at vide, hvad der var sket. Hun ville vel se det med sine egne øjne. Før eller siden ville hun sikkert også have taget kontakt med mormoren. Men med sin fars uflatterende beskrivelse i baghovedet trak hun det måske lidt ud. Det skulle ikke undre mig, hvis oplysningerne fra Telia viser, at samtalen til Gun og Lars Struwer kom fra en telefonkiosk i Fjällbacka, måske den på campingpladsen."

"Men hvordan endte hun i Kongekløften sammen med sin mors og Mona Thernblads skelet?"

"Det er ikke godt at vide; jeg kan kun forestille mig, at hun er rendt ind i noget, eller rettere sagt nogen, der havde med hendes mors og Monas forsvinden at gøre."

"Hvis det er tilfældet, så udelukker det Johannes. Han ligger jo i en grav på Fjällbacka Kirkegård."

Patrik så op. "Ved vi det? Ved vi helt sikkert, at han rent faktisk er død?"

Martin lo. "Altså, hvad mener du? Han hængte sig jo i 1979. Sådan noget kan man dårligt blive mere død af!"

Patrik livede en smule mere op. "Jeg ved, det lyder usandsynligt, men hør lige her: Forestil dig, at politiet begyndte at komme på sporet af noget, og jorden begyndte at brænde under hans fødder. Han er en Hult og kan skaffe mange penge, om ikke selv, så gennem sin far. Lidt bestikkelse her og der og 'voila', så har man en falsk dødsattest og en tom kiste."

Martin lo, så han måtte holde sig på maven. "Du er ikke rigtig klog! Det er Fjällbacka, vi taler om, ikke Chicago i tyverne! Tror du ikke, du har siddet lidt for længe derude på bådebroen, for det lyder, som om, du har fået solstik. Tænk for eksempel bare på, at det var hans søn, der fandt ham. Hvordan får man en seksårig til at fortælle sådan noget, hvis ikke det er sandt."

"Jeg ved det ikke, men det vil jeg finde ud af. Vil du med?"

"Hvorhen?"

Patrik himlede med øjnene og talte ekstra tydeligt.

"Ud og tale med Robert, selvfølgelig."

Martin sukkede, men rejste sig. Han mumlede: "Som om vi ikke har nok at lave." På vej ud kom han i tanke om noget. "Men hvad så med gødningsmidlet? Det havde jeg tænkt at tage fat på her før frokost."

"Bed Annika om det," råbte Patrik over skulderen.

Martin stoppede op i receptionen og gav Annika de oplysninger, hun ville få brug for. Der var stille og roligt, og hun var taknemmelig for en konkret opgave.

Martin kunne ikke lade være med at frygte, at de spildte dyrebar tid. Patriks indskydelse virkede alt for søgt, alt for fantasifuld. Men det var ham, der var chef på denne sag ...

Annika kastede sig over opgaven. De sidste dage havde været hektiske, for det var hende, der havde siddet som edderkoppen i spindet og organiseret finkæmning af området. Men efter tre dages frugtesløs eftersøgning af Jenny var det nu afblæst, og da størstedelen af turisterne efterhånden var væk som en direkte følge af den sidste uges begivenheder, var omstillingen på stationen forbavsende tavs. Selv journalisterne var ved at tabe interessen til fordel for nye, hårdtslående nyheder.

Hun så på den seddel, hun havde skrevet Martins oplysninger på, og slog et telefonnummer op. Efter at være blevet dirigeret rundt mellem de forskellige afdelinger af firmaet, fik hun endelig navnet på salgschefen. Hun blev sat i telefonkø, og til en lind strøm af musik drømte hun sig tilbage til ugen i Grækenland, som pludselig føltes uendelig fjern. Efter sin ferie var hun kommet udhvilet, stærk og smuk tilbage. Men kastet ind i stationens malstrøm trådte den følelse snart i baggrunden. Hun så længselfuldt de hvide strande, det turkisblå vand og store skåle med tzatziki for sig. Både hun og hendes mand havde taget et par kilo på af den gode middelhavsmad, men det bekymrede dem ikke. Ingen af dem havde nogensinde været særlig tynde, og det accepterede de som en kendsgerning og levede lykkeligt upåvirkede af avisernes slankeråd. Når de lå tæt sammen, formede deres kurver sig perfekt efter hinanden, og de blev til én stor, varmt bølgende krop. Det havde det heller ikke skortet på i løbet af ferien ...

Annikas ferieminder blev brat afbrudt af en melodisk mandsstemme i umiskendelig dialekt. Man sagde, at fine stockholmeres udtale af i'et kom sig af ønsket om at understrege, at man var velbjerget nok til at have et sommerhus på vestkysten. Hun vidste ikke, om det var sandt, men en god historie var det da.

Annika kom frem med sit ærinde.

"Nåda, hvor spændende. En mordsag. Trods tredive år i branchen er det første gang, jeg har kunnet være behjælpelig med sådan noget."

Rart at kunne redde din dag, tænkte Annika, men holdt sin syrlige kommentar for sig selv, for ikke at lægge en dæmper på hans iver efter at hjælpe. Sommetider var den såkaldte offentligheds sensationslyst på grænsen til at være morbid.

"Vi har brug for en liste over kunder til jeres gødningsmiddel FZ-302."

"Åh, det er ikke så enkelt. Vi holdt op med at sælge det i 1985. Virkelig godt produkt, men de nye miljøregler tvang os desværre til at stoppe produktionen." Salgschefen sukkede tungt over den uretfærdighed, at miljøhensyn skulle hindre salget af en lovende vare.

"Men jeg går ud fra, at I har en eller anden form for dokumentation?" forsøgte Annika.

"Ja, jeg må tale med den administrative afdeling, men det kan måske godt være, at der ligger noget nede i det gamle arkiv. Frem til 1987 havde vi jo manuelt arkiv over alle den slags oplysninger, derefter kom alt i databaser. Men jeg kan ikke forestille mig, at vi har smidt noget ud."

"Du kan ikke huske nogen, der købte ..." hun så igen på sedlen, "produktet FZ-302 her på egnen?"

"Nej, min ven, det er så mange år siden, at jeg ikke kan sige noget om det på stående fod." Han lo. "Der er løbet meget vand i stranden siden da."

"Nej, jeg regnede såmænd heller ikke med, at det ville være så let. Hvor lang tid vil det så tage at finde de her oplysninger frem?"

Han tænkte lidt efter. "Tja, hvis jeg går over til pigerne i administrationen med lidt brød og søde ord, så kan du nok have svar sent i dag eller senest i morgen tidlig. Er det godt nok?"

Det var hurtigere, end Annika havde turdet håbe på, da han begyndte at tale om gamle arkiver, så hun takkede ham glad. Hun skrev en besked til Martin og lagde sedlen ind på hans bord.

"Gösta?"

"Ja, Ernst."

"Kan det overhovedet blive bedre?"

De sad ved en rasteplads lige uden for Tanumshede og havde lagt beslag på et af de skovtursborde, der stod opstillet. De var ikke nybegyndere, så de havde været forudseende nok til at hente en termokande med kaffe hjemme hos Ernst og købe en ordentlig pose kanelboller hos bageren i Tanumshede. Ernst havde knappet politiskjorten op og blottet sin hvide, indsunkne brystkasse i solen. Ud ad øjenkrogen så han diskret på en gruppe piger i begyndelsen af tyverne, som under grin og larm tog en pause fra køreturen.

"Hør, lad være at savle og stop skjorten indenbords. Tænk hvis nogen af kollegerne kørte forbi. Det skal jo gerne se ud, som om vi er på arbejde."

Gösta svedte i sin uniform. Han ignorerede ikke arbejdsreglementet lige så dristigt som Ernst og vovede ikke at løsne skjorten.

"Åh, slap af. De er travlt optaget af at lede efter den dér tøs. Der er ingen, der tager sig af, hvad vi laver."

Göstas ansigt blev formørket. "Hun hedder Jenny Möller. Ikke 'den dér tøs'. Og burde vi måske ikke hjælpe til i stedet for at sidde her som to gamle grise?" Han nikkede mod de letpåklædte piger et par borde derfra, som Ernst så ud til at have svært ved at få blikket fra.

"Det er fandens, så hellig du er blevet. Jeg har ikke hørt nogen klager før over at have reddet dig fra trædemøllen. Sig ikke, at fanden er gået i kloster på sine gamle dage."

Ernst vendte blikket mod ham med foruroligende smalle øjne. Gösta trak følehornene til sig. Det havde måske været dumt at sige noget. Han havde altid været lidt bange for Ernst. Han mindede lidt for meget om de drenge, der stod uden for skolen og ventede på én, så snart man kom ud af skolegården. Som kunne lugte svaghed på kilometers afstand og hensynsløst udnyttede deres overlegenhed. Gösta havde selv set, hvordan det gik folk, som satte sig op imod Ernst, og han fortrød sine ord. Han svarede bare med en mumlen.

"Åh, jeg mente det ikke så alvorligt. Jeg synes bare, det er synd for hendes forældre. Pigen er ikke mere end sytten."

"De vil jo alligevel ikke have vores hjælp. Af en eller anden årsag fedter Mellberg jo for ham, den skide Hedström, så jeg har fandeme ikke i sinde at anstrenge mig uden grund." Tonen var så høj og fjendtlig, at pigerne vendte sig om og så på dem.

Gösta turde ikke tysse på Ernst, men sænkede selv stemmen og håbede, at det ville smitte af på Ernst. Han turde ikke nævne, hvem der var skyld i, at han ikke skulle tage del i efterforskningen. Selv havde Ernst belejligt fortrængt, at han havde glemt at rapportere Tanjas forsvinden.

"Jeg synes egentlig, at Hedström gør et godt stykke arbejde. Molin har også arbejdet hårdt. Og når jeg skal være ærlig, har jeg ikke bidraget så meget, som jeg kunne."

Ernst så ud, som om han ikke troede sine egne ører. "Hvad er det, du siger, Flygare! Sidder du og påstår, at sådan to knægte, der ikke har en brøkdel af vores erfaring, kan gøre det bedre, end vi kan? Hvad? Er det det, du siger, din nar!"

Hvis Gösta havde tænkt sig om, før han talte, havde han nok kunnet forudse den virkning, hans kommentar havde på Ernsts sårede ego. Nu gjaldt det bare om at bakke ud med skindet på næsen.

"Nja, det var ikke sådan ment. Jeg sagde bare, at ... nej, selvfølgelig har de ikke vores erfaring. Og de er ikke ligefrem kommet frem til noget, så ..."

"Nej, netop," istemte Ernst, lidt beroliget. "De har jo ikke kunnet bevise en skid endnu."

Gösta åndede lettet op. Hans trang til at vise lidt rygrad var hurtigt fejet af bordet.

"Nå, hvad siger du, Flygare. Skal vi tage os en kaffetår og en bolle til?"

Gösta nikkede kun. Han havde levet så længe efter loven om mindst mulig modstand, at den faldt ham mest naturlig.

Martin så sig nysgerrigt om, da de drejede ind ved det lille hus. Han havde aldrig tidligere været hjemme hos Solveig og drengene og betragtede rodebutikken med fascination.

"Hvordan fanden kan man bo sådan her?"

De steg ud af bilen, og Patrik slog ud med armene. "Det overgår min forstand. Det klør i fingrene efter at få ryddet op her. Nogle af bilvragene stod her sikkert allerede på Johannes' tid."

De hørte slæbende skridt, da de havde banket på. Solveig havde nok siddet på sin sædvanlige plads ved køkkenbordet og skyndte sig ikke at gå hen og åbne døren.

"Hvad nu? Kan I ikke lade ærlige mennesker i fred?"

Martin og Patrik udvekslede et blik. Hendes ordvalg blev stærkt modsagt af sønnernes strafferegister, som fyldte en hel A4-side.

"Vi vil gerne tale lidt med dig. Og også med Johan og Robert, hvis de er hjemme."

"De sover."

Hun trådte surmulende til side, og lod dem komme ind. Martin kunne dårligt skjule et udtryk af væmmelse, og Patrik gav ham en albue i siden, for at han skulle tage sig sammen. Martin lagde hurtigt ansigtet i andre folder og fulgte efter Patrik og Solveig ind i køkkenet. Dér efterlod hun dem for at gå ind og vække sønnerne, der, som hun havde sagt, lå og sov i deres fælles værelse: "Op med jer, drenge, strisserne render rundt her igen. De vil spørge om noget, siger de. Kom nu i omdrejninger, så vi kan få dem hurtigt ud ad døren igen."

Det rørte hende ikke, at Patrik og Martin hørte, hvad hun sagde; hun gik bare roligt tilbage til køkkenet og satte sig på sin plads. Johan og Robert kom søvndrukne ud i underbukser.

"Det var dog et fandens rend, man har. Det begynder snart at ligne chikane."

Robert var som sædvanligt afslappet. Johan smugkiggede og rakte ud efter en pakke cigaretter på bordet. Han tændte en cigaret og driblede nervøst med asken, indtil Robert hvæsede, at han skulle holde op.

Martin var spændt på, hvordan Patrik ville komme ind på det følsomme emne. Han var stadig ret sikker på, at Patrik var på gyngende grund.

"Vi har et par spørgsmål angående din mands død."

Solveig og sønnerne så forbavsede på Patrik.

"Johannes' død? Hvorfor det? Han hængte sig, og meget mere er der ikke at sige om det, bortset fra, at det var nogle af jeres slags, der drev ham til det!"

Robert tyssede irriteret på sin mor. Han stirrede på Patrik. "Hvad er det, du er ude på? Mor har ret. Han hængte sig, og det er, hvad man kan sige om det."

"Vi vil bare gerne have et helt klart billede. Det var dig, der fandt ham, ikke?"

Robert nikkede. "Ja, og det syn skal jeg leve med resten af livet."

"Kan du fortælle præcis, hvad det var, du så den dag?"

"Jeg forstår ikke helt meningen med det," sagde Robert surt.

"Jeg ville alligevel sætte pris på, at du gjorde det," lirkede Patrik og fik efter et øjeblik svar med en ligegyldig trækken på skuldrene.

"Nå, hvis det er sådan noget, du tænder på ..." Han tog ligesom sin bror en cigaret, og røgen lå nu tung i det lille køkken.

"Jeg kom hjem efter skole og gik ud i gården for at lege. Døren til laden stod åben, og så blev jeg nysgerrig og gik hen for at se. Der var ret mørkt derinde, som der plejer at være; der var kun det lys, der faldt ind mellem brædderne i væggen. Der lugtede af hø." Robert så ud til at være på vej ind i sin egen verden. Han fortsatte: "Der var noget, der ikke var helt rigtigt." Han tøvede. "Jeg kan ikke sige, hvad det var, men det føltes anderledes."

Johan betragtede fascineret sin bror. Martin fik indtrykket af, at det var første gang, han hørte detaljerne om den dag, hans far hængte sig.

Robert fortsatte: "Jeg gik forsigtigt længere ind. Lod som om jeg sneg mig frem som en indianer. Jeg listede lige så stille nærmere, og da jeg var kommet et par skridt ind i laden, så jeg, at der lå noget på gulvet. Jeg gik hen imod det. Da jeg opdagede, at det var far, blev jeg glad. Jeg troede, han lavede sjov med mig. At det var meningen, at jeg skulle gå helt hen til ham, og så ville han pludselig springe op og kilde mig eller sådan noget." Robert sank. "Men han rørte sig ikke. Jeg prikkede forsigtigt til ham med foden, men han var helt stille. Så så jeg, at han havde et reb om halsen. Da jeg kiggede op, kunne jeg se, at der også sad et stykke reb tilbage i bjælken ovenover."

Hånden med cigaretten rystede. Martin kastede et forsigtigt blik på Patrik for at se hans reaktion. For ham selv var det åbenlyst, at Robert ikke sad og digtede. Roberts smerte var så tydelig, at den næsten var til at tage og føle på. Han kunne se, at hans kollega havde samme opfattelse. Patrik spurgte forstemt:

"Hvad gjorde du så?"

Robert blæste en røgring ud i luften og betragtede den, mens den opløstes og forsvandt.

"Jeg hentede selvfølgelig mor. Hun kom og så efter, og så skreg hun, til jeg troede, mine trommehinder skulle sprænges, og så ringede hun til farfar."

Patrik rettede sig op. "Ikke til politiet?"

Solveig kradsede nervøst på dugen og sagde: "Nej, jeg ringede til Ephraim. Han var den første, der faldt mig ind."

"Så politiet kom slet ikke?"

"Nej, Ephraim tog sig af det hele. Han ringede til doktor Hammarström, som var distriktslæge dengang, og han kom og så på Johannes, og så skrev han sådan en dødsattest, eller hvad det nu hedder, og sørgede for at bedemanden kom og hentede ham."

"Men altså ikke noget politi?" vedblev Patrik.

"Nej, det er jo det, jeg siger. Ephraim tog sig af det hele. Doktor Hammarström talte sikkert med politiet, men de kom i hvert fald ikke herud i den anledning. Hvorfor skulle de også det? Det var jo selvmord!"

Patrik gjorde sig ikke den anstrengelse at fortælle, at politiet altid skal tilkaldes ved selvmord. Ephraim Hult og denne doktor Hammarström havde åbenbart på egen hånd bestemt sig for ikke at kontakte politiet, før liget var fjernet. Spørgsmålet var bare hvorfor. Længere kom de i hvert fald næppe lige nu. Så strejfede det Martin:

"I har vel ikke set en kvinde her i området? femogtyve år, brunette, normal af bygning."

Robert grinte. Den alvorlige samtale påvirkede ikke hans stemme. "Lige præcis med damer her på stedet, må du nok være lidt mere specifik."

Johan iagttog dem nøje. Til Robert sagde han: "Du har set hende på billeder. Det er hende fra løbesedlerne. Tyskeren, som de fandt sammen med de andre piger."

Solveig eksploderede. "Hvad fanden mener I egentlig? Hvorfor skulle hun komme her? Skal I nu til at trække os gennem sølet igen! Først anklager I Johannes, og nu kommer du her og stiller mine drenge anklagende spørgsmål. Ud med jer! Jeg vil ikke have jer her! Skrid ad helvede til!"

Hun havde rejst sig og gennede dem nu håndfast ud ved hjælp af sin store fylde. Robert lo, men Johan så eftertænksom ud.

Da Solveig sydende vendte tilbage efter at have smækket døren i med et brag bag Martin og Patrik, gik Johan uden et ord tilbage til soveværelset. Han trak tæppet over hovedet og lod, som om han sov. Der var noget, han måtte tænke over.

Anna sad på den luksuriøse sejlbåd og følte sig elendigt til mode. Uden spørgsmål var Gustav gået med til at lægge fra med det samme og lod hende være i fred helt henne i agterstavnen, hvor hun sad med armene knuget om knæene. Med en aura af storsind accepterede han hendes undskyldninger og lovede at give hende og børnene et lift til Strömstad, hvorfra de kunne tage toget hjem.

Hele hendes liv var stadig ét stort kaos. Det uretfærdige i Ericas ord fik det til at svie i øjnene af vrede, men hun var også ked af, at de altid kom op at toppes. Alting var bare så kompliceret med Erica. Hun kunne aldrig nøjes med at være storesøster, opmuntre og bare være til støtte. Hun påtog sig uopfordret en moderrolle helt uden fornemmelse for, at tomrummet efter den mor, de skulle have haft, så kun føltes større.

I modsætning til Erica havde Anna aldrig bebrejdet Elsy hendes ligegyldighed over for sine døtre. I hvert fald troede hun nok, at hun havde taget det som en af livets kendsgerninger, men da begge forældre pludselig døde, forstod hun, at hun inderst inde nok havde håbet, at Elsy ville bløde op med årene og påtage sig sin rolle. Det ville også have givet Erica frihed til kun at være søster, men morens død havde ført til, at de nu hang fast i nogle roller, som de ikke kunne gøre sig fri af. Perioder af tavs overenskomst blev uundgåeligt afløst af skyttegravskrig, og det var lige opslidende hver gang.

Samtidig var Erica og børnene de eneste, hun havde. Selvom hun ikke ville indrømme det over for Erica, så hun også Gustav, som den han var; en overfladisk, forkælet dreng. Men det var ikke nok til at modstå fristelsen til at lade selvbevidstheden blomstre ved at vise sig med en mand som Gustav. Sammen med ham blev hun synlig. Folk hviskede og spekulerede på, hvem hun var, og kvinderne så anerkendende på det flotte mærketøj, som Gustav generøst gav hende. Også her til vands vendte bådfolket sig om for at pege på den pragtfulde sejlbåd, og hun havde haft en fjollet følelse af stolthed, når hun lå foran som et smykke på båden.

I sine stærkere øjeblikke blev hun flov, når hun indså, at det var børnene, der måtte lide under hendes behov for at blive bekræftet.

De havde betalt nok i årene med deres far, og Anna kunne ikke med sin bedste vilje se Gustav som nogen god erstatning for en far. Han var kold, kejtet og utålmodig sammen med børnene, og hun var ikke glad for at lade dem være alene med ham.

Nogle gange var hun så misundelig på Erica, at hun kunne skrige. Når hun selv stod midt i en strid om forældremyndighed med Lucas, havde økonomiske vanskeligheder og et sandt at sige gabende tomt forhold, så sejlede Erica bare derudad som en gravid Madonna. Den mand, Erica havde valgt som far til sit barn, var lige præcis den slags mand, som Anna vidste, at hun selv behøvede for at blive lykkelig, men som hun med en eller anden selvdestruktiv drift hele tiden afviste. At Erica nu havde en økonomisk sorgløs tilværelse og tilmed nød en vis status som kendt, fik søskendejalousiens smådjævle til at dukke op. Anna havde ikke lyst til at være så smålig, men det var svært at undgå en smule bitterhed, når nu hendes eget liv kun tegnede sig gråt i gråt.

Hun blev brat revet ud af sin selvmedlidenhed og tvunget tilbage til sin egen virkelighed af børnenes ophidsede råb, efterfulgt af Gustavs frustrerede brøl. Hun trak sejlerjakken tættere om sig og gik forsigtigt langs rælingen tilbage til bådens agterstavn. Hun fik beroliget børnene og tvang sig selv til at smile til Gustav. Man måtte spille de kort, man havde, selv om de ikke var de bedste.

Som mange gange før i denne tid flakkede hun planløst rundt i det store hus. Gabriel var endnu en gang på forretningsrejse, og hun var igen alene. Mødet med Solveig havde efterladt hende med en væmmelig smag i munden, og hun var slået af situationens håbløshed som så mange gange før. Hun ville aldrig blive fri. Solveigs beskidte, fordrejede verden hang ved hende som dårlig lugt.

Hun stoppede op foran trappen, der førte op til den venstre fløjs øverste lejlighed. Ephraims lejlighed. Laine havde ikke været der, siden han døde. Ikke at hun havde været der meget før heller. Det var altid Jacobs og undtagelsesvist Gabriels område. Ephraim havde siddet deroppe som en feudalherre og givet audiens for mændene. I hans verden havde kvinder bare været skygger, der havde til opgave at behage og tage sig af opvartningen.

Hun gik tøvende op ad trappen. Foran døren standsede hun. Så skød hun den beslutsomt op. Det lignede sig selv, fuldstændig som hun huskede det. En duft af maskulinitet hvilede stadig over de tomme rum. Så det var altså her, hendes søn havde tilbragt så mange timer i sin barndom. Hun havde været så misundelig. Over for farfar Ephraim var både hun og Gabriel kommet til kort. For Jacob var de bare almindeligt dødelige, mens Ephraim nærmest havde status af guddom. Da han så pludselig døde, var Jacobs umiddelbare reaktion forundring. Ephraim kunne vel ikke bare dø. Være væk fra den ene dag til den anden. Han var som et uindtageligt fort, et uomgængeligt faktum.

Hun følte sig skamfuld over det, men hendes første følelse havde været lettelse, da hun forstod, at Ephraim var død. Men også en slags glædelig triumf over, at ikke engang han stod over naturens love. Det havde hun næsten kunnet tvivle på. Han virkede så overbevist om, at selv Gud var til at manipulere og påvirke.

Hans lænestol stod ved vinduet, med udsigt til skoven udenfor. Ligesom Jacob kunne hun ikke modstå fristelsen til at sætte sig på hans plads. Et kort sekund syntes hun, at hun mærkede hans ånde i værelset, da hun satte sig. Hendes fingre fulgte eftertænksomt strukturen i stoffet.

Historierne om Gabriels og Johannes' helbredende egenskaber havde påvirket Jacob. Hun brød sig ikke om det. Nogle gange var han nærmest i trance. Det skræmte hende altid. Så omfavnede hun ham hårdt. Trykkede ham ind til sig, til hun kunne mærke, at han slappede af. Når hun så gav slip, var alt, som det plejede. Indtil næste gang.

Men nu havde farfar allerede længe været død og begravet. Og gud ske tak og lov for det.

"Tror du virkelig, at der er noget i din teori? At Johannes ikke er død?"

"Jeg ved det ikke, Martin. Men lige nu er jeg parat til at gribe til hvad som helst. Du må give mig ret i, at det er lidt underligt, at politiet ikke kom til at se Johannes på selve stedet."

"Jo, jo, men det forudsætter så, at både lægen og bedemanden var indblandet," sagde Martin.

"Det er ikke så langt ude, som det lyder. Man skal ikke glemme, at Ephraim var en velbjerget mand. Man kan købe meget for penge, også tjenester. Det skulle heller ikke undre mig, om de kendte hinanden ret godt. Fremtrædende mænd i samfundet, sikkert også aktive i foreningsarbejde, Lions, lokalforeningen, you name it."

"Men ligefrem at hjælpe en mordmistænkt på flugt?"

"Ikke mordmistænkt, mistænkt for kidnapning. Efter hvad jeg forstår, så var Ephraim Hult også en mand med usædvanlige talegaver. Måske overbeviste han dem om, at Johannes var uskyldig, men at politiet var ude på at sætte ham fast, og at det her var den eneste måde at redde ham på."

"Jo, men alligevel: Ville Johannes forlade sin familie i huj og hast på den måde? Med to små sønner derhjemme."

"Glem ikke, hvordan Johannes er blevet beskrevet. Glad for spil, en mand, der altid flød med strømmen. Som tog let på regler og forordninger. Hvis nogen var parat til at redde sit eget skind på familiens bekostning, så var det Johannes. Det ville ligne ham."

Martin var stadig skeptisk. "Hvor skulle han i så fald have opholdt sig i alle de år?"

Patrik så omhyggeligt til begge sider, før han drejede til venstre mod Tanumshede. Han svarede: "I udlandet, måske. Godt udstyret med fars penge." Han så på Martin. "Jeg får fornemmelsen af, at du ikke kan se det mesterlige i min teori."

Martin grinte. "Næ, det kan man vist roligt sige. Det lyder, som om du er helt ude i galaksen, men på den anden side er der jo ikke meget, der har været helt normalt i den her sag, så hvorfor ikke?"

Patrik blev alvorlig. "Jeg kan bare se Jenny Möller for mig. Tilfangetaget et eller andet sted af én, der piner hende ud over alle grænser. Det er derfor, jeg prøver at tænke i andre baner end de gængse. Vi har ikke råd til at tænke i de kasser, som vi plejer. Det er tiden alt for knap til. Vi bliver nødt til at overveje selv det usandsynlige.

Det er muligt, måske endda sandsynligt, at det bare er et vanvittigt påfund fra min side, men jeg er ikke stødt på noget, der beviser det modsatte, og så skylder jeg det pigebarn at undersøge det, hvad end de tror, jeg er tosset."

Martin forstod efterhånden Patriks ræsonnement. Og var endda tilbøjelig til at mene, at han havde ret. "Men hvordan vil du få gennemført en gravåbning på så løst et grundlag, og så hurtigt?"

Patrik satte en sammenbidt mine op og sagde: "Stædighed, Martin, stædighed."

De blev afbrudt af Patriks mobiltelefon. Han svarede og talte i enstavelsesord, mens Martin med et spændt blik prøvede at udrede, hvad samtalen handlede om. Den varede kun få minutter, så lagde Patrik telefonen på plads.

"Hvem var det?"

"Det var Annika. Laboratoriet har ringet tilbage om den dna-prøve, vi fik fra Mårten Frisk."

"Ja?" Martin holdt vejret. Han håbede inderligt, at han og Patrik havde taget fejl. At det var Tanjas morder, de havde.

"Prøven matchede ikke. Den sæd, vi fandt på Tanja, stammer ikke fra Mårten Frisk."

Uden at være klar over, at han havde holdt vejret, åndede Martin nu langsomt ud.

"Fandens også. Men det kom vel egentlig ikke som nogen overraskelse."

"Nej, man kunne jo kun håbe."

De sad tavse lidt. Et dybt suk undslap Patrik, som om han skulle hente styrke til den opgave, der tårnede sig op som et Mount Everest foran dem.

"Nå, men så er det vel bare med at få klaret den gravåbning på rekordtid."

Patrik tog mobiltelefonen og skred til værket. Nu måtte han være mere overbevisende, end han nogensinde før havde været i sit arbejde. Og så var han ikke engang sikker i sin sag.

Ericas humør var i bund. Når hun ikke havde noget at tage sig til, vimsede hun frem og tilbage i huset, mens hun ordnede lidt her og dér. Skænderiet med Anna lå og rumsterede i baghovedet og gjorde ikke sagen bedre. Desuden havde hun lidt ondt af sig selv. På sin vis havde hun jo syntes, at det var rart, at Patrik tog tilbage til arbejdet, men hun havde ikke regnet med, at han blev så opslugt af det. Hun kunne se, at hans tanker var konstant optaget af sagen, også når han var hjemme, og selvom hun til fulde forstod alvoren i det, han havde med at gøre, så ønskede en lille, ynkværdig del af hende, at han ville rette mere af sin opmærksomhed mod hende.

Hun ringede til Dan. Måske havde han tid til at komme forbi til en kop kaffe. Hans ældste datter svarede, at far var med Maria ude i båden. Typisk. Alle havde travlt med deres, og her sad hun med bugen i vejret og trillede tommelfingre.

Da telefonen ringede, kastede hun sig så ivrigt over den, at hun var ved at flå den ned.

"Erica Falck."

"Ja, goddag, træffer jeg Patrik Hedström?"

"Han er på arbejde. Kan jeg hjælpe, eller vil du have hans mobilnummer?"

Manden i den anden ende tænkte lidt efter.

"Sagen er den, at jeg fik telefonnummeret af Patriks mor. Vores familier kender hinanden fra gamle dage, og da jeg sidst talte med Kristina, foreslog hun mig at ringe til Patrik, hvis vi skulle komme på de kanter. Så nu, hvor min kone og jeg netop er i Fjällbacka, så ..."

En fiks og færdig idé slog ned i Erica. Løsningen på hendes kedsomhedsproblem.

"I kan da komme forbi. Patrik er nok hjemme ved femtiden, så kan vi overraske ham. Og så kan vi gøre hinandens bekendtskab! I var barndomsvenner, sagde du?"

"Ja, det ville være fantastisk. Ja, vi var en del sammen som børn. Det er ikke blevet til så meget, efter at vi er blevet voksne, men sådan er det jo. Tiden flyver." Han lo en lille, kort latter.

"Nå, men så er det på tide at råde bod på det. Hvornår kan I komme?"

Han mumlede med nogen i baggrunden, men vendte straks tilbage.

"Vi har ikke noget særligt for, så vi kan da komme med det samme, hvis det passer?"

"Helt fint!"

Med udsigt til en afbrydelse af den almindelige kedsomhed, vendte Ericas entusiasme tilbage. Hun gav en kort beskrivelse af vejen og skyndte sig at sætte en kande kaffe over. Da det ringede på døren, gik det op for hende, at hun ikke havde fået spurgt om deres navne. Nå, så måtte de vel begynde med at præsentere sig.

Tre timer senere var Erica grædefærdig. Hendes øjenlåg truede med at falde i, og hun måtte gøre sit yderste for at prøve at se interesseret ud.

"Nogle af de mest interessante aspekter ved mit arbejde er at følge strømmen af CDR'erne. Som jeg forklarede før, så står CDR altså for "Call Data Record", nemlig de værdier, der indeholder information om, hvor længe man taler i telefon, hvortil man ringer og så videre. Når man så samler CDR'erne, er de jo en fantastisk kilde til at se kundernes adfærdsmønster ..."

Det føltes, som om han havde talt i en evighed. Fyren holdt aldrig op! Jörgen Berntsson var så kedelig, at hun var ved at få et hysterisk anfald, og hans kone var ikke meget bedre. Ikke fordi hun kom med samme slags endeløse, totalt uinteressante udlægninger som sin mand, men fordi hun ikke havde sagt et ord ud over sit navn, siden de kom.

Da hun hørte Patrik komme, skyndte hun sig taknemmeligt op af sofaen og gik ud for at møde ham.

"Vi har besøg," hvæsede hun.

"Af hvem?" hviskede han tilbage.

"En af dine barndomskammerater. Jörgen Berntsson. Med sin kone."

"Åh, nej, det er ikke rigtigt." Han stønnede.

"Desværre."

"Hvordan fanden er de havnet her?"

Erica slog brødebetynget blikket ned. "Jeg inviterede dem. Som en overraskelse."

"Hvad gjorde du?" Han havde ikke tænkt, at stemmen skulle have lydt så høj, og han fortsatte hviskende: "Hvorfor gjorde du det?"

Erica slog ud med armene. "Jeg kedede mig frygteligt, og han sagde, at han var en gammel barndomskammerat til dig, så jeg tænkte, at du ville blive glad!"

"Har du den fjerneste idé om, hvor tit jeg blev sat sammen med ham, da vi var små? Og han var altså ikke spor underholdende dengang heller."

De forstod, at de havde opholdt sig mistænkeligt længe i gangen og tog en dyb indånding.

"Nej, men hej med dig! Sikke en overraskelse!"

Erica var imponeret over det skuespiltalent, Patrik udviste. Selv smilede hun blegt, da de satte sig hos Jörgen og Madeleine.

En time senere var hun tæt på at begå harakiri. Patrik var kommet til senere og kunne sagtens se relativt interesseret ud endnu.

"Er I på gennemrejse?"

"Ja, vi har tænkt at køre op langs kysten. Vi har været hos en af Maddes gamle skolekammerater i Smögen og en af mine gamle studiekammerater i Lysekil. Det bedste af to verdener. At holde ferie og genopfriske gamle bekendtskaber på samme tid!"

Han pillede et indbildt fnug af bukserne og vekslede et blik med sin kone, før han igen vendte sig mod Patrik og Erica. Han behøvede sådan set ikke at sige noget. De vidste, hvad der ventede.

"Nu hvor vi har set, hvor dejligt I bor – og hvor rummeligt," han så anerkendende på stuen, "så tænkte vi, om der måske var mulighed for, at vi kunne overnatte en enkelt nat eller to? De fleste steder er jo fuldt optaget."

De så med forventning på Patrik og Erica. Her var ikke brug for telepati for at mærke de hævnlystne tanker, Patrik sendte hende. Men gæstfrihed var som en naturlov. Der var ingen måde at undslippe det på.

"Selvfølgelig kan I det. Vi har et gæsteværelse, I kan låne."

"Super! Hvor skal vi have det hyggeligt. Hvor var det, jeg kom fra. Jo, når vi har samlet CDR-materiale nok til at kunne analysere det statistisk, så ..."

Aftenen forsvandt i en tåge. De lærte dog mere om teknikken bag telekommunikation, end de nogensinde havde troet, de ville komme til.

Telefonen ringede og ringede. Intet svar. Ikke andet end telefonsvareren på hendes mobiltelefon med sit: "Hej, det er Linda. Læg en besked på telefonsvareren efter bippet, så ringer jeg tilbage, så snart jeg kan." Johan afbrød irriteret. Han havde allerede lagt fire beskeder, og hun havde stadig ikke ringet tilbage. Han trykkede usikkert Västergårdens nummer. Han håbede, at Jacob var på arbejde. Han havde heldet med sig. Det var Marita, der svarede.

"Hej, er Linda hjemme?"

"Ja, hun er på sit værelse. Hvem er det?"

Han tøvede. Men det var ikke sikkert, at Marita kunne genkende hans stemme, selvom han sagde sit navn.

"Det er Johan."

Han kunne høre hende lægge røret fra sig og gå op ad trappen. Han så tydeligt Västergårdens indretning for sig, meget tydeligere nu, hvor han havde genset det hele for nylig.

Kort efter var Marita tilbage. Nu lød hun afventende.

"Hun siger, at hun ikke vil tale med dig. Må jeg spørge, hvilken Johan det er?"

"Tak for hjælpen, jeg må løbe." Han lagde skyndsomt røret på.

Modstridende følelser trak ham i alle retninger. Aldrig havde han elsket nogen, som han elskede Linda. Når han lukkede øjnene, kunne han genopleve fornemmelsen af hendes nøgne hud. Men han hadede hende også. Kædereaktionen begyndte med deres sammenstød på Västergården. Hadet og trangen til at skade hende var så stærk, at han næsten ikke kunne betvinge den. Hvordan kunne to så forskellige følelser eksistere i ham på samme tid?

Måske var det bare naivitet fra hans side at tro, at de faktisk havde noget sammen. At det var andet end en leg for hende. Som han nu sad ved telefonen, følte han sig dum, og det fik vreden til at blusse op i ham. Men noget kunne han gøre for at komme den ydmygelse til livs. Hun skulle komme til at fortryde, at hun troede, hun bare kunne behandle ham, som det passede hende.

Han ville fortælle, hvad han havde set.

Patrik havde aldrig troet, at han skulle komme til at opleve en gravåbning som en velkommen afbrydelse. Men efter den pinefuldt langtrukne aften var det næsten en fornøjelse.

Mellberg, Martin og Patrik stod tavse på Fjällbacka Kirkegård og iagttog den makabre scene, der udspillede sig. Klokken var syv om morgenen, og temperaturen var behagelig, selvom solen allerede havde været oppe et stykke tid. Der var langt imellem de biler, der kørte forbi uden for kirkegården, og den eneste lyd, man hørte, ud over fuglekvidder, var lyden af spader, der blev hugget i jorden.

For dem alle tre var det en ny oplevelse. I en politimands hverdag var en gravåbning en sjælden foreteelse, og egentlig havde ingen af dem haft den fjerneste idé om, hvordan sådan noget foregik. Brugte man en særlig mekanisk skovl og arbejdede sig gennem jordlagene ned til kisten? Eller kom der et hold af professionelle graverkarle og gjorde det uhyggelige arbejde i hånden? Det sidste var det, der kom nærmest. De samme folk, der gravede før en jordfæstning, gjorde nu for en gangs skyld det modsatte. De stødte sammenbidt spaderne i jorden, uden et ord. Hvad skulle man også sige? Småsnakke om tv-sporten i går? Om weekendens grillfest? Nej, øjeblikkets alvor lagde en dæmper på dem, og sådan blev det ved, til kisten blev løftet op fra sit hvilested.

"Er du sikker på, du ved, hvad du gør, Hedström?"

Mellberg så bekymret ud, og Patrik delte hans foruroligelse. Gårsdagen havde krævet al hans overtalelsesevne – han havde tigget, truet og bedt for at bøje retssystemet til at arbejde hurtigere, end de nogensinde havde gjort, så de fik tilladelse til at åbne Johannes Hults grav. Men mistanken var kun en fornemmelse, ikke andet.

Patrik var ikke religiøs, men han brød sig ikke om tanken om at forstyrre gravfreden. Der var noget sakralt over kirkegårdens fred, og han kunne kun håbe, at der viste sig en god grund til at forstyrre de dødes søvn.

"Stig Thulin ringede fra kommunekontoret i går, og han var ikke spor glad, kan jeg sige. Nogle af de mange mennesker, du jagtede i går, havde åbenbart kontaktet ham og fortalt, at du havde omtalt en sammensværgelse mellem Ephraim Hult og to af de mest respekterede herrer i Fjällbacka. Du havde talt om bestikkelse, og hvad ved jeg. Han var virkelig ophidset. Nok er Ephraim død, men doktor Hammarström lever, og det gør bedemanden fra dengang også, og hvis det kommer ud, at vi bringer grundløse beskyldninger til torvs ..."

Mellberg slog ud med armene. Der var ingen grund til at afslutte sætningen. Patrik vidste, hvad følgerne ville blive. Først ville han få sit livs skideballe, og så ville han blive til grin på stationen til evig tid.

Mellberg læste hans tanker. "Så vi må fandeme håbe, du har ret, Hedström!"

Han pegede med en lille, tyk finger mod graven, mens han spankulerede rastløst frem og tilbage. Jordbunken var vokset til omtrent en meters højde, og sveden glinsede i panden på graverne. Der kunne ikke være langt igen.

Mellbergs tidligere så glimrende humør var mindre godt denne morgen. Og det var ikke nødvendigvis på grund af klokkeslettet og den ubehagelige opgave. Der var noget andet. Den genstridighed, der tidligere var en del af hans personlighed, men som i nogle uger havde været forsvundet som dug for solen, var vendt tilbage. Den havde endnu ikke nået sin fulde styrke, men var godt på vej. Han havde ikke bestilt andet end at klage, bande og brokke sig, mens de ventede. På en måde var det behageligere end hans korte periode af gemytlighed. Mere hjemmevant. Mellberg forlod dem, stadig bandende, for at gå hen og smøre teknikerne fra Uddevalla, som lige var ankommet for at hjælpe til. Martin hviskede ud ad mundvigen:

"Hvad det end kom sig af, så er det vist ovre."

"Hvad tror du, det var?"

"Midlertidig sindsforvirring?" hvæsede Martin tilbage.
"Annika hørte et sjovt rygte i går."
"Om hvad? Fortæl!" sagde Martin.
"Han gik jo tidligt i forgårs ..."
"Det er der ikke noget nyt i."
"Nej, det er klart, men Annika hørte ham ringe til Arlanda. Og han så ud til at have frygteligt travlt med at komme af sted."
"Arlanda Lufthavn? Skulle han hente nogen? Han er her jo endnu, så det var vel ikke ham, der skulle rejse."
Martin så præcis så forvildet ud, som Patrik følte sig. Og nysgerrig.
"Jeg ved ikke mere end dig om, hvad han skulle dér. Men spændingen stiger ..."
En af mændene ved graven vinkede. De gik hen til den store jordhøj og så ned i det hul, der var kommet ud af det. En brun kiste lå blottet.
"Dér har I jeres mand. Skal vi tage ham op?"
Patrik nikkede. "Ja, men forsigtigt. Jeg giver teknikerne besked, så overtager de, når kisten er oppe."
Han gik hen til de tre teknikere fra Uddevalla, som stod og talte alvorligt med Mellberg. En bil fra begravelsesforretningen var kørt ud på grusgangen og stod med åben bagsmæk, parat til at transportere kisten, med eller uden lig.
"De er ved at være færdige nu. Vil I åbne kisten her eller i Uddevalla?"
Chefen for teknisk afdeling, Torbjörn Ruud, svarede ikke direkte, men bad først den eneste kvinde på holdet om at gå hen og tage billeder. Først derefter henvendte han sig til Patrik:
"Vi tager nok låget af her. Hvis du har ret, og der ikke er nogen i kisten, så er der jo ikke mere at gøre. Hvis der derimod er et lig, hvad der forekommer mig mere sandsynligt, så tager vi det med til Uddevalla til identifikation. Det er vel sådan, du vil have det?" Hans hvalrosoverskæg hoppede, da han så spørgende på Patrik.
Patrik nikkede. "Ja, hvis der skulle ligge nogen i kisten, så vil jeg gerne have bekræftet, at der helt sikkert er tale om Johannes Hult."

"Det kan vi nok klare. Jeg bad allerede om hans tandkort i går, så det vil ikke tage så lang tid. Det haster jo ..."

Ruud så ned. Han havde selv en datter på sytten og vidste nok, hvad det gjaldt. Det var ikke svært at sætte sig ind i den rædsel, som Jenny Möllers forældre måtte leve med.

De så i stilhed kisten nærme sig gravens rand. De kunne se låget, og det begyndte at klø i fingrene på Patrik af bar anspændelse. Nu ville de snart få det at vide. Ud ad øjenkrogen opfangede han en bevægelse længere væk på kirkegården. Han kiggede derhen. Fandens. Ind gennem lågen ved Fjällbacka Brandstation så han Solveig komme pustende. Fuld fart frem. Hun var ikke i stand til at løbe, men huggede sig frem som et skib i søgang, med blikket rettet mod den grav, hvor kisten nu tydeligt kunne ses.

"Hvad fanden tror I, I har gang i, narrøve?"

Det gav et sæt i teknikerne, der ikke tidligere var stødt på Solveig Hult og hendes grove sprog. Patrik indså, at han burde have forudset det her og arrangeret en eller anden form for afspærring. Han havde troet, at det tidlige tidspunkt var nok til at holde folk væk. Men Solveig var ikke hvem som helst. Han gik hen imod hende.

"Solveig, du burde ikke være her."

Patrik tog hende let i armen. Hun rev sig løs og masede forbi.

"Giver I aldrig op! Skal I nu også forstyrre Johannes i hans grav! Vil I ødelægge vores liv for enhver pris!"

Før nogen nåede at reagere, var Solveig helt henne ved kisten og kastede sig over den. Hun hylede som en italiensk matrone til begravelse og slog med knytnæverne på kistelåget. Alle stod som forstenede. Ingen vidste, hvordan de skulle håndtere situationen. Så fik Patrik øje på to skikkelser, der kom løbende samme sted fra som Solveig. Johan og Robert så bare hadefuldt på dem, før de løb hen til deres mor.

"Lad det ligge, mor. Kom, så tager vi hjem."

Alle stod stadig uden at røre sig. Kun Solveigs hylen og sønnernes bedende stemmer hørtes på kirkegården. Johan vendte sig om.

"Hun har været oppe hele natten. Lige siden I ringede og fortalte, hvad I havde for. Vi prøvede at forhindre det, men hun sneg sig ud. Kan det her for fanden ikke snart holde op!"

Det var som at høre et ekko af hans mors ord. De blev for et øjeblik naget af en kollektiv skam over det beskidte job, de var nødt til at udføre, men de var netop nødt til det. De måtte føre det, de var begyndt på, til ende.

Torbjörn Ruud nikkede til Patrik, og de trådte frem og hjalp Johan og Robert med at løfte Solveig væk fra kisten. Det var, som om hun havde brugt sine sidste kræfter, og hun faldt sammen op ad Roberts bryst.

"Gør hvad I skal, men lad os så være i fred bagefter," sagde Johan uden at se dem i øjnene.

Sønnerne førte deres mor væk imellem sig, hen mod kirkegårdens udgang. Først da de var ude af syne, var der nogen, der bevægede sig. Ingen kommenterede det, der var sket.

Kisten stod ved siden af hullet og emmede af hemmeligheder.

"Føltes det, som om der lå nogen i den?" spurgte Patrik den mand, der havde løftet den op.

"Ikke til at sige. Kisten er så tung i sig selv. Nogle gange er der også kommet jord ind ad et eller andet hul. Det må man åbne den for at se."

Det kunne ikke udsættes længere. Fotografen havde taget de billeder, der var brug for. Ruud og hans kolleger skred til værks med handsker på.

Kistelåget blev langsomt åbnet. Alle holdt vejret.

Annika ringede på slaget otte. De havde haft hele i går eftermiddag til at lede i arkivet, og noget måtte de vel have fundet på dette tidspunkt. Og det havde de.

"Sikke en timing. Vi har netop fundet mappen med kundelisten for FZ-302. Men jeg har desværre ikke nogen gode nyheder. Eller det er måske lige, hvad det er. Vi havde kun én kunde i jeres nærområde. Rolf Persson, der forresten stadig er kunde, bare ikke lige til samme produkt, selvfølgelig. Du får adressen her."

Annika noterede de oplysninger, hun fik, på en Post-it-seddel. Det var på en måde en skuffelse, at der ikke var flere navne. Det var et lidt magert udbytte, at der kun var en enkelt kunde at tjekke, men på den anden side kunne det også være gode nyheder, som salgschefen sagde. Ét navn var trods alt det eneste, de behøvede.

"Gösta?"

Siddende på sin kontorstol rullede hun frem til døren, stak hovedet ud i gangen og råbte. Ikke noget svar. Hun råbte igen, denne gang højere, og så blev Göstas hoved, ligesom hendes eget, stukket ud i gangen.

"Jeg har en opgave til dig. Jeg fik navnet på en bonde på egnen, som har brugt det gødningsmiddel, man fandt på pigerne."

"Skulle vi ikke først spørge Patrik?"

Gösta var modvillig. Han havde stadig søvn i øjnene og havde tilbragt det første kvarter ved skrivebordet med at gabe og gnide sig i øjnene.

"Patrik, Mellberg og Martin er henne ved gravåbningen. Vi kan ikke forstyrre dem lige nu. Du ved, hvor hurtigt, det skal gå. Vi kan ikke arbejde efter reglerne denne gang, Gösta."

Selv under helt normale omstændigheder var det svært at modsætte sig Annika, og nu var Gösta tilmed tilbøjelig til at indrømme, at hun havde ret. Han sukkede.

"Men tag ikke af sted alene. Det er ikke en almindelig hjemmebrænder, vi er ude efter, husk lige det. Tag Ernst med." Så mumlede hun lavt, så Gösta ikke hørte det. "Noget må man da kunne bruge den idiot til." Derpå hævede hun stemmen igen. "Og sørg for at se stedet grundigt efter. Hvis I ser det mindste mistænkelige, så lad som ingenting og kom tilbage og rapporter til Patrik, så må han tage stilling til, hvad der skal ske."

"Tænk, jeg vidste ikke, at du var avanceret fra sekretær til politichef, Annika. Er det noget, der er sket i løbet af ferien?" sagde Gösta tvært. Men han turde ikke sige det så højt, at Annika hørte det. Det ville være at bede om ballade.

Inde bag sin glasrude smilede Annika, med skærmbrillerne helt ude på næsetippen hvor de plejede at sidde. Hun var helt klar over, hvilke oprørske tanker der huserede i Flygares hoved, men det generede hende ikke. Hun var for længst holdt op med at respektere hans opfattelser. Bare han nu gjorde sit arbejde og ikke forkludrede den her opgave. Han og Ernst kunne være et farligt par at sende ud sammen. Men i denne sag måtte det blive de forhåndenværende søms princip.

Ernst var ikke begejstret for at blive hevet ud af sengen. Da han vidste, at chefen var optaget et andet sted i dag, havde han regnet med at sove lidt længere, før han behøvede at vise sig på stationen, og den hidsige ringetone kom absolut i vejen for hans planer.

"Hvad så?"

Uden for døren stod Gösta med fingeren presset mod dørklokken.

"Vi skal på arbejde."

"Kan det ikke vente en time?" sagde Ernst gnavent.

"Nej, vi skal af sted og snakke med en bonde, som købte den gødning, teknikerne fandt på ligene."

"Er det ham, den idiot til Hedström, der har givet ordre om det? Og sagde han, at jeg skulle med – jeg troede, jeg var udelukket fra hans forbandede efterforskning?"

Gösta overvejede, om han skulle lyve eller sige det, som det var. Han besluttede sig for det sidste:

"Nej, Hedström er i Fjällbacka med Molin og Mellberg. Det er Annika, der har bedt os om at gøre det."

"Annika?" Ernst slog et hånligt grin op. "Siden hvornår er du og jeg begyndt at få ordrer af en skide sekretær? Nej, du, så går jeg hellere tilbage og slumrer lidt længere."

Stadig grinende begyndte han at lukke døren for næsen af Gösta. Han blev stoppet af en fod, der blev stukket i døren.

"Du, jeg synes faktisk, vi skal tage over og finde ud af det." Gösta tav og tyede så til det eneste argument, han vidste, at Ernst ville bide på. "Kan du lige se Hedströms fjæs, hvis det bliver os, der knækker nødden. Hvem ved, det kan være, bonderøven faktisk holder pigen dér på sin gård. Ville det ikke være noget at komme og give Mellberg den besked?"

Ernst Lundgrens ansigt lyste op og bekræftede, at den pointe faldt i god jord. Ernst kunne allerede høre chefens lovord.

"Vent, så lad mig lige komme i tøjet. Vi ses ude ved bilen."

Ti minutter senere var de på vej mod Fjällbacka. Rolf Perssons gård lå lige syd for familien Hults ejendom, og Gösta kunne ikke lade være at tænke på, om det mon var et tilfælde. Efter først at have kørt forkert fandt de den rigtige vej og parkerede på gårdspladsen. Der var ikke et eneste livstegn. De steg ud af bilen og så sig spejdende rundt, mens de gik op mod hovedhuset.

Bondegården lignede alle andre gårde på egnen. En lade med røde trævægge lå et stenkast væk fra hovedhuset, der var hvidt med blå vinduesrammer. På trods af alle pressens skriverier om at EU-tilskuddene regnede ned over Sveriges landmænd, vidste Gösta godt, at virkeligheden så anderledes ud, og gården gjorde et håbløst forfaldent indtryk. Det var tydeligt, at ejerne gjorde deres bedste for at holde den, men malingen skallede af på både hovedhus og ladebygning, og der herskede en diffus håbløshed. De trådte op i vindfanget, hvor de gamle træudskæringer viste, at huset blev bygget, før de moderne tider forvandlede hurtighed og effektivitet til hellige begreber.

"Kom ind."

En kones knirkende stemme råbte til dem, og de tørrede omhyggeligt fødderne på måtten, før de trådte ind. Der var så lavloftet, at Ernst måtte dukke sig, mens Gösta, der ikke havde nogen statelig figur, kunne gå uhindret omkring.

"Goddag, vi er fra politiet. Vi søger Rolf Persson."

Konen, der var ved at lave morgenmad, tørrede hænderne i et viskestykke.

"Øjeblik, så henter jeg ham. Han tager sig nok en lur, skal I se. Det er sådan det går, når man bliver gammel." Hun smilede skævt og gik ind i husets indre gemakker.

Gösta og Ernst så sig rådvilde omkring og slog sig så ned ved bordet i køkkenet. Køkkenet mindede Gösta om hans barndomshjem, selvom parret her ikke var mere end omkring ti år ældre end han selv. Først så konen ældre ud, men ved nærmere eftersyn bemærkede han, at øjnene var yngre, end kroppen gav indtrykket af. Den virkning havde hårdt arbejde sommetider.

De brugte stadig et gammelt brændekomfur. Der var linoleum på gulvet, og det dækkede sikkert et fantastisk trægulv. Den yngre generation plejede at afdække sådan nogle gulve, men for hans egen og Perssons generation mindede det stadig alt for meget om barndommens fattigdom. Da linoleum kom frem, var det et tydeligt tegn på, at man var kommet længere end forældrene og deres elendige liv.

Træbrædderne på væggen var slidte, men vakte samme sentimentale minder. Han kunne ikke dy sig for at lade fingeren løbe i revnen mellem to brædder, og det var samme følelse, som når han gjorde det i barndomshjemmets køkken.

Et køkkenur med en stille tikken var den eneste lyd, men lidt efter hørte de mumlen fra værelset ved siden af. De opfattede tilstrækkeligt til at fange, at den ene stemme var ophidset, mens den anden var appellerende. Nogle minutter senere kom konen tilbage med sin mand. Han så også ældre ud end de omkring halvfjerds, han formentlig var, og det gjorde ham ikke yngre, at han netop var blevet vækket af sin lur. Håret strittede, og trætte furer aftegnede sig på kinderne. Konen vendte tilbage til komfuret. Hun holdt blikket fast rettet mod den gryde med grød, som hun rørte i.

"Hvad er det, der bringer politiet hertil?"

Stemmen var myndig, og Gösta lagde mærke til, at det gav et sæt i konen. Det begyndte at ane ham, hvorfor hun så så meget ældre ud, end hun måtte være. Da hun kom til at skramle med gryden, brølede Rolf: "Hold op med det dér! Du må lave morgenmad senere. Lad os være i fred nu."

Hun bøjede hovedet og tog gryden af ilden. Uden et ord forlod hun dem og gik ud. Gösta havde mest lyst til at følge efter hende og sige et par formildende ord, men lod være.

Rolf skænkede sig en spids og satte sig. Ernst og Gösta blev ikke budt og havde nok heller ikke turdet sige ja tak. Da han havde drukket den i en enkelt slurk, tørrede han munden med bagsiden af hånden og så opfordrende på dem.

"Nå? Hvad vil I så?"

Ernst så længselsfuldt på det tømte glas, og det blev Gösta, der indledte:

"Plejede du at bruge et gødningsmiddel, der hed ..." han konsulterede sin notesblok, "FZ-302?"

Bondemanden slog et hjerteligt grin op. "Er det derfor, I vækker mig af min skønhedssøvn? For at spørge, hvilken gødning jeg bruger? Vorherre bevares, politiet har minsandten ikke meget at tage sig til for tiden."

Gösta fortrak ikke en mine. "Vi har vores grunde til at spørge. Og vi vil gerne have et svar." Hans modvilje over for manden voksede for hvert minut.

"Ja, ja, der er ingen grund til at hidse sig op. Jeg har ikke noget at skjule." Han lo igen og skænkede sig et glas mere.

Ernst slikkede sig om munden, og hans øjne hang ved glasset. Efter ånden at dømme var det her ikke Rolf Perssons første spids i dag. Med køer der skulle malkes, havde han allerede været på benene nogle timer, og med lidt god vilje kunne man på sin vis sige, at det snart var frokosttid for Rolf Persson. På den anden side var det, selv med en så elastisk tidsberegning, stadig ret tidligt at drikke sprut, syntes Gösta. Ernst så ud til at være af en anden opfattelse.

"Jeg brugte det frem til en gang i '84-85, tror jeg. Så var der jo et eller andet åndssvagt miljøhalløj, der kom frem til, at det kunne "'påvirke økobalancen i negativ retning'," han vrængede og lavede citationstegn i luften. "Og så måtte man jo skifte til et ti gange dårligere middel, der desuden var ti gange dyrere. Sådan nogle idioter."

"Hvor længe brugte du den gødning?"

"Tja, det har vel været en ti års tid. Jeg har sikkert årstallene skrevet ned et sted, men jeg tror, det var engang i halvfjerdserne. Hvorfor er I interesserede i det?" Han kneb mistænksomt øjnene sammen.

"Det er i forbindelse med en efterforskning, vi er i gang med for øjeblikket."

Gösta sagde ikke mere, men han så, hvordan der gik en prås op for bonden.

"Det er noget med pigerne, ikke? Pigerne i Kongekløften? Og den dér pige, der er forsvundet? Tror I, at jeg har noget med det at gøre? Er det, hvad I tror? Nej, nu må I lige ..."

Han rejste sig usikkert. Rolf Persson var en stor mand. Alderens sædvanlige skavanker så ud til at have forbigået ham, og hans overarme var senede og stærke under skjorten. Ernst hævede afvæbnende armene og rejste sig også. Det var ved den slags lejligheder, man havde virkelig nytte af Lundgren, tænkte Gösta taknemmelig. Det var sådan nogle øjeblikke, han elskede.

"Nu tager vi det roligt. Vi har et spor, vi følger, og vi besøger en række mennesker. Der er ingen grund til at føle sig ramt. Men vi vil gerne se os lidt omkring. Bare for at kunne stryge dig af listen."

Bondemanden så skeptisk ud, men nikkede så. Gösta greb lejligheden til at indskyde:

"Kan jeg låne toilettet?"

Blæren var ikke, hvad den havde været, og nu meldte trangen sig. Rolf nikkede og pegede i retning af en dør mærket med et "WC".

"Ja, folk stjæler jo som ravne. Hvad skal hæderlige folk som du og jeg stille op ..."

Ernst afbrød skyldbevidst sig selv, da Gösta kom tilbage. Et tomt glas foran ham afslørede, at han havde fået den dram, han tørstede efter, og han og bonden så ud som gamle venner. En halv time senere tog Gösta mod til sig og overfusede sin kollega.

"For fanden, mand, hvor du stinker af sprut. Hvordan har du tænkt at snige dig forbi Annika med den ånde?"

"Åh, hvad, Flygare. Du er da ikke sådan en skolefrøken. Jeg fik kun en lille én, hvad galt er der i det? Og det er ikke pænt at takke nej, når man bliver budt."

Gösta fnyste, men afstod fra at komme med flere kommentarer. Han var i dårligt humør. En halv times vandren rundt på bondens jorder havde ikke givet en skid. Der var ingen spor af nogen pige eller for den sags skyld af nogen nyligt opgravet grav. Morgenen var spildt. Ernst og bonden havde dog tilsyneladende fundet hinanden i løbet af den korte tid, det tog Gösta at tømme blæren, og havde gået og småsnakket al den tid, de tilbragte på stedet. Personligt fandt Gösta det mere fornuftigt at holde en vis distance til eventuelle mistænkte i en mordundersøgelse, men Lundgren gik som sædvanligt sine egne veje.

"Sagde han noget, Persson?"

Ernst åndede ud i sin hule hånd for så at lugte til den. Først ignorerede han spørgsmålet. "Du, Flygare, kan du ikke holde ind her, så jeg kan købe nogle halspastiller."

Tavs og surmulende drejede Gösta ind ved benzinstationen og ventede i bilen, mens Ernst løb ind og købte noget, der kunne overdøve hans ånde. Først da de igen sad i bilen, svarede Ernst på spørgsmålet.

"Nej, det fik vi ikke noget ud af. Helt fin fyr forresten, og jeg kan garantere dig for, at han ikke har noget med det at gøre. Den teori kan vi godt sløjfe med det samme. Og det med gødningen fører nok heller ingen steder hen. Sådan nogle retsteknikere, der sidder på deres røv hele dagen på et laboratorium og analyserer sig blå i hovedet, mens vi, der arbejder ude i virkeligheden bare kan måbe over deres mystiske teorier. Dna og hårstrå og gødning og dækaftryk, og hvad de ellers sidder og nørkler med. Nej, et par velanbragte flade, det er det, der virkelig får hul på en sag, Flygare."

Han knyttede en næve for at illustrere, hvad han mente, og således tilfreds med at have vist, hvem der havde fingeren på pulsen, lænede han hovedet tilbage mod nakkestøtten og lukkede øjnene.

Gösta kørte videre mod Tanumshede uden at sige noget. Han var ikke overbevist.

Aftenen forinden var nyheden også nået til Gabriel. De sad alle tre tavse ved morgenbordet. Hver især i deres egne tanker. Til stor forundring for forældrene var Linda kommet med sine overnatningsting aftenen før og var uden et ord styret lige ind og havde lagt sig i sit værelse, der altid stod parat. Laine brød tøvende tavsheden. "Hvor er det dejligt, at du kom hjem, Linda."

Linda svarede med en mumlen, med blikket fast rettet mod den mad, hun var ved at smøre.

"Tal tydeligt, Linda, det er ikke pænt at mumle sådan."

Gabriel fik et dræbende blik fra Laine, men det rørte ham ikke. Det her var hans hjem, og han agtede ikke at fedte for pigebarnet bare for den tvivlsomme fornøjelse at have hende lidt hjemme.

"Jeg sagde, at jeg kun er hjemme et par nætter, så tager jeg tilbage til Västergården. Skulle bare have lidt luftforandring. Sådan et fandens halleluja-fis hele tiden. Og man bliver helt deprimeret af at se, hvordan de behandler ungerne. Også ret uhyggeligt, som ungerne går rundt og snakker om Jesus ..."

"Ja, jeg har sagt til Jacob, at jeg synes, de måske er lidt for strenge med børnene. Men de mener det jo godt. Og for Jacob og Marita er troen jo vigtig, det må vi respektere. Jacob bliver for eksempel meget ophidset over at høre dig bande. Det passer sig faktisk heller ikke for en ung dame."

Linda himlede irriteret med øjnene. Hun ville bare lidt væk fra Johan, og her turde han ikke ringe til. Men snakken gik hende allerede på nerverne. Hun endte nok med at tage hjem til broren igen i aften. Det her kunne hun i hvert fald ikke holde ud.

"Ja, du har sikkert hørt om gravåbningen hjemme hos Jacob. Far ringede jo og fortalte det i går, da politiet havde kontaktet ham. Magen til dumheder! At det hele skulle være noget, Ephraim havde fundet på for at få det til at se ud, som om Johannes var død, det er det mest idiotiske, jeg har hørt!"

Der var kommet flammerøde pletter på Laines hvide bryst. Hun pillede hele tiden ved perlehalskæden om halsen, og Linda fik en ubændig trang til at vriste halskæden løs og stoppe de åndssvage perler ned i halsen på hende.

Gabriel rømmede sig og blandede sig med myndig stemme i diskussionen. Hele den historie med gravåbningen foruroligede ham. Den greb forstyrrende ind og hvirvlede skidt op omkring hans ellers så velordnede tilværelse. Det brød han sig ikke om. Han troede ikke så meget som et øjeblik på, at der var hold i politiets påstand, men det var ikke det, der var problemet. Det var heller ikke tanken om den forstyrrede gravfred, der irriterede ham, selvom det selvfølgelig på ingen måde var en behagelig tanke. Næ, det var den uorden, som alt det postyr indebar. Den kendsgerning, at kister skulle graves ned og ikke op. Når man én gang havde gravet en grav, skulle den lades i fred, ligesom en lukket kiste skulle forblive lukket. Sådan var det. Debet og kredit. Orden i tingene.

"Ja, jeg synes, det er lidt besynderligt, at politiet kan handle så egenrådigt. Jeg ved ikke, hvordan det er lykkedes at få tilladelse til det her, men jeg har i sinde at komme til bunds i det. Vi lever jo ikke i en politistat."

Igen mumlede Linda ned i tallerkenen.

"Undskyld, hvad sagde du, min pige?" Laine vendte sig mod hende.

"Jeg sagde, at I ikke skænker det en tanke, hvordan det er for Solveig, Robert og Johan. Forstår I ikke, hvordan det må være for dem, at Johannes bliver gravet op igen på den her måde? Næ, nej, det eneste, I brokker jer over, er, hvor synd det er for jer selv. Så tænk dog for en gang skyld på andre!"

Hun smed servietten på tallerkenen og forlod bordet. Laines hænder fór straks tilbage til perlehalskæden, og det lod til, at hun ikke kunne beslutte sig for, om hun skulle følge efter datteren eller ej. Et blik fra Gabriel fik hende til at blive siddende.

"Ja, vi ved jo, hvem hun har det dér overspændte fra," sagde han anklagende. Laine forholdt sig tavs.

"At have den frækhed at påstå, at vi ikke tænker på, hvordan Solveig og drengene tager det. Det gør vi da selvfølgelig, men de har jo aldrig villet have vores sympati, og man ligger, som man har redt."

I øjeblikke som dette hadede Laine sin mand. Dér sad han, selvfed som bare pokker, og spiste sit æg med god appetit. Som i en indre film kunne hun se sig selv gå hen mod ham, tage hans tallerken og langsomt trykke den mod hans bryst. Men i stedet gik hun i gang med at tage af bordet.

Sommeren 1979

Nu var de to om smerten. Som to siamesiske tvillinger i et symbiotisk forhold trykkede de sig mod hinanden, tvunget sammen af lige dele kærlighed og had. På den ene side var det mere trygt ikke at være alene nede i mørket. På den anden side opstod der en afstand ud fra ønsket om at måtte slippe; at det skulle være den anden, der blev udsat for smerten, når han kom.

De talte ikke meget. Deres stemmer rungede så uhyggeligt på det underjordiske sted. Da skridtene nærmede sig, fløj de fra hinanden og fra den kontakt, hud mod hud, der var deres eneste værn mod kulde og mørke. Nu gjaldt det kun om at undgå smerten, og de kastede sig fra hinanden i kampen om at få den anden til først at havne i hænderne på den onde.

Det var hende, der vandt denne gang, og hun kunne høre skrigene begynde. På en måde var det næsten lige så slemt at være den, der slap. I hendes erindring lå indlejret en lyd af knogler, der blev brækket, og også den andens skrig kunne mærkes i hendes egen forpinte krop. Hun vidste også, hvad der fulgte efter skrigene. Så forvandledes de hænder, der havde brækket og vredet, stukket og beskadiget, og lagde sig i stedet med varme og ømhed mod det sted, hvor smerten var størst. De hænder kendte hun nu lige så godt som sine egne. De var store og stærke, men samtidig bløde, ikke det mindste ru eller ujævne. Fingrene var lange og følsomme som en pianists, og selvom hun aldrig for alvor havde set dem, så hun dem tydeligt for sit indre blik.

Nu blev skrigene højere, og hun ønskede, at hun kunne hæve armene for at holde hænderne for sine ører. Men armene hang slappe og ubrugelige langs siden og ville ikke lystre.

Da skrigene var stilnet af, og den lille lem over dem blev åbnet og lukket igen, mavede hun sig over det kolde, fugtige underlag hen mod den, skrigene var kommet fra.

Nu var det tid til trøst.

DA KISTELAGET GLED til side, var der helt stille. Patrik tog sig i at vende sig om og kigge uroligt på kirken. Han vidste ikke, hvad han kunne forvente. Måske et lyn, som slog ned i dem fra kirketårnet, midt i deres udåd. Men det skete ikke.

Da Patrik så skelettet i kisten, sank hjertet i livet på ham. Han havde taget fejl.

"Nå, Hedström, det var et helvedes postyr for det her." Mellberg rystede beklagende på hovedet og fik med sin ene sætning Patrik til at føle sig, som om han var på vej til skafottet. Men chefen havde jo ret. Et helvedes postyr var det.

"Så tager vi ham med, bare så vi får konstateret, at det er den rette. Ikke at vi venter os nogen overraskelser. For du har vel ikke nogen teorier om forbyttede kroppe eller sådan noget ..."

Patrik rystede bare på hovedet. Han fik, hvad han havde fortjent. Teknikerne gjorde deres arbejde, og da skelettet lidt senere var på vej til Göteborg, satte Patrik og Martin sig ind i bilen for at køre tilbage til stationen.

"Du kunne have haft ret. Så langt ude var det heller ikke."

Martins stemme var trøstende, men Patrik rystede bare på hovedet igen.

"Nej, du havde ret. Det var nok en lidt for vidtløftig konspirationsteori til at være sandsynlig. Jeg går ud fra, at jeg må leve med det her i lang tid fremover."

"Ja, det kan du nok regne med," sagde Martin medfølende. "Men se på det fra den vinkel her: Ville du kunne se dig selv i spejlet om morgenen, hvis du ikke havde gjort det, og det så siden viste sig, at du havde ret, og at det kostede Jenny Möller livet? Nu prøvede du i det mindste, og vi bliver nødt til at arbejde videre med alle de idéer, der dukker op, om de så lyder vanvittige eller ej. Det er den eneste chance, vi har for at finde hende i tide."

"Hvis det ikke allerede er for sent," sagde Patrik mørkt.

"Jamen, det er præcis sådan, vi ikke må tænke. Vi har ikke fundet hende død endnu, altså lever hun. Der er ikke noget alternativ."

"Du har ret. Jeg ved bare ikke, i hvilken retning jeg skal bevæge mig nu. Hvor skal vi lede henne? Vi kommer jo hele tiden tilbage til familien Hult, men der er aldrig nok til at få noget konkret at gå efter."

"Vi har forbindelsen mellem mordene på Siv, Mona og Tanja."

"Men intet, der siger, at der er nogen sammenhæng med Jenny."

"Nej," indrømmede Martin. "Men det betyder sådan set ikke noget, vel? Hovedsagen er, at vi gør alt, hvad vi kan for at finde Tanjas morder og den, der kidnappede Jenny. Om det er samme person eller to forskellige – det vil vise sig. Men vi gør alt, hvad vi kan."

Martin betonede hvert ord i sætningen og håbede, at det væsentlige trængte ind. Han forstod godt, at Patrik kunne sparke sig selv efter den mislykkede gravåbning, men lige nu gik det bare ikke med en leder uden selvtillid. Han blev nødt til at tro på det, de gjorde.

Da de kom tilbage til stationen, stoppede Annika dem allerede i receptionen. Hun holdt telefonrøret i den ene hånd, mens hun med den anden holdt for mikrofonen, for at vedkommende i den anden ende ikke skulle høre med.

"Patrik, det er Johan Hult. Han er meget opsat på at få fat i dig. Tager du den på dit kontor?"

Han nikkede og gik hurtigt ind til sit skrivebord. I næste øjeblik ringede telefonen.

"Patrik Hedström."

Han lyttede intenst, afbrød med et par spørgsmål og løb så med fornyet energi ind til Martin.

"Kom Molin, vi skal til Fjällbacka."

"Men dér er vi jo lige kommet fra. Hvor skal vi hen?"

"Vi skal snakke lidt med Linda Hult. Jeg tror, vi har fat i noget interessant her, noget rigtig interessant."

Erica havde håbet, at de ligesom familien Flood ville tage en tur på havet i løbet af dagen, så hun kunne komme af med dem. Men på det punkt forregnede hun sig.

"Vi er ikke meget for havet, Madde og jeg. Vi vil hellere gøre dig selskab her i haven. Udsigten er jo så fin."

Jørgen så tilfreds ud over øerne og gjorde sig klar til en dag i solen. Erica undertrykte et smil. Han så vanvittig ud. Han var bleg som en mide og havde åbenbart sat sig for at bevare farven. Sådan som han var indsmurt i solcreme fra top til tå, så han endnu hvidere ud, og næsen var dækket af en eller anden form for neonfarvet smørelse som ekstra beskyttelse. En stor hat fuldendte look'et. Efter en halv times forberedelse slog han sig med et tilfreds suk ned ved siden af sin kone i en af de liggestole, som Erica havde følt sig forpligtet til at sætte frem til dem.

"Ah, det er da skønt, det her, hvad Madde?"

Han lukkede øjnene og Erica tænkte, at nu kunne hun stikke lidt af. Så åbnede han det ene øje:

"Ville det være uforskammet at bede om lidt at drikke? Et stort glas saft ville være perfekt. Madde vil sikkert også gerne have."

Hans kone nikkede uden at se op. Hun havde fordybet sig i en bog om skatteret, så snart hun kom ud, og også hun lod til at være panisk skræmt ved tanken om at blive lidt solbrændt. Helt lange bukser og langærmet skjorte forhindrede det i hvert fald. Forresten havde hun også solhat og neonfarvet næse. Man kunne tydeligvis aldrig være beskyttet nok. Siddende sådan ved siden af hinanden lignede de to rumvæsener, der var landet på Ericas og Patriks græsplæne.

Erica vuggede ind og lavede saft. Hvad som helst var okay, bare hun slap for at tilbringe sin tid med dem. De var ganske enkelt de kedeligste mennesker, hun nogensinde havde mødt. Hvis hun aftenen før havde fået valget mellem at omgås dem eller sidde og glo ind i væggen, så var valget uden tvivl faldet på det sidste. Ved lejlighed ville hun sige et par velvalgte ord til Patriks mor, der så generøst havde givet deres telefonnummer videre.

Patrik kunne i det mindste undslå sig ved at skulle på arbejde. Men hun kunne godt se, at han var træt. Hun havde aldrig set ham så berørt, så forhippet på at finde en løsning. Der havde heller aldrig tidligere været så meget på spil.

Hun ville ønske, at hun kunne hjælpe ham mere. Da hendes veninde Alex døde, kunne hun være politiet til hjælp på en række punkter, men da havde hun en personlig tilknytning til sagen. Og nu var hun hæmmet af sin størrelse. Maven og varmen havde rottet sig sammen, så hun for første gang i sit liv ikke vidste, hvad hun skulle tage sig til. Desuden var det, som om hendes hjerne på en eller anden måde havde sat sig i venteposition. Alle hendes tanker var rettet mod barnet i maven og den enorme indsats, der ville blive nødvendig om kort tid. Hendes hjerne vægrede sig simpelthen ved at fokusere på andre ting i længere tid, og hun kunne kun undre sig over de mødre, der arbejdede til sidste sekund. Måske var hun bare anderledes, men som graviditeten skred frem, blev hun mere og mere indskrænket – eller ophøjet, alt efter hvordan man nu så på det – til en rugende, pulserende, nærende forplantningsorganisme. Hver celle i hendes krop var sporet ind på at føde det barn, og så meget desto mere ubelejligt var det med påtrængende besøgende. De forstyrrede ganske enkelt hendes fokus. Hun kunne ikke fatte, at hun før havde været så rastløs ved at være alene hjemme. Nu stod det for hende som selve paradiset.

Hun blandede saften med et suk, hældte isterninger i og bar den ud sammen med to glas til marsmændene på græsplænen.

Et hurtigt kig på Västergården afgjorde, at Linda ikke var der. Marita så spørgende ud, da de to betjente dukkede op. Hun spurgte ikke direkte, men henviste til herregården. For anden gang på kort tid kørte Patrik ned ad den lange allé. Men han blev lige slået af stedets skønhed hver gang. Han kunne se, at Martin sad ved siden af ham og måbede.

"Hold da kæft, hvor folk kan bo fint, hva'!"

"Ja, der er nogen, der har det godt," sagde Patrik.

"Og det er altså to mennesker, der bor i det store hus dér?"

"Tre, hvis man tæller Linda med."

"Ja, man kan ikke sige, det er underligt, at der er boligmangel i Sverige," sagde Martin.

Denne gang var det Laine, der åbnede, efter at de havde ringet på.

"Hvad kan jeg hjælpe jer med?"

Patrik syntes, han anede en smule nervøsitet i stemmen?

"Vi vil gerne tale med Linda. Vi var på Västergården, men din svigerdatter sagde, at hun nok var her." Martin nikkede i retning af Västergården.

"Hvad vil I hende?" Gabriel kom op bag ved Laine, som stadig ikke havde åbnet døren tilstrækkeligt til at lade dem komme ind.

"Vi har nogle spørgsmål, vi gerne vil stille hende."

"Her stiller man ikke min datter spørgsmål, uden at vi ved, hvad det drejer sig om." Gabriel skød brystet frem og stillede sig an til forsvar af sin datter.

Patrik skulle lige til at begynde at argumentere, da Linda kom rundt om hjørnet. Hun var i ridetøj og så ud til at være på vej til stalden.

"Er det mig, I leder efter?"

Patrik nikkede, lettet over at slippe for en direkte konfrontation med hendes far. "Ja, vi har et par spørgsmål til dig. Skal det være inde eller ude?"

Gabriel afbrød dem. "Hvad handler det her om, Linda? Har du lavet noget, som vi bør kende til? Vi har ikke tænkt os at lade politiet udspørge dig, uden at vi er med, at du ved det!"

Linda, der pludselig lignede en lille, bange pige, nikkede svagt. "Vi kan gå ind."

Hun fulgte viljeløst efter Martin og Patrik gennem entrédøren og ind i stuen. Det lod ikke til at bekymre hende, at hun satte sig i møblerne med tøj, der stank af hest. Laine kunne ikke lade være at rynke let på næsen og kaste et uroligt blik på det hvide sofabetræk. Linda kiggede trodsigt tilbage.

"Er det okay, at vi stiller dig nogle spørgsmål, mens dine forældre er til stede? Havde det været et egentligt forhør, ville vi ikke kunne nægte dem at være med, siden du ikke er myndig, men lige nu skal vi bare stille nogle få spørgsmål, så ..."

Gabriel så ud til at ruste sig til kamp igen, men Linda trak bare på skuldrene. Et kort øjeblik forekom det endda Patrik, at han kunne se en vis forventningsfuld tilfredsstillelse blandet med nervøsiteten. Men den var lige så hurtigt væk igen.

"Vi fik netop en opringning fra din fætter, Johan Hult. Kan du regne ud, hvad den handlede om?"

Hun trak igen uinteresseret på skuldrene og begyndte at pille ved sine neglebånd.

"I har vist set en del til hinanden?"

Patrik følte sig forsigtigt frem, et skridt ad gangen. Johan havde fortalt lidt om deres forhold, og han forstod så meget, som at nyheden ikke ville falde i god jord hos Gabriel og Laine.

"Joh, det har vi vel."

"Hvad fanden er det, du siger?"

Det gav et sæt i både Laine og Linda. I lighed med sin søn brugte Gabriel aldrig kraftudtryk. Ingen af dem kunne huske, at de nogensinde havde været ude for det.

"Årh, jeg kan vel mødes med hvem, jeg vil. Det bestemmer du da ikke."

Patrik bremsede situationen, før den udviklede sig:

"Vi er ligeglade med, hvornår I har mødtes eller hvor ofte, det må du for vores skyld gerne holde for dig selv, men der er et bestemt tilfælde, vi er meget interesserede i. Johan sagde, at I havde mødtes en aften for cirka to uger siden, på høloftet i Västergårdens lade."

Gabriel blev ildrød i hovedet af raseri, men sagde ikke noget, afventede bare Lindas svar.

"Det kan godt være. Dér har vi mødtes flere gange, så det er svært at sige præcist hvornår."

Hun pillede stadig med intens opmærksomhed ved sine negle og så ikke på nogen af de voksne.

Martin fortsatte, hvor Patrik slap: "Ifølge Johan så I den aften noget særligt. Du ved måske stadig ikke, hvad vi sigter til?"

"Det lyder, som om I ved det, så det kan I måske fortælle mig?"

"Linda! Du skal ikke forværre situationen ved også at være fræk. Vil du være så venlig at besvare politiets spørgsmål. Hvis du ved, hvad han taler om, så sig det. Men hvis det er noget, den dér ... bandit har fået rodet dig ud i, så skal jeg tage og ..."

"Du ved ikke en skid om Johan. Du er bare så skinhellig, men ..."

"Linda ..." Laine afbrød hende med en advarende stemme. "Gør det nu ikke værre for dig selv. Gør som far siger, og svar på politiets spørgsmål, så kan vi tale om det andet siden hen."

Efter et øjebliks eftertanke fulgte Linda sin mors opfordring og fortsatte mut: "Jeg vil tro, at Johan har fortalt, at vi så hende, pigen?"

"Hvilken pige?" Gabriel lignede ét stort spørgsmålstegn.

"Hende den tyske pige, hende, der blev myrdet."

"Ja, det var det, Johan fortalte os," sagde Patrik. Så ventede han i tavshed på, at Linda skulle gå videre.

"Jeg er overhovedet ikke lige så sikker som Johan på, at det var hende. Vi så billedet på løbesedlerne, og det lignede på en måde, men der må jo være masser af piger, der ser omtrent sådan ud. Og hvad skulle hun også på Västergården? Den ligger jo ikke lige midt i turiststrømmen."

Martin og Patrik ignorerede spørgsmålet. De vidste udmærket, hvilket ærinde pigen kunne have haft. At følge det eneste spor, der var omkring hendes mors forsvinden – Johannes Hult.

"Hvor var Marita og børnene den aften? Johan sagde, at de ikke var hjemme, men han vidste ikke, hvor de var."

"De var hjemme hos Maritas forældre i Dals-Ed."

"Sådan gør Jacob og Marita nogle gange," forklarede Laine. "Når Jacob har brug for lidt ro og fred til at gå og snedkerere på huset, så tager hun ud et par dage til børnenes bedsteforældre. Så ser de også lidt mere til hinanden. Vi bor jo så tæt på, at vi næsten ses dagligt."

"Vi lader det stå hen i det uvisse, om det var Tanja Schmidt, du så eller ej, men kan du beskrive pigen?"

Linda tøvede. "Mørkhåret, normal af bygning. Hår til skuldrene. Som hvem som helst. Ikke specielt køn," tilføjede hun med en overlegenhed, som kun den, der har sit udseende med sig, kan udvise.

"Og hvad havde hun på?" Martin lænede sig frem for at forsøge at fange teenagepigens blik. Det lykkedes ikke.

"Altså, det kan jeg ikke rigtig huske. Det er to uger siden, og det var begyndt at blive mørkt udenfor ..."

"Prøv alligevel," opfordrede Martin.

"Sådan cowboybukser, tror jeg. En eller anden tætsiddende T-shirt og en trøje. Blå trøje og hvid T-shirt, vistnok, eller var det omvendt? Og, jo, så en rød skuldertaske."

Patrik og Martin så på hinanden. Hun havde netop beskrevet det tøj, Tanja havde haft på den dag, hun forsvandt. Og T-shirten var hvid med en blå trøje over, ikke omvendt.

"Hvornår på aftenen så I hende?"

"Ret tidligt, tror jeg. Klokken seks, deromkring."

"Så du, om Jacob lukkede hende ind?"

"Der var i hvert fald ingen, der svarede, da hun bankede på. Så gik hun rundt om huset, og så kunne vi ikke se hende længere."

"Så I, om hun gik derfra?" spurgte Patrik.

"Nej, man kan heller ikke se vejen fra laden. Og som sagt er jeg ikke lige så sikker som Johan på, at det lige var den pige, vi så."

"Har du nogen anelse om, hvem det ellers kunne være? Jeg mener, der er vel ikke så mange fremmede, der kommer og banker på dér på Västergården?"

Hun trak igen ligegyldigt på skuldrene. Efter en kort pause svarede hun: "Nej, jeg ved ikke, hvem det skulle være. Men hvad ved jeg, det kan jo have været en, der ville sælge noget."

"Men Jacob sagde altså ikke noget om et besøg bagefter?"

"Nej."

Hun spandt ikke ligefrem nogen lang ende over svaret, og både Patrik og Martin forstod, at hun var betydelig mere bekymret over det, hun havde set, end hun lod ane. Måske også af hensyn til forældrene.

"Må jeg spørge, hvad det er, I er ude efter? Som jeg tidligere har sagt, så synes jeg, det her begynder at ligne chikane af min familie. Som om det ikke er slemt nok, at I graver min bror op! Hvordan gik det forresten med det? Var kisten tom, så?"

Han lød hånlig, og den del af kritikken kunne Patrik ikke lade være at tage til sig.

"Der var nogen i kisten. Sandsynligvis din bror Johannes."

"Sandsynligvis." Gabriel fnyste og lagde armene over kors.

"Og nu går I så i gang med stakkels Jacob ...!"

Laine så forfærdet på sin mand. Det var, som om hun først nu forstod meningen med politiets spørgsmål.

"Jamen, I tror vel ikke, at Jacob ...!" hendes hænder vandrede op til halsen.

"Vi tror ikke noget som helst lige nu, men vi er meget interesserede i at klarlægge Tanjas gøren og laden, før hun forsvandt, så Jacob kan være et vigtigt vidne."

"Vidne! Det pakker I godt ind, må jeg sige. Men tro ikke, at vi hopper på den. I følger bare i sporet på jeres klodsmajorer af nogle kolleger, der begyndte i '79, og det er lige meget, hvem I får sat fast, bare det er en Hult, ikke sandt? Først prøver I at få det til, at Johannes stadig lever og efter en pause på fireogtyve år er begyndt at myrde unge piger, og når det så viser sig, at han er så død, man kan være, så kaster I jer over Jacob."

Gabriel rejste sig og pegede mod døren. "Ud med jer! Jeg vil ikke se jer her igen, medmindre I er udstyret med de rette papirer, og jeg har ringet til min advokat. Indtil da kan I ryge og rejse."

Ederne fik efterhånden friere spil, og han fik små spytbobler i mundvigene. Patrik og Martin forstod, når de var uønskede, pakkede sammen og gik hen imod døren. Da døren slog i bag dem med en dump lyd, hørte de til sidst Gabriel råbe til datteren: "Og hvad fanden er det, du har gået og foretaget dig?"

"Det stille vand har den dybe grund."

"Ja, jeg havde heller ikke forestillet mig, at det ulmede sådan under facaden," sagde Martin.

"Men man forstår ham jo i og for sig godt. Set fra hans side ..." Patriks tanker gled tilbage til morgenens kæmpebrøler.

"Jeg har jo sagt, at du ikke skal tænke mere på det. Du gjorde, hvad du kunne, og du kan ikke blive ved med at bebrejde dig selv," sagde Martin kort.

Patrik så forbavset på ham. Martin kendte hans blikke og trak beklagende på skuldrene. "Undskyld. Jeg begynder vist også at blive stresset over det alt sammen."

"Nej, nej, du har fuldstændig ret. Det er ikke tidspunktet at have ondt af sig selv nu." Hans blik slap et øjeblik vejen, mens han så på sin kollega. "Du skal aldrig undskylde, at du er ærlig."

"Okay."

Tavsheden blev næsten pinlig. Da de kørte forbi Fjällbacka golfbane sagde Patrik for at løfte stemningen: "Skal du ikke snart have anskaffet dig det grønne kort, så vi kan gå ud og tage en runde sammen?"

Martin smilede drillende. "Tør du det? Det kan være, jeg er det rene naturtalent og helt hiver tæppet væk under dig."

"Det kan jeg ikke tænke mig. Man er jo selv noget af en boldbegavelse."

"Ja, så må vi vist skynde os, for det kan jo komme til at trække ud med at gå nogle runder om ikke så længe."

"Hvad mener du?" Patrik så oprigtigt forundret ud.

"Du har måske glemt det, men du sidder med en unge om nogle uger. Så bliver der jo ikke meget tid til at more sig med den slags."

"Nå, det går vel nok. De sover jo så meget, når de er små, så lidt golf skulle man vel nok kunne klemme ind. Og Erica har fuld forståelse for, at jeg kommer lidt ud på egen hånd. Det blev vi enige om, før hun blev gravid – at det var en forudsætning, at vi skulle give hinanden plads til vores egne ting og ikke bare være forældre."

Før han nåede slutningen af den sætning, var Martins øjne blevet fyldt af lattertårer. Han brød ud i en klukkende latter, mens han rystede på hovedet.

"Ja, ja, der skal nok blive rigelig tid til at lave sine egne ting. De sover jo så meget, de små," efterabede han og lo endnu mere.

Patrik, der vidste, at Martins søster havde fem børn, begyndte at se lidt urolig ud og tænkte på, hvad det var, Martin vidste, som han ikke selv vidste. Men inden han nåede at spørge, ringede mobiltelefonen.

"Hedström."

"Hej, det er Pedersen. Forstyrrer jeg?"

"Nej, nej. Lige et øjeblik, så skal jeg finde et sted at parkere."

De passerede netop campingpladsen i Grebbestad, hvilket fik det til at løbe koldt ned af ryggen på Patrik og Martin. Han kørte et par hundrede meter længere, til han nåede en parkeringsplads, hvor han drejede ind og holdt.

"Nu har jeg parkeret. Har I fundet frem til noget?"

Han kunne ikke skjule sin iver, og Martin betragtede ham spændt. Uden for bilen strømmede turisterne forbi, ud og ind af butikker og restauranter. Patrik misundte dem deres sorgløse uvidenhed.

"Ja og nej. Vi skal ind og undersøge det nærmere om lidt, men omstændighederne taget i betragtning ville jeg opmuntre dig med, at der er kommet lidt godt ud af den gravåbning, som jeg forstår, at du fik hastet igennem."

"Ja, det kan ikke nægtes. Man føler sig jo som lidt af en idiot, så hvad som helst har interesse." Patrik holdt vejret.

"For det første har vi sammenlignet tandkortet, og fyren i kisten er helt sikkert Johannes Hult, så på det punkt har jeg ikke noget interessant. Derimod," lægen kunne ikke modstå fristelsen til at gøre et lille ophold for effektens skyld, "så er det noget sludder, at han skulle være død ved hængning. Hans tidlige bortgang har snarere noget at gøre med, at han har fået noget hårdt i baghovedet."

"Hvad siger du?" Martin hoppede højt i sædet, da Patrik råbte.

"Hvad for noget hårdt? Er han blevet slået i hovedet, eller hvad mener du?"

"Noget i den stil. Men han er på bordet nu, og så snart jeg ved noget, skal jeg give dig et ring. Jeg kan desværre ikke sige mere, før jeg får lejlighed til at tjekke detaljerne."

"Tak, fordi du ringede så hurtigt. Lad mig vide, så snart du har mere."

Patrik lagde triumferende på.

"Hvad sagde han, hvad sagde han?" Martin var uendelig nysgerrig.

"At jeg ikke er fuldstændig idiot."

"Ja, det skal man vel være læge for at kunne konstatere, men derudover?" sagde Martin tørt, da han ikke brød sig om at holdes i uvidenhed.

"Han sagde, at Johannes Hult blev myrdet."

Martin bøjede hovedet ned mod knæene og gned sig i ansigtet med begge hænder i overspillet fortvivlelse. "Nej, nu har jeg snart fået nok! Jeg forlader fandeme den her efterforskning. Du siger, at den hovedmistænkte for Sivs og Monas forsvinden eller død – som det nu har vist sig – selv blev myrdet."

"Det er lige, hvad jeg siger. Og hvis Gabriel Hult tror, at han kan få os til at lade dem være i fred bare ved at råbe op, så tager han grundigt fejl. Hvis der er noget, der beviser, at der er noget råddent ved familien Hult, så er det det her. Nogen af dem ved, hvordan og hvorfor Johannes Hult blev myrdet, og hvordan det hænger sammen med pigemordene, det vil jeg vædde på!" Han slog knytnæven i håndfladen med fornyet energi. Væk var morgenens modløshed.

"Lad os bare håbe, at vi kan løse det her hurtigt nok. For Jenny Möllers skyld," sagde Martin.

Det var som en spand koldt vand på Patriks humør. Han måtte ikke lade konkurrenceinstinktet tage overhånd. Han måtte ikke glemme, hvorfor de arbejdede. De sad lidt og betragtede de mennesker, der gik forbi. Så startede Patrik bilen igen og kørte videre mod stationen.

Kennedy Karlsson mente, at det hele begyndte med navnet. Der var heller ikke så meget andet at skyde skylden på. Mange af de andre venner havde gode undskyldninger, som for eksempel at forældrene drak og slog dem. Han havde ligesom bare navnet.

Hans mor havde været i USA i nogle år efter skolen. Engang havde det været noget stort, når en fra byen tog til USA. Men midt i firserne, da moren tog derover, var det længe siden, at en rejse til Staterne var det samme som en enkeltbillet. Mange unge tog enten til storbyen eller udlandet. Det eneste, der var uforandret, var, at hvis man lagde det lille, trygge samfund bag sig, så gik rygtet snart, at der kun kunne komme noget dårligt ud af det. I hans mors tilfælde havde de nok også ret. Efter et par år i det forjættede land vendte hun tilbage med ham i maven. Sin far havde han aldrig hørt om. Men ikke engang det var nogen god undskyldning. Allerede før han blev født, giftede hans mor sig med Christer, og han havde været lige så god som nogen far. Nej, det var det med navnet. Hun havde nok villet skille sig ud fra mængden og vise, at hun havde været ude i den store verden, selvom hun altså var kommet tilbage med halen mellem benene. Det skulle han så minde hende om. Så hun greb enhver lejlighed til at fortælle, at hendes ældste søn var opkaldt efter John F. Kennedy, "da hun havde næret sådan en beundring for den mand de år, hun havde været i USA". I så fald kunne hun vel ganske enkelt have kaldt ham John.

Hun og Christer gav hans søskende en lettere skæbne. De klarede sig med navne som Emelie, Mikael og Thomas. Helt almindelige, redelige, hjemlige navne, som bare fik ham til at stikke endnu mere ud fra flokken. Det gjorde heller ikke sagen bedre, at hans far var sort, men Kennedy mente nu alligevel ikke, at det var det, der gjorde udslaget. Det var det skide navn; det var han sikker på.

Han havde faktisk glædet sig til at begynde i skolen. Det huskede han tydeligt. Spændingen, glæden, iveren efter at starte noget nyt, efter at se en helt ny verden åbne sig. En eller to dage efter var den iver banket ud af ham. På grund af det skide navn. Han lærte hurtigt, at det var en synd at falde udenfor. Et underligt navn, en mærkelig frisure, umoderne tøj, hvad som helst. Det viste, at man ikke var som de andre. I hans tilfælde var det efter nogens opfattelse desuden en forværrende omstændighed, at han mente, at han var bedre end andre, fordi hans navn var så originalt. Som om det var ham, der havde valgt det. Hvis det havde stået til ham, havde han hellere villet hedde Johan, eller Oskar eller Frederik. Et navn, der automatisk gav ham adgang til gruppen.

Efter de første dages helvede i første klasse var det bare fortsat sådan. Spydighederne, tæskene, det af være udenfor gjorde, at han byggede en mur op omkring sig, og snart fulgte reaktionerne. Al den vrede, han havde opsparet inden for muren, begyndte at pible ud gennem små huller, og de blev større og større, indtil alle kunne se hans vrede. Da var det for sent. Da var skolen droppet, familiens tillid forsvundet, og vennerne var ikke af dem, man helst skulle have.

Kennedy havde selv resigneret over for den skæbne, som hans navn havde givet ham. Der stod "problem" skrevet hen over ryggen på ham, og han behøvede kun at leve op til forventningerne. Et ligetil, men paradoksalt nok svært liv.

Da han modstræbende var kommet til gården i Bullaren, blev alt forandret. Siden han var blevet sat fast for et ulyksaligt biltyveri, var anbringelser af den slags blevet et vilkår, og i begyndelsen havde det været hans indstilling ikke at skabe unødige problemer for at komme hurtigst muligt derfra. Så mødte han Jacob. Og gennem Jacob mødte han Gud.

I hans øjne var det omtrent det samme.

Det havde ikke været som et mirakel. Han havde ikke hørt en buldrende stemme fra oven eller var blevet ramt af et lyn som bevis for Guds eksistens. Det var derimod gennem timelange samtaler med Jacob, at Jacobs billede af Gud efterhånden aftegnede sig. Som et puslespil, hvor brikkerne til sidst danner det billede, man ser uden på æsken.

Først strittede han imod. Var stukket af og havde hærget rundt omkring med kammeraterne. Drukket sig sanseløst beruset og var skamfuldt blevet slæbt tilbage, med et dunkende hoved, for dagen efter at blive mødt med Jacobs milde blik, som mærkeligt nok aldrig var bebrejdende.

Over for ham havde han brokket sig over det med navnet og forklaret, at det var derfor, han fik rodet sig ud i så meget. Men Jacob havde bare forklaret ham, at det var noget godt, at det var en vejviser for, hvordan hans liv skulle forme sig. Jacob forklarede, at det var en gave, han havde fået. Allerede fra fødslen at blive udstyret med en så enestående identitet, kunne kun betyde én ting: at Gud havde udvalgt ham blandt alle andre. Navnet gjorde ham til noget særligt, ikke mærkelig.

Kennedy havde taget alle hans ord til sig med samme appetit, som en sultende ved middagsbordet. Det var langsomt gået op for ham, at Jacob havde ret. Navnet var en gave. Det gjorde ham speciel, og det viste, at Gud havde en plan med ham, Kennedy Karlsson. Og det var Jacob Hult, han kunne takke for at have fået vished om det, før det var for sent.

På det sidste havde Jacob set så tynget ud, og det bekymrede ham. Han kunne ikke undgå at høre sladderen om, hvordan hans familie blev sat i forbindelse med de døde piger, og han troede, han forstod baggrunden for Jacobs uro. Han havde jo selv måttet smage modviljen i et samfund, der lugtede blod. Nu var det åbenbart familien Hult, der var jaget vildt.

Han bankede forsigtigt på Jacobs dør. Det forekom ham, at der havde lydt ophidsede stemmer derindefra, og netop som han åbnede døren, lagde Jacob telefonrøret på med et forpint ansigtsudtryk.

"Hvordan går det?"

"Nå, der er bare lidt problemer i familien. Ikke noget, du behøver bekymre dig om."

"Dine problemer er mine, Jacob. Det ved du. Kan du ikke tale med mig om det? Stol på mig, som jeg har stolet på dig."

Jacob strøg sig træt over øjnene og sank sammen.

"Det er bare så dumt alt sammen. På grund af en dumhed, min far begik for fireogtyve år siden, har politiet fået den idé, at vi har noget at gøre med mordet på den tyske turist, der har været skrevet om i aviserne."

"Men det er jo frygteligt."

"Ja, og det sidste er så, at de gravede min onkel Johannes op i morges."

"Hvad siger du? Har de krænket gravfreden?"

Jacob smilede skævt. Et år tidligere ville Kennedy have sagt: hvaffor' noget grav-noget?"

"Desværre, ja. Hele familien lider under dette her. Men vi kan ikke gøre noget ved det."

Kennedy mærkede en gammelkendt vrede vokse i sig. Men det var bedre nu. Nu var det jo Guds vrede.

"Men I kan da melde dem? For chikane eller sådan noget?"

Jacob smilede sit skæve, bedrøvede smil. "Er det, hvad din erfaring med politiet siger dig? At man kommer nogen vegne på den måde?"

Nej, selvfølgelig ikke. Hans respekt for strisserne kunne ligge på et meget lille sted. Hvis der var nogen, der forstod Jacobs frustration på det område, var det ham.

Han var uendelig taknemmelig for, at det var ham, Jacob valgte at dele sine sorger med. Endnu en ting, han skulle huske at takke Gud for i sin aftenbøn. Netop som Kennedy skulle til at fortælle Jacob det, blev de afbrudt af telefonens kimen.

"Undskyld mig." Jacob tog røret.

Da han få minutter senere lagde på igen, var han helt bleg. Kennedy havde forstået på samtalen, at det var Jacobs far, og han havde forsøgt ikke at se ud, som om han lyttede så ivrigt, som han gjorde.

"Er der sket noget?"

Jacob lagde langsomt brillerne fra sig.

"Sig nu noget. Hvad var det?" Kennedy kunne ikke skjule sin uro.

"Det var min far. Politiet har været der og stillet min søster spørgsmål. Min fætter Johan har ringet til politiet og påstået, at han og min søster så den myrdede pige på min gård. Lige inden hun forsvandt. Hjælp mig, Gud."

"Gud hjælpe dig," hviskede Kennedy som et ekko.

De sad forsamlet på Patriks kontor. Temmelig trangt, men med lidt god vilje kunne det lade sig gøre at klemme sig ind alle sammen. Mellberg havde tilbudt sit kontor, som var tre gange så stort som de andres, men Patrik ville nødigt flytte alt det, han havde sat op på opslagstavlen bag skrivebordet.

Tavlen var fuld af sedler og notater, og i midten sad fotos af Siv, Mona, Tanja og Jenny. Patrik sad halvt inde på skrivebordet med siden til de andre. For første gang i lang tid var de der alle sammen samtidig: Patrik, Martin, Mellberg, Gösta, Ernst og Annika. Hele hjernekapaciteten på Tanumshede Politistation. Alle havde blikket rettet mod Patrik. Han mærkede med ét ansvaret tynge og fik små svedperler på panden. Han havde aldrig brudt sig om at være i søgelyset, og tanken om, at alle sad og ventede på at høre ham sige noget, fik det til at krible ubehageligt i kroppen. Han rømmede sig.

"Tord Pedersen fra Retsmedicinsk ringede for en halv time siden for at sige, at morgenens gravåbning ikke var spildt." Her holdt han en lille pause og tillod sig et øjebliks tilfredsstillelse. Han havde ikke set frem til at blive til grin blandt kollegerne til evig tid.

"Undersøgelsen af Johannes Hults lig viser, at han ikke hængte sig. Til gengæld ser det ud til, at han havde fået et hårdt slag i baghovedet."

Der gik et sus gennem forsamlingen. Patrik, der nu var klar over, at han havde alles fulde opmærksomhed, fortsatte: "Vi har altså endnu et mord, selvom det ikke er helt nyt. Så jeg syntes, det var på sin plads at samles og gennemgå, hvad det er, vi har indtil videre. Er der nogen spørgsmål til det?" Tavshed. "Nå, så fortsætter vi."

Patrik begyndte med at gennemgå alt det gamle materiale, de havde om Siv og Mona, herunder Gabriels vidneudsagn. Han gik videre med Tanjas død og det medicinske grundlag, der påviste præcis de samme skader hos hende som hos Siv og Mona, og at det havde vist sig, at hun var Sivs datter, og endelig Johans oplysninger om, at han havde set Tanja på Västergården.

Gösta hævede stemmen: "Og hvad med Jenny Möller? Jeg er i hvert fald ikke overbevist om, at der er nogen sammenhæng mellem mordene og hendes forsvinden."

Alle så på fotografiet af den blonde syttenårige, som smilede mod dem fra opslagstavlen. Også Patrik. Han sagde: "Det er jeg enig med dig i, Gösta. Det er ikke andet end en teori lige nu. Men finkæmningen af området har ikke givet resultat, og vores gennemgang af kendte voldsmænd på egnen gav kun et blindspor til Mårten Frisk. Så vi kan kun håbe på, at offentligheden kommer os til hjælp, og at nogen har set noget. Samtidig arbejder vi ud fra den mulighed, at det er samme person, der myrdede Tanja, som også har taget Jenny. Besvarer det dit spørgsmål?"

Gösta nikkede. Svaret bekræftede sådan set hans opfattelse af, at de ingenting vidste.

"Forresten Gösta, Annika fortalte, at I har været ude og se nærmere på det dér med gødningen. Gav det noget?"

Ernst svarede for Gösta. "Ikke en skid. Den bonde, vi snakkede med, har ikke noget med det at gøre."

"Men I så jer vel lidt omkring, for en sikkerheds skyld?" Ernsts forsikringer overbeviste ikke Patrik.

"Ja, selvfølgelig. Og som sagt, der var ikke en skid," sagde Ernst surt.

Patrik så spørgende på Gösta, som nikkede samstemmende.

"Okay. Så må vi lægge hovederne i blød og se, om der en anden måde at gå videre med det spor på. I mellemtiden har vi talt med et vidne, der så Tanja, lige før hun forsvandt. Johannes' søn, Johan, ringede i morges og fortalte, at han havde set en pige, han bestemt mente måtte være Tanja, på Västergården. Han havde været sammen med sin kusine Linda, Gabriels datter, så Martin og jeg tog ud og talte med hende i formiddags. Hun bekræfter, at de så en pige, men er ikke lige så sikker på, at det var Tanja."

"Kan vi stole på det vidne? Både Johans strafferegister og familiefejden taler vel imod at nære alt for stor tiltro til ham?" sagde Mellberg.

"Ja, det bekymrer også mig. Vi må nok vente og høre, hvad Jacob Hult kan fortælle. Men jeg synes, det er interessant, at vi hele tiden kommer tilbage til den familie. Vi støder på slægten Hult, hvor vi end vender os."

Der blev hurtigt varmt i det lille lokale. Det hjalp ikke stort, at Patrik havde åbnet et vindue, for luften udenfor var heller ikke kølig. Annika forsøgte at få lidt kølighed ved at vifte med sin blok. Mellberg tørrede sveden af panden, og Gösta så betænkelig grå ud under sin solbrændte hud. Martin havde knappet skjorten lidt op, så Patrik misundeligt noterede sig, at der var nogen, der fik tid til at gå i fitnesscenter. Kun Ernst så ud til at være helt uberørt. Han sagde:

"Ja, jeg vil i hvert fald vædde på, at det er en af de slyngler. De er jo de eneste, der har været i kontakt med politiet før."

"Bortset fra deres far," mindede Patrik ham om.

"Netop, bortset fra deres far. Det viser også kun, at der er noget råddent ved den del af familien."

"Men hvad så med oplysningen om, at det var på Västergården, at Tanja sidst blev set? Søsteren siger, at Jacob var hjemme på det tidspunkt. Peger det så ikke snarere mod ham?"

Ernst fnyste. "Og hvem er det lige, der siger, at pigen var der;. Johan Hult! Næ, jeg tror ikke et ord af, hvad han siger, den fyr."

"Hvornår synes du, vi skal vi tale med Jacob?" spurgte Martin.

"Jeg havde tænkt, at vi to kunne tage til Bullaren lige efter det her møde. Jeg har ringet og forhørt mig om, at han er på arbejde i dag."

"Tror du ikke, at Gabriel allerede har advaret ham?" sagde Martin.

"Det har han sikkert, men det er der jo ikke noget at gøre ved. Vi må bare se, hvad han siger."

"Hvad med oplysningen om, at Johannes blev myrdet, hvad gør vi ved det?" fortsatte Martin stædigt.

Patrik havde svært ved at indrømme, at han ikke rigtig havde noget svar. Der var lidt for mange tråde at udrede nu, og han frygtede, at hvis han trådte et skridt tilbage for at få et overblik, ville det overvældende i den information være nok til, at han blev handlingslammet. Han sukkede. "Vi tager én ting ad gangen. Vi skal ikke nævne det, når vi taler med Jacob. Jeg vil nødig have, at Solveig og drengene får nys om det på forhånd."

"Så vi taler med dem bagefter?"

"Ja, det tror jeg. Hvis ikke der er andre forslag?"

Tavshed. Det så der ikke ud til at være.

"Hvad skal vi andre gøre?"

Gösta trak vejret så tungt, at Patrik blev helt bange for, at varmen skulle give ham hjertestop.

"Annika har sagt, at der er indløbet en del henvendelser fra offentligheden, efter at vi fik løbesedler rundt med billeder af Jenny. Hun har lavet en prioriteret liste over dem, så du og Ernst kan begynde med den."

Patrik håbede ikke, at det var en fejltagelse af drage Ernst ind i efterforskningen igen. Men efter at Ernst og Gösta havde fulgt op på gødningssporet, uden at han havde trådt i spinaten, besluttede Patrik sig for at give ham en chance til.

"Annika, kan du kontakte det firma, der solgte gødningen igen, og bede dem udvide området for kunder til det middel. Jeg har ganske vist svært ved at tro, at ligene skulle være transporteret ret langt, men det er værd at tjekke."

"Ikke noget problem." Annika viftede endnu voldsommere med sin blok. Hun havde svedperler på overlæben.

Mellberg blev ikke tildelt nogen opgave. Patrik brød sig ikke om at give sin chef ordrer og så egentlig også helst, at han blev blandet uden om det daglige arbejde med efterforskningen. Men man måtte lade Mellberg, at han havde gjort et forbavsende godt arbejde med at holde politikerne på afstand af ham.

Der var stadig noget usædvanligt ved ham. Som regel hørte man Mellbergs stemme overalt, men nu sad han helt stille med et fjernt blik. Den munterhed, der havde forbavset dem alle i nogle uger, var nu blevet erstattet med denne endnu mere foruroligende tavshed. Patrik spurgte:

"Er der noget, du vil tilføje, Bertil?"

"Hvad? Undskyld, hvad sagde du?" det gibbede i Mellberg.

"Er der noget, du vil tilføje?" gentog Patrik.

"Nåh, næ," sagde Mellberg og rømmede sig, da han så, at alles blikke var rettet mod ham. "Nej, det tror jeg ikke. Det ser ud til, at du har et godt greb om det."

Annika og Patrik udvekslede blikke. Det var som regel hende, der havde styr på alt, hvad der foregik på stationen, men nu trak hun bare på skuldrene og øjenbrynene for at give udtryk for, at heller ikke hun anede, hvad det handlede om.

"Nogen spørgsmål? Nej? Nå, men så lad os komme i gang."

De trak alle taknemmeligt ud af det lille lokale i håb om lidt afkøling. Kun Martin blev.

"Hvornår kører vi?"

"Jeg tænkte, vi kunne få lidt frokost først og køre, så snart vi er færdige."

"Okay. Skal jeg løbe ned og købe lidt ind til os, så spiser vi i tekøkkenet?"

"Ja, det vil være fint, så kan jeg nå at ringe til Erica."

"Hils hende." Martin var allerede halvvejs ude ad døren.

Patrik ringede hjem i håb om, at Jörgen og Madde ikke havde kedet hende ihjel ...

"Temmelig isoleret, det her sted, hvad?"

Martin så sig rundt, men kunne kun se træer. De havde kørt i et kvarters tid ad små skovveje, og han begyndte at spekulere på, om de var på rette vej.

"Rolig nu, jeg ved, hvad jeg laver. Jeg har været her før, engang en af drengene var blevet uregerlig, så jeg kan godt finde det."

Patrik havde ret. Kort efter drejede de ind på gården.

"Fint sted."

"Ja, og med et godt rygte tilmed. De har i hvert fald holdt en god facade. Selv er jeg lidt skeptisk, når der bliver for meget halleluja, men det er bare mig. Selvom formålet sådan set er godt fra begyndelsen i de her frikirkelige samfund, så er det, som om de før eller siden kommer til at tiltrække nogle besynderlige eksistenser. De tilbyder et stærkt sammenhold og familiefølelse, og det kan nok være tiltrækkende for folk, der ikke har følelsen af at høre hjemme nogen steder."

"Det lyder, som om du ved, hvad du taler om?"

"Njo, min søster kom lidt rundt i miljøet en overgang. Teenagerens søgen, du ved. Men hun kom ud af det med skindet på næsen, så det blev aldrig så slemt. Men jeg lærte det tilstrækkeligt at kende til at forholde mig lidt skeptisk. Men som sagt, jeg har aldrig hørt noget dårligt om lige det her foretagende, så der er vel ingen grund til at tro andet, end at de er gode nok."

"Ja, under alle omstændigheder har det jo ikke noget med efterforskningen at gøre," sagde Martin.

Det lød som et punktum for videre diskussion, og sådan var det egentlig også ment. Patrik plejede at være så kontrolleret, men den lidt nedsættende tone gjorde Martin nervøs for, at det skulle påvirke situationen.

Det var, som om Patrik havde læst hans tanker. Han smilede. "Du skal ikke bekymre dig. Det er bare en af mine kæpheste, men det har ikke noget med det her at gøre."

De parkerede og steg ud. Stedet sydede af aktivitet, drenge og piger syntes at arbejde både inden- og udendørs. Nogle var nede ved søen og bade, stemmerne lød højt derfra. Det lignede den ultimative idyl. Martin og Patrik bankede på døren. En halvvoksen dreng åbnede. Det gav et sæt i dem begge to. Hvis ikke det var for det mørke blik, så havde de ikke genkendt ham.

"Hej, Kennedy."

"Hvad vil I?" sagde han fjendtligt.

Hverken Patrik eller Martin kunne lade være at stirre. Væk var det lange hår, der altid hang ned i ansigtet før. Væk var også det sorte tøj og den usunde hud. Den dreng, der stod foran dem, var så ren og velfriseret, at han næsten skinnede. Men de genkendte det fjendtlige blik fra de gange, de havde knaldet ham for biltyveri, besiddelse af narkotika og en del andre ting.

"Du ser ud til at have det godt, Kennedy?" Patrik lød venlig. Han havde altid haft ondt af drengen.

Kennedy værdigede ham ikke et svar. Han gentog kun sit spørgsmål: "Hvad vil I?"

"Vi vil tale med Jacob. Er han der?"

Kennedy spærrede vejen for dem. "Hvad vil I ham?"

Stadig venlig sagde Patrik: "Det har ikke noget med dig at gøre. Så lad mig spørge igen: Er han hjemme?"

"I kan godt droppe chikanen af ham og hans familie. Jeg har hørt, hvad I har gang i, og det er for strengt. Men I får jeres straf. Gud ser alt, og Han ser ind i jeres hjerter."

Martin og Patrik vekslede et blik. "Ja, okay, Kennedy, men nu må du hellere flytte dig."

Patrik lød nu mere truende, og efter en kort tålmodighedskamp gik Kennedy baglæns og lod dem modvilligt komme ind.

"Tak," sagde Martin kort og fulgte efter Patrik gennem gangen. Det så ud til, at Patrik kendte vejen.

"Hans kontor ligger helt nede ad gangen, så vidt jeg husker."

Kennedy fulgte et par skridt efter dem som en tavs skygge. Det løb Martin koldt ned ad ryggen.

De bankede på. Jacob sad bag sit skrivebord, da de kom ind. Han så ikke særlig overrasket ud.

"Det må jeg nok sige. Lovens lange arm. Har I ikke nok af de rigtige forbrydere?"

Kennedy blev stående bag dem i døråbningen med knyttede næver.

"Tak, Kennedy, du kan lukke døren fra den anden side."

Han gjorde, som der blev sagt, vrangvilligt og uden et ord.

"Så du ved, hvorfor vi er her, vil jeg tro."

Jacob tog skærmbrillerne af og lænede sig frem. Han så hærget ud.

"Ja, jeg blev ringet op af min far for en times tid siden. Han kom med en vanvittig historie om min kære fætter, som skulle have set den myrdede pige hjemme hos mig."

"Er det en vanvittig historie?" Patrik iagttog Jacob.

"Selvfølgelig er det det." Han lod brillerne tromme mod bordet. "Hvad skulle hun være kommet til Västergården efter? Så vidt jeg forstod, så var hun turist, og gården ligger ikke ligefrem på turiststrøget. Og hvad angår Johans såkaldte vidneudsagn, så ... ja, I ved jo, hvordan det er med familien, og desværre griber Solveig og hendes familie enhver lejlighed til at svine vores del af familien til.

Kedeligt, men visse mennesker har ikke Gud i deres hjerte, men en ganske anden ..."

"Det er muligt," Patrik smilede elskværdigt, "men det forholder sig faktisk sådan, at vi godt kan forestille os, hvilket ærinde hun kunne have på Västergården." Sporede han et glimt af uro i Jacobs øjne? Han fortsatte: "Hun kom ikke til Fjällbacka som turist, men for at søge sine rødder. Og måske for at finde ud af mere om sin mors forsvinden."

"Sin mor?" sagde Jacob forundret.

"Ja, hun var datter af Siv Lantin."

Brillerne skramlede mod bordet. Var det ægte overraskelse eller bare spil for galleriet, tænkte Martin, som lod Patrik stå for snakken, så han selv kunne iagttage Jacobs reaktioner med udelt opmærksomhed.

"Nå, det var noget nyt, må jeg sige. Men det forklarer ikke, hvorfor hun skulle opsøge Västergården?"

"Som sagt ser det ud til, at hun var ude efter oplysninger om, hvad der egentlig skete med hendes mor. Og siden din onkel var politiets hovedmistænkte, så ..." Han lod sætningen hænge i luften.

"Jeg kan ikke sige andet, end at det lyder som vilde spekulationer. Min onkel var uskyldig, men alligevel drev I ham i døden med jeres insinuationer. Når nu han er væk, ser det snarere ud, som om I vil sætte en af os andre fast. Hvad er det egentlig for en splint, der gnaver i jeres hjerte og gør det så magtpåliggende for jer at ødelægge, hvad andre har skabt? Er det vores tro og den glæde, vi finder i den, som stikker jer sådan i øjnene?"

Jacob var begyndt at messe, og Martin forstod godt, at han var så populær en prædikant. Der var noget hypnotisk over den bløde stemme, der sank og steg i bølger.

"Vi gør bare vores arbejde."

Patrik var kortfattet og måtte beherske sig for ikke at udstille sin afsmag for alt det, han anså for at være religiøs tågesnak. Men selv han måtte erkende, at der var noget særligt over Jacob, når han talte. Mennesker, der var svagere end han, kunne nok let fortabe sig i den stemme og lokkes af dens budskab. Han fortsatte:

"Du siger altså, at Tanja Schmidt aldrig kom til Västergården?"
Jacob slog ud med armene. "Jeg sværger, at jeg aldrig har set pigen. Var der andet?"
Martin tænkte på det, de havde fået at vide af Pedersen. At Johannes ikke havde taget sit eget liv. Den information skulle nok kunne ryste Jacob noget. Men han vidste, at Patrik havde ret. De ville kun lige akkurat kunne nå ud af rummet, før der ville blive ringet rundt til resten af familien Hult.
"Næ, så er der vist ikke andet. Men det er ikke umuligt, at vi kommer tilbage ved en senere lejlighed."
"Det vil ikke overraske mig."
Jacobs stemme havde mistet sin messende karakter og var vendt tilbage til sit rolige og milde leje. Martin skulle lige til at lægge hånden på dørhåndtaget og åbne, da døren lydløst åbnede sig for ham. Kennedy stod tavs på den anden side og havde åbnet den i samme sekund. Han måtte have stået der hele tiden. Al tvivl blev fejet til side af den sorte ild, der brændte i hans øjne. Martin gik et par skridt baglæns ved synet af sådan et had. Jacob måtte have lært ham mere om "øje for øje" end om at elske sin næste.

Der var en trykket stemning omkring det lille bord. Ikke fordi den nogensinde havde været munter. Ikke siden Johannes døde.
"Hvornår holder det her op!" Solveig holdt hånden mod brystet. "Vi ender altid med at blive dukket. Det er, som om alle tror, at vi bare sidder og venter på at blive trådt på!" jamrede hun. "Og hvad vil folk nu sige, når de hører, at politiet har gravet Johannes op. Jeg troede jo, at al sladderen ville holde op, da de fandt hende den sidste pige, men nu begynder det bare forfra."
"Årh, lad dem snakke. Hvad rager det os, at de sidder og sladrer i deres huse?"
Robert skoddede en cigaret med så voldsom en bevægelse, at askebægeret væltede. Solveig reddede hurtigt sine fotoalbum.
"Robert! Pas nu på, der ikke kommer brandspor på mine album."
"Jeg er træt af dine åndssvage album! Du sidder dag ud og dag ind og nusser med de forbandede gamle billeder. Som om du ikke

forstår, at den tid er forbi. Det er hundrede år siden, men du sidder stadig og sukker og fedter med billederne. Far er væk, og du er ikke skønhedsdronning mere. Se på dig selv!"

Robert hev fat i albummene og smed dem på gulvet. Med et skrig kastede Solveig sig over dem og samlede alle de spredte billeder op. Det gjorde kun Robert endnu mere gal. Han ignorerede Solveigs bedende blik, bøjede sig, tog en håndfuld billeder op og begyndte at rive dem i småstykker.

"Nej, Robert, nej. Ikke mine billeder, søde Robert!" Hendes mund var som et åbent sår.

"Du er en fed, gammel kælling, kan du ikke fatte det! Og far hængte sig. Det er på tide, at du indser det!"

Johan, der havde siddet helt stille under sceneriet, rejste sig og tog hårdt fat i Roberts hånd. Han vristede resterne af fotografierne fra ham og tvang ham til at lytte:

"Fald ned. Det her er lige præcis, hvad de vil have os til, forstår du ikke det? At vi vender os mod hinanden, så vores familie bryder helt sammen. Men den tilfredsstillelse skal de ikke have! Vi holder sammen. Nu hjælper du mor med at samle billederne op."

Roberts vrede gik af ham som luften af en ballon. Han gned sig over øjnene og så forskrækket på det røre, han havde skabt. Solveig lå som en stor, blød bylt af fortvivlelse på gulvet, snøftende og med små stykker af iturevne billeder mellem fingrene. Hendes gråd var hjerteskærende. Robert faldt på knæ ved siden af hende og lagde armen om hende. Han strøg ømt en hårtjavs væk fra hendes pande og hjalp hende op.

"Undskyld mor, undskyld, undskyld, undskyld. Jeg skal nok hjælpe dig med at få de album fine igen. Jeg kan ikke lave de billeder, som er revet i stykker, men det er ikke så mange. Se her, det fineste er der ikke sket noget med. Se, hvor var du køn."

Han holdt et billede op foran hende. Solveig i en sømmelig badedragt med et bånd over brystet, hvor der stod "Majdronning 1967." Og hun var smuk. Gråden blev til snøft. Hun tog billedet, og et smil brød frem i hendes ansigt. "Ja, jeg var da køn, ikke Robert?"

"Jo, mor, det var du. Den kønneste pige, jeg har set!"
"Synes du virkelig?"
Hun smilede koket og strøg ham over håret. Han støttede hende, til hun havde sat sig på stolen igen.
"Ja, det synes jeg. På æresord."
Et øjeblik senere var alt samlet, og hun sad lykkeligt og pillede med sine album. Johan nikkede til Robert, at de skulle gå udenfor. De satte sig på trappen foran huset og tændte sig begge en cigaret.
"For fanden, Robert, du må ikke flippe ud nu."
Robert sagde ikke noget, skrabede bare med foden i gruset. Hvad skulle han sige? Johan tog et dybt drag af cigartten og lod røgen sive ud mellem læberne. "Vi skal ikke danse efter deres pibe. Jeg mente, hvad jeg sagde før. Vi skal holde sammen."
Robert sad stadig tavs. Han var flov over sig selv. I gruset foran ham var der efterhånden dannet en dyb rende, hvor han havde kørt frem og tilbage med foden. Han smed skoddet ned i fordybningen og smed sand over. Som om det gjorde nogen forskel. Jorden rundt om dem var fuld af gamle skod. Lidt efter rettede han sit blik mod Johan.
"Du, det med, at du så pigen oppe på Västergården," han tøvede. "Er det rigtigt?"
Johan tog det sidste sug af sin cigaret og smed også skoddet på jorden. Han rejste sig uden at se på broren.
"Gu' fanden er det så." Så gik han ind i huset.
Robert sad tilbage. For første gang i sit liv følte han en afgrund mellem sig selv og sin bror. Det skræmte ham.

Eftermiddagen forløb i tilsyneladende ro. Patrik ville ikke foretage sig noget forhastet, før de fik flere detaljer om Johannes' jordiske rester, så han sad nærmest og stirrede på telefonen. Han var rastløs og gik ind til Annika for adspredelsens skyld.
"Hvordan går det så?" Hun så som sædvanligt op på ham over kanten af brillerne.
"Den her varme hjælper jo ikke ligefrem." I samme sekund, han

havde sagt det, bemærkede han en behagelig brise i Annikas kontor. En stor ventilator stod og snurrede på hendes skrivebord, og Patrik lukkede øjnene i velvære.

"Hvorfor har jeg ikke tænkt på det? Jeg købte jo en ventilator til Erica, hvorfor købte jeg så ikke én til mig selv med det samme? Det vil jeg gøre som det første i morgen, det er helt sikkert."

"Ja Erica, hvordan går det med maven? Det må være tungt for hende her i varmen."

"Ja, før jeg fik købt ventilatoren, var hun ved at gå helt i spåner i den hede. Og så sover hun dårligt, har krampe i læggene, kan ikke ligge på maven og sådan noget, du ved."

"Nå, det vil jeg ikke påstå, jeg ved," sagde Annika.

Patrik blev pludselig klar over, hvad det var, han havde sagt. Annika og hendes mand havde ingen børn, og han havde aldrig vovet at spørge hvorfor. Måske kunne de ikke få børn, og så havde han virkelig trådt i spinaten. Hun kunne godt se, hvilke tanker der rumsterede i hans hoved.

"Tænk ikke på det. For vores vedkommende er det selvvalgt. Vi har faktisk aldrig længtes efter børn. For os er det fint at have hundene at øse vores kærlighed over."

Patrik mærkede farven vende tilbage til kinderne. "Ja, jeg var lige bange for, at jeg havde dummet mig dér. Under alle omstændigheder er det krævende for os begge to nu, men selvfølgelig mest for hende. Efterhånden vil man helst bare have det overstået. Desuden har vi været udsat for lidt af en invasion på det sidste."

"Invasion?" Annika hævede et spørgende øjenbryn.

"Venner og familie, der synes, at Fjällbacka i juli lyder fantastisk."

"Og de vil gerne benytte sig lidt af jer eller ...?" sagde Annika ironisk. "Jo, jo, det kender jeg. Vi havde det samme problem i sommerhuset i begyndelsen, indtil vi fik nok og bad alle snyltere ryge og rejse. De har ikke ladet høre fra sig siden, men man bliver hurtigt klar over, at det heller ikke er noget, man savner. Rigtige venner finder også på at komme i november. Resten kan det være lige meget med."

"Det er sandt," sagde Patrik, "men lettere sagt end gjort. Erica smed faktisk det første hold ud, men nu sidder vi bare med det næste og er artigt gæstfrie. Og stakkels Erica, der er hjemme hele dagen, render rundt og opvarter dem." Han sukkede.

"Så skal du måske til at mande dig lidt op og få løst situationen."

"Mig?" Patrik kiggede såret på Annika.

"Ja, hvis Erica render rundt og stresser, mens du sidder her i sikker forvaring hele dagen, så kan det være, du skal tage og slå i bordet og sørge for, at hun får lidt fred og ro. Det kan ikke være let for hende. Hun er jo vant til at have en karriere selv, og pludselig skal hun sidde hjemme hele dagen og pille i sin egen navle, mens dit liv skrider frem som det plejer."

"Sådan har jeg ikke tænkt på det," sagde Patrik spagt.

"Nej, det har du vel ikke. Så i aften må du hellere tage tyren ved hornene og få smidt de gæster ud. Og husk også at hygge lidt om den vordende mor. Har du i det hele taget snakket med hende og spurgt, hvordan hun har det, når hun går alene derhjemme hele dagen lang. Hun må på det nærmeste være bundet til huset. Jeg går ud fra, at hun ikke går meget ud, så varmt som det har været."

"Nej." Patriks stemme var nu blevet hviskende. Det var som at blive kørt over af en damptromle. Struben var tyk af angst. Man skulle ikke være synsk for at indse, at Annika havde ret. I en blanding af kortsynet egoisme og hans måde at blive opslugt af en efterforskning på havde han helt ignoreret Ericas ve og vel. Han havde nok bare tænkt, at det var herligt at have ferie og give sig hen til graviditeten. Han blev helt flov over at tænke på, at han kendte Erica godt nok til at vide bedre. Han vidste, hvor vigtigt det var for hende at lave noget, der gav mening, og at hun egnede sig dårligt til ikke at have noget at rive i. Men det havde vel passet i hans kram at narre sig selv.

"Så ... måske tager du lidt tidligere hjem i dag og tager dig lidt af din kæreste?"

"Men jeg venter en samtale," kom det automatisk, og Annikas blik fortalte ham, at det ikke var det rigtige svar.

"Du mener ikke, at mobiltelefonen fungerer uden for stationens mure?"

"Jo," pippede Patrik lavmælt. Han rejste sig hurtigt. "Nå, men så tror jeg, jeg tager hjem. Sætter du eventuelle samtaler videre til mobilen ...?"

Annika så på ham, som om han var sinke, og han gik baglæns ud ad døren. Havde han haft en hue, ville han have taget den i hånden og bukket.

Men begivenhedernes gang gjorde, at der gik endnu en time, før han kom af sted.

Ernst stod og udvalgte sig lidt lækkert til kaffen i indkøbscentret. Først havde han tænkt at gå til bageren, men der havde køen hurtigt fået ham på andre tanker. Mens han stod og skulle vælge mellem den ene eller den anden slags kager, blev han opmærksom på den tumult, der øjensynlig foregik på etagen ovenover. Han lagde varerne fra sig og gik hen for at se efter. Centret havde tre etager. På den nederste var der restaurant, kiosk og boghandel, på næste etage havde de tøj, sko og gaveartikler. To kvinder stod ved kassen og trak i hver sin ende af en håndtaske. Den ene kvinde havde et skilt på brystet, der viste, at hun tilhørte personalet, mens den anden lignede en medvirkende i en russisk lavbudgetfilm. Superkort nederdel, netstrømper, en bluse, som en tolvårig ville kunne passe, og så rigeligt med sminke, at hun kunne have tjent som farvekort hos Sadolin.

"No, no, my bag!" råbte kvinden skingert på gebrokkent engelsk.

"I saw you took something," svarede den butiksansatte, også på engelsk, blot med et andet sprogs melodi. Da hun så Ernst, blev hun tydeligt lettet.

"Gudskelov, kan du tage dig af den her kvinde. Jeg så, hvordan hun gik og fiskede ting ned i sin håndtaske, og så prøvede hun frækt at styre lige ud af butikken med den."

Ernst var ikke i tvivl. I to lange skridt var han henne ved den mistænkte og tog fat i hendes arm. Da han ikke kunne engelsk, stillede han ingen spørgsmål. Han rev i stedet rask den rummelige taske ud af hendes greb og tømte ganske enkelt dens indhold ud på gulvet. En hårtørrer, en barbermaskine, en elektrisk tandbørste og – lidt overraskende – en gris af keramik med midsommerkrans om hovedet trillede alt sammen ud af tasken.

"Hvad siger du til det her, hvad?" sagde Ernst på svensk. Ekspeditricen oversatte.

Kvinden rystede bare på hovedet og prøvede at se intetanende ud. Hun sagde: "I know nothing. Speak to my boyfriend, he will fix this. He is boss of the police!"

"Hvad siger damen?" hviskede Ernst. Det irriterede ham at skulle forlade sig på kvindfolk for at få hjælp til oversættelse.

"Hun siger, at hun ikke ved noget. Og at du skal tale med hendes kæreste. Hun siger, han er politichef."

Ekspeditricen så ubehjælpsomt skiftevis på Ernst og kvinden, som nu havde anlagt et overlegent smil.

"Hun skal sandelig få lov til at tale med ham. Så skal vi se, om han er hendes chef. Det trick kan man måske bruge i Rusland, eller hvor fanden du kommer fra, lille dame, men den går altså ikke her," råbte han med ansigtet helt tæt på kvindens. Hun forstod ikke et ord, men så for første gang en anelse usikker ud.

Ernst trak brysk af sted med hende ud gennem butikken og over gaden til politistationen. Kvinden blev praktisk taget slæbt efter ham på sine høje hæle, og folk i bilerne sagtnede farten for at få et glimt af scenariet. Annika gjorde store øjne, da han masede forbi hende i receptionen.

"Mellberg!" Hans råb gjaldede ned ad gangen. Patrik, Martin og Gösta stak alle sammen hovedet ud for at se, hvad der foregik. Ernst råbte igen ned mod Mellbergs kontor. "Mellberg, kom lige, jeg står her med din forlovede!" Han godtede sig. Nu kunne hun så stå med håret i postkassen. Der var ildevarslende stille fra Bertils kontor, og Ernst begyndte at spekulere på, om han var gået ud, mens han selv var ude og handle. "Mellberg?" råbte han en tredje gang, nu lidt mindre begejstret over sin plan om at afsløre kvinden. Efter et meget langt minut, hvor Ernst stod med et fast greb i kvinden og med alles øjne rettet mod sig, kom Mellberg ud fra sit kontor. Med blikket stift fæstet i jorden gik det op for Ernst, der nu havde en begyndende klump i maven, at tingene nok ikke ville udvikle sig helt, som han havde regnet med.

"Beeertil!" Kvinden rev sig løs og løb hen til Mellberg, der stod stiv som en pind. Eftersom hun var et halvt hoved højere end han, så det mildest talt komisk ud, da hun lagde sit hoved ned mod ham i en omfavnelse. Ernst måbede. Han kunne være krøbet i et musehul og begyndte så småt at brygge på sin afskedsbegæring. Før han blev fyret. Han forstod umiddelbart, at års smisken for chefen var tabt på gulvet, med denne ene ulyksalige handling.

Kvinden slap sit tag i Mellberg og vendte sig med en anklagende pegefinger mod Ernst, der stod og så bøvet ud med hendes taske i hånden.

"This brutal man put his hands on me! He say I steal! Oh, Bertil, you must help your poor Irina!"

Han klappede hende forlegent på skulderen, det vil sige med hånden omtrent i sin egen næses højde. "You go home, Irina, okay? To house. I come later. Okay?"

Hans engelsk var i bedste fald ubehjælpsomt, men selvom hun forstod, hvad han sagde, var det ikke noget, hun brød sig om at høre.

"No, Bertil. I stay here. You talk to that man, and I stay here and see you work, okay?"

Han rystede bestemt på hovedet og skubbede hende blidt frem. Hun vendte sig uroligt om og sagde: "But Bertil, honey, Irina not steal, okay?"

Så svansede hun ud på sine høje hæle efter et sidste triumferende blik mod Ernst. Han gloede stadig ned i gulvet og vovede ikke at møde Mellbergs blik.

"Lundgren! Ind på mit kontor!"

I Ernst ører lød det som selveste dommedag. Han luntede lydigt efter Mellberg. I gangen stak hovederne stadig frem med hængende underkæber. Nu vidste de da, hvad humørsvingningerne havde skyldtes ...

"Vil du være så venlig at fortælle, hvad der skete," sagde Mellberg. Ernst nikkede mat. Sveden brød frem på panden. Nu var det ikke på grund af varmen.

Han fortalte om balladen i butikken og om, hvordan han havde set kvinden trække tov med butikspersonalet. Med ydmyg stemme fortalte han også, hvordan han havde hældt taskens indhold ud, og at der havde ligget en del varer, som ikke var betalt. Så tav han og ventede på dommen. Til hans overraskelse lænede Mellberg sig tilbage i stolen og sukkede dybt.

"Fandens til rod, jeg er havnet i." Han tøvede et øjeblik, så bøjede han sig ned og trak noget frem, som han smed på bordet til Ernst.

"Det er det her, jeg havde regnet med. Side tre."

Ernst tog det nysgerrigt og bladrede frem til side tre. Det lignede en bog med skolefoto, men siderne var fyldt med fotografier af kvinder, korte oplysninger om højde, vægt, øjenfarve og interesser. Pludselig gik det op for ham, hvad Irina var. En "postordrekone". Dog var der ingen påfaldende lighed mellem virkelighedens Irina og det, der stod om hende i kataloget. Hun havde fraregnet mindst ti år, ti kilo og ét kilo sminke. På billedet var hun smuk, uskyldsren, og hun så ind i kameraet med et bredt smil. Ernst så på fotografiet og derefter på Mellberg, som slog ud med armene:

"Det var, hvad jeg ventede mig. Vi havde brevvekslet i et år, og jeg kunne næsten ikke vente med at få hende dér hjem." Han nikkede mod kataloget i Ernsts skød. "Og så kom hun." Han sukkede. "Det var noget af en kold spand vand, vil jeg sige. Og så begyndte det: 'Bertil, søde, køb dit, køb dat.' Jeg greb hende oven i købet i at rode i min pung, da hun ikke troede, at jeg så det. For helvede, sådan noget juks."

Han klappede sig på sit arrangement oppe på toppen af hovedet, og Ernst bemærkede, at den Mellberg, der i en kort periode var gået op i sit udseende, nu var væk. Nu var skjorten igen plettet, og svedpletterne under armene var så store som kagetallerkener. Det var på en måde betryggende. Alt var ved det gamle.

"Jeg stoler på, at du ikke går og skvadrer om det her."

Mellberg pegede truende mod Ernst, som rystede ivrigt på hovedet. Syv segl for hans mund. En sten faldt fra hans hjerte. Han ville alligevel ikke blive fyret.

"Skal vi så glemme den her lille hændelse? Jeg skal nok tage mig af det. Det bliver det første fly hjem, gør det."

Ernst rejste sig og gik bukkende baglæns ud.

"Og så kan du fortælle dem derude, at de godt kan holde op med at sladre og begynde at bestille noget i stedet."

Ernst smilede bredt ved igen at høre Mellbergs barske tone. Chefen var tilbage i sadlen igen.

Hvis han havde været i tvivl, om Annika havde ret, så var tvivlen pist væk, så snart han trådte inden for døren derhjemme. Erica kastede sig i hans arme, og han kunne se trætheden lyse ud af hende. Endnu en gang gnavede hans dårlige samvittighed. Han skulle have været mere opmærksom, mere forstående over for Ericas sindstilstand. Men han havde bare gravet sig ned i arbejdet, endnu mere end han plejede, og ladet hende vandre rundt mellem hjemmets fire vægge uden noget fornuftigt at tage sig til.

"Hvor er de?" hviskede han.

"Ude i haven," hviskede Erica tilbage. "Åh, Patrik, jeg holder det ikke ud, hvis de skal blive her så meget som en dag mere. De har ikke bestilt andet end at sidde på deres bagdel og forvente, at jeg opvartede dem. Jeg orker det ikke."

Hun sank sammen i hans arme, og han strøg hende over håret. "Så så, jeg skal nok tage mig af det. Jeg er ked af, at jeg har arbejdet så meget denne her uge."

"Du har jo faktisk spurgt mig, om du skulle holde igen, og jeg sagde nej. Du har vel heller ikke haft noget valg," mumlede Erica mod hans skjorte.

Selvom han havde dårlig samvittighed, vidste han, at det var sandt. Hvordan skulle han kunne gøre andet, når en pige var forsvundet og måske holdt fanget et sted. Samtidig måtte Erica og barnets ve og vel jo komme i første række.

"Jeg er faktisk ikke alene på stationen. Jeg kan uddelegere en del arbejde. Men allerførst har vi et mere akut problem at løse."

Han gjorde sig fri af omfavnelsen, tog en dyb indånding og gik ud i haven.

"Hej med jer. Har I haft det dejligt?"

Jörgen og Madde vendte deres neonfarvede næser i hans retning og nikkede glade. Ja, det tror pokker, at I har haft det skønt, tænkte han, med fuld service hele dagen, som om det var et hotel.

"Hør her, jeg har løst problemet, for jeg ringede rundt og tjekkede. Der er ledige værelser på Stora Hotellet, da der er så mange, der har forladt Fjällbacka, men hvis der mangler lidt luft i jeres budget, som jeg har indtryk af, så er det måske ikke aktuelt?"

Jörgen og Madde, der et kort øjeblik så lidt urolige ud, udtrykte stor enighed. Nej, det var ikke aktuelt.

"Men," sagde Patrik og så med tilfredshed en bekymret rynke sætte sig i panden på dem begge, "jeg ringede også til vandrerhjemmet på Valö, og ved I hvad – der er også plads! Er det ikke strålende! Billigt, rent og pænt. Så kan det ikke blive bedre."

Han slog hænderne sammen i overdreven begejstring og kom dermed deres indvendinger i forkøbet. "Så det er nok bedst, at I begynder at pakke, for båden går fra Ingrid Bergmans Torv om en time."

Jörgen skulle til at sige noget, men Patrik holdt hænderne afværgende op. "Nej, nej, ikke noget at takke for, det var så lidt. Det var bare et par opringninger, der skulle til."

Han gik ud i køkkenet med et stille grin. Dér stod Erica og havde lyttet med ved vinduet. De gav hinanden en "high five" og gjorde alt, hvad de kunne for ikke at begynde at fnise.

"Nydeligt," hviskede Erica. "Jeg var ikke klar over, at jeg boede sammen med sådan en mester i diplomati!"

"Der er meget, du ikke ved om mig, min kære," sagde han. "Forstår du, jeg er et meget komplekst menneske ..."

"Javel, nå, så det er du. Og jeg som altid har syntes, at du virkede noget ensporet," smilede hun drillende.

"Ja, hvis ikke den store badebold på midten af dig sad i vejen, så skulle du se, hvor ensporet jeg er," flirtede Patrik tilbage og mærkede, hvordan det venskabelige dril fik spændingerne til at slippe.

Han blev alvorlig. "Har du hørt mere fra Anna?"

Ericas smil forsvandt. "Nej, ikke et ord. Jeg var nede og se ved kajen, og de var der ikke længere."

"Tror du, hun er taget hjem?"

"Det ved jeg ikke. Enten det eller også sejler de videre langs kysten. Men ved du hvad, det orker jeg faktisk ikke tage mig af. Jeg er så skidetræt af hendes pirrelighed og af, at hun bliver sur over det mindste."

Hun sukkede og begyndte at sige noget mere, men de blev afbrudt af Jörgen og Madde, som fornærmet fejede forbi dem for at samle deres ejendele.

Lidt senere, da Patrik havde gennet de modvillige feriegæster ned til Valöbåden, slog de sig ned i havestuen og nød stilheden. Ivrig efter at gøre hende tilpas og stadig med en følelse af gammel gæld masserede Patrik Ericas hævede fødder og lægge, mens hun sukkede af velvære. Tanken om de myrdede piger og den forsvundne Jenny Möller skød han væk. En gang imellem trængte sjælen til en pause.

Opringningen kom om morgenen. Som et led i beslutningen om at tage sig mere af sin partner havde Patrik bestemt sig for at sove længe, og de sad og spiste morgenmad i haven, da Pedersen ringede. Med et undskyldende øjekast rejste han sig fra bordet, men hun viftede bare til ham med et smil. Hun så betydeligt mere tilfreds ud, end hun havde gjort længe.

"Ja, har du noget spændende?" sagde Patrik.

"Ja, det kan man roligt sige. Hvis vi starter med Johannes Hults dødsårsag, så kan jeg bekræfte min første iagttagelse. Johannes hængte sig ikke. Hvis du siger, at han lå på gulvet med en løkke om halsen, så er den løkke lagt der, efter døden indtrådte. Selve dødsårsagen er et kraftigt slag mod baghovedet med en hård genstand, ikke noget stumpt, men noget med en skarp kant. Han har desuden et brud på kæben, der også tyder på et slag forfra."

"Så der er altså ikke tvivl om, at der er tale om mord?" Patrik holdt hårdt om røret.

"Nej, han kan umuligt have tilføjet sig selv den skade."

"Og hvor længe har han været død?"

"Det er svært at sige. Men han har ligget længe. Jeg gætter på, at det passer meget godt med det tidspunkt, han mentes at have hængt sig. Så han er ikke blevet lagt der siden hen, hvis det er det, du spørger om," sagde Pedersen med et muntert tonefald.

Der fulgte et øjebliks tavshed, mens Patrik tænkte efter. Så slog det ham: "Du var inde på, at du fandt noget mere, da du undersøgte Johannes. Hvad var det?"

"Jo, det vil du kunne lide. Vi har en sommervikar her, som er temmelig pernitten, og hun kom på den idé at tage en dna-prøve på Johannes, nu hvor han alligevel var gravet op, og sammenligne med den sædprøve, man fandt på Tanja Schmidt."

"Ja?" Patrik kunne høre sit eget, tunge åndedræt, der var fuldt af forventning.

"Du tror det ikke, men der var fandeme tale om slægtskab! Den, der myrdede Tanja Schmidt, er helt klart i slægt med Johannes Hult."

Patrik havde aldrig før hørt den korrekte Pedersen bande, men det ville han også selv have gjort ved den opdagelse. Det var fandens! Da han havde fattet sig, sagde han:

"Kan man se, hvordan de er i familie?" Hjertet slog hårdt.

"Ja, og det er vi ved at undersøge nærmere. Men det kræver lidt mere materiale til sammenligning, så nu er det din opgave at få blodprøver fra alle kendte medlemmer af Hult-familien."

"Alle sammen?" sagde Patrik og blev helt mat i knæene bare ved tanken om deres reaktion.

Han takkede for opringningen og gik tilbage til morgenbordet, hvor Erica sad som en madonna, med bølgende kurver i hvid natkjole og det lyse hår udslået. Hun kunne stadig tage pusten helt fra ham.

"Kør du bare." Hun gjorde igen viftende fagter, og han kyssede hende taknemmeligt på kinden.

"Skal du noget i dag?" spurgte han.

"Fordelen ved krævende gæster er, at jeg glæder mig til at have en dag til at dovne. Jeg skal med andre ord ikke noget i dag, har jeg bestemt mig for. Ligge ude og læse, spise lidt lækkert."

"Det lyder som en god plan. Så vil jeg sørge for at komme tidligt hjem. Senest klokken fire, det lover jeg."

"Ja, ja, så godt, du kan. Du kommer, når du kommer. Af sted med dig, det brænder jo under skosålerne på dig."

Det behøvede hun ikke at sige to gange. Han skyndte sig af sted til stationen.

Da han ankom godt og vel tyve minutter senere, sad de andre og drak formiddagskaffe. Han blev klar over, at klokken nok var blevet lidt mere, end han havde regnet med.

"Hej, Hedström, havde du glemt at stille vækkeuret, eller hvad?"

Ernst, hvis selvtillid var helt genoprettet efter gårsdagen, lød så vigtig han overhovedet kunne.

"Næ, det var mere sådan en kompensation for al overtiden. Kæresten skulle også have lidt opmærksomhed," sagde Patrik og blinkede til Annika, der tog sig en kort pause fra receptionen.

"Nå ja, det er vel en del af en chefs privilegier, vil jeg tro, at møde sent, når man har lyst," kunne Ernst ikke dy sig for at replicere.

"Jeg er ganske vist ansvarlig for lige den her efterforskning, men chef er jeg ikke," påpegede Patrik mildt. Blikkene, Annika sendte Ernst, var ikke lige så milde.

Patrik fortsatte: "Og som ansvarlig for efterforskningen har jeg lidt nyheder – og en ny opgave."

Han fortalte, hvad Pedersen havde sagt, og i et kort øjeblik var stemningen i tekøkkenet på Tanumshede Station triumferende.

"Jamen, så har vi jo fået det kogt ned til fire mulige," sagde Gösta. "Johan, Robert, Jacob og Gabriel."

"Ja, og glem ikke, hvor Tanja sidst blev set," sagde Martin.

"Ifølge Johan, ja," mindede Ernst om. "Glem ikke, at det er Johan, som påstår det. Personligt kunne jeg forestille mig et mere pålideligt vidne."

"Jo, men Linda siger jo også, at de så nogen den aften, så ..."

Patrik afbrød diskussionen mellem Ernst og Martin. "Hvordan det end er med det, så behøver vi i hvert fald ikke spekulere mere, så snart vi har taget dna-prøver på alle i familien Hult. Så ved vi det. Og jeg ringede på vej herhen for at få de tilladelser, vi har brug for. Alle ved, hvorfor det haster, så jeg venter grønt lys fra anklagemyndigheden når som helst."

Han skænkede sig en kop kaffe og slog sig ned hos de andre. Mobiltelefonen lagde han midt på bordet, så det var svært ikke at komme til at sidde og glo på den.

"Hvad mener I om balladen her i går?"

Ernst klukkede og glemte straks sit løfte om ikke at sladre om Mellbergs betroelser. På dette tidspunkt havde alle hørt om Mellbergs postordreforlovede, og det var længe siden, der var blevet snakket så ivrigt, så man kunne nok regne med, at det ville fortsætte et godt stykke tid fremover uden for chefens hørevidde.

"Ja, for fanden," lo Gösta. "Det er man sgu selv ude om. Hvis man er så desperat efter et kvindemenneske, at man må bestille hende fra et katalog."

"Kan I ikke lige se ham for jer, da han skulle tage imod hende i lufthavnen, og han opdagede, at alle hans forventninger faldt til jorden." Annika lo hjerteligt. Det var ligesom ikke så slemt at grine ad andres ulykke, når det var Mellberg, det handlede om.

"Men jeg må sige, at hun ikke lå på den lade side. Styrede direkte hen i butikken og fyldte tasken. Og det var tydeligvis ikke så vigtigt, hvad der røg ned heller, bare der var pris på ..." lo Ernst. "Nej, apropos stjæle, så hør lige her. Ham Persson, som Gösta og jeg var ude hos i går, fortalte, at en eller anden idiot plejede at stjæle af hans forbandede gødning. Hver gang han bestilte et nyt læs, forsvandt der et par store sække. Fatter man, at folk kan være så fedtede, at de stjæler sække fulde af lort ? Det er godt nok dyrt lort, men alligevel ..." Han slog sig på lårene. "Ja, det er utroligt," sagde han og tørrede en lattertåre væk. Så opfattede han stilheden.

"Hvad sagde du?" sagde Patrik med ildevarslende stemme. Den havde Ernst hørt før, for kun et par dage siden faktisk, så han vidste, at nu havde han dummet sig igen.

"Jo, han sagde, at der var nogen, der plejede at stjæle sække med gødning fra ham."

"Og det faldt dig ikke ind, at når Västergården er den nærmeste gård, så kunne det være en vigtig information?"

Stemmen var så kold, at den kunne give frostknuder. Patrik henvendte sig til Gösta: "Hørte du også det her, Gösta?"

"Nej, bonden må have sagt det, mens jeg var på toilettet et øjeblik." Han stirrede på Ernst.

"Jeg tænkte bare ikke over det," sagde Ernst surt. "Man kan da for helvede heller ikke gå og huske på alting."

"Det er jo lige det, man skal. Men det må vi snakke mere om senere hen, spørgsmålet er, hvad det nu betyder for os."

Martin rakte hånden i vejret, som om han sad på skolebænken. "Er det kun mig, der mener, at vi skulle tage og hente Jacob ind?" Der var ingen, der svarede, så han præciserede. "For det første har vi et vidneudsagn, selvom det er fra en tvivlsom kilde, som siger, at Tanja var på Västergården omkring det tidspunkt, hun forsvandt. For det andet peger dna'et på Tanjas krop mod en, der er i slægt med Johannes, og for det tredje så blev der stjålet sække med gødning fra en gård, der ligger lige op til Västergården. Det er i hvert fald nok til, at jeg synes, han skal tages ind til en snak, og også til, at vi får set os mere omkring på ejendommen imens."

Der var stadig ingen, der sagde noget, så Martin fortsatte argumentationen: "Som du også sagde, Patrik, så haster det jo. Vi har intet at tabe ved at se os lidt omkring og skrue lidt på tommeskruerne over for Jacob. Den eneste måde, vi kan tabe noget på, er ved ikke at foretage os noget. Selvfølgelig får vi besked, når alle er blevet testet og sammenholdt med dna' et, men vi kan ikke bare sidde her og trille tommelfingre indtil da. Vi må da gøre noget!"

Så tog Patrik ordet: "Martin har ret. Vi har nok til, at det er værd at hente ham ind. Det vil heller ikke skade at se nærmere på Västergården. Nu skal I høre: Jeg og Gösta kører ud og henter Jacob. Martin, du får fat i Uddevalla og beder om assistance til husundersøgelse på gården. Bed Mellberg om at skaffe tilladelsen, men sørg for, at den ikke kun omfatter hovedbygningen, men samtlige bygninger på ejendommen. Vi rapporterer alle sammen til Annika efter behov. Okay? Er der nogen spørgsmål?"

"Ja, hvad gør vi med blodprøverne?" spurgte Martin.

"Åh, for fanden, det havde jeg glemt. Vi skulle kunne klone os." Patrik tænkte lidt. "Martin, kan du også klare det, hvis du får hjælp fra Uddevalla?" Martin nikkede. "Godt, så kontakt også lægehuset i Fjällbacka og få nogen med derfra til at tage blodprøverne. Og så er det fandens vigtigt, at blodet bliver omhyggeligt mærket og afleveret i en helvedes fart til Pedersen. Nå, så kører vi. Og glem ikke, hvorfor det haster!"

"Og hvad skal jeg så?" Ernst øjnede en chance for at blive taget til nåde igen.

"Du bliver her," sagde Patrik og spildte ikke flere ord på den sag.

Ernst mumlede, men vidste godt, når man skulle holde lav profil. Men han ville i hvert fald tage sig en snak med Mellberg, når alt det her var overstået. Så slemt var det vel heller ikke. Man var dog kun et menneske!

Maritas hjerte bankede af stolthed. Friluftsgudstjenesten var som sædvanligt skøn, og dér i midten af det hele stod hendes Jacob. Rank, stærk og med fast stemme forkyndte han Guds ord. Der var mange mennesker. Ud over de fleste på gården – selvom der stadig var nogen, der ikke havde set lyset – var omkring hundrede trofaste tilhængere kommet. De sad i græsset med blikket rettet mod Jacob, der stod på sit sædvanlige sted på klippestenen med ryggen mod søen. Omkring dem stod de høje, tætte birketræer, som gav skygge, når det var varmt, og akkompagnerede Jacobs melodiske røst med deres raslende blade. Nogle gange kunne hun slet ikke fatte sin lykke. At den mand, som alle så på med beundring, havde valgt netop hende.

Hun var ikke mere end sytten, da hun mødte Jacob. Han var treogtyve og havde allerede ry for at være en stærk skikkelse i menigheden. En del skyldtes hans farfar, hvis berømmelse hang lidt ved, men for hovedparten skyldtes den hans egen udstråling. Den forunderlige blanding af mildhed og styrke gav ham en tiltrækningskraft, som ingen kunne undgå at føle. Hendes forældre, og dermed også hende selv, havde tilhørt menigheden længe, og de gik nødig glip af en gudstjeneste. Allerede før de gik til den første gudstjeneste, Jacob Hult skulle holde, havde det sitret i hende, som om hun anede, at der ville ske noget stort. Og det gjorde der. Hun havde ikke kunnet tage blikket fra ham, og hendes øjne hang ved hans læber, hvorfra Guds ord flød så let som rindende vand. Da hans blik begyndte at møde hendes, sendte hun bønner til Gud. Feberagtige, bønfaldende, tiggende bønner. Hun, der var opdraget til aldrig at bede om noget, der kun gjaldt én selv, bad om noget så jordisk som en mand. Men hun kunne ikke lade være. Selvom hun næsten kunne mærke skærsildens flammer række ud efter sig, fortsatte hun hektisk og holdt ikke op, før hun vidste, at han så på hende med interesse.

Egentlig forstod hun ikke, hvorfor Jacob havde valgt hende. Hun var klar over, at der ikke var noget særligt ved hendes udseende, og hun var stille og indadvendt. Men han havde villet have hende, og den dag, de blev gift, lovede hun sig selv aldrig at sætte spørgsmålstegn ved Guds vilje. Han havde set de to i mængden og set, at det ville blive godt – på anden måde kunne hun ikke forklare det. Måske havde et så stærkt menneske som Jacob behov for en svag modpart for ikke at nedslides af modstand. Det var ikke til at vide.

Børnene sad uroligt ved siden af hende på jorden. Marita tyssede strengt på dem. Hun vidste, at det kløede i dem for at få lov at rende rundt og lege, men det kunne de gøre siden hen, nu skulle de lytte til deres far, når han forkyndte Guds ord.

"Det er, når vi mødes af vanskeligheder, at troen prøves. Men det er også sådan, den styrkes. Uden modstand gøres troen svag, og vi bliver mætte og bekvemme. Så begynder vi at glemme, hvorfor vi skal vende os mod Gud for vejledning. Og snart er vi ledt på afveje. Jeg har, som I ved, selv været igennem mange prøvelser i den sidste tid. Det gælder også min familie. Der er onde kræfter på spil for at prøve vores tro, men det er dømt til at mislykkes. For min tro er kun blevet stærkere. Den har vokset sig så stærk, at de onde magter ikke kan nå mig. Lovet være Gud, som skænker mig en sådan styrke!"

Han løftede hænderne mod himlen, og de forsamlede råbte "Halleluja" med ansigter, der lyste af glæde og overbevisning. Også Marita løftede hænderne mod himlen og takkede Gud. Jacobs ord fik hende til at glemme de sidste ugers prøvelser. Hun stolede på ham, og hun stolede på herren, og så længe de stod sammen, kunne intet ryste dem.

Da Jacob lidt senere afsluttede gudstjenesten, samlede skarer af mennesker sig om ham. Alle ville trykke ham i hånden, takke og vise ham deres støtte. De lod alle til at have brug for at røre ved ham for på den måde at få del i hans ro og overbevisning. De ville alle have en bid af ham. Men Marita holdt sig tilbage, triumferende i bevidstheden om, at Jacob var hendes. Indimellem tænkte hun med en følelse af skyld, om det var syndigt at føle sådan et begær efter at eje sin mand, at ville have hver fiber af ham, men de tanker slog hun altid til side. Det var åbenbart Guds vilje, at de skulle være sammen, og så kunne det vel ikke være galt.

Da det begyndte at tynde ud i flokken omkring ham, tog hun børnene ved hånden og gik hen til ham. Hun kendte ham så godt. Hun kunne se, at det, der havde opfyldt ham under gudstjenesten, nu var begyndt at glide af ham, og trætheden havde gjort sit indtog.

"Kom, så tager vi hjem, Jacob."

"Ikke endnu, Marita. Jeg har noget, jeg skal først."

"Det er ikke noget, der ikke kan vente til i morgen. Tag med mig hjem nu, så du kan hvile dig. Jeg kan se, at du er træt."

Han smilede og tog hendes hånd. "Du har som sædvanligt ret, min kloge hustru. Jeg henter bare lige mine ting på kontoret, så kan vi tage af sted."

De begyndte at gå op mod huset, da de så to mænd komme gående hen imod dem. Først så de ikke, hvem det var, da solen skinnede dem lige i øjnene, men da de kom nærmere, undslap der Jacob et irriteret støn.

"Hvad vil I nu?"

Marita så undrende skiftevis på mændene og Jacob, indtil hun af

Jacobs tonefald forstod, at det var politifolk. Hun så hadefuldt på dem. Det var dem, der havde voldt Jacob og familien så store problemer i den sidste tid.

"Vi vil gerne tale lidt med dig, Jacob."

"Hvad i alverden kan der dog være at sige, som jeg ikke sagde i går?" Han sukkede. "Nå, men vi kan vel lige så godt få det overstået. Vi går ind på mit kontor."

Politimændene blev stående. De så usikkert på børnene, og Marita begyndte at ane uråd. Hun trak instinktivt børnene ind til sig.

"Ikke her. Vi vil gerne tale med dig nede på stationen."

Det var den yngste politimand, der talte. Den ældre stod tavs og betragtede alvorligt Jacob. Skrækken fyldte hende. Det var i sandhed ondskabens magter, der nærmede sig, præcis som Jacob havde sagt i sin prædiken.

Sommeren 1979

Hun vidste, at den anden pige var borte. Fra sin krog i mørket hørte hun det sidste suk undslippe hende, og med foldede hænder bad hun Gud om at tage imod hendes ven i nøden. På sin vis var hun misundelig på hende. Misundelig over, at hun nu slap for at lide mere.

Pigen havde allerede været der, da hun selv kom til dette helvede. Først var hun lammet af skræk, men pigens arme omkring hende og hendes varme krop havde givet hende en mærkelig tryghed. Men hun havde ikke altid været sød. Det var kampen for overlevelse, der havde tvunget dem sammen, men samtidig drevet dem fra hinanden. Selv havde hun bevaret håbet. Det havde den anden ikke, og hun vidste, at det måtte hun have hadet hende for. Men hvordan kunne hun slippe håbet? Hele sit liv var hun blevet belært om, at enhver umulig situation havde sin løsning, og hvorfor skulle det være anderledes med denne? For sit indre blik kunne hun se sin mors og fars ansigt og lå i sikker forvisning om, at de snart ville finde hende.

Stakkels den anden pige. Hun havde ikke haft noget. Hun var klar over, hvem hun var, så snart hun mærkede hendes varme krop i mørket, men i livet deroppe havde de aldrig talt sammen, og i en tavs overenskomst brugte de ikke hinandens navne. Det var alt for tæt på det normale, til at de kunne bære den byrde. Men hun havde talt om sin datter. Det var den eneste gang, der var kommet liv i hendes stemme.

At folde hænderne og bede for den, der nu var borte, krævede en næsten overmenneskelig anstrengelse. Hendes lemmer lystrede hende ikke, men ved at samle sine sidste kræfter havde hun med ren viljeskraft kunne føre sine umedgørlige hænder sammen til noget, der lignede hænder samlet i bøn.

Hun ventede tålmodigt i mørket med sin smerte. Nu var det kun et spørgsmål om tid, før de fandt hende, mor og far. Snart ...

JACOB SAGDE IRRITERET: "Så følger jeg med til stationen nu. Men så må det også være slut med det her, forstår I!"

Marita så Kennedy nærme sig ud ad øjenkrogen. Hun havde altid følt en vis modvilje over for ham. Der var et stygt glimt i hans øjne, der blandede sig med forgudelse, når han så på Jacob. Men da hun fortalte Jacob om sine følelser, havde han irettesat hende. Kennedy var et ulykkeligt barn, som langt om længe var ved at finde en fred i sig selv. Det, han havde brug for nu, var kærlighed og omsorg, ikke mistænksomhed. Men uroen ville ikke rigtig forlade hende. En afværgende bevægelse fra Jacob fik Kennedy til modvilligt at gå baglæns og vende tilbage til huset. Han var som en vagthund, der ville forsvare sin herre, tænkte Marita.

Jacob vendte sig om mod hende og tog hendes ansigt mellem sine hænder. "Tag hjem med børnene. Der er ikke noget at være bange for. Politiet vil bare lægge lidt ekstra brænde på den ild, de selv skal fortæres af."

Han smilede for at tage brodden af sine ord, men hun holdt børnene endnu mere fast. De så uroligt fra hende til Jacob. Som børn gør det, når de mærker, at noget forstyrrer balancen i deres verden.

Den yngste politimand tog igen ordet. Denne gang så han en anelse pinligt berørt ud, da han sagde: "Jeg vil råde dig til ikke at tage hjem med børnene før i aften. Vi ..." han gjorde et lille ophold, "vi kommer til at foretage en husundersøgelse hjemme hos jer i løbet af eftermiddagen."

"Hvad bilder I jer ind?" Jacob var så ophidset, at ordene sad fast i halsen på ham.

Marita mærkede børnenes uro. De var ikke vant til at høre deres far hæve stemmen.

"Det skal vi nok fortælle dig om nede på stationen. Skal vi køre?"

Af hensyn til børnene nikkede Jacob resigneret. Han klappede børnene på hovedet, kyssede Marita på kinden og gik mellem de to politifolk hen til deres bil.

Da politiet var kørt med Jacob, stod hun som forstenet og så efter dem. Henne ved huset stod Kennedy og kiggede efter dem. Hans øjne var mørke.

Også på herregården var sindene i oprør.

"Jeg ringer til min advokat! Det her er totalt vanvid! At tage blodprøver og behandle os som simple kriminelle!"

Gabriel var så vred, at hans hånd rystede på dørhåndtaget. Martin stod forrest på trappen og mødte roligt Gabriels blik. Bag ved ham stod Fjällbackas distriktslæge, doktor Jacobsson, og svedte tran. Hans store korpus egnede sig ikke til den nuværende hede, men den væsentligste årsag til, at sveden randt var nu, at han fandt situationen frygtelig ubehagelig.

"Vær så god, ring, men sig lige, hvilke papirer vi har, så vil han kunne fortælle dig, at vi er i vores gode ret. Og hvis ikke han kan være her inden for et kvarter, så har vi på grund af sagens hastekarakter ret til at iværksætte beslutningen uden hans tilstedeværelse."

Det var helt bevidst, at Martin anlagde en bureaukratisk stil. Han gættede på, at det var med det sprog, han bedst nåede ind til Gabriel. Det lod også til at virke, Gabriel lod dem modvilligt komme ind. Han tog de papirer, Martin viste ham, og gik hen til telefonen for at ringe. Martin vinkede de to ekstra politifolk fra Uddevalla ind og beredte sig på at skulle vente. Gabriel talte ophidset i telefonen, mens han gestikulerede, og noget tid efter kom han tilbage til dem i gangen.

"Han er her om ti minutter," sagde Gabriel mut.

"Godt. Hvor er din kone og din datter? Dem skal vi også have prøver fra."

"I stalden."

"Kan du hente dem?" spurgte Martin den ene af de tilkomne politifolk.

"Klart. Hvor er stalden?"

"Hvis du følger den lille vej forbi husets venstre fløj, så ligger stalden et par hundrede meter nede." Gabriel forsøgte at holde gode miner til slet spil, selvom hans kropssprog tydeligt afslørede, at han ikke brød sig om situationen. Han sagde afmålt: "Så må I vel hellere komme indenfor så længe."

De sad tavse og ilde til mode alleryderst på sofasæderne, da Linda og Laine kom ind.

"Hvad er der, Gabriel? Politimanden her siger, at doktor Jacobsson er her for at tage blodprøver på os! Det lyder som en dårlig vittighed!"

Linda, der havde svært ved at få øjnene fra den unge uniformerede mand, der havde hentet dem i stalden, havde tydeligvis en anden opfattelse. "Sejt."

"Desværre er det ikke en vittighed, Laine. Men jeg har ringet til advokat Lövgren, og han kan være her når som helst. Og før han kommer, bliver der ikke taget nogen blodprøver."

"Men jeg forstår ikke, hvad I skal med blodprøver?" Laine så undrende, men fattet ud.

"Af hensyn til efterforskningen kan vi desværre ikke svare på det nu. Men alt får efterhånden en forklaring."

Gabriel sad og nærlæste kendelsen. "Der står, at I også har tilladelse til at tage blodprøve på Jacob og Solveig og drengene?"

Var det indbildning, eller så Martin en skygge fare hastigt hen over Laines ansigt? Så bankede det på døren, og Gabriels advokat trådte ind.

Da formaliteterne var overstået, og advokaten havde forklaret Gabriel og familien, at politiets papirer var tilstrækkelige, blev der taget blodprøver. Først Gabriel, så Laine, som til Martins forundring stadig så ud til at være den mest fattede af dem. Han bemærkede, at også Gabriel forbavset, men anerkendende betragtede sin kone. Til sidst var det Lindas tur, og hun indledte en så intens øjenkontakt med politimanden, at Martin måtte se bestemt på ham.

"Det var så det." Jacobsson rejste sig besværet og samlede prøverne sammen. De var nøje mærket med navn og blev lagt ned i en køletaske.

"Skal I hen til Solveig nu?" spurgte Gabriel. Han smilede pludselig skævt. "Så må I hellere tage hjelmene på og stavene med i så fald, for hende kommer I ikke til at få blodprøver fra uden kamp."

"Det kan vi nok håndtere," sagde Martin tørt. Han brød sig ikke om det skadefro glimt i Gabriels øjne.

"Kom bare ikke og sig, at jeg ikke advarede jer," lo han.

Laine hvæsede: "Gabriel, opfør dig som et voksent menneske!"

Af bar forbavselse over at blive irettesat som et barn tav Gabriel og satte sig. Han betragtede hende, som om han så hende for første gang.

Martin tog kollegerne og lægen med sig ud, og de fordelte sig i to biler. På vejen til Solveig ringede Patrik.

"Hej, hvordan gik det?"

"Som forventet," svarede Martin. "Gabriel blev stiktosset og ringede til sin advokat. Men vi fik, hvad vi kom efter, så nu er vi på vej hen til Solveig. Jeg regner ikke med, at det ligefrem kommer til at gå som smurt dér ..."

"Nej, det ville jeg heller ikke gøre. Bare sørg for, at det ikke udarter sig."

"Nej, nej, jeg er så diplomatisk, man overhovedet kan være. Du skal ikke bekymre dig. Hvordan går det hos jer?"

"Det gik godt. Han sidder her i bilen nu, og vi er snart i Tanumshede."

"Held og lykke."

"Også til jer."

Martin sagde farvel, netop da de drejede ind ved Solveig Hults sølle, lille hus. Denne gang blev han ikke lige så slået af det fremskredne forfald, som da han så det første gang. Men igen kunne han ikke lade være at undre sig over, at mennesker kunne leve sådan. At man var fattig, kunne man ikke gøre for, men man kunne da godt gøre det rent og pænt omkring sig.

Det var med en vis bæven, at han bankede på døren. Men han

havde ikke i sin vildeste fantasi kunnet forestille sig den modtagelse, han fik. Klask! En velanbragt ørefigen efterlod hans højre kind brændende, og overraskelsen fik ham til at snappe efter vejret. Han mærkede, snarere end så, hvordan politimændene bag ham gjorde sig klar til at kaste sig ind, men han stak afværgende en hånd op.

"Rolig, rolig. Der er ikke brug for muskelkraft her. Vel, Solveig?" sagde han med mild stemme til kvinden foran sig. Hun trak vejret tungt, men så ud til at blive beroliget af hans tonefald.

"Hvor vover I at vise jer her, efter at I gravede Johannes op!" Hun satte hænderne i siden og spærrede effektivt døråbningen.

"Jeg forstår godt, at det var svært, Solveig, men vi gør kun vores arbejde. Og det gør vi også nu, så jeg synes, du skal være lidt samarbejdsvillig."

"Hvad vil I så nu?" spruttede hun.

"Kan jeg ikke lige komme ind lidt, så skal jeg fortælle dig det."

Han vendte sig om mod de tre bag ham: "Vent lidt, mens Solveig og jeg går ind og taler sammen."

Han trådte ganske enkelt ind og lukkede døren bag sig. Solveig gik forbavset baglæns og lod ham komme ind. Martin udviste al sit diplomatiske talent og forklarede hende omhyggeligt situationen. Efterhånden blev hendes protester mere lavmælte, og nogle minutter senere kunne han åbne døren og lade de andre komme ind.

"Vi må også hente drengene, Solveig, hvor er de?"

Hun lo. "De sidder nok bag ved huset og gemmer sig indtil de ved, hvorfor I er her. De er vel også ved at blive trætte af at se på jer grimrian'er." Hun lo og åbnede et snavset vindue.

"Johan, Robert, tag og kom herind. Strisserne er tilbage!"

Det raslede i busken, og så kom Johan og Robert luntende. De så afventende på selskabet, der trængte sig sammen i køkkenet.

"Hvad handler det om?"

"Nu skal de også have blodprøver fra os," sagde Solveig køligt konstaterende.

"Hvad fanden, I er da ikke rigtig kloge. I får fandeme ikke noget af mig!"

"Robert, hold dig på måtten nu," sagde Solveig træt. "Jeg og politimanden dér har snakket om det, og jeg har sagt, at vi ikke laver ballade. Så sæt jer nu ned og hold kæft. Jo hurtigere de er færdige, desto før er vi af med dem."

Til Martins lettelse så de ud til at gøre, som hun sagde. De lod Jacobsson tage en sprøjte frem og tage prøver fra dem begge. Da han havde taget alles blodprøver, lagde han også disse mærkede beholdere i sin lille taske og erklærede, at arbejdet for hans vedkommende nu var fuldført.

"Hvad skal I med det dér?" spurgte Johan nysgerrigt.

Martin svarede det samme, som han havde svaret Gabriel. Så sagde han henvendt til den yngste af de to politifolk fra Uddevalla: "Henter du den prøve, der er i Tanumshede, og sørger for at den bliver kørt til Göteborg med det samme?"

Den unge mand – det var ham, der havde flirtet lidt rigeligt med Linda på herregården – nikkede. "Det ordner jeg. Der er to mand på vej fra Uddevalla for at assistere jer ..." Han tav og så usikkert på Solveig og hendes sønner, som lyttede med, "med jeres *andet* ærinde. De møder jer ..." endnu en pause, "det *andet* sted."

"Godt," sagde Martin. Han henvendte sig til Solveig: "Så siger vi tak."

Han overvejede et sekund at fortælle dem om Johannes, men turde ikke handle direkte imod Patriks ordrer. Patrik ville ikke have, at de fik det at vide endnu, og så måtte han lade det ligge.

Uden for huset stoppede han op. Hvis man kunne se bort fra det faldefærdige, lille hus og de skrottede biler og andet skrammel, som stod udenfor, så boede de vidunderligt smukt. Man måtte bare håbe, at de selv en gang imellem var i stand til at løfte blikket fra deres egen elendighed og opdage skønheden omkring sig. Men han tvivlede.

"Nå, så går det til Västergården," sagde Martin og gik målrettet hen mod bilen. Én opgave fuldført, videre til den næste. Han spekulerede på, hvordan det gik for Patrik og Gösta.

"Hvorfor tror du selv, at du er her?" spurgte Patrik. Han og Gösta sad ved siden af hinanden over for Jacob i det lille forhørslokale.

Jacob betragtede dem roligt med de foldede hænder på bordet. "Hvordan skal jeg kunne vide det? Der har ikke været nogen logik i noget af alt det, I har gjort mod min familie, så jeg går ud fra, at man bare må forholde sig afventende og være parat til lidt af hvert."

"Du mener altså helt seriøst, at politiet ser det som sin fornemste opgave at genere din familie? Hvad skulle vi få ud af det?" Patrik lænede sig nysgerrigt frem.

Jacob svarede med samme ro igen: "Ondskab og nederdrægtighed kræver ikke noget særligt motiv. Men hvad ved jeg, måske er I blevet klar over, at I begik en dumhed med Johannes og prøver nu på at retfærdiggøre det for jer selv."

"Hvad mener du?" sagde Patrik.

"Jamen, jeg mener bare, at hvis I kan få noget på os nu, så havde I måske alligevel ret med Johannes," svarede Jacob.

"Du synes ikke, det lyder lidt langt ude?"

"Hvad skal jeg tro? Jeg ved kun, at I sætter jer som blodmider på os og ikke vil slippe taget. Min eneste trøst er, at Gud ser sandheden."

"Du taler meget om Gud, knægt," sagde Gösta. "Er din far lige så troende?"

Spørgsmålet så ud til at komme Jacob på tværs, som Gösta også havde regnet med. "Min fars tro sidder et sted langt inde. Men hans," han ledte efter det rette ord, "komplicerede forhold til sin far fik ham til at pakke sin tro lidt væk. Men den er der."

"Hans far, ja. Ephraim Hult. Prædikanten. Du og han stod jo hinanden nær." Gösta konstaterede det mere end spurgte.

"Jeg forstår ikke, hvilken interesse det kan have for jer, men ja, farfar og jeg havde et meget nært forhold." Jacobs læber blev smalle.

"Han reddede dit liv?" sagde Patrik.

"Ja, han reddede mit liv."

"Hvordan havde din far det med, at det ikke var ham selv, men den far, han selv havde et – med dine egne ord – kompliceret forhold til, der reddede dit liv?" fortsatte Patrik.

"Enhver far vil vel helst være sin søns helt, men jeg tror ikke, det var sådan, han så på det. Farfar reddede trods alt mit liv, og det var far ham evigt taknemmelig for."

"Og Johannes? Hvordan var hans forhold til Ephraim – og til din far?"

"Altså, jeg kan overhovedet ikke se, at det spiller nogen rolle! Det er mere end tyve år siden!"

"Det er vi klar over. Vi vil alligevel sætte pris på at få svar på nogle spørgsmål," sagde Gösta.

Jacobs rolige optræden var begyndt at flosse lidt i kanten, og hans hånd fór gennem håret.

"Johannes ... ja, han og far havde vel nogle problemer, men Ephraim elskede ham. Ikke at de ligefrem havde en inderlig tone imellem sig, men sådan var den generation vel. De bar ikke følelserne uden på tøjet."

"Skændtes din far og Johannes meget?" spurgte Patrik.

"Nå, skændtes og skændtes. De havde deres diskussioner, men søskende har det jo med at støde sammen."

"Efter hvad folk siger, var det mere end diskussioner. Nogle påstår endda, at Gabriel hadede sin bror." Patrik begyndte at presse på.

"Had er et stærkt udtryk, som man ikke skal bruge i flæng. Næ, far nærede vel ikke ømme følelser for Johannes, men hvis de havde haft tiden for sig, er jeg sikker på, at Gud havde grebet ind. Broder skal ikke vende sig mod broder."

"Jeg antager, at du hentyder til Kain og Abel. Sjovt, at det netop er den bibelfortælling, du kommer til at tænke på. Stod det så galt til med dem?" sagde Patrik.

"Nej, det gjorde det bestemt ikke. Far slog da trods alt ikke sin bror ihjel!" Jacob så ud til at genfinde noget af den ro, han havde været ved at miste og foldede igen hænderne som i bøn.

"Er du sikker på det?" Göstas stemme var fuld af undertoner.

Jacob så forvirret på de to mænd foran ham.

"Hvad snakker I om? Alle ved da, at Johannes hængte sig."

"Jah, men problemet er bare, at da vi undersøgte Johannes' efterladenskaber, viste de noget andet. Johannes blev myrdet. Han tog ikke livet af sig."

De foldede hænder begyndte at ryste ukontrollabelt. Jacob så ud til at ville forme nogle ord med munden, men der kom ikke en lyd. Patrik og Gösta lænede sig tilbage som på tælling og iagttog tavst Jacob. Det så åbenbart ud til at komme som en overraskelse for ham.

"Hvordan reagerede din far på nyheden om Johannes' død?"

"Det, det ... det ved jeg ikke rigtigt," stammede Jacob. "Jeg var stadig på hospitalet på det tidspunkt." Som et lyn slog en tanke ned: "Prøver I at få det til, at far slog Johannes ihjel?" Tanken fik ham til at fnise. "I er ikke rigtigt kloge. Skulle min far have myrdet sin bror ... Nej, nu må I have mig undskyldt ..." Han begyndte at grine højt. Hverken Gösta eller Patrik så ud til at more sig.

"Synes du, det er noget at le ad, at din onkel Johannes blev myrdet. Det er noget, du finder morsomt?" sagde Patrik afmålt.

Jacob tav og bøjede hovedet. "Nej, selvfølgelig gør jeg ikke det. Det var bare et chok." Han så op igen. "Men så forstår jeg endnu mindre, hvorfor I vil tale med mig. Dengang var jeg jo kun ti år og lå på hospitalet, så I kan vel næppe påstå, at *jeg* havde noget med det at gøre." Han betonede "jeg" for at demonstrere, hvor utroligt det lød. "Det gør det bare mere tydeligt, hvad der i virkeligheden skete. Den, der virkelig myrdede Siv og Mona, må have syntes, at det var perfekt, at I udså jer Johannes som syndebuk, og for at han aldrig skulle kunne rense sig, så tog han livet af ham og fik det til at se ud som selvmord. Morderen vidste, hvordan folk ville reagere. At de ville tage det som et lige så godt bevis på hans skyld som en skriftlig tilståelse. Og det er sikkert den samme, der har myrdet hende tyskeren. Det lyder sandsynligt, ikke?" sagde han ivrigt. Hans blik lyste.

"En udmærket teori," sagde Patrik. "Slet ikke dårlig, rent bortset fra, at vi har sammenholdt dna fra Johannes med en dna-prøve, vi tog fra sæden på Tanjas lig. Ved en sammenligning viste det sig, at Johannes er i slægt med den, der myrdede Tanja." Han afventede Jacobs reaktion. Den kom ikke. Han sad helt stille.

Patrik fortsatte: "Så i dag har vi indhentet blodprøver fra samtlige i familien og sender dem nu til Göteborg sammen med den prøve, vi fik fra dig, da du kom. Derefter er vi helt sikre på at få afklaret, hvem morderen er. Så du kan vel lige så godt fortælle, hvad du ved, Jacob? Tanja blev set hjemme hos dig; morderen er i slægt med Johannes. Det er et mærkeligt sammentræf, ikke?"

Jacobs ansigt ændrede farve. Det blev skiftevist blegt og mørkt, og Patrik kunne se hans kæber spændes.

"Det vidneudsagn er noget vrøvl, og det ved I. Johan prøver bare at spidde mig, fordi han afskyr vores familie. Og hvad alle sådan nogle dna- og blodprøver angår, så kan I gøre, hvad I vil, men I skal søreme personligt undskylde, når I har fået svarene!"

"I så fald skal jeg personligt undskylde," svarede Patrik roligt, "men indtil da må jeg insistere på at få svar på det, der er nødvendigt."

Han ville ønske, at Martin og hans gruppe var nået at blive færdige med husundersøgelsen, inden de forhørte Jacob, men med et tikkende ur i baghovedet var de nødt til at arbejde med det, de nu havde. Allerhelst ville han have svar på, om jordanalyser fra Västergården viste spor af FZ-302. Eventuelle fysiske spor fra Tanja eller Jenny håbede han, at Martin kunne give besked om snart, men jordanalyserne tog sin tid, det kunne de ikke fremskynde. Han var ikke helt fri for at plages en smule af den tanke, at der slet ikke blev fundet noget på gården. Ville det være muligt at skjule eller ligefrem myrde nogen, uden at Marita eller børnene så noget? Han havde en umiddelbar følelse af, at Jacob passede som hovedmistænkt, men netop det faktum foruroligede ham. Hvordan skjuler man et menneske på den gård, man bor på, uden at familien får mistanke?

Næsten som om Jacob læste hans tanker, sagde han: "Jeg håber virkeligt ikke, at I vender op og ned på det hele derhjemme. Marita bliver ude af sig selv, hvis hun kommer hjem til et fuldstændigt kaos."

"Jeg vil tro, at mændene er forsigtige," sagde Gösta.

Patrik så på telefonen. Bare Martin nu snart ringede tilbage.

Johan havde trukket sig tilbage til skurets fred. Solveigs reaktion på først gravåbningen og så blodprøverne gik ham på. Han kunne ikke klare al den følelsesfuldhed og havde brug for at sidde lidt for sig selv og tænke det hele igennem. Cementgulvet, han sad på, var hårdt, men dejlig køligt. Han svingede armene om de bøjede ben og lagde kinden mod det ene knæ. Lige nu savnede han Linda mere end nogensinde før, men savnet var stadig blandet med vrede. Måske ville det aldrig ændre sig. Men han havde i det mindste lagt lidt af sin naivitet bag sig og generobret den kontrol, som han aldrig skulle have sluppet. Hun havde været som en gift i hans sind. Hendes faste, unge krop havde gjort ham til en lallende idiot. Han var rasende på sig selv over at have ladet en pige komme ind under huden på den måde.

Han var en drømmer, det vidste han. Det var derfor, han var blevet så forgabt i Linda. Selvom hun var alt for ung og selvsikker og egoistisk. Han var også klar over, at hun ikke ville blive i Fjällbacka, og at de ikke havde nogen fremtid sammen. Men drømmeren i ham havde ikke kunnet acceptere det. Nu vidste han bedre.

Johan lovede sig selv at forbedre sig. Blive mere som Robert. Sej, hård, uovervindelig. Robert landede altid på benene. Der var tilsyneladende ikke noget, der kunne ryste ham. Det misundte han ham.

En lyd bag ved ham fik Johan til at vende sig om i forvisning om, at det var Robert, som kom. Et greb om hans strube fik ham til at tabe vejret.

"Rør dig ikke, eller jeg drejer halsen om på dig."

Johan syntes, at han kendte stemmen, men kunne ikke placere den. Da grebet om hans hals blev løsnet, blev han kastet hårdt mod væggen. Luften blev slået ud af lungerne på ham.

"Hvad fanden er du ude på?" Johan prøvede at vende sig om, men nogen havde ham i et fast greb, og hans ansigt blev presset mod den kolde betonvæg.

"Hold kæft." Det var en uforsonlig stemme. Johan tænkte på at råbe om hjælp, men det ville næppe kunne høres helt op til huset.

"Hvad fanden vil du?" Det var svært at forme ordene med ansigtets ene halvdel trykket så hårdt ind mod væggen.

"Hvad jeg vil? Det skal jeg sige dig."

Da kravet blev stillet, forstod Johan først ingenting. Men da han blev drejet, til han stod ansigt til ansigt med den, der var faret på ham, faldt det hele på plads. En knytnæve lige i ansigtet skulle få ham til at forstå, at dette her var alvor. Men så vågnede en trods i ham.

"Fuck dig," snøvlede Johan. Hans mund blev fuld af noget, der kun kunne være blod. Han blev tåget i hovedet, men han ville ikke give sig.

"Du gør, som jeg siger."

"Nej," snøvlede Johan.

Så begyndte slagene at regne ned over ham. De kom taktfast, indtil det store mørke opslugte ham.

Gården var vidunderlig. Det kunne Martin ikke lade være at tænke, da de tog fat på arbejdet med at endevende Jacobs og hans families hjem. Farverne var lyse, rummene udstrålede varme og ro og havde et landligt præg, med hvide hørduge og lette, flagrende gardiner. Sådan et hjem ville han gerne have. Og nu var de nødt til at forstyrre den ro. De gik metodisk gennem hele huset, arbejdede sig gennem det stykke for stykke i tavshed. Martin koncentrerede sig om stuen. Det frustrerende var, at de ikke vidste, hvad de søgte efter. Det var ikke engang sikkert, at de ville være klar over det, hvis de fandt et spor efter nogen af pigerne.

For første gang siden han var begyndt at tro, at det var Jacob, de var efter, begyndte han at tvivle. Det var umuligt at forestille sig, at én, der boede sådan her, i så fredfyldt omgivelser, kunne tage livet af nogen.

"Hvordan går det?" råbte han op til betjentene ovenpå.

"Der er ikke noget indtil videre," råbte en af dem tilbage. Martin sukkede og fortsatte med at åbne kommodeskuffer og vende bunden i vejret på alt.

"Jeg går ud og ser i laden," sagde han til en af mændene fra Uddevalla, som havde ledt i stueetagen.

Laden var dejlig kølig. Han forstod godt, at Linda og Johan havde haft den som mødested. Lugten af hø kildede i næseborene og bragte minder fra hans barndoms somre. Han kravlede op ad loftsstigen og kiggede ud mellem bræddernes mellemrum. Jo, jo, her havde man et godt udsyn mod Västergården, som Johan sagde. På den her afstand ville det ikke være noget problem at genkende nogen.

Martin klatrede ned igen. Bortset fra en del gamle landbrugsredskaber, der stod og rustede, var laden tom. Her mente han ikke, at de ville finde noget, men han ville alligevel bede nogle af de andre om at se efter. Han gik udenfor og så sig omkring. Ud over gården og laden var der kun et lille haveskur og et legehus at undersøge, og dér var der nok heller ikke håb om at finde nogen. De var begge for små til en voksen, men for en sikkerheds skyld måtte de alligevel se efter.

Solen brændte på hans isse, og han fik små sveddråber på panden. Han gik tilbage til arbejdet i huset, men den gejst, han havde lagt for dagen tidligere, var der ikke længere. Modløsheden havde fået tag i ham. Jenny Möller var et eller andet sted, men det var ikke her.

Patrik var også ved at miste modet. Efter et par timers forhør var de stadig ikke kommet nogen vegne med Jacob. Han lod til at være oprigtigt chokeret over nyheden om, at Johannes var blevet myrdet, og nægtede at sige andet, end at de chikanerede hans familie og i øvrigt hævde sin uskyld. Patrik tog sig hele tiden i at stirre på telefonen, der lå utålelig tavs på bordet foran ham. Han havde desperat brug for gode nyheder. Han vidste, at de tidligst ville få resultater fra blodprøverne i morgen tidlig, så han satte sin lid til Martin og det hold, der gennemgik Västergården. Men der kom ingen opringning. Ikke før lige efter klokken fire om eftermiddagen, da Martin ringede og opgivende meddelte, at de ikke havde fundet noget, og at de ville give op nu. Patrik vinkede til Gösta, for at han skulle komme ud.

"Det var Martin. De har ikke fundet noget."

Håbet i Göstas blik slukkede. "Slet ingenting?"

"Nej, ikke en skid. Så det ser ud til, at vi må lade ham gå. Pokkers også." Patrik bankede hånden i væggen, men fattede sig hurtigt igen. "Nå, men det er vel kun midlertidigt. I morgen regner jeg med at få rapporten om blodprøverne, og så kan vi måske sætte ham fast én gang for alle."

"Men tænk lige på, hvad han kan nå at gøre inden da. Nu ved han jo, hvad vi har på ham, og hvis vi slipper ham fri nu, kan han gå direkte hen og tage livet af pigen."

"Jamen, hvad fanden mener du så, vi skal gøre?" Patriks frustration kom til at lyde som vrede, men han forstod udmærket det uretfærdige i at flippe ud på Gösta og undskyldte straks.

"Jeg vil bare gøre et sidste forsøg på at få et svar på blodprøven, før vi lader ham gå. De kan jo have nået at få et eller andet frem, som vi kan have nytte af allerede. De ved, at det haster, så det har jo højeste prioritet."

Patrik gik ind på sit kontor og ringede til Retsmedicinsk Institut. På dette tidspunkt kunne han nummeret udenad. Udenfor summede trafikken i sommersolen, som den plejede, og han misundte de uvidende feriegæster, der kørte forbi i biler med fyldte bagagerum. Så ubekymret ville han gerne være.

"Hej, Pedersen, det er Patrik Hedström. Jeg ville bare høre, om I har fundet frem til noget, før vi sender vores mistænkte hjem."

"Jeg sagde vist til dig, at vi først er færdige i morgen tidlig. Og til den tid har vi brugt et betydeligt antal overarbejdstimer i løbet af aftenen, vil jeg bare sige dig."

Pedersen lød stresset og irritabel.

"Jo, jeg ved det godt, men jeg ville lige høre, om der var dukket noget op."

Den lange tavshed var tegn på, at Pedersen førte en intens indre kamp, og Patrik rettede sig op i stolen.

"Det har I, eller hvad?"

"Det er kun foreløbige resultater. Vi må tjekke og dobbeltjekke, før vi kan udelukke noget, ellers kan det have fatale konsekvenser. Og endelig skal prøverne testes igen på Statens Kriminaltekniske Laboratorium, vores udstyr er ikke nær så avanceret som deres og ..."

"Ja, ja," afbrød Patrik, "det ved jeg, men det her gælder en syttenårig piges liv, så hvis man undtagelsesvist skal se bort fra reglerne, er det i den situation, vi har her." Han holdt afventende vejret.

"Okay, men vær i så fald rar at omgås informationen med varsomhed; du har ingen anelse om, hvor meget ballade jeg kan få ved at ..." Pedersen lod resten af sætningen hænge i luften.

"På ære, kom nu med hvad du har." Røret blev fugtigt af hans krampagtige greb.

"Vi begyndte selvfølgelig med analysen af Jacob Hults blodprøve. Og det kom der noget interessant ud af, foreløbig altså," sagde Pedersen forbeholdent.

"Ja?"

"Ifølge den første test, så matcher Jacob Hult *ikke* sædprøven fra offeret."

Patrik åndede langsomt ud, uden at han overhovedet var opmærksom på, at han havde holdt vejret.

"Hvor sikkert er det?"

"Som jeg sagde, så må vi teste flere gange for at være helt sikre, men det er mest en formalitet af hensyn til retssikkerheden. Du kan godt regne med, at det passer," sagde Pedersen.

"Det var fandens. Ja, men det stiller jo sagen i et noget andet lys." Patriks stemme afslørede hans skuffelse. Han måtte erkende, at han havde været helt sikker på, at det var Jacob, de skulle have fat i. Nu var de tilbage ved udgangspunktet. Eller næsten da.

"Og er der ingen af de andre prøver, der matcher?"

"Så langt er vi ikke endnu. Vi gik ud fra, at I foretrak, at vi koncentrerede os om Jacob Hult, og det gjorde vi så. Derfor er vi kun nået til én person mere udover ham. Men på et eller andet tidspunkt i morgen formiddag kan jeg give dig besked om de andre."

"Nå, så er der én, jeg bliver nødt til at lukke ud af forhørslokalet. Og tilmed give en undskyldning," sukkede Patrik.

"Og så er der en ting mere."

"Ja?" sagde Patrik.

Pedersen tog tilløb. "Den anden prøve, vi har nået at arbejde med, er Gabriel Hults. Og ..."

"Ja?" sagde Patrik endnu mere opfordrende.

"Ifølge vores analyse af deres respektive dna-struktur kan Gabriel umuligt være Jacobs far."

Patrik sad helt stille på stolen.

"Er du der?"

"Ja, jeg er her stadig. Jeg er bare overrasket. Er du sikker?" Men han kendte godt svaret og kom Pedersen i forkøbet: "Det er kun foreløbigt, og I laver flere prøver og så videre, jeg ved det, du behøver ikke sige det igen."

"Har det betydning for efterforskningen?"

"Lige nu har alt betydning, så det er sikkert noget, vi kan have nytte af. Tak skal du have."

Patrik sad tilbage i vildrede med hænderne foldet bag hovedet og fødderne på skrivebordet. Jacobs negative prøveresultat betød, at de måtte tænke helt om igen. Det var stadig en kendsgerning, at Tanjas morder var i familie med Johannes, og med Jacob ude af billedet var der kun Gabriel, Johan og Robert tilbage. En ude, tre tilbage. Men selvom det ikke var Jacob, så ville Patrik vædde på, at han vidste noget. Under hele forhøret havde han bemærket, at Jacob kæmpede for at tilbageholde et eller andet. Pedersens nye information kunne måske give dem det kort, de behøvede, for at få ham til at begynde at tale med dem. Patrik trak benene ned fra bordet. Han fortalte Gösta, hvad han havde fundet ud af, hvorefter de gik sammen tilbage til forhørslokalet, hvor Jacob sad nedtrykt og pillede negle. De havde i al hast lagt en strategi.

"Hvor længe skal jeg sidde her?"

"Vi har ret til at holde dig tilbage i seks timer. Men som sagt har du ret til at få en advokat, hvis du vil. Vil du det?"

"Nej, det er der ikke behov for," sagde Jacob. "Den uskyldige behøver ingen anden forsvarer end troen på, at Gud ordner alt til det bedste."

"Nå, så skulle du være garderet. Du og Gud ser jo ud til at have det 'like this'," sagde Patrik og holdt en hånd op med samlet pege- og langfinger.

"Vi ved, hvor vi har hinanden," svarede Jacob køligt. "Og stakkels dem, der står alene uden Gud."

"Så du har ondt af os arme stakler, er det det, du siger?" sagde Gösta skælmskt.

"Det er tidsspilde at tale med jer. I har lukket jeres hjerter."

Patrik lænede sig frem mod Jacob. "Det er rigtigt spændende, alt det dér med Gud og djævelen og hele spørgsmålet om synd. Hvordan forholder dine forældre sig til det? Lever de efter de ti bud?"

"Far holder en vis afstand til menigheden, men han har sin tro, og både han og mor er fromme mennesker."

"Er du sikker? Jeg mener, hvad ved du om deres levevis, når det kommer til stykket?"

"Hvad mener du? Jeg kender da mine forældre! Har I nu fundet på noget, der kan sværte dem til!"

Jacob rystede på hænderne, og Patrik kunne ikke lade være med at føle en vis tilfredsstillelse ved, at det var lykkedes at bringe ham lidt ud af balance.

"Jeg mener bare, at du umuligt kan vide, hvad der foregår i et andet menneskes liv. Dine forældre kan jo have en synd på samvittigheden, som du ikke kender til, ikke?"

Jacob rejste sig og gik over mod døren. "Nej, nu kan det være nok. Anhold mig eller lad mig gå, for det her har jeg ikke i sinde at sidde og høre på!"

"Ved du for eksempel, at Gabriel ikke er din far?"

Jacob standsede midt i en bevægelse, med hånden på vej mod dørhåndtaget. Han vendte sig langsomt om. "Hvad sagde du?"

"Jeg spurgte, om du ved, at Gabriel ikke er din far. Jeg har lige talt med dem, der tester jeres blodprøver, og der er ingen tvivl. Gabriel er ikke din far."

Al farve var forsvundet fra Jacobs ansigt. Der var ingen tvivl om, at det kom bag på ham. "Har de testet mit blod?" sagde han med dirrende stemme.

"Ja, og jeg lovede jo at undskylde, hvis jeg tog fejl."

Jacob så bare på ham.

"Jeg undskylder," sagde Patrik. "Dit blod passer ikke med det dna, vi fandt på offeret."

Jacob sank sammen, som om al luft gik ud af ham. Han satte sig tungt i stolen igen. "Så, hvad sker der nu?"

"Du er strøget som mistænkt for mordet på Tanja Schmidt. Men jeg tror stadig, at du skjuler noget for os. Nu har du chancen for at fortælle, hvad du ved. Jeg synes, du skal gribe den, Jacob."

Han rystede blot på hovedet. "Jeg ved ikke noget. Jeg ved ikke noget længere. Vær rar at lade mig gå nu."

"Ikke endnu. Vi skal tale med din mor, før du gør det. For jeg vil tro, at du har noget, du gerne vil snakke med hende om?"

Jacob nikkede stumt. "Men hvorfor vil I tale med hende? Det har vel ikke noget med efterforskningen at gøre?"

Patrik gentog, hvad han havde sagt til Pedersen. "Lige nu har alting noget med sagen at gøre. Du skjuler noget; det vil jeg æde min gamle hat på. Og hvad der end skal til, har vi i sinde at finde ud af, hvad det er."

Det var, som om al kampånd havde forladt Jacob; han kunne kun nikke resigneret. Nyheden så ud til at have efterladt ham i chok.

"Gösta, kan du hente Laine?"

"Vi har vel egentlig ikke tilladelse til at hente hende ind?" sagde Gösta forsigtigt.

"Hun har nok hørt, at Jacob er under forhør, så jeg tror ikke, det bliver vanskeligt at få hende til at komme frivilligt."

Henvendt til Jacob sagde Patrik: "Du får noget at spise og drikke, og så må du vente her, til vi har talt med din mor. Så kan du tale med hende bagefter, okay?"

Jacob nikkede apatisk. Han lod til at være langt væk i sine egne tanker.

Det var med blandede følelser, at Anna stak nøglen i låsen hjemme i lejligheden i Stockholm. Det havde været skønt at komme lidt væk, både for børnene og hende, men samtidig havde det medført, at følelserne for Gustav var kølnet en del. Hvis hun skulle være helt ærlig, havde det været noget af en prøvelse at sidde i en sejlbåd med ham og hans pedanteriske væsen. Og så var der også noget ved Lucas' stemme, sidst de talte sammen, der foruroligede hende. Til trods for overgrebene havde han altid givet indtryk af at have fuld kontrol. Nu havde hun for første gang hørt et strejf af panik hos ham. En bevidsthed om, at der kunne ske ting, som ikke var efter hans bog. Via en bekendt var det kommet hende for øre, at et eller andet var gået galt på hans arbejde. Under et internt møde havde han hidset sig op, ved et andet tilfælde havde han forulempet en kunde, og facaden var i det hele taget begyndt at krakelere. Det skræmte hende. Det skræmte hende fra vid og sans.

Der var et eller andet underligt med låsen. Nøglen ville ikke dreje den rigtige vej rundt. Efter nogle forsøg forstod hun, at det var, fordi døren ikke var låst. Hun var sikker på, at hun havde låst den efter sig, før hun tog af sted for en uge siden. Anna bad børnene blive stående og åbnede forsigtigt døren. Hun snappede efter vejret. Den første lejlighed, der helt var hendes egen – den, hun var så stolt over – var blevet endevendt. Der var ikke et helt møbel tilbage. Alt var smadret, og på væggene havde nogen sprayet sort farve ligesom graffiti. "Luder" stod der på stuevæggen med store bogstaver. Hun slog hånden for munden, og tårerne trængte sig frem i øjnene. Hun behøvede ikke tænke længe over, hvem der kunne have gjort det mod hende. Den lurende fornemmelse i baghovedet, som hun havde haft, lige siden hun talte med Lucas, var nu blevet til vished. Det var begyndt at skride for ham. Det had og den vrede, der altid havde ligget lige under overfladen, var brudt ud.

Anna gik baglæns ud på trappeopgangen. Hun tog begge børn og holdt dem tæt, tæt ind til sig. Hendes første indskydelse var at ringe til Erica. Men så besluttede hun sig for at klare det selv.

Hun havde været så tilfreds med sit nye liv. Havde følt sig så stærk. Det var første gang i sit liv, at hun havde været helt sin egen. Ikke Ericas lillesøster. Ikke Lucas' kone. Sig selv. Alt det var ødelagt nu.

Hun vidste, hvad hun måtte gøre. Katten havde sejret, og for musen var der kun ét sted at søge tilflugt. Hvad som helst for ikke at miste børnene.

Men én ting var hun sikker på for sit eget vedkommende: Hun måtte give op. Med hende kunne han gøre, hvad han ville. Men hvis han rørte et af børnene igen, ville hun dræbe ham. Uden tøven.

Det havde ikke været nogen god dag. Gabriel var blevet så oprørt over, hvad han kaldte politiets overgreb, at han lukkede sig inde i arbejdsværelset og ikke ville komme ud. Linda gik tilbage til hestene, og Laine sad alene i sofaen og stirrede ud i luften. Hun fik tårer i øjnene af ydmygelse, når hun tænkte på Jacob under forhør på politistationen. Som mor ville hun instinktivt beskytte ham mod alt ondt, om han var barn eller voksen, og selvom det her lå uden for hendes kontrol, føltes det, som om hun ikke havde slået til. Et ur tikkede i stilheden, og lydens monotoni bragte hende næsten i trance. Derfor hoppede hun højt i sædet af forskrækkelse, da der blev banket på døren. Hun åbnede med bævende hjerte. Det var, som om hver henvendelse for tiden betød dårligt nyt, så hun var ikke overrasket, da Gösta præsenterede sig.

"Hvad vil I så nu?"

Gösta stod og trippede lidt. "Vi vil gerne have svar på nogle spørgsmål. Nede på stationen." Han tav og ventede en stormflod af protester. Men Laine nikkede bare og gik med ham ud på trappen.

"Skal du ikke give din mand besked?" sagde Gösta forbavset.

"Nej," var det korte svar, og han så spørgende på hende. Et øjeblik overvejede han, om de mon havde presset familien Hult for langt ud. Så mindede han sig selv om, at der et sted i deres indviklede familieforhold var en morder og en forsvunden pige. Bag dem lukkede den tunge egetræsdør sig, og ligesom en japansk hustru fulgte hun i nogle skridts afstand efter ham hen til bilen. Hele vejen til stationen kørte de i trykkende tavshed, kun afbrudt af et enkelt spørgsmål fra Laine, som ville vide, om de stadig tilbageholdt hendes søn. Gösta nikkede kun, og resten af turen stirrede Laine bare ud på landskabet, de passerede. Det var tidligt blevet aften, og solen var begyndt at farve markerne røde. Men omgivelsernes skønhed var der ingen af dem, der lagde mærke til.

Patrik så lettet ud, da de kom ind på stationen. Den tid, det havde taget Gösta at køre frem og tilbage, havde han brugt på rastløst at vandre op og ned ad gangen uden for forhørslokalet, mens han håbede, at han kunne læse Jacobs tanker.

"Hej," nikkede han kort til Laine, da hun kom. Det var overflødigt at præsentere sig igen, og ligefrem at give hende hånden forekom ham at være en alt for indsmigrende gestus. De var her ikke for at udveksle høfligheder. Patrik havde været noget urolig for, hvordan hun ville tackle deres spørgsmål. Hun havde virket så skrøbelig og sart, med nerverne uden på kroppen. Men han kunne se, at han ikke havde behøvet bekymre sig. Hun så resigneret, men rolig og fattet ud.

Da Tanumshede Politistation kun husede et enkelt forhørslokale, satte de sig i køkkenet. Både Gösta og Patrik havde behov for noget styrkende, men Laine takkede nej til kaffe. Selvom den smagte, som om den havde stået og snurret for længe, drak de den, men ikke uden grimasser. De vidste ikke rigtig, hvordan de skulle få hul på bylden, og til deres overraskelse kom Laine dem i forkøbet.

"Jeg kan forstå, I har nogle spørgsmål." Hun nikkede hen imod Gösta.

"Jae," sagde Patrik dvælende. "Vi har fået en viden, som vi er lidt usikre på, hvordan vi skal håndtere. Og hvordan den passer ind i efterforskningen. Det gør den måske heller ikke, men tiden er lidt for knap til at tage fløjlshandskerne på. Så jeg går lige til sagen." Patrik tog en dyb indånding. Laine mødte stadig hans blik upåvirket, men da han så ned på hendes foldede hænder, kunne han se, at knoerne var hvide.

"Vi har fået et foreløbigt analyseresultat af de blodprøver, vi fik fra jer." Nu så han hendes hænder begynde at ryste og ventede ikke, at hendes tilsyneladende ro ville holde længe. "For det første kan jeg fortælle, at Jacobs dna ikke matcher det dna, vi fandt på offeret."

Laine var ved at bryde sammen. Hænderne rystede nu helt ukontrolleret, og det gik op for ham, at hun måtte have forberedt sig på at høre, at hendes søn var arresteret for mord. Lettelsen lyste ud af hende, og hun sank flere gange for at stoppe den gråd, der sad i halsen. Hun sagde ikke noget, så han fortsatte:

"Derimod fandt vi noget besynderligt i sammenligningsprøverne mellem Jacobs og Gabriels blod. De viser utvetydigt, at Jacob ikke kan være Gabriels søn ...?" Med sit tonefald formede han sætningen som et spørgsmål og afventede reaktionen. Men lettelsen over, at Jacob var uden for mistanke, havdet fået en sten til at falde fra hendes hjerte, og hun tøvede kun kort, før hun svarede:

"Nej, det er sandt. Gabriel er ikke far til Jacob."

"Hvem er det i så fald?"

"Jeg kan ikke se, hvad det har med mordene at gøre. Navnlig nu, hvor Jacob har vist sig at være uskyldig."

"Som jeg har nævnt, kan vi ikke afgøre den slags vurderinger i den nuværende situation, så jeg vil være glad, hvis du er sød at svare på mit spørgsmål."

"Det er klart, at vi ikke kan tvinge dig til det," brød Gösta ind, "men en ung pige er savnet, og vi behøver al den information, vi kan få – også selvom den ikke virker relevant."

"Vil min mand få noget at vide?"

Patrik tænkte lidt. "Jeg kan ikke love noget, men jeg kan på den anden side heller ikke se nogen grund til, at vi skulle fortælle ham det. Men ..." Han holdt inde et øjeblik. "Jacob ved det."

Det gav et sæt i hende. Hænderne begyndte at ryste igen. "Hvad sagde han?" Hendes stemme var nærmest en hvisken.

"Jeg skal ikke bilde dig noget ind. Han blev meget berørt. Og han spekulerer selvfølgelig også på, hvem hans rigtige far er."

Tavsheden omkring bordet var massiv, men Gösta og Patrik gav hende tid. Lidt efter svarede hun, stadig med en hvisken: "Det er Johannes." Hun gav stemmen mere kraft. "Johannes er Jacobs far."

Det var, som om det forbavsede hende, at hun kunne sige den sætning, uden at lynet slog ned. Hendes hemmelighed måtte være blevet tungere at bære år for år, og nu så det ud, som om det næsten var en lettelse for hende at give los. Hun snakkede hurtigt videre.

"Vi havde en kort affære. Jeg kunne ikke stå imod. Han var som en naturkraft, der bare kom og tog, hvad han ville have. Gabriel var så – anderledes." Laine famlede efter ordene, men Patrik og Gösta forstod.

"Gabriel og jeg havde prøvet at få barn i noget tid, og han blev overlykkelig, da det viste sig, at jeg var gravid. Jeg vidste, at barnet både kunne være hans og Johannes', men på trods af alle de vanskeligheder, det måtte føre med sig, ønskede jeg inderligt, at det var Johannes'. En søn af ham ville være – fantastisk! Han var så levende, så flot, så – uimodståelig."

Der kom en gnist i hendes øjne, der med ét fik hende til at se ti år yngre ud. Hun havde uden tvivl været forelsket i Johannes. Tanken om deres affære for så mange år siden kunne stadig få hende til at rødme.

"Hvordan vidste du så, at det var Johannes' og ikke Gabriels, barn?"

"Det vidste jeg, så snart jeg så ham, i samme sekund han blev lagt til mit bryst."

"Og Johannes, vidste han, at barnet var hans?"

"Åh, ja. Og han elskede ham. Jeg var hele tiden klar over, at jeg bare var en midlertidig fornøjelse, hvor gerne jeg end havde været noget mere, men med Jacob var det anderledes. Johannes sneg sig ofte ind, når Gabriel var ude og rejse, for at se på ham og lege med ham. Lige indtil Jacob blev så stor, at han kunne tale om det, så måtte han holde op," sagde Laine sørgmodigt. Hun vedblev: "Han hadede at se sin bror opdrage hans førstefødte, men han var ikke parat til at opgive sin livsstil. Og heller ikke til at opgive Solveig," indrømmede Laine modstræbende.

"Og hvordan var tilværelsen for dig?" spurgte Patrik medfølende. Hun trak på skuldrene.

"I begyndelsen var det et helvede. At bo så tæt på Johannes og Solveig, være vidne til at de fik deres drenge, brødre til Jacob. Men jeg havde jo min søn, og senere, mange år senere, havde jeg jo Linda. Det kan måske lyde usandsynligt, men med årene kom jeg faktisk til at elske Gabriel. Ikke på den måde, jeg elskede Johannes, men måske på en mere platonisk måde. Johannes ville man ikke kunne elske på nært hold uden at gå til. Min kærlighed til Gabriel er ikke så lidenskabelig, men også nemmere at leve med," sagde Laine.

"Var du ikke bange for, at det skulle komme frem, dengang Jacob blev syg?" spurgte Patrik.

"Da var der andre ting at være mere bange for," sagde Laine hvast. "Hvis Jacob døde, ville alt miste sin betydning, også hvem der var far til ham." Hendes stemme blev blødere. "Men dengang var Johannes så urolig. Han var fortvivlet over, at Jacob var syg, og at han ikke kunne stille noget op. Han kunne ikke engang vise sin angst offentligt, kunne ikke sidde ved hans seng på hospitalet. Det var svært for ham." Hun var forgabt i en fjern fortid, men tog sig straks sammen og tvang sine tanker tilbage til nutiden igen.

Gösta rejste sig for at hælde mere kaffe op og løftede spørgende kanden mod Patrik, der nikkede. Da han havde sat sig igen, spurgte Gösta:

"Var der virkelig ikke nogen, der havde den fjerneste anelse? Har du aldrig betroet dig til nogen?"

Der kom et hårdt udtryk i Laines blik. "Jo, Johannes fortalte det til Solveig i et svagt øjeblik. Så længe han levede, vovede hun ikke at gøre noget ved det, men efter Johannes' død begyndte hun at komme med små hentydninger, som siden blev til regulære krav, i takt med at hendes overskud forsvandt."

"Hun afpressede dig?" spurgte Gösta.

Laine nikkede. "Ja, jeg har betalt hende penge i fireogtyve år."

"Hvordan har du kunnet gøre det, uden at Gabriel undrede sig? For jeg går ud fra, at det drejer sig om større summer?"

Hun nikkede igen. "Det har ikke været ligetil. Men selvom Gabriel er nøjeregnende med gårdens regnskaber, så har han aldrig været smålig over for mig. Jeg har altid fået penge, når jeg bad om det til at shoppe for og til husholdningen i det hele taget. Jeg har vendt hver en femøre for at kunne give Solveig det meste af det, jeg har fået." Tonen var bitter, men også med en undertone af noget, der var stærkere. "Men jeg vil tro, at jeg ikke har andet valg nu end at fortælle Gabriel det hele, så fra nu af slipper jeg i det mindste for problemet med Solveig."

Hun smilede skævt, men blev hurtigt alvorlig igen og så Patrik direkte i øjnene. "Hvis der er noget godt ved alt det her, så er det, at jeg er ligeglad med, hvad Gabriel siger, selvom det er noget, der har plaget mig i femogtredive år. Det vigtigste for mig er Jacob og Linda, så der er ikke noget, der er vigtigere, end at Jacob nu er renset for mistanke. For det er han vel?" sagde hun spørgende og så intenst på dem begge.

"Ja, det ser jo sådan ud."

"Hvorfor tilbageholder I ham så endnu? Kan jeg gå hjem nu, og tage Jacob med?"

"Ja, det kan du," svarede Patrik roligt. "Men vi vil gerne bede dig om at gøre os en tjeneste. Jacob ved et eller andet om alt det her, og for hans egen skyld er det vigtigt, at han fortæller os det. Du kan jo sætte dig ned med ham og tale det igennem, men prøv at overbevise ham om, at han ikke skal tilbageholde oplysninger."

Laine fnyste. "Jeg kan faktisk godt forstå ham. Hvorfor skulle han hjælpe jer, efter det I har gjort mod ham og vores familie?"

"Fordi jo hurtigere vi opklarer det her, desto hurtigere kan I komme videre med jeres liv."

Det var svært at lyde overbevisende, eftersom Patrik ikke ville komme ind på det analyseresultat, der viste, at gerningsmanden ganske vist ikke var Jacob, men dog en, der var i slægt med Johannes. Det var deres trumfkort, som kunne blive nyttigt, men som ikke skulle spilles ud, før det var nødvendigt. Indtil da håbede han bare på, at Laine kunne følge hans tankegang og troede på ham. Efter at have ventet lidt, fik han det, som han ville. Laine nikkede.

"Jeg skal gøre, hvad jeg kan. Men jeg er ikke sikker på, at du har ret. Jeg tror ikke, Jacob ved mere end os andre."

"Det vil i så fald vise sig siden hen," svarede han tørt. "Kommer du?"

Hun gik tøvende hen mod forhørslokalet. Gösta havde en dyb rynke i panden, da han henvendte sig til Patrik:

"Hvorfor sagde du ikke, at Johannes blev myrdet?"

Patrik trak på skuldrene. "Det ved jeg ikke. Men jeg har en fornemmelse af, at det er bedst at forvirre dem lidt derinde. Jacob vil fortælle Laine det, og så kan man jo håbe på, at det også bringer hende lidt ud af balance. Og med lidt held kan vi få en af dem til at åbne op."

"Tror du også, at Laine skjuler noget?" spurgte Gösta.

"Det ved jeg ikke," gentog Patrik for sig selv, "men lagde du mærke til udtrykket i hendes ansigt, da vi sagde, at Jacob var strøget som mistænkt? Det var overraskelse."

"Jeg håber, du har ret," sagde Gösta og tog sig træt til hovedet. Det havde været en lang dag.

"Vi venter, til de har talt lidt med hinanden, så kan vi tage hjem og få os lidt mad og noget søvn. Det nytter ikke noget, at vi kører os selv trætte," sagde Patrik.

De satte sig ned og ventede.

Hun troede, hun hørte noget udenfor. Men så var der stille igen, og Solveig trak på skuldrene og rettede atter opmærksomheden mod sine fotografier. Oven på de seneste dages følelsesbetonede begivenheder var det godt at komme tilbage til trygheden i de overbefølte billeder. De forandrede sig aldrig, de blev højst lidt blegede og gullige med årene.

Hun så på køkkenuret. Drengene kom og gik, som det passede dem, men i aften havde de lovet at komme hjem til middag. Robert ville købe pizza, og hun mærkede også, hvordan sulten begyndte at gnave. Så hørte hun lyden af skridt i gruset udenfor og rejste sig besværet for at sætte glas og bestik frem. Tallerkener behøvede de ikke. De spiste direkte fra æsken.

"Hvor er Johan?" Robert stillede maden og så sig omkring.

"Det troede jeg, du vidste. Jeg har ikke set ham i flere timer," svarede Solveig.

"Han er nok i skuret; jeg går ud og kigger."

"Men sig, han skal skynde sig, jeg venter ikke på ham," råbte Solveig efter ham og begyndte begærligt at pakke sin pizza ud.

"Johan?" Robert kaldte, allerede før han nåede frem til skuret. Intet svar. Nå, det behøvede ikke betyde noget. Nogle gange blev Johan både døv og blind, når han sad derinde.

"Johan?" Han råbte højere, men hørte kun sin egen stemme i stilheden.

Irriteret åbnede han døren, parat til at skælde ud på sin dagdrømmende lillebror. Men han kom snart på andre tanker.

"Johan, for fanden!"

Hans bror lå på gulvet med en stor, rød glorie omkring hovedet. Det varede et sekund, før Robert forstod, at det var blod. Johan bevægede sig ikke.

"Johan!" Roberts stemme blev klagende, og gråden voksede i hans bryst. Han sank ned ved siden af Johans mishandlede krop, og hans hænder famlede usikkert henover ham. Han ville hjælpe, men vidste ikke hvordan, og han var bange for at gøre ondt værre ved at røre ham. Men et støn fra Johans mund fik ham i gang. Han rejste sig med blodplettede knæ og løb over mod huset.

"Mor, mor!"

Solveig åbnede døren og missede med øjnene. Hun var fedtet om munden og på fingrene og var åbenbart begyndt at spise. Nu var hun irriteret over at blive forstyrret.

"Hvad skal al den råben til for?" Så så hun pletterne på Roberts tøj. Hun kunne se, at det ikke var maling. "Hvad er der sket? Er det Johan?"

Hun løb hen til skuret så hurtigt, hendes uformelige krop kunne bære hende, men Robert indhentede hende.

"Gå ikke derind. Han lever, men nogen har slået ham til lirekassemand. Det ser ikke godt ud, vi må ringe efter en ambulance!"

"Hvem ...?" hulkede Solveig og faldt sammen som en klud i Roberts arme. Han gjorde sig irriteret fri og tvang hende til at stå på sine egne ben.

"Det kan sgu da være lige meget nu. Allerførst skal vi skaffe hjælp! Gå nu ind og ring, så går jeg tilbage til ham. Og ring også til lægehuset, ambulancen skal jo køre helt fra Uddevalla."

Han gav ordrer fra sig som en general, og Solveig adlød med det samme. Hun løb tilbage til huset, så Robert kunne være hos sin bror i tryg forvisning om, at der kom hjælp.

Da doktor Jacobsson kom, var der ingen, der kom ind på de omstændigheder, der havde bragt dem sammen tidligere på dagen. Robert gik lettet et par skridt tilbage, taknemmelig for, at der nu var en, der tog affære. En, der vidste, hvad der skulle gøres. Han ventede spændt på dommen.

"Han lever, men han må på hospitalet så hurtigt som muligt. Jeg kan forstå, at ambulancen er på vej."

"Ja," sagde Robert med spinkel stemme.

"Gå ind og hent et tæppe til ham."

Robert var ikke dummere, end at han godt forstod, at lægens opfordring ikke så meget handlede om et tæppe, men snarere om at give ham noget at lave, men han var taknemmelig for en konkret opgave og hentede det velvilligt. Robert måtte mase sig forbi Solveig, som stod rystende i døren ind til skuret og græd stille. Han havde ikke overskud nok til at trøste hende. Han var fuldt optaget af at holde sammen på sig selv, så hun måtte klare sig, så godt hun kunne. Langt væk hørte han sirenerne. Han havde aldrig nogensinde tidligere været så glad for at se de blå lys glimte mellem træerne.

Laine sad sammen med Jacob i en halv time. Patrik ville helst have stået med øret mod døren, men måtte slå sig til tåls og bare vente. Kun en fod, der utålmodigt vippede op og ned, afslørede hans iver. Han og Gösta var gået ind på hvert deres kontor for at få andet arbejde for hånden, men det var ikke så let. Patrik ville ønske, at han vidste, hvad han fik ud af hele den forestilling. Han håbede bare, at Laine fandt den rigtige knap at trykke på, så Jacob åbnede op. Men det her fik ham måske bare til at lukke sig mere og mere. Han vidste det ikke. Og det var lige præcis det. Risiko vejet i forhold til en eventuel gevinst førte nogle gange til handlinger, der ikke kunne forklares logisk bagefter.

Det plagede ham også, at han først ville få svar på blodprøverne i morgen. Han ville gerne have taget hele natten i brug for at undersøge spor efter Jenny, hvis bare der havde været nogen. Nu var der kun blodprøverne, og han havde nok slet ikke været klar over, hvor meget han havde sat sin lid til, at Jacobs prøve matchede. Nu da hele den store teori var faldet sammen, sad han igen med et gabende tomt papir foran sig, og de var helt tilbage til, hvor de var begyndt. Hun var et sted derude, og det føltes, som om de vidste mindre nu end før. Indtil videre var det eneste konkrete resultat, at de måske havde splittet en familie, og at de havde opdaget et fireogtyve år gammelt mord. Ellers intet.

For syttende gang så han på uret og slog små, frustrerede trommesoloer med kuglepennen mod bordet. Måske sad Jacob lige nu og fortalte sin mor nogle af de enkeltheder, som kunne opklare det hele. Måske ...

Et kvarter senere vidste han, at lige det her slag var tabt. Han hoppede i stolen ved lyden af døren, der åbnede sig til forhørslokalet, og gik ud for at møde dem. Det var to afvisende ansigter, han så. Hårde, trodsige øjne så på ham, og i det øjeblik vidste han, at hvad Jacob end skjulte, så kom han ikke frem med det af egen, fri vilje.

"I sagde, at jeg kunne tage min søn med mig," sagde Laine med isnende kold stemme.

"Ja," sagde Patrik kun. Der var ikke mere at sige.

Nu måtte de bare gøre, hvad han havde foreslået Gösta tidligere – tage hjem, spise og sove lidt. Forhåbentlig ville de så komme med fornyet energi til det videre arbejde næste dag.

Sommeren 1979

Hun var bekymret for, hvordan det skulle gå for hendes syge mor. Hvordan skulle hendes far selv kunne tage sig af hende? Håbet om at blive fundet blev langsomt udhulet af rædslen over nu at være alene tilbage i mørket. Uden den andens bløde hud var mørket om muligt endnu mere sort.

Lugten pinte hende også. Den kvælende, søde lugt af død overdøvede alle andre lugte. Selv lugten af deres afføring forsvandt med den ække sødme, og hun kastede op flere gange, sure opstød af galde, fordi ikke var noget i maven. Nu begyndte hun at længes efter døden. Det var det, der skræmte hende mest. Den var begyndt at flirte med hende, hviske i hendes øre, love at fjerne smerte og ubehag.

Hun lyttede hele tiden efter skridt fra oven. Lyden af lemmen, der blev åbnet. Brædderne, som blev skudt til side, og så skridt igen, langsomt ned ad trappen. Hun vidste, at næste gang, hun hørte dem, ville blive den sidste. Kroppen holdt ikke til mere smerte nu, og hun ville ligesom den anden give efter for dødens lokkende kalden.

Som på bestilling hørte hun den lyd, hun frygtede. Med sorg i hjertet beredte hun sig på at dø.

DET HAVDE VÆRET dejligt at få Patrik lidt tidligere hjem i går aftes. Men hun havde ikke ventet det, omstændighederne taget i betragtning. Med sit eget barn i maven forstod Erica for alvor en forælders uro, og hun led med Jenny Möllers forældre.

Hun følte sig helt skyldbevidst over at have gået og været så tilfreds hele dagen. Roen var faldet over stedet, efter at gæsterne var rejst, så hun kunne tillade sig at småsnakke med den lille, som sparkede derinde, eller ligge og hvile og læse en god bog. Hun havde også aset sig vej op ad Galärbakken og købt lidt godt, inklusive en stor pose slik. Det sidste gav hende nu lidt dårlig samvittighed. Jordmoderen havde strengt påpeget, at sukker ikke hørte til i en graviditetsdiæt, og at større mængder kunne gøre det nyfødte barn til en lille sukkernarkoman. Hun havde dog mumlet, at der i så fald var tale om ret store mængder, men ikke desto mindre fik ordene genklang i Ericas hoved. Sammenlagt med køleskabets lange liste over ting, man ikke skulle indtage, så føltes det nogle gange, som om det var en umulig opgave at levere et sundt barn. Visse fisk kunne man for eksempel slet ikke spise, mens andre kunne spises, hvis det højst var en gang om ugen, og så var der desuden hele spørgsmålet, om de var fanget i hav eller sø ... for slet ikke at nævne ostespørgsmålet. Erica elskede ost i alle former, og hun huskede, hvilke hun måtte spise, og hvilke hun ikke måtte spise. Desværre stod skimmelost på den forbudte liste, og hun havde allerede hallucinationer om, hvordan der skulle frådses i ost og rødvin, så snart hun holdt op med at amme.

Hun var så langt i sine tanker om madorgier, at hun ikke engang hørte Patrik komme ind ad døren. Han kom uforvarende til at skræmme hende fra vid og sans, så det varede lidt, inden hjerterytmen fandt sit normale leje igen.

"Åh, hvor du forskrækkede mig!"

"Undskyld, det var ikke meningen. Jeg troede, du hørte mig komme."

Han slog sig ned ved siden af hende i sofaen, og hun blev helt forfærdet, da hun så, hvordan han så ud.

"Jamen, Patrik, du er helt askegrå i hovedet. Er der sket noget?" Så faldt det hende ind. "Har I fundet hende?" Hendes hjerte knugede sig sammen.

Patrik rystede på hovedet. "Nej."

Mere sagde han ikke, og hun ventede roligt. Lidt efter havde han taget sig sammen.

"Nej, vi har ikke fundet hende. Og det føles, som om vi er gået et par skridt baglæns i dag."

Han bøjede sig pludselig frem og begravede ansigtet i sine hænder. Erica rykkede møjsommeligt nærmere, lagde armene om ham og ansigtet mod hans skulder. Hun mærkede, snarere end hørte ham græde stille.

"For fanden, hun er sytten år. Fatter man det. Sytten år, og en eller anden syg galning tror, at han kan gøre, hvad han vil med hende. Tænk, hvad hun må udstå, mens vi uduelige idioter render rundt uden at vide, hvad vi gør. Hvordan kunne vi tro, at vi kunne klare sådan en efterforskning? Os, der sidder med cykeltyverier og den slags til daglig. Hvad er det for en idiot, der har tilladt os – mig – at lede den her forbandede efterforskning." Han slog ud med armene.

"Ingen kunne have gjort det bedre, Patrik! Hvordan ville det ikke være gået, hvis de havde sendt en gruppe fra Göteborg, eller hvad du nu mener kunne have været alternativet? De har intet lokalkendskab, de kender ikke folk, og de ved ikke, hvordan tingene fungerer her. De havde overhovedet ikke kunnet gøre det bedre, snarere dårligere. Og så har I forresten ikke været helt alene om det, selvom jeg godt kan forstå, at du føler det sådan. Husk på, at der er nogle folk fra Uddevalla, som har afsøgt området sammen med jer og den slags. Du fortalte jo også her forleden om, hvor godt samarbejdet kørte. Har du glemt det?"

Erica talte til ham som til et barn, men uden at være nedladende. Hun ville bare udtrykke sig tydeligt, og hun så ud til at trænge igennem, for Patrik blev roligere, og hun kunne mærke, hvordan han begyndte at slappe af i kroppen.

"Ja, du har nok ret," sagde Patrik modstræbende. "Vi har gjort alt, hvad vi kunne; det føles bare så håbløst. Tiden flyver, og her sidder jeg, mens Jenny måske ligger og er ved at dø lige nu."

Panikken fik igen tag i hans stemme, og Erica tog ham om skulderen.

"Schh, sådan skal du ikke tænke." Hun lod stemmen blive en anelse skarp. "Det nytter ikke, at du bryder sammen nu. Hvis du skylder hende og hendes forældre noget, så er det at holde hovedet koldt og klø på."

Han var tavs, men det var tydeligt, at han lyttede til det, hun sagde.

"Hendes forældre ringede tre gange i dag. I går var det fire. Tror du, det er, fordi de er ved at opgive håbet?"

"Nej, det tror jeg ikke," sagde Erica. "Jeg tror, de regner med jer. Og lige nu går det ud på at samle kræfter til en ny arbejdsdag i morgen. I får ikke noget ud af at slide jer ned til sokkeholderne."

Patrik smilede svagt ved som et ekko at høre sine egne ord til Gösta. Måske vidste han, i hvert fald nogle gange, hvad han talte om.

Han tog hende på ordet. Selvom maden ikke rigtig smagte, spiste han, hvad der blev sat frem og sov så let og overfladisk. I hans drømme løb en ung, lyshåret pige hele tiden fra ham. Hun kom akkurat tæt nok til, at han kunne røre hende, men lige når han strakte ud for at tage fat, lo hun drillende og flygtede. Da vækkeuret vækkede ham, var han træt og våd af koldsved.

Ved siden af ham lå Erica, der havde tilbragt de fleste af nattens vågne timer med at spekulere over Anna. Lige så sikker hun havde været om aftenen på, at hun ikke ville være den, der tog det første skridt, lige så sikker var hun, da morgensolen begyndte at gry, på, at hun måtte ringe til Anna. Der var noget, der ikke stemte; det kunne hun mærke.

Lugten af hospital skræmte hende. Den sterile duft, de farveløse vægge og den triste kunst mindede hende om sygdom. Da hun ikke havde lukket et øje hele natten, var det, som om alle bevægede sig i slowmotion. I Solveigs ører blev den knitrende lyd af personalets tøj forstærket, så den lød højere end andet baggrundsstøj. Hun ventede, at verden ville styrte sammen når som helst. Johans liv hang i en tynd tråd, havde lægen alvorligt sagt på et eller andet tidspunkt i løbet af morgentimerne, og hun havde allerede taget sorgerne på forskud. Hvad kunne hun ellers gøre? Alt det gode, hun havde haft i sit liv, var løbet mellem fingrene på hende som fint sand og blæst væk. Intet af det, hun havde prøvet at holde fast i, var blevet tilbage. Johannes, livet på Västergården, sønnernes fremtid – alt var blevet til intet og havde fået hende til at flygte ind i sin egen verden.

Nu kunne hun ikke flygte længere. Ikke når virkeligheden trængte sig på som syner, lyde og lugte. Den kendsgerning, at der nu blev skåret i Johans krop, var for påtrængende.

Det var længe siden, at hun havde brudt med Gud, men nu bad hun intenst. Hun rablede alle de ord af sig, som hun kunne huske fra sin barndoms tro, gav løfter, hun aldrig ville kunne holde, men håbede på, at god vilje i det mindste kunne sikre Johan et lille, spinkelt tag i livet. Ved siden af hende sad Robert med et chokeret udtryk i ansigtet, som han havde haft hele aftenen og natten. Der var intet, hun hellere ville, end at række ud efter ham, trøste ham, være mor. Men der var gået så mange år, så mange chancer var forpasset. Så de sad som fremmede ved siden af hinanden, kun knyttet sammen af kærligheden til ham, der lå inde i sengen, tavse i visheden om, at han var den bedste af de tre.

En velkendt skikkelse kom gående med vagtsomme skridt langt nede ad gangen. Linda listede sig langs væggene, noget usikker på, hvordan hun ville blive modtaget, men de havde ikke lyst til kiv efter det, der var sket. Hun slog sig stille ned ved siden af Robert og lod nogen tid gå, før hun turde spørge:

"Hvordan går det med ham? Jeg hørte, at du ringede til far i morges og fortalte det."

"Ja, jeg syntes, Gabriel skulle have det at vide," sagde Solveig med et fjernt blik. "Blod er trods alt tykkere end vand. Jeg syntes bare, at han skulle vide det ..." Det var, som om hun var på vej tilbage i sine egne tanker, og Linda nikkede bare.

Solveig fortsatte: "De opererer stadigvæk. Vi ved ikke så meget mere end ... at han kan dø."

"Men hvem?" spurgte Linda, fast besluttet på ikke at lade hende trække sig ind i sig selv, før hun havde fået svar.

"Vi ved det ikke," sagde Robert. "Men hvem det end er, så skal han få det betalt!" Han slog hånden i armlænet og vågnede lidt op af sin choktilstand. Solveig sagde ikke noget.

"Hvad fanden laver du forresten her?" sagde Robert, da han først blev rigtig klar over, at den kusine, de aldrig havde haft noget direkte med at gøre, var kommet.

"Jeg ... vi ... jeg," stammede Linda, mens hun ledte efter ord til at beskrive det forhold, der egentlig var imellem hende og Johan. Det overraskede hende også, at Robert ikke vidste det. Johan havde ganske vist sagt, at han ikke havde fortalt sin bror om deres forhold, men hun mente alligevel, at han måtte have afsløret lidt. Når Johan ville holde det hemmeligt, var det vel et tegn på, hvor vigtigt deres forhold var for ham. Hun skammede sig pludselig.

"Vi ... har set en del til hinanden, Johan og jeg." Hun kiggede ned på sine perfekt manicurerede negle.

"Hvordan ... set til hinanden?" Robert kiggede uforstående på hende. Så forstod han. "Nå, sådan, I har altså ... okay ..." Han kom til at grine. "Nå, der ser man. Lillebror. Sådan en plattenslager." Så satte grinet sig fast i halsen på ham, da han kom i tanke om, hvorfor de var her, og han fik sit chokerede ansigtsudtryk tilbage.

Mens timerne gik, sad de tavse på række alle tre i det triste venteværelse, mens hver en lyd af skridt på gangen fik dem til at spejde efter en læge i hvidt, som ville komme og afsige dommen. Uden at vide hvad hinanden tænkte, bad de alle tre indvendigt.

Da Solveig ringede tidligt om morgenen, var han selv blevet forbavset over sin medfølelse. Der havde været strid imellem familierne så længe, at fjendskabet efterhånden var blevet deres anden natur, men det var alt sammen glemt i det øjeblik, han hørte om Johans tilstand. Johan var hans brors søn, hans eget kød og blod, og det var det, der talte. Alligevel føltes det ikke helt naturligt at køre til hospitalet. Det virkede på en måde hyklerisk, så han var taknemmelig over, at Linda ville køre derhen. Han havde endda betalt hendes taxi til Uddevalla, hvad han under normale omstændigheder ville have anset for topmålet af ekstravagance.

Gabriel sad rådvild ved sit store skrivebord. Der var ligesom vendt op og ned på alting, og det blev værre og værre. Det føltes, som om det hele var kulmineret det sidste døgn. Jacob, der blev hentet ind til forhør, husundersøgelsen på Västergården, hele familien, der skulle levere blodprøver, og nu Johan på hospitalet, svævende mellem liv og død. Den tryghed, som han havde brugt hele livet på at opbygge, var ved at synke i grus for øjnene af ham.

I spejlet på den modsatte væg så han sit eget ansigt, som om det var første gang nogensinde. Det var det på en måde også. Han kunne se, hvordan han var ældet i løbet af de sidste dage. Nerven i blikket var væk, ansigtet furet af bekymringer, og hans normalt så velkæmmede hår var uglet og glansløst. Gabriel måtte erkende, at han var skuffet over sig selv. Han havde altid opfattet sig selv som én, der voksede med opgaverne, og som andre kunne ty til i svære stunder. Men nu var det Laine, der fremstod som den stærkeste af de to. Måske havde han i og for sig altid vidst det. Måske havde hun også selv vidst det, men bare ladet ham beholde sine illusioner, fordi hun vidste, at han ville være lykkeligst på den måde. Han fyldtes af en varm følelse, en stilfærdig kærlighed. En, der havde været der hele tiden under hans egocentriske foragt, men som endelig fik lov at stikke hovedet frem. Så kunne der måske alligevel komme noget godt ud af al den elendighed.

Han blev afbrudt i sine tanker af en banken på døren.

"Kom ind."

Laine trådte forsigtigt ind, og han måtte endnu en gang bemærke den forandring, der var sket med hende. Væk var det nervøse udtryk og de uroligt vridende hænder; hun virkede tilmed højere, fordi hun nu rankede sig.

"God morgen, kære. Har du sovet godt?"

Hun nikkede og satte sig i en af de to lænestole, han havde stående til besøgende. Gabriel så udforskende på hende. Hendes rande under øjnene modsagde hendes bekræftende svar. Hun havde oven i købet sovet mere end tolv timer. Da hun kom hjem i går efter at have hentet Jacob på politistationen, nåede han knap at tale med hende. Hun havde bare mumlet, at hun var træt, og så var hun gået i seng på sit værelse. Der var noget i gære; det var han vis på. Laine havde ikke så meget som set på ham en eneste gang, efter hun var trådt ind, bare studeret sine sko meget nøje. Han blev mere og mere urolig, men nu måtte han allerførst fortælle hende om Johan. Hun blev overrasket og reagerede med medfølelse, men det var alligevel, som om hun var et andet sted. Hun var så optaget af et eller andet, at ikke engang mishandlingen af Johan kunne fange hendes udelte opmærksomhed. Alle advarselslamper var tændte.

"Er der sket noget? Skete der noget på politistationen i går? I aftes talte jeg jo med Marita, og hun sagde, at politiet havde ladet Jacob gå, og så kan de vel dårligt have ..." Han vidste ikke helt, hvordan han skulle fortsætte. Tankerne fór rundt i hovedet på ham, mens han forkastede den ene forklaring efter den anden.

"Nej, Jacob er helt uden for mistanke," sagde Laine.

"Hvad siger du? Det er jo fantastisk!" Han lyste op. "Hvordan ... hvad var det, der ...?"

Igen det sammenbidte ansigtsudtryk, og Laine mødte stadig ikke hans blik.

"Før vi når dertil, er der noget, du bør vide." Hun holdt en pause. "Johannes, han, han ..."

Gabriel rykkede uroligt i sædet. "Hvad med Johannes? Er det den ulyksalige gravåbning?"

"Ja, det kan man sige." Gabriel fik lyst til at ruske hende, da hun tøvede igen. Så tog hun en dyb indånding, og ordene begyndte at strømme, så han næsten ikke kunne følge med:

"De fortalte Jacob, at de efter undersøgelsen af Johannes' jordiske rester kunne konstatere, at han ikke tog livet af sig. Han blev myrdet."

Den pen, Gabriel havde siddet med, faldt ned på bordet. Han så på Laine, som om hun havde mistet forstanden. Hun fortsatte:

"Ja, jeg ved, at det lyder fuldstændig vanvittigt, men de er tydeligvis helt sikre. Nogen myrdede Johannes."

"Ved de hvem?" var det eneste, han kunne finde på at sige.

"Selvfølgelig gør de ikke det," hvæsede Laine. "De har først lige fundet ud af det, og med alle de år, der er gået ..." Hun slog ud med armene.

"Nå, det må jeg sige. Det var noget nyt. Men fortæl mere om Jacob. Gav de en undskyldning?" sagde Gabriel spidst.

"Han er som sagt ikke længere under mistanke. De har altså bevist det, vi allerede vidste," fnyste Laine.

"Det kommer ikke som nogen overraskelse, det var kun et spørgsmål om tid. Men hvordan ...?"

"Det var den blodprøve, de tog. De sammenlignede først hans blod med nogle spor, som gerningsmanden havde efterladt, og det stemte ikke."

"Ja, det havde jeg godt kunnet fortælle dem. Hvilket jeg vist også gjorde, hvis jeg ikke tager fejl!" sagde Gabriel pompøst og følte det, som en byrde blev løftet fra hans skuldre. "Men så skal vi da fejre det med champagne, Laine, se ikke så dyster ud."

Nu hævede hun blikket og så ham direkte i øjnene. "De havde også analyseret dit blod."

"Javel, men det kan i hvert fald ikke have passet," sagde Gabriel med et smil.

"Nej, ikke med morderens. Men ... det stemte heller ikke med Jacobs."

"Hvordan, hvad mener du? Stemte ikke?"

"De kunne se, at du ikke er Jacobs far."

Tiden stod stille. Gabriel fangede et glimt af sit eget ansigt i spejlet igen, og nu kunne han slet ikke kende sig selv. Han så en fremmed, der måbende gloede på ham med åben mund og store øjne, og han formåede ikke engang at møde hans blik, men måtte se væk.

Laine så ud, som om hun var blevet lettere, og der lå et lys over hendes ansigt. Han genkendte lettelsen. Det slog ham med ét, hvor tungt det måtte have været at bære på den hemmelighed i alle de år, men så overmandede vreden ham.

"Hvad fanden er det, du siger?" brølede han og fik hende til at fare sammen.

"De har ret, det er ikke dig, der er far til Jacob."

"Og hvem hulen er det så?"

Tavshed. Langsomt gik sandheden op for ham. Han faldt tilbage i stolen og hviskede:

"Johannes."

Laine behøvede ikke at sige noget. Alting stod pludselig klart for ham, og han forbandede sin egen dumhed. At han ikke havde indset det før. De stjålne blikke, fornemmelsen af, at der havde været nogen, når han havde været væk, Jacobs næsten uhyggelige lighed med hans bror.

"Men hvorfor ...?"

"Du mener, hvorfor jeg havde en affære med Johannes?" Hendes stemme var blevet kold. "Fordi han var alt det, du ikke var. For dig var jeg den næstbedste, valgt af praktiske grunde, en, der skulle kende sin plads og sørge for, at livet blev, som du havde tænkt dig med mindst muligt besvær. Det hele skulle være organiseret, logisk, rationelt – livløst!" Hendes stemme blev blød. "Johannes gjorde aldrig noget, han ikke selv ville. Han elskede, når han ville, hadede, når han ville, levede, når han ville ... At være sammen med Johannes var som at opleve en naturkraft. Han så mig virkelig, *så* mig, passerede mig ikke bare på vej til næste forretningsaftale. Hvert stævnemøde med ham var som at dø og genfødes."

Gabriel dirrede ved at høre lidenskaben i Laines stemme. Den fortog sig, og hun så nøgternt på ham.

"Jeg er oprigtig ked af at have ført dig bag lyset i alle de år, hvad angår Jacob, tro mig det er jeg virkelig, og jeg undskylder af hele mit hjerte. Men jeg kan ikke bede om tilgivelse for at have elsket Johannes."

Impulsivt lænede hun sig frem og lagde hænderne på Gabriels. Han tog sig i at trække dem til sig og lod dem bare passivt blive liggende.

"Du havde så mange chancer, Gabriel. Jeg ved, at meget af det, Johannes havde, også var i dig, men du vil ikke vide af det. Vi havde kunnet få mange gode år sammen, og jeg ville have elsket dig. På en måde er jeg også kommet til det alligevel, men jeg kender dig godt nok til at vide, at nu kan du aldrig lade mig fortsætte med at gøre det."

Gabriel svarede ikke. Han vidste, at hun havde ret. Han havde levet i sin brors skygge hele livet, og Laines svigt ramte ham på hans mest sårbare punkt.

Han huskede de nætter, hvor han og Laine havde våget ved sønnens sygeseng. Da havde han ønsket, at han havde været den eneste, som Jacob havde ved sin side, og at sønnen ville se, hvor uvedkommende alle andre var, selv Laine. I Gabriels verden havde han været den eneste, Jacob havde brug for. De to mod alle andre. Det var komisk at tænke på. Egentlig var det jo ham, der havde været sorteper i den sammenhæng. Det var Johannes, der havde ret til at sidde ved Jacobs sygeseng, holde hans hånd, fortælle ham, at det nok skulle gå alt sammen. Og Ephraim, som reddede Jacobs liv. Ephraim og Johannes. Det evindelige forbund, som Gabriel aldrig havde fået adgang til. Nu føltes det uovervindeligt.

"Og Linda?" Han kendte svaret, men var nødt til at spørge. Om ikke andet så for at stikke til Laine. Hun fnyste.

"Linda er din datter. Ingen tvivl om det. Johannes er den eneste mand, jeg har været sammen med under hele vores ægteskab, og det tager jeg konsekvenserne af nu."

Der var et andet spørgsmål, der plagede ham mere.

"Ved Jacob det?"

"Han ved det."

Hun rejste sig. Så sørgmodigt på Gabriel og sagde så stille:

"Jeg pakker i løbet af dagen og er væk inden aften."

Han spurgte ikke, hvor hun ville tage hen. Det spillede ingen rolle. Ingenting spillede nogen rolle.

De havde ikke efterladt mange spor efter deres ransagning. Hun og børnene kunne knap se, at politiet havde været der. Men samtidig var der noget, der var forandret. Man kunne ikke tage og føle på det, men det var der. En følelse af, at hjemmets tryghed var blevet forstyrret. Alt i huset var berørt af fremmede hænder, der havde vendt og drejet og set på alt. Ledt efter noget ondt – i deres hus! Selvfølgelig var det lokale politi mere hensynsfuldt, men alligevel var det, som om hun pludselig forstod, hvordan livet måtte være i de diktaturer og politistater, hun havde set i nyhederne. Hun havde rystet på hovedet og haft ondt af de mennesker, der levede under en konstant trussel om indtrængen i deres hjem. Men hun havde nok aldrig helt forstået, hvor snavset man følte sig bagefter, og hvilken rædsel det var ikke at vide, hvad der fulgte.

Hun havde savnet Jacob i sengen i nat. Hun ville gerne have haft ham ved siden af sig, hånd i hånd som en forsikring om, at alt var ved det gamle. Men da hun havde ringet til politistationen aftenen forinden, sagde de, at hans mor havde hentet ham, og så regnede hun med, at han havde sovet dér. Han kunne godt have ringet, syntes hun, men hun tænkte knap tanken, før hun fortrød. Jacob gjorde altid, hvad der var bedst for dem, og hvis hun var ophidset over, at politiet havde rodet rundt i hendes hjem, så kunne det kun have været meget værre for ham at sidde lukket inde og skulle svare på umulige spørgsmål.

Marita ryddede langsomt af efter børnenes morgenmad. Hun løftede eftertænksomt røret og begyndte at trykke svigerforældrenes nummer, men fortrød og lagde på igen. Han måtte hellere sove, så længe han havde brug for. Netop som hun havde lagt røret på, ringede telefonen, og det gav et sæt i hende. Det var fra herregården, kunne hun se, og hun tog den straks, overbevist om, at det var Jacob.

"Hej, Marita, det er Gabriel."

Hun rynkede panden. Svigerfarens stemme var knap genkendelig, han lød som en gammel mand.

"Hej, Gabriel. Hvordan går det med jer?"

Den muntre tone skulle dække over hendes uro, men hun ventede spændt på, hvad han havde at sige. Det slog hende pludselig, at der kunne være sket Jacob noget, men før hun nåede at spørge, sagde han:

"Har du tilfældigvis Jacob hjemme?"

"Jacob? Men Laine hentede ham jo i går. Jeg var overbevist om, at han sov hos jer?"

"Nej, han har ikke været her. Laine satte ham af henne ved jer i aftes." Hun følte selv den samme panik, som hun kunne høre i hans stemme.

"Det siger du ikke, hvor er han så?" Marita slog hånden for munden og kæmpede for ikke at fortæres af angst.

"Han må have ... Han må være ..." Gabriel kunne ikke finde på et ræsonnement, der duede. Hvis han ikke var hjemme og heller ikke hos dem, var der ikke andre muligheder. En frygtelig tanke strejfede ham.

"Johan ligger på hospitalet. Han blev slået ned og mishandlet hjemme hos sig selv i går."

"Åh, herregud, hvordan går det med ham?"

"De ved ikke, om han overlever. Linda er på hospitalet. Hun ville ringe, hvis der var noget nyt."

Marita satte sig tungt på en køkkenstol. Hendes bryst og strube snørede sig sammen og gjorde det svært at trække vejret.

"Tror du, at ..."

Gabriels stemme kunne dårligt høres. "Nej, det kan vel ikke passe. Hvem skulle ..."

De forstod på samme tid, hvordan situationen tog farve af, at der gik en morder løs. Det gjorde dem tavse.

"Ring til politiet, Marita. Jeg kommer over." Så blev røret lagt på.

Patrik sad modløs ved sit skrivebord. Han tvang sig selv til at prøve at finde noget at beskæftige sig med i stedet for at sidde og nedstirre telefonen. Han ønskede bare at få svarene på blodprøverne. Uret tikkede ubarmhjertigt langsomt. Han besluttede at forsøge at indhente noget administrativt arbejde. Han tog papirerne frem. En halv time senere sad han stadig uden at have foretaget sig noget, tomt stirrede han ud i luften. Trætheden efter at have sovet så dårligt meldte sig. Han tog en tår kaffe, men skar straks en grimasse. Den var blevet kold. Med koppen i hånden rejste han sig for at hente en frisk kop, da telefonen pludselig ringede. Han kastede sig så hurtigt over den, at lidt af den kolde kaffe skvulpede ud på skrivebordet.

"Patrik Hedström."

"Jacob er forsvundet!"

Han var så indstillet på samtalen med Retsmedicinsk, at han ikke opfattede beskeden med det samme.

"Hvabehar'?"

"Det er Marita Hult. Min mand har været forsvundet siden i går aftes."

"Forsvundet?" Han var stadig ikke helt med. Hjernen var træg af træthed.

"Han kom ikke hjem i går. Og han sov heller ikke hos sine forældre. Og når man så tænker på det, der er sket med Johan, så ..."

Nu var han helt hægtet af.

"Vent nu lige lidt, langsomt, tak. Hvad er der sket med Johan?"

"Han ligger jo på hospitalet i Uddevalla, fordi han er blevet overfaldet. Det er ikke sikkert, han klarer den. Tænk nu, hvis samme person også har overfaldet Jacob? Måske ligger han et eller andet sted."

Hendes stemme blev panisk, men nu var Patrik efterhånden med. De havde ikke hørt om noget overfald på Johan Hult, så det var måske kollegerne i Uddevalla, der havde fået anmeldelsen. Han måtte tale med dem omgående, men allerførst gjaldt det om at berolige Jacobs kone.

"Marita, der er sikkert ikke sket ham noget. Men jeg kan sende nogen ud til jer, og jeg kontakter også politiet i Uddevalla og hører, om de ved noget om Johan. Det er ikke fordi, at jeg ikke tager dig alvorligt, men jeg synes ikke, der er grund til at bekymre sig endnu. Det sker jo nogle gange – det ser vi faktisk ofte – at folk af en eller anden grund ikke kommer hjem en nat. Og Jacob var måske oprevet, efter at vi talte med ham i går. Måske havde han brug for at være lidt alene, hvad ved jeg?"

Marita svarede frustreret: "Det ville Jacob aldrig gøre uden at give besked om, hvor han var. Det er han alt for betænksom til."

"Jeg tror på dig, og jeg kan love dig, at vi tager hul på det med det samme. Så der kommer nogen ud og snakker med jer, okay? Kan du også få fat på dine svigerforældre og bede dem komme, så vi kan tale med dem samtidig?"

"Det er nok lettere, hvis jeg går over til dem," sagde Marita, som trods alt virkede lettet over, at der var noget håndgribeligt at stille op.

"Så siger vi det," sagde Patrik og lagde på efter en sidste opfordring om, at hun ikke måtte tro det værste.

Den stilstand, han tidligere havde følt, var forsvundet som dug for solen. Modsat det, han havde forsikret Marita om, var han selv tilbøjelig til at tro, at der kunne være andre årsager til, at Jacob var væk. Når Johan tilmed var blevet overfaldet, hvad enten det nu var mordforsøg eller ej, så var der virkelig grund til bekymring. Til at begynde med ringede han til sine kolleger i Uddevalla. Ikke længe efter havde han fået alle de oplysninger, de havde om overfaldet, hvilket ikke var mange. Nogen havde mishandlet Johan så grundigt i går aftes, at han nu svævede mellem liv og død. Da Johan ikke selv kunne sige, hvem det var, havde politiet ingen spor endnu. De havde talt med Solveig og Robert, men de havde ikke set nogen ved huset. Et kort øjeblik havde Patrik mistanke til Jacob, men den var der ikke hold i. Overfaldet var sket, mens de havde Jacob på stationen.

Patrik spekulerede på, hvordan de kom videre herfra. Der var to opgaver: Dels ville han sende nogen til hospitalet i Uddevalla for at tale med Solveig og Robert – de vidste måske alligevel noget. Dels måtte nogen tage til herregården og tale med Jacobs familie. Han bestemte sig for selv at tage til Uddevalla og sende Martin og Gösta til herregården. Men netop som han rejste sig for at sige det til dem, ringede telefonen igen. Nu var det Retsmedicinsk.

Med tilbageholdt åndedræt ventede han på laboratoriets resultater. Måske var det den sidste lille brik i puslespillet, der fik alting til at falde på plads. Men det, de havde at sige, havde han ikke i sin vildeste fantasi kunnet forestille sig.

Hele vejen hen til herregården diskuterede Martin og Gösta det, Patrik havde fortalt. De kunne heller ikke finde hoved og hale på det. Men tiden var knap, og de kunne ikke fortabe sig i usikkerhed. Det eneste, der var at gøre nu, var at holde næsen i sporet og klø på.

Foran hovedindgangens trappe måtte de skræve over et par store rejsetasker. Martin var nysgerrig efter at få at vide, hvem der skulle ud og rejse. Der så ud til at være mere bagage, end Gabriel havde brug for til en forretningsrejse, og da taskerne også havde et lidt feminint præg, gættede han på Laine.

Denne gang blev de ikke vist ind i stuen, men ført gennem en lang gang til et køkken i den anden ende af huset. Det var et rum, som Martin med det samme befandt sig godt i. Stuen var selvfølgelig smuk, men der var også noget upersonligt over den. I køkkenet derimod var der hyggeligt, og der var en landlig enkelthed, som modsagde den ellers lidt kvælende elegance, som herskede på gården. I stuen havde Martin følt sig som en bondeknold, mens han her fik lyst til at smøge ærmerne op og begynde at røre i dampende gryder.

Ved et enormt rustikt bord sad Marita klemt ind mod væggen. Det så ud, som om hun søgte tryghed i en uventet og skræmmende situation. I det fjerne hørte han lyden af larmende børn, og da han strakte hals og så ud ad det vindue, der vendte mod haven, kunne han se Jacobs og Maritas to børn løbe omkring og lege på den store plæne.

Alle hilste med et nik. Så satte de sig om bordet hos Marita. Martin syntes, at der var en underlig stemning, men kunne ikke sætte fingeren på noget bestemt. Gabriel og Laine havde sat sig så langt som muligt fra hinanden, og han bemærkede, at de omhyggeligt undgik at se på hinanden. Han tænkte på rejsetaskerne foran døren, og det gik op for ham, at Laine måtte have fortalt Gabriel om sit forhold til Johannes og frugten af den. Ikke underligt, hvis der var en anspændt stemning. Det forklarede også taskerne udenfor. Det eneste, der holdt Laine til gården, var deres fælles uro over Jacobs fravær.

"Lad os tage det fra begyndelsen," sagde Martin. "Hvem så sidst Jacob?"

Laine viftede let med en hånd. "Det gjorde jeg."

"Og hvornår var det?" brød Gösta ind.

"Ved ottetiden. Efter at jeg havde hentet ham hos jer." Hun nikkede mod betjentene overfor.

"Og hvor satte du ham af?" spurgte Martin.

"Lige ved indkørslen til Västergården. Jeg tilbød at køre helt op, men han sagde, at det behøvede jeg ikke. Det er lidt besværligt at vende, når man er kørt helt op, og der er ikke mere end et par hundrede meter at gå, så jeg insisterede ikke."

"Og hvordan var hans sindstilstand på det tidspunkt?" fortsatte Martin.

Hun sendte et forsigtigt øjekast til Gabriel. De var alle klar over, hvad de egentlig talte om, men ingen sagde det ligeud. Det slog Martin, at Marita nok ikke var indviet i Jacobs virkelige slægtsforhold endnu. Men det hensyn måtte han se bort fra nu. De måtte have alle kendsgerninger på bordet og kunne ikke sidde og lege katten om den varme grød.

"Han var ..." Laine ledte efter ordene, "eftertænksom. Jeg vil nok sige, at han var i en slags chok."

Marita så desorienteret først på Laine, så på betjentene.

"Hvad snakker I om? Hvorfor skulle Jacob være chokeret? Hvad foregik der egentlig i går? Gabriel sagde jo, at han var uden for mistanke, hvorfor skulle han så være chokeret?"

Kun en let trækning i Laines ansigt afslørede hendes indre virvar af følelser, men hun lagde roligt sin hånd på Maritas.

"Jacob fik en oprørende nyhed i går, kære. For mange, mange år siden gjorde jeg noget, som jeg har båret på længe. Og takket være politiet," hun kastede et giftigt blik mod Martin og Gösta, "så fik Jacob besked om det i går aftes. Jeg havde altid tænkt mig at fortælle ham det, men årene gik, og jeg ventede nok på den rigtige anledning."

"Rigtige anledning til hvad?" spurgte Marita.

"Til at fortælle ham, at det er Johannes, ikke Gabriel, der er hans far."

Gabriel skar en grimasse for hvert ord og så ud, som om hver stavelse huggede en kniv i brystet på ham. Men det chokerede udtryk var væk. Han var allerede begyndt at bearbejde den nye situation, og det var ikke længere så svært, som da han hørte det første gang.

"Hvad siger du!" Marita så på Laine og Gabriel med opspærrede øjne. Så sank hun sammen. "Åh, Gud, det må have slået ham helt ud."

Det gav et sæt i Laine, som om hun var blevet slået. "Sket er sket," sagde hun, "nu er det vigtigste, at vi finder Jacob, og så ..." hun gjorde et ophold, "så kan vi tage fat på alt det andet."

"Laine har ret. Uanset hvad blodprøven viste, så er Jacob stadig min søn her," Gabriel tog sig til hjertet, "og han skal findes."

"Vi skal nok finde ham," sagde Gösta. "Det er måske ikke så mærkeligt, hvis han har brug for at være lidt for sig selv og tænke over tingene."

Martin var taknemmelig over den alfaderlige rolle, Gösta kunne påtage sig, når det passede ham, og Martin tog tråden op:

"Så han kom altså aldrig hjem?"

"Nej," sagde Marita. "Laine ringede jo, da de tog fra stationen, så jeg vidste, at de var på vej. Men da han så ikke dukkede op, så tænkte jeg, at han var taget med hende hjem og overnatte. Det ville ganske vist ikke ligne ham, men på den anden side har han – og hele familien – været under sådan et pres på det sidste, at jeg tænkte, han måske havde brug for at komme hjem til sine forældre."

Med det sidste ord kastede hun et stjålent blik på Gabriel, som bare smilede blegt. Det ville tage sin tid at vænne sig til det hele.

"Hvordan fandt I ud af, hvad der var sket med Johan?" sagde Martin.

"Solveig ringede tidligt i morges."

"Jeg troede ikke, at I var ... på talefod?" prøvede Martin.

"Nej, det var vi måske heller ikke. Men familie er vel familie, og når det virkelig gælder, så ..." Gabriel gjorde ikke sætningen færdig. "Linda er der nu. Det har jo vist sig, at hun og Johan stod hinanden noget nærmere, end vi var klar over." Gabriel lo en sær, bitter lille latter.

"I har ikke hørt mere til det?" spurgte Laine.

Gösta rystede på hovedet. "Nej, det sidste, vi hørte, var, at hans tilstand var uforandret. Men Patrik Hedström er på vej til Uddevalla, så må vi se, hvad han siger. Men hvad der end sker, så får I det sikkert at vide lige så hurtigt, som vi gør. Jeg mener: Jeg vil tro, at Linda holder jer orienteret."

Martin rejste sig. "Nå, men så tror jeg ikke, vi behøver opholde jer længere."

"Tror I, at det er den samme, som myrdede tyskeren, der også prøvede at slå Johan ihjel?" Maritas underlæbe dirrede let. Det var ikke til at tage fejl af, hvad hun egentlig ville vide.

"Det er der ingen grund til at tro," sagde Martin venligt. "Jeg er sikker på, at vi snart kommer til bunds i det her. Jeg mener, Johan og Robert har jo bevæget sig i temmelig tvivlsomme kredse, så det er nok mere tænkeligt, at det er noget i den retning."

"Og hvad gør I så for at finde Jacob nu?" insisterede Marita. "Har I søgt i lokalområdet eller hvad?"

"Nej, det er nok ikke det første, vi gør. Jeg tror helt ærligt, at han sidder et sted og tænker over ... tingene, og at han dukker op derhjemme på et tidspunkt. Så det bedste vil egentlig være, hvis du befinder dig hjemme og så ringer med det samme, når han kommer, okay?"

Ingen havde noget at tilføje, og de tog det som en accept. Der var faktisk ikke ret meget, de kunne gøre endnu. Men for sig selv kunne Martin godt indrømme, at han ikke var helt så fortrøstningsfuld, som han forsøgte at give udtryk for. Det var et mærkeligt sammentræf, at Jacob forsvandt samme aften, som hans fætter – eller bror, kunne man vel nu kalde Johan – blev overfaldet.

I bilen på vej tilbage var det netop, hvad han sagde til Gösta, som nikkede bekræftende. Han havde også på fornemmelsen, at der var noget, der ikke passede helt. Mærkelige sammentræf forekom ganske sjældent i virkeligheden og var ikke noget, en politimand kunne sætte sin lid til. De håbede, at Patrik fandt ud af mere, end de kunne.

Sommeren 2003

Hun vågnede med en dundrende hovedpine og en klistret fornemmelse i munden. Jenny kunne ikke forstå, hvor hun var. Det sidste hun kunne huske var, at hun havde fået et lift og sad i en bil, og nu var hun pludselig i en eller anden mærkelig, mørk verden. Hun blev ikke engang bange lige med det første. Det føltes mere som en drøm, og som om hun når som helst kunne vågne og opdage, at hun bare befandt sig i campingvognen.

Men efterhånden sivede det ind. Det her var en drøm, hun ikke ville vågne fra. I panik begyndte hun at famle rundt i mørket og ved den sidste væg kunne hun mærke brædder under fingrene. En trappe. Hun kravlede op ad trappen, følte sig for på hvert trin. Med et knald bankede hun hovedet ind i noget. Hun var blevet stoppet allerede efter et par trin, og følelsen af klaustrofobi kom øjeblikkelig. Hun regnede med, at hun kun lige akkurat kunne stå oprejst. Højere var rummet ikke. At finde væggene tog heller ikke lang tid; der kunne højst være et par meter mellem dem. Hun trykkede panisk opad dér, hvor trappen endte, og selvom brædderne gav en smule efter, var det ikke meget. Hun kunne høre en lås rasle, så hun vidste, at der måtte sidde en hængelås på den anden side.

Efter et par forsøg mere på at trykke lemmen op kravlede hun skuffet ned igen og satte sig på jordgulvet med armene om sine knæ.

Lyden af skridt ovenpå fik hende instinktivt til at flytte sig så langt væk som muligt.

Da manden kom ned til hende, så hun hans ansigt for sig, selvom der ikke var noget lys. Hun havde set ham, da han tog hende med i bilen, og det var skræmmende at tænke på. Jenny kunne identificere ham, hun vidste, hvilken bil han kørte i, og det gjorde det usandsynligt, at han ville lade hende komme derfra i live.

Hun begyndte at skrige, men han lagde blidt hånden over hendes mund og talte beroligende. Da han havde overbevist sig om, at hun ikke ville skrige, fjernede han hånden og begyndte i stedet at klæde hende af. Han følte på hendes lemmer, nydelsesfuldt, næsten kærligt. Hun hørte hans vejrtrækning blive tungere og kneb øjnene hårdt i for at udelukke tanken om det, der måtte komme.

Da han var færdig, sagde han undskyld. Så kom smerten.

SOMMERTRAFIKKEN VAR ET helvede. Patriks irritation var steget i takt med kilometertælleren, og da han kørte ind på parkeringspladsen uden for Uddevalla Hospital trak han vejret dybt nogle gange for at falde ned. Normalt hidsede han sig ikke op over campingvogne, som fyldte hele vejen, eller turister, der kørte langsomt for at glo og pege på alt, hvad de så, uden hensyn til den kø, der blev dannet bag dem. Men hans skuffelse over resultatet af analyserne bidrog til, at han var betydelig mindre tolerant, end han plejede at være.

Han havde dårligt kunnet tro sine egne ører. Der var ingen match til sædprøven fra Tanjas krop. Han havde været så sikker på at have morderen, når resultatet kom, at han ikke rigtig var kommet sig over skuffelsen endnu. Tanjas morder skulle findes iblandt Johannes Hults slægtninge, det var der ingen tvivl om. Men det var ingen af de kendte familiemedlemmer.

Han ringede utålmodigt til stationen. I dag begyndte Annika lidt senere end sædvanligt, og han havde ventet utålmodigt på, at hun skulle møde.

"Hej, det er Patrik. Du må undskylde, hvis jeg lyder lidt stresset, men jeg vil bede dig finde oplysninger på, om der er flere slægtninge til familien Hult i området. Jeg tænker nærmest på, om der er børn af Johannes Hult, som er født uden for ægteskab."

Han kunne høre hende skrive ned og krydsede fingre. Det var det sidste halmstrå, han kunne klamre sig til nu, og han håbede inderligt, at det ville lykkes ad den vej. Ellers kunne de bare sætte sig ned og klø sig i håret.

Han kunne godt lide den teori, der først var dukket op i hans hoved på vej til Uddevalla. At Johannes havde en søn på egnen, som de ikke kendte noget til. I betragtning af alt, hvad de havde fået at vide om ham, lød det slet ikke usandsynligt. Det ville endda tjene som motiv til, at Johannes selv blev myrdet, tænkte Patrik, uden helt at vide, hvordan det så hang sammen. Jalousi var et udmærket motiv for mord, og måden han døde på stemte også med den teori; et impulsivt, uplanlagt mord. Et anfald af vrede og jalousi, der resulterede i Johannes' død.

Hvordan var så forbindelsen til mordene på Mona og Siv? Det var det, der haltede, men måske kunne Annikas oplysninger hjælpe dem et stykke på vej.

Han smækkede bildøren i og gik hen mod hovedindgangen. Efter at have gået lidt søgende omkring og fået hjælp fra venlige ansatte, fandt han endelig den rigtige afdeling. I venteværelset sad de tre personer, han ledte efter. Som svaler på en telefontråd sad de ved siden af hinanden, tavse, mens de stirrede ud i luften. Men da Solveig fik øje på ham, tændtes en gnist i hendes blik. Hun rejste sig med besvær og gik vraltende hen for at møde ham. Hun så ud, som om hun ikke havde sovet hele natten, hvad hun vel heller ikke havde. Tøjet var krøllet og lugtede af sved. Det fedtede hår var tjavset, og hun havde mørke rande under øjnene. Robert så lige så træt ud, men ikke helt så medtaget. Kun Linda så opvakt ud, med klart blik og nydeligt udseende. Hun var stadig uvidende om, at hendes hjem var i opbrud.

"Har I fanget ham?" Solveig trak lidt i Patriks arm.

"Vi har desværre ikke noget nyt. Har lægerne sagt noget endnu?"

Robert rystede på hovedet. "Nej, men de opererer stadig. Det var noget med et tryk i hjernen. De åbner vist hele hovedet. Så er det jo spændende, om de i det hele taget finder en hjerne."

"Robert!"

Solveig vendte sig og stirrede vredt på ham, men Patrik forstod godt, hvad det var, han prøvede på. At overvinde sin uro og lette presset ved at være påtaget vittig. Den metode fungerede også for ham selv.

Patrik satte sig i en lænestol, der ikke var optaget. Solveig satte sig også igen.

"Hvem kan have gjort sådan noget ved min dreng?" Hun vuggede frem og tilbage i stolen. "Jeg så, hvordan han så ud, da de bar ham ud; det var, som om det var et helt andet menneske. Der var blod over det hele, overalt."

Linda skuttede sig og skar ansigt. Robert viste ikke antydning af udtryk. Da Patrik tog hans sorte cowboybukser og trøje i nærmere øjesyn, så han, at der stadig var store pletter af Johans blod.

"I hverken så eller hørte noget i går aftes?"

"Nej," sagde Robert med irritation. "Det har vi allerede fortalt de andre politifolk, hvor gange mange skal vi sige det?"

"Jeg er ked af det, men jeg er nødt til at stille alle de her spørgsmål. Hav tålmodighed med mig lidt endnu, så er I rare."

Stemmen afslørede ægte medfølelse. Sommetider var det vanskeligt at være politimand, når man i tilfælde som det her var nødt til at trænge sig på hos folk, der havde andet at tænke på. Men Solveig kom ham uventet til hjælp.

"Kom nu, vær lidt samarbejdsvillig, Robert. Lad os hjælpe dem med at finde den, der har gjort det her mod Johan." Hun vendte sig mod Patrik.

"Jeg syntes, der var en lyd, lidt før Robert kaldte på mig. Men vi så ikke nogen, hverken før eller efter vi fandt ham."

Patrik nikkede. Så sagde han henvendt til Linda:

"Du så vel ikke tilfældigvis noget til Jacob i går aftes?"

"Nej," sagde Linda desorienteret. "Jeg overnattede på herregården. Men han var vel hjemme på Västergården, vil jeg tro? Hvorfor?"

"Det ser ud til, at han ikke kom hjem i går aftes, så jeg tænkte bare på, om du havde set ham."

"Det har jeg ikke. Men spørg mor og far."

"Det har vi gjort. De har heller ikke set ham. Kunne du forestille dig et andet sted, han kunne tænkes at være?"

Linda begyndte at se urolig ud. "Nej, hvor skulle det være?" Så var det, som om en tanke slog ned i hende. "Kan han være taget til Bullaren og sovet der? Det plejer han selvfølgelig ikke, men ..."

Patrik slog en knytnæve i låret. Hvor dumt, at de ikke havde tænkt på gården i Bullaren. Han undskyldte sig og gik ud for at ringe til Martin, som straks ville køre dertil og tjekke det.

Da han kom tilbage til venteværelset, var stemningen en helt anden. Linda havde i mellemtiden ringet hjem fra sin mobiltelefon. Hun så på ham med al teenagerens trods.

"Hvad er det egentlig, der sker? Far sagde, at Marita havde ringet og meldt Jacob savnet, og at de to andre betjente har været ude og stille en masse spørgsmål. Far er ret nervøs." Hun stillede sig foran Patrik med hænderne i siden.

"Der er ingen grund til bekymring endnu," han gentog næsten ordret, hvad Gösta og Martin havde sagt ude på herregården. "Din bror holder sig nok væk for at være lidt i fred, men vi skal tage alle sådanne anmeldelser alvorligt."

Linda betragtede ham mistænksomt, men så ud til at stille sig tilfreds med svaret. Så sænkede hun stemmen: "Far fortalte også om Johannes. Hvornår har du tænkt at fortælle *dem* om det?"

Hun gav et kast med hovedet mod Robert og Solveig. Patrik så fascineret på den bane, hendes lange lyse hår dannede i luften. Så huskede han sig selv på hendes alder og blev helt forskrækket ved tanken om, at den omvæltning, det var at danne familie og bygge rede, kunne medføre gammelmandsdrømmerier om unge piger. Han svarede i samme lave stemmeleje: "Det venter vi lidt med. Johans situation taget i betragtning er det vist ikke noget godt tidspunkt."

"Dér tager du fejl," sagde Linda roligt. "Hvis de har brug for gode nyheder, så er det nu. Og du kan være sikker på, at jeg kender Johan godt nok til at vide, at det vil blive taget som en god nyhed i den her familie, at Johannes ikke tog livet af sig. Så hvis ikke du fortæller det nu, så gør jeg."

Magen til stædighed ... Men Patrik var tilbøjelig til at tro, hun havde ret. Han var allerede sent ude med at fortælle det. De havde faktisk ret til at vide det.

Han nikkede bekræftende til Linda og rømmede sig, da han satte sig.

"Solveig, Robert, jeg ved godt, at I havde en hel del imod, at Johannes' grav blev åbnet."

Robert kom op af stolen som en raket. "Altså, du er jo ikke rigtig klog at bringe det på bane! Kan du ikke se, at vi har nok at tænke på lige nu?"

"Sæt dig ned, Robert," lød det fra Linda. "Jeg ved, hvad det er, han prøver at sige, og det er noget, I gerne vil vide."

Af lutter forbavselse over at hans spinkle kusine gav ham ordrer, satte Robert sig tavst. Solveig og Robert, der stadig havde den nedværdigende gravåbning i frisk erindring, kiggede på Patrik, som fortsatte:

"Vi fik en læge til at undersøge ... øh, kroppen ... nøje, og han fandt noget interessant."

"Interessant," skummede Solveig. "Ja, sådan kan man jo også sige det."

"Ja, I må undskylde, men der er ingen god måde at sige det her på. Johannes tog ikke livet af sig. Han blev myrdet."

Solveig hev efter vejret. Robert sad forstenet, ude af stand til at bevæge sig.

"Hvad er det dog, du siger?" Solveig greb ud efter Roberts hånd, og han lod hende tage den.

"Du hørte rigtigt. Johannes blev myrdet; han tog ikke livet af sig."

Tårerne begyndte at rinde fra Solveigs øjne, der i forvejen var røde af gråd. Så begyndte hele hendes store krop at skælve, og Linda så triumferende på Patrik. Det var glædestårer.

"Jeg vidste det," sagde hun. "Jeg vidste, at han ikke ville gøre sådan noget. Og alle dem, der sagde, at han tog livet af sig selv, fordi han havde myrdet de piger. Nu skal de få lov at tage det i sig igen. Det var sikkert den samme, der dræbte pigerne, der også slog min Johannes ihjel. De skal få lov at komme kravlende på knæ og sige undskyld, skal de. Alle de her år, hvor vi har ..."

"Hold nu op, mor," afbrød Robert irriteret. Det var, som om han ikke fattede, hvad Patrik havde sagt. Han skulle nok have lidt tid til at fordøje det.

"Hvad vil I nu gøre for at finde den, der myrdede Johannes?" sagde Solveig ivrigt.

Patrik vred sig. "Jae, det er jo ikke så ligetil. Det er mange år siden, og der er ingen spor bevaret. Men selvfølgelig vil vi forsøge så godt, vi kan, mere kan jeg ikke gøre."

Solveigs temperament kom i kog. "Ja, det kan jeg forestille mig. Hvis bare I lægger samme kræfter i at finde hans morder, som I lagde i at få ham sat fast, så bliver det ikke noget problem. Og nu vil jeg gerne have en undskyldning!"

Hun prikkede til Patrik med fingeren, og han følte, at tiden var inde til at komme videre, inden situationen udartede sig. Han vekslede et blik med Linda, og hun gjorde diskret tegn til ham, at han skulle gå. Forinden opfordrede han hende en sidste gang:

"Linda, hvis du hører noget fra Jacob, så ring med det samme. Men du har nok ret i, at han er i Bullaren."

Hun nikkede, men så stadig bekymret ud.

De drejede ind på politistationens parkering, præcis samtidig med at Patrik ringede. Martin kørte ud på vejen igen, i retning mod Bullaren. Efter en barmhjertig kølig morgen var temperaturen begyndt at stige, og han skruede lidt op for ventilatoren. Gösta trak i kraven på sin kortærmede skjorte.

"Hvis bare den her forbandede varme ville forsvinde."

"Nå, men ude på golfbanen beklager du dig vel ikke," lo Martin.

"Det er da også noget andet," sagde Gösta surt. Golf og religion var to ting, der ikke skulle spøges med. Et kort sekund ønskede han, at det var Ernst, han arbejdede sammen med igen. Der kom ganske vist mere ud af at tage med Martin, men han måtte indrømme, at han kunne lide Lundgrens tilbagelænede arbejdsstil. Ernst havde selvfølgelig også sine mærkværdigheder, men på den anden side protesterede han ikke, hvis Gösta smuttede nogle timer og slog en spand bolde.

Så så han fotografiet af Jenny Möller for sig og fik akut dårlig samvittighed. I et øjebliks klarsyn gik det op for ham, at han var blevet en bitter, gammel mand, der havde en skræmmende lighed med sin far på hans ældre dage, og hvis han blev ved på den måde, endte han med at sidde ensom og sur på et plejehjem ligesom ham. Bare uden børn, der lejlighedsvist kom på pligtbesøg.

"Hvad mener du – tror du, han er der?" sagde han for at afbryde sig selv. Martin tænkte efter, så sagde han: "Næh, det ville i hvert fald overraske mig. Men det er værd at tjekke."

De drejede ind på gårdspladsen, hvor der herskede samme iøjnefaldende idyl som første gang, de kom. Stedet var som for evigt badet i et blødt sollys, som fik den svenskrøde farve til at stå i smuk kontrast til den blå sø bag huset. Ligesom tidligere pilede teenagere målbevidst omkring, fuldt optaget af deres gøremål. Pletfrit, sundt, gavnligt, rent, var de ord, der dukkede op i Martins hoved, og kombinationen af de ord gjorde ham mistænksom. Hans erfaring sagde ham, at hvis noget så *for* godt ud på overfladen, så var det netop det, det var – overflade.

"Sådan lidt Hitler Jugend over det her, hvad?" sagde Gösta og satte dermed ord på Martins mistanke.

"Nå, ja, med lidt stærke ord, måske. Sådan noget skal du nok ikke sige højt," sagde Martin tørt.

Gösta så såret ud. "Nå, men så undskyld," sagde han fornærmet. "Jeg vidste ikke, at du også var sprogbetjent. Forresten ville de nok ikke tage sådan nogen som Kennedy, hvis det var sådan en nazilejr."

Martin overhørte kommentaren og gik over mod indgangen. En af de kvindelige ledere åbnede.

"Ja, hvad vil I?"

Jacobs uvilje over for politiet havde tydeligvis haft en vis afsmitning.

"Vi søger Jacob." Gösta stod stadig og surmulede, så Martin tog føringen.

"Han er her ikke. Prøv hjemme."

"Er du sikker på, at han ikke er her? Vi vil gerne lige selv se efter."

Kvinden flyttede sig modvilligt og lod de to mænd komme ind.

"Kennedy, politiet er tilbage. De skal ind på Jacobs kontor."

"Vi finder selv vej," sagde Martin.

Kvinden ignorerede ham, mens Kennedy nærmede sig med hastige skridt. Martin spekulerede på, om han havde en eller anden slags guiderolle på gården. Eller også kunne han bare godt lide at vise folk til rette.

Han gik stille foran Martin og Gösta gennem gangen til Jacobs kontor. De takkede høfligt og åbnede forventningsfuldt døren. Intet spor af Jacob. De trådte ind og ledte grundigt efter indikationer på, at Jacob havde tilbragt natten dér: et tæppe på sofaen, et vækkeur, hvad som helst. Men der var intet. De gik skuffede ud igen. Kennedy stod roligt og ventede. Han løftede hånden for at stryge pandehåret væk fra øjnene, og Martin lagde mærke til hans sorte, uudgrundelige blik.

"Intet som helst. Ikke en skid," sagde Martin, da bilen kørte tilbage mod Tanumshede.

"Nej," sagde Gösta kort. Martin himlede med øjnene. Han var altså stadig sur. Nå, det måtte han selv om.

Gösta var optaget af helt andre tanker. Han havde set noget under deres besøg på gården, men hvad det var, undslap ham hele tiden. Han prøvede at lade være at tænke på det for at lade underbevidstheden arbejde frit, men det var lige så umuligt som ikke at tænke på noget, man havde fået i øjet. Der var noget, han havde set, som han burde huske.

"Hvordan gik det, Annika? Fandt du noget?"

Hun rystede på hovedet. Det bekymrede hende at se Patrik sådan: For lidt søvn, for lidt god mad og for meget stress havde taget det sidste af hans solbrændthed og kun efterladt en grå kulør. Han så fysisk tynget ud, og man behøvede ikke være tankelæser for at vide, hvad den tyngde kom af. Hun ville ønske, at hun kunne sige til ham, at han måtte skille privatliv og arbejdsliv, men lod være. Hun kunne selv mærke presset – det sidste, hun så for sit indre blik, inden hun sov om aftenen, var det fortvivlede udtryk hos Jenny Möllers forældre, da de kom for at melde deres datter savnet.

"Hvordan har du det?" nøjedes hun med at spørge opmuntrende, mens hun så på Patrik over kanten på sine briller.

"Hvordan kan man have det under de nuværende omstændigheder?" Han førte utålmodigt hænderne gennem håret og fik det til at stå op som en karikatur på en gal videnskabsmand.

"Elendigt, vil jeg tro," sagde Annika ligefremt. Hun havde aldrig været den, der dækkede over tingene. Lort lugtede af lort, selv hvis man overhældte det med parfume, det var nu hendes devise.

Patrik smilede. "Ja, noget i den stil. Men nok om mig. Fandt du ikke noget i registeret?"

"Nej, desværre ikke. Der var ikke noget i folkeregistret om eventuelt yderligere børn af Johannes Hult, og så mange andre steder var der ikke at se efter."

"Kunne man tænke sig, at der alligevel var børn, men at de bare ikke er registrerede?" Annika så overbærende på ham: "Der er ingen love, der tvinger en mor til at opgive, hvem der er far til hendes barn, heldigvis da. Det er klart, at der kunne være børn af ham under rubrikken 'fader ukendt'."

"Og – lad mig gætte – dem findes der en del af ..."

"Ikke nødvendigvis. Det kommer an på, hvor stort et geografisk område, du vil afdække. Men folk har faktisk været overraskende respektable her i omegnen. Og det er jo ikke fyrrerne, vi taler om her. Johannes må have været mest aktiv i løbet af tresserne og halvfjerdserne, og dengang var det ikke længere en skam at have børn uden for ægteskab. På nogle tidspunkter i tresserne betragtedes det endda næsten som en fordel."

Patrik grinte. "Hvis det er Woodstock-tiden, du snakker om, så tror jeg faktisk aldrig, at flower-power og fri kærlighed nåede til Fjällbacka."

"Sig ikke det. Det stille vand ..." sagde Annika, glad over at have løftet stemningen en anelse. De seneste dage havde stationen været som en bedemandsforretning. Men Patrik vendte snart tilbage til alvoren.

"Du ville med andre ord rent teoretisk kunne sammensætte en

liste over de børn, der ikke har en navngiven far inden for en radius af ... Ja, Tanum Kommune."

"Ja, ikke kun teoretisk, men rent praktisk. Men det kommer til at tage lidt tid," påpegede Annika.

"Bare gør det så hurtigt, du kan."

"Hvordan vil du ud fra den liste være i stand til at se, hvem der kan have Johannes til far?"

"Jeg tænker, at jeg kunne begynde med at ringe rundt og spørge. Hvis ikke det giver noget, så må jeg løse problemet på en anden måde."

Døren til receptionen blev åbnet, og Martin og Gösta kom ind. Patrik takkede Annika for hjælpen og gik ud i gangen for at tale med dem. Martin stoppede op, men Gösta kiggede ned i gulvet og gik ind på sit kontor.

"Lad være at spørge," sagde Martin og rystede på hovedet.

Patrik rynkede brynene. De havde ganske enkelt ikke brug for gnidninger imellem kolleger lige nu. Det var slemt nok, hvad Ernst havde lavet. Martin læste hans tanker.

"Det er ikke noget, du behøver at tage dig af."

"Okay. Skal vi tage en kop kaffe og stemme af med hinanden?"

Martin nikkede, og de gik ind, skænkede op og satte sig over for hinanden ved bordet. "Fandt I nogen tegn på, at Jacob havde været i Bullaren?" spurgte Patrik.

"Nej, ingenting. Det ser ikke ud til, at han har været der. Og hvordan gik det med dig?"

Patrik fortalte i store træk om sygehusbesøget.

"Men kan du forstå, hvorfor analysen ikke gav noget? Vi ved, at den, vi leder efter, er i familie med Johannes, men det er hverken Jacob, Gabriel, Johan eller Robert. Prøvens art taget i betragtning kan man jo også udelukke damerne. Har du nogen idéer?"

"Ja, jeg har bedt Annika prøve at finde ud af, om Johannes havde børn på egnen."

"Det lyder fornuftigt. Med den her fyr ville det nærmest være underligt, hvis han *ikke* havde et uægte barn her og dér."

"Hvad mener du om teorien om, at det er den samme, der overfaldt Johan, som nu har taget fat på Jacob?" Patrik slubrede forsigtigt af kaffen. Den var nybrygget og skoldhed.

"Det er unægteligt et mærkeligt sammentræf. Hvad tror du selv?"

"Det samme som dig. At det skulle være et mærkeligt tilfælde, hvis ikke det er den samme. Det er jo også, som om Jacob er forsvundet fuldstændig fra jordens overflade. Han er ikke blevet set siden i går aftes. Jeg må indrømme, at det bekymrer mig."

"Du har jo hele tiden haft fornemmelsen af, at Jacob skjulte noget. Kunne det være derfor, han har været ude for noget?" sagde Martin eftertænksomt. "Kunne nogen have hørt, at han var på politistationen, og så have troet, at han ville fortælle noget, som vedkommende ikke ville have frem?"

"Måske," sagde Patrik. "Det er det, der er problemet: Alt er muligt lige nu, og vi har ikke andet end løse spekulationer." Han talte på fingrene. "Vi har Siv og Mona, der blev myrdet i '79, Johannes, der blev myrdet i '79, Tanja, som er blevet myrdet nu, fireogtyve år senere, Jenny Möller, som er blevet bortført – sandsynligvis da hun blaffede – Johan, som blev overfaldet i går aftes og måske ender med at dø, og Jacob, der er sporløst forsvundet. Det er hele tiden familien Hult, der er fællesnævneren, men alligevel kan det umuligt være nogen af dem, der er skyld i Tanjas død. Og så tyder alt i øvrigt på, at den, der myrdede Tanja, også myrdede Siv og Mona." Han slog opgivende ud med hænderne. "Det er noget værre rod. Og vi står midt i det og kan hverken finde hoved eller hale på det."

"Hvad er det for noget anti-politipropaganda?" smilede Martin.

"Jamen, hvad gør vi så nu?" sagde Patrik. "Jeg er løbet tør for idéer. Tiden er snart løbet ud for Jenny Möller, hvis ikke det allerede er sket for flere dage siden." Så skiftede han brat samtaleemne for ikke at svælge i selvmedlidenhed. "Har du forresten inviteret hende damen ud ?"

"Hvilken dame?" spurgte Martin med påtaget neutralt ansigtsudtryk.

"Hold op, du ved, hvem jeg mener."

"Hvis det er Pia, du mener, så var det ikke på den måde. Hun hjalp os bare med lidt tolkearbejde."

"Hun hjalp os bare med lidt tolkearbejde," karikerede Patrik i falset og gyngede hovedet fra side til side. "Come on. Når du taler om hende, kan jeg da ikke undgå at høre, at du er interesseret. Men hun er måske ikke rigtig din type. Hun er jo ikke allerede optaget, mener jeg." Patrik smilede for at tage brodden af bemærkningen.

Martin skulle til at tage til genmæle, da Patriks mobiltelefon ringede.

Med ørerne på stilke forsøgte Martin at høre, hvem det var. Det havde noget at gøre med blodanalyserne, sandsynligvis nogen fra laboratoriet, så meget forstod han, men meget klogere blev han ikke af Patriks kommentarer:

"Hvordan mærkeligt?"

"Aha."

"Nå, sådan."

"Hvaffor' noget? Men hvordan kan ...?"

"Okay."

"Aha."

Martin havde lyst til at skrige. Han kunne se på Patrik, at det her var vigtigt, men han blev ved med at svare med enstavelsesord.

"Hvad du siger er, at I har kortlagt det nøjagtige slægtsforhold mellem dem." Patrik nikkede til Martin for at vise, at han prøvede at få ham med på nyhederne.

"Men jeg forstår stadigvæk ikke, hvordan det kan passe sammen?"

"Nej, det er umuligt. Han er død. Der må være en anden forklaring."

"Jamen, for fanden, der dig, der er ekspert. Hør nu, hvad jeg siger, og tænk efter. Der *må* være en anden forklaring."

Det så ud til, at han sad og ventede spændt, mens der blev spekuleret i den anden ende af røret. Martin hviskede: "Hvad sker der?" Patrik holdt en finger for munden for at tysse på ham. Nu fik han åbenbart en slags svar.

"Det er overhovedet ikke langt ude. Lige i denne her sag er det faktisk meget muligt."

Der var kommet et opklarende lys over hans ansigt. Martin så, hvordan lettelsen bredte sig over Patrik, mens han selv var ved at bide i bordkanten.

"Tak! En allerhelvedes stor tak!" Patrik smed røret på og vendte sig mod Martin med lys i øjnene.

"Jeg ved, hvem der har Jenny Möller! Og du vil ikke tro dine egne ører, når du hører det her."

Operationen var overstået. Johan lå på opvågningsstuen fuld af rør og slanger, helt væk i sin egen mørke verden. Robert sad ved sengen med Johans hånd i sin. Solveig havde overladt dem til sig selv for at gå på toilettet, og han havde sin bror lidt for sig selv, eftersom Linda ikke var med inde. De ville ikke tillade for mange besøgende.

Den tykke slange, der var ført ind i Johans mund, var koblet til et apparat, der gav en hvæsende lyd. Det var svært ikke at komme til at trække vejret i samme takt som respiratoren. Det var, som om han ville forsøge at hjælpe Johan med at trække vejret, hvad som helst for ikke at blive overmandet af magtesløshed.

Med tommelfingeren strøg han Johans håndflade. Det faldt ham ind at se på hans livslinie, men han vidste ikke, hvilken af de tre tydelige linier der var livslinien. Johan havde to lange og en kort, og Robert håbede, at det trods alt så hellere måtte være kærlighedslinien, der var den korte.

Tanken om livet uden Johan var ubærlig. Han var godt klar over, at han virkede som den stærkeste af dem, den ledende. Men sandheden var, at uden Johan var han ikke andet end en lille lort. Johan havde en mildhed, som han havde brug for som menneske. Så meget af det bløde i ham selv var forsvundet, dengang han fandt sin far, og uden Johan ville det barske få overtaget.

Han gav mange løfter, mens han sad der. Løfter om, at alt nok skulle blive anderledes, hvis bare ikke Johan blev taget fra ham. Han lovede aldrig mere at stjæle, at skaffe sig et job, at prøve at få noget ud af sit liv, ja, han lovede endda at blive klippet.

Det sidste løfte gav han med en bæven, men til hans store overraskelse så det ud til, at det var det, der gjorde forskellen. En fjerlet sitren i Johans hånd, en lille bevægelse med pegefingeren, som om han også prøvede at stryge Robert hånd. Det var ikke meget, men mere behøvede han ikke. Han ventede ivrigt på, at Solveig skulle komme tilbage. Han glædede sig til at fortælle, at Johan ville komme sig.

"Martin, der er én i telefonen, der siger, at han har oplysninger om overfaldet på Johan Hult." Annika stak hovedet ud ad døren, og Martin stoppede op og vendte sig.

"Fandens, nu har jeg jo ikke tid."

"Skal jeg så bede ham ringe tilbage?" spurgte Annika forbavset.

"Nej, for helvede, jeg tager den." Martin fór ind på Annikas kontor og tog røret fra hende. Efter at have stået og lyttet lidt og stillet nogle uddybende spørgsmål lagde han på og løb ud ad døren.

"Annika, Patrik og jeg må køre. Kan du få fat i Gösta og bede ham ringe til mig på mobilen med det samme. Og hvor er Ernst?"

"Gösta og Ernst gik til frokost sammen, men jeg ringer til deres mobil."

"Godt." Han løb af sted og blev fulgt af Patrik få sekunder efter.

"Fik du fat i Uddevalla, Annika?"

Hun satte en tommelfinger i vejret. "Alt i orden, de er på vej."

"Kanon!" Han vendte sig og skulle til at gå, men standsede. "Du, der er ingen grund til at lægge flere kræfter i listen over de faderløse."

Så forsvandt han også hastigt ned af gangen. Stationens energi havde nået et niveau, man kunne tage og føle på. Patrik havde hurtigt forklaret hende, hvad der foregik, og hun kunne mærke spændingen i hele kroppen. Det var forløsende endelig at komme videre med efterforskningen, og nu talte hvert minut. Hun vinkede til Martin og Patrik, som gik forbi hendes glasrude og forsvandt ud ad døren.

"Held og lykke!" råbte hun uden at være sikker på, om de hørte hende. Hun ringede straks Gösta op.

"Det er sgu noget lort, Gösta. Her sidder vi to, mens drengerøvene regerer." Ernst var tilbage til sit yndlingsemne, og Gösta var ærligt talt ved at blive træt af at høre på det. Selvom han var blevet sur på Martin tidligere, så var det mest, fordi han blev stødt over at blive irettesat af en, der ikke engang var halvt så gammel som han selv. Bagefter kunne han godt se, at det ikke var så galt.

De havde taget bilen til Grebbestad og sad nu og spiste frokost på spisestedet Telegrafen. Udvalget var ikke så stort i Tanum, så man blev hurtigt led og ked af det, og Grebbestad lå kun ti minutter væk.

Pludselig ringede Göstas telefon, som han havde liggende på bordet, og displayet afslørede, at det var stationens hovednummer.

"Åh, lad den ligge. Du har ret til at spise din frokost i fred og ro." Ernst rakte hånden frem for at slukke Göstas telefon, men kollegaens blik fik ham til at standse midt i bevægelsen.

Der var frokosttravlt, og nogle af gæsterne stirrede olmt på den, der formastede sig til at besvare en mobiltelefon inde på stedet, så Gösta gloede tilbage og svarede med ekstra høj stemme. Da samtalen var slut, lagde han en pengeseddel på bordet, rejste sig og sagde til Ernst:

"Vi skal på arbejde."

"Kan det ikke vente? Jeg har ikke engang fået en kop kaffe efter frokosten," sagde Ernst.

"Den må du tage på stationen senere hen. Nu er der én, vi skal ud og hente."

For anden gang den dag kørte Gösta mod Bullaren; nu var det ham, der sad bag rattet. Han fortalte Ernst, hvad Annika havde sagt, og da de efter en halv times tid var fremme, stod der ganske rigtigt en ung fyr og ventede på dem ved vejen, noget væk fra gården.

De standsede og steg ud.

"Er det dig, der hedder Lelle?" spurgte Gösta.

Fyren nikkede. Han var stor og kraftig, med tyrenakke og kæmpe næver. Som skabt til at være dørvagt, tænkte Gösta. Eller håndlanger som i dette tilfælde. Dog en håndlanger med samvittighed, lod det til.

"Du ringede til os. Nu kan du snakke," fortsatte Gösta.

"Ja, det bedste, du kan gøre, er at begynde at snakke med det samme," sagde Ernst kamplystent, hvortil Gösta sendte ham et advarende blik. Denne opgave kaldte ikke på manddomsprøver.

"Jo, altså, som jeg sagde til hende damen på stationen, så gjorde jeg og Kennedy noget dumt i går."

Noget dumt, tænkte Gösta. Man måtte sige, at han havde sans for at underdrive.

"Ja?" sagde han opfordrende.

"Vi slog ham dér fyren lidt, ham, som Jacob er i familie med."

"Johan Hult?"

"Ja, Johan hed han vistnok." Stemmen blev skinger. "Jeg sværger, jeg vidste ikke, at Kennedy ville tage så hårdt fat. Han sagde, han bare ville snakke med ham og true ham lidt. Ikke andet."

"Men sådan blev det ikke." Gösta prøvede at lyde faderlig. Det havde han ikke videre held med.

"Nej, han gik helt amok. Han blev ved at snakke om, hvor skidegod Jacob er, og at ham Johan på en eller anden måde havde ødelagt det for ham og løjet om noget, som Kennedy ville have, han skulle tage i sig, og da Johan sagde nej, flippede Kennedy bare helt ud og begyndte at tæve løs på ham."

Han måtte holde inde for at få vejret. Gösta troede nok, at han nogenlunde fangede meningen, men var ikke helt sikker. Utroligt, at de unge nu om dage ikke kunne tale, så man forstod det!

"Og hvad lavede du så i mellemtiden? Så på blomsterne i haven?" sagde Ernst hånligt. Endnu et advarende øjekast fra Gösta.

"Jeg holdt ham," sagde Lelle spagt. "Jeg holdt ham i armene, så han ikke kunne slå igen, men jeg vidste jo for fanden ikke, at Kennedy ville gå helt grassat. Hvordan skulle jeg vide det?" Han kiggede skiftevist på Gösta og Ernst. "Hvad vil der ske nu? Kan jeg godt blive på hjemmet? Eller kommer jeg i fængsel?"

Den store, hårdkogte fyr var gråden nær. Han lignede en lille, bange dreng, og nu behøvede Gösta ikke gøre sig umage med at lyde faderlig.

"Alt det kommer vi tilbage til. Vi finder ud af det. Lige nu er det vigtigste at tale med Kennedy. Du kan enten vente her, mens vi tager op og henter ham, eller du kan sidde i bilen imens. Du kan gøre, som du synes."

"Jeg sidder i bilen," sagde Lelle lavt. "De andre kommer alligevel til at høre, at jeg har sladret om Kennedy."

"Okay, så kører vi."

De kørte de sidste hundrede meter op til gården. Det var den samme kvinde som tidligere, der åbnede nu. Hendes irritation var ikke blevet mindre.

"Hvad vil I så nu! Vi skal vist snart have en svingdør til politiet. Jeg har aldrig været ude for noget lignende. Efter det gode samarbejde, vi har haft med politiet gennem årene ..."

Gösta afbrød hende med en løftet hånd. Han sagde gravalvorligt:

"Den diskussion har vi ikke tid til nu. Vi vil gerne tale med Kennedy. Med det samme."

Kvinden kunne høre alvoren i hans tonefald og råbte straks på Kennedy. Hendes stemme var mere blød, da hun talte igen.

"Hvad er det, I vil Kennedy? Har han gjort noget?"

"I får alle enkeltheder senere," sagde Ernst bistert. "Lige nu lyder vores opgave på at tage ham med på stationen og snakke med ham. Vi har også den store gut, Lelle, med os."

Kennedy trådte ud af skyggen. Med sine mørke bukser, hvid skjorte og velkæmmet hår lignede han en dreng fra en engelsk kostskole, ikke en tidligere rod fra et behandlingshjem. Det eneste, der ikke passede i billedet, var de store hudafskrabninger på knoerne. Gösta bandede indvendigt. Det var det, han havde set tidligere, som han burde have bemærket.

"Hvad kan jeg hjælpe d'herrer med?" Stemmen var velmoduleret, men måske en anelse for meget. Man kunne mærke, at han bestræbte sig på at tale pænt, men det gjorde kun, at det faldt helt til jorden.

"Vi har snakket med Lelle. Så som du nok kan forstå, må du følge med på stationen."

Kennedy bøjede hovedet i tavs accept. Hvis der var noget, Jacob havde lært ham, så var det, at man måtte tage konsekvensen af sine handlinger for at være værdig i Guds øjne.

Han så sig omkring en sidste gang. Han ville savne gården.

De sad tavse over for hinanden. Marita havde taget børnene med og var gået ned til Västergården for at vente på Jacob. Udenfor kvidrede sommerens fugle, men indenfor var der stille. Rejsetaskerne stod stadig ved trappen udenfor. Laine kunne ikke rejse, før hun vidste, at Jacob var uskadt.

"Har du hørt fra Linda?" spurgte hun usikkert. Bange for at forstyrre den midlertidige våbenhvile mellem hende og Gabriel.

"Nej, ikke endnu. Stakkels Solveig," sagde Gabriel.

Laine tænkte på alle årene med pengeafpresning, men måtte give ham ret. En mor kan ikke lade være med at føle med en anden mor, hvis barn er kommet til skade.

"Tror du, at Jacob ...?" Ordene blev stikkende i halsen på hende. Gabriel lagde uventet sin hånd oven på hendes. "Nej, det tror jeg ikke. Du hørte selv politiet, han er sikkert bare et eller andet sted for at få lidt ro. Han har jo fået en del at tænke på."

"Ja, det har han," sagde Laine bittert.

Gabriel sagde ikke mere, men lod sin hånd ligge over hendes. Det trøstede hende overraskende, og det faldt hende ind, at det var første gang i alle de år, at han viste hende sådan en ømhed. Hun fik en varm følelse i kroppen, der blandede sig med afskedens smerte. Det var ikke sådan, at hun ønskede at forlade ham. Hun tog initiativet for at spare ham for den ydmygelse, det ville være at smide hende ud, men hun blev med ét usikker på, om det var det rigtige valg. Så tog han hånden til sig, og øjeblikket var forpasset.

"Du ved, sådan bagefter kan jeg godt sige, at jeg altid har syntes, at Jacob lignede Johannes mere end mig. Jeg tog det som skæbnens ironi. Udefra virkede det måske, som om Ephraim og jeg stod hinanden nærmere end han og Johannes. Far boede her hos os; det var mig, der arvede gården og så videre. Men det er ikke sandt. Når de skændtes så meget, var det i virkeligheden, fordi de lignede hinanden. Nogle gange var det, som om Ephraim og Johannes var én og samme person. Og jeg stod altid udenfor. Så da Jacob blev født, og jeg så min far og bror så tydeligt i ham, så var det, som om jeg pludselig fik mulighed for at træde ind i fællesskabet. Hvis jeg kunne knytte min søn tæt til mig og lære ham rigtig godt at kende, så var det, som om jeg også kunne lære Ephraim og Johannes at kende på samme tid. Jeg ville blive del af fællesskabet."

"Det ved jeg," sagde Laine mildt, men det var, som om Gabriel ikke hørte hende. Han så med et fjernt blik ud ad vinduet og vedblev:

"Jeg var misundelig på Johannes, fordi han troede på fars løgne om, at vi kunne helbrede. Der må have været sådan en styrke i den tro! At se sine hænder og leve i visheden om, at de er Guds redskab. At se mennesker rejse sig og gå, at få blinde til at se og vide, at det var én selv, der havde gjort det muligt. Jeg kunne kun se al postyret. Jeg så min far i kulisserne; han styrede og instruerede, og jeg afskyede hvert minut. Johannes så kun de syge foran sig. Han så sin forbindelse til Gud. Han må have følt en frygtelig sorg, da der blev lukket af. Og jeg viste ham ingen sympati. Jeg var bare overhenrykt. Endelig kunne vi være almindelige drenge, Johannes og jeg. Endelig kunne vi blive ens. Men sådan blev det ikke. Johannes blev ved med at bjergtage folk, mens jeg, jeg ..." Stemmen knækkede.

"Du har alt det, Johannes havde. Men du tør ikke, Gabriel. Det er forskellen mellem jer to. Men jeg ved, at du har det."

For første gang i deres mange år sammen, så hun tårer i hans øjne. Ikke engang da Jacob var allermest syg, havde han turdet give efter. Hun tog hans hånd, og han greb den hårdt.

Gabriel sagde: "Jeg kan ikke love, at jeg kan tilgive. Men jeg kan love, at jeg vil prøve."

"Det ved jeg. Tro mig, Gabriel, det ved jeg." Hun lagde hans hånd mod sin kind.

Erica blev mere og mere urolig for hver time. Uroen føltes som en murrende smerte over lænden, og hun masserede sig fraværende med fingerspidserne. Hele formiddagen havde hun prøvet at få fat i Anna, både hjemme og på mobilen, men hun fik ikke forbindelse.

Hun havde fået Gustavs mobilnummer gennem oplysningen, men han kunne kun fortælle, at han havde sejlet Anna og børnene til Uddevalla dagen før, og at de havde taget toget derfra. De skulle være ankommet til Stockholm i løbet af aftenen. Det generede Erica, at han ikke selv lød det mindste foruroliget. Han kom bare med en masse rationelle forklaringer, som at de sikkert var trætte og havde hevet stikket ud, at mobilen ikke var opladet, eller at Anna – han lo – ikke havde betalt telefonregningen. Den kommentar gjorde Erica så rasende, at hun ganske enkelt lagde på. Hvis ikke hun allerede havde været bekymret, så var hun det i hvert fald nu.

Hun prøvede at få fat i Patrik for at spørge ham til råds eller i det mindste blive beroliget, men han svarede hverken på mobilen eller det direkte nummer. Så ringede hun til omstillingen, og Annika sagde, at han var på en opgave, og at hun ikke vidste, hvornår han var tilbage.

Erica blev ved at ringe hektisk. Den murrende følelse ville ikke fortage sig. Først da hun var lige ved at give op, blev der svaret på Annas mobiltelefon.

"Hallo?" En barnestemme. Det måtte være Emma, tænkte Erica.

"Hej, søde ven, det er moster. Hvor er I henne?"

"I Stockholm," læspede Emma. "Er babyen kommet ud?"

Erica smilede. "Nej, det er den ikke. Emma, må jeg tale med mor?"

Emma ignorerede spørgsmålet. Når hun nu endelig havde fået fingre i mors telefon og endda selv havde taget den, var det ikke noget, hun gav fra sig lige med det første.

"Ved du hvad?" sagde Emma.

"Nej, det ved jeg ikke," sagde Erica, "men hør nu, min søde, jeg ville rigtig gerne snakke med mor nu." Tålmodigheden var ved at slippe op.

"Ved du hvad?" gentog Emma stædigt.

"Nej, hvad?" sukkede Erica træt.

"Vi er flyttet!"

"Ja, det ved jeg, det er jo et stykke tid siden."

"Nej, i dag!" triumferede Emma.

"I dag?" sagde Erica.

"Ja, vi er flyttet hjem til far igen," meddelte Emma.

Værelset begyndte at dreje rundt. Før hun nåede at sige noget, lød det:

"Hej, hej, nu skal jeg lege." Så lagde hun på.

Med en knugen i brystet lagde Erica røret på igen.

Patrik bankede bestemt på Västergårdens dør.

Marita åbnede.

"Hej, Marita. Vi har ordre om husundersøgelse."

"Men I har jo allerede været her?" sagde hun og så forvirret ud.

"Der er kommet nye oplysninger frem. Jeg har nogle folk med, men jeg har bedt dem holde sig lidt væk, til du har taget børnene med dig. Der er ingen grund til, at de skal se alle de politifolk og blive bange."

Hun nikkede stumt. Hun havde været så ude af sig selv over Jacob, at hun ikke havde energi til at protestere. Hun vendte sig om for at hente børnene, da Patrik afbrød hende med et nyt spørgsmål:

"Er der andre bygninger på ejendommen end dem, man kan se lige her?"

Hun rystede på hovedet. "Nej, der er kun huset, laden, redskabsskuret og legehuset. Det er alt."

Patrik nikkede og lod hende gå.

Et kvarter senere var huset tomt. De kunne begynde at lede. Patrik gav nogle korte instrukser i stuen.

"Vi har været her før uden at finde noget, men denne gang skal vi gøre det grundigere. Led overalt, og med det mener jeg virkelig overalt. Hvis I har brug for at bryde gulvplanker eller vægge ned, så gør det. Hvis der er brug for at brække et møbel op, så gør det. Forstået?"

Alle nikkede. Stemningen var skæbnetung, men fuld af energi. Patrik havde kort gennemgået sagens udvikling, før de gik ind. Nu var der intet, de hellere ville, end at komme i gang.

Efter en times frugtesløst arbejde lignede huset et katastrofeområde, alt var revet op og hevet frem. Men der var ikke noget, der bragte dem videre. Patrik hjalp til i stuen, da Gösta og Ernst trådte ind og så hele sceneriet med store øjne.

"Hvad fanden laver I egentlig?" spurgte Ernst.

Patrik overhørte ham. "Gik det godt med Kennedy?"

"Jo, han indrømmede blankt og sidder bag tremmer nu. Skide snotunge."

Patrik nikkede bare stresset.

"Hvad er der så sket nu? Det er, som om vi er de eneste, der ikke ved noget. Annika ville ikke sige noget, hun sagde bare, vi skulle tage til Västergården, så ville du give os besked."

"Jeg har ikke tid til at ridse det op for jer nu," sagde Patrik utålmodigt. "Jeg kan bare sige, at alt peger mod, at det er Jacob, der har Jenny Möller, og vi skal finde noget, der kan vise hvor."

"Men så var det altså ikke ham, der myrdede tyskeren," sagde Gösta. "For det viste blodprøven jo ..." Han så desorienteret ud.

Med stigende irritation svarede Patrik: "Jo, det var sandsynligvis ham, der myrdede Tanja."

"Men hvem myrdede så de andre piger? Dengang var han jo for lille til ..."

"Nej, det var ikke ham. Men alt det må vi snakke om senere. Hjælp nu til i stedet!"

"Hvad skal vi da lede efter?" spurgte Ernst.

"Kendelsen ligger ude på køkkenbordet. Dér kan I se en beskrivelse af, hvad vi er ude efter." Så vendte Patrik ryggen til og fortsatte med undersøgelsen af bogreolen.

Der gik endnu en time, uden at de fandt noget af interesse, og Patrik følte langsomt modet svigte. Tænk, hvis de ikke fandt noget. Han var gået videre fra stuen og ind i arbejdsværelset uden resultat. Nu stillede han sig med hænderne i siden, tvang sig selv til at tage nogle dybe vejrtrækninger og lade blikket glide over rummet. Det var et lille, men ordentligt kontor. Hylder med samlemapper og ringbind, systematisk mærkede med etiketter. Der lå ingen papirer løst på den gamle sekretær, alt lå i orden i skufferne. Patrik lod eftertænksomt blikket vandre tilbage til sekretæren. Han havde en rynke i panden. En gammel sekretær ... Da han ikke var gået glip af en eneste af tv-udsendelserne "Hvad er det værd?", gik tankerne naturligt til hemmelige rum, når han så på det gamle møbel. At han ikke havde tænkt på det før. Han begyndte med den øverste del, der havde masser af små skuffer. Han trak dem ud, en efter en, og famlede forsigtigt i det hulrum, der opstod bagved. Da han kom til sidste skuffe, mærkede han triumferende noget. En lille metalting, der stak op, og som gav efter, når han trykkede på den. Med et plop gav hulrummets væg efter, og et skjult rum blev synligt. Hjertet slog hurtigere. Han så, at der lå en gammel notesbog i sort læderindbinding derinde. Han trak et par plastichandsker op af lommen, tog dem på og løftede forsigtigt bogen ud. Mere og mere forfærdet læste han indholdet. Nu hastede det med at finde Jenny.

Han huskede et bestemt papir, han havde set ved gennemgangen af skufferne. Han trak den rigtige skuffe ud og fandt det efter lidt bladren. Et logo fra landstinget i det ene hjørne viste, hvem afsenderen var. Patrik skimmede de få linier igennem og læste det nederste navn. Så tog han mobilen og ringede til stationen.

"Annika, det er Patrik. Jeg vil bede dig finde ud af noget for mig."

Han forklarede det kort. "Den, du skal tale med, er doktor Zoltan Czaba. På kræftafdelingen, ja. Ring tilbage, så snart du ved noget."

Dagene havde strakt sig uendeligt foran dem. Flere gange om dagen havde de ringet til politistationen i håb om noget nyt, men det var forgæves. Da Jennys ansigt var kommet på løbesedlerne, var deres mobiltelefoner begyndt at ringe ustandseligt. Venner, slægtninge og bekendte. Alle var forfærdede, men forsøgte på trods af deres egen nervøsitet at indgyde Bo og Kerstin håb. Flere havde tilbudt at komme til Grebbestad for at være sammen med dem, men de havde venligt, men bestemt afslået. Så ville de først for alvor tro, at der var noget galt. Hvis de bare ventede i campingvognen, over for hinanden ved det lille bord, ville Jenny før eller siden komme ind ad døren, og alt ville blive som før.

Så dér sad de, dag efter dag, lukket inde med deres egen angst. Denne dag havde om muligt været endnu værre end de andre. Hele natten havde Kerstin haft urolige drømme. Svedig havde hun kastet sig frem og tilbage i søvne, mens uklare billeder flimrede bag hendes øjenlåg. Hun så Jenny flere gange. Mest som lille. Hjemme på plænen foran huset. Ved en badestrand, på en campingplads. Men de billeder blev hele tiden afløst af mørke, mærkelige billeder, som hun ikke kunne tyde. Der var koldt og mørkt, og i udkanten rugede noget, som hun ikke kunne få hold på, selvom hun i drømmen rakte ud efter skyggen gang på gang.

Da hun vågnede om morgenen, følte hun sig pludselig fortabt. Mens timerne gik, og temperaturen steg i den lille campingvogn, sad hun stille foran Bo og forsøgte desperat at fremkalde fornemmelsen af Jenny i sine arme. Men ligesom i drømmen var det, som om det lå lige uden for hendes rækkevidde. Hun kunne huske følelsen, der havde været så stærk i al den tid, Jenny havde været væk, men hun kunne ikke mærke den længere. Erkendelsen krøb langsomt ind på hende. Hun hævede blikket fra bordet og så på sin mand. Så sagde hun:

"Nu er hun væk."

Han spurgte ikke. Så snart det var sagt, mærkede han, at det var sandt.

Sommeren 2003

Dagene gled over i hinanden som i en tåge. Hun var forpint på en måde, hun ikke havde troet mulig, og nu forbandede hun sig selv langt væk. Hvis bare hun ikke havde været så dum at tomle, så var det aldrig sket. Mor og far havde så tit sagt, at man ikke skulle stige ind i en fremmeds bil, men hun havde følt sig usårlig.

Det føltes så længe siden nu. Jenny prøvede at fremmane følelsen igen for at dvæle lidt ved den. Følelsen af, at ingenting i verden bed på hende, at noget forfærdeligt kunne ramme andre mennesker, men ikke hende. Hvad der end skete, så kunne hun aldrig få den følelse tilbage igen.

Hun lå på siden og kradsede med en udstrakt hånd i jorden. Den ene arm var ubrugelig, og hun tvang sig selv til at bevæge den anden for at holde blodcirkulationen i gang. Hun drømte om, at hun, ligesom en filmheltinde, kastede sig over ham og overmandede ham, når han kom ned til hende, efterlod ham bevidstløs på jorden og flygtede ud til et opbud af ventende, som havde ledt efter hende overalt. Det var en umulig, men vidunderlig drøm. Hun kunne jo ikke engang stå på sine ben længere.

Livet sivede langsomt ud af hende, og hun så for sig, hvordan det randt ned i jorden under hende og gav liv til organismerne dernede. Orme og larver, som grådigt tog for sig af hendes livsenergi.

Da de sidste kræfter forlod hende, tænkte hun på, at hun nu aldrig ville få lejlighed til at sige undskyld for, at hun havde været så umulig de sidste uger. Hun håbede, at de alligevel forstod.

HAN HAVDE SIDDET med hende i favnen hele natten. Hun var gradvist blevet koldere og koldere. Der var tæt mørke omkring dem. Han håbede, at hun havde fundet samme trøst og tryghed i mørket som han. Det var, som om et stort, sort tæppe omsluttede ham.

Han så børnene for sig i et glimt. Men billedet mindede ham alt for meget om virkeligheden, og han fejede det væk.

Johannes havde vist vejen. Han, Johannes og Ephraim. De var en treenighed, det havde han altid vidst. De delte en gave, som Gabriel aldrig havde haft andel i. Derfor ville han aldrig kunne forstå det. Han, Johannes og Ephraim. De var unikke. De stod Gud nærmere end alle andre. De var noget særligt. Det havde Johannes skrevet i sin bog.

Det var ikke tilfældigt, at han havde fundet Johannes' sorte notesbog. Et eller andet havde styret ham derhen, trukket ham som en magnet mod det, han kun kunne se som Johannes' arv til ham. Han var blevet bevæget af det offer, som Johannes var parat til at yde for at redde hans liv. Hvis der var nogen, der forstod, hvad Johannes havde villet, så var det ham. Ironisk, at det skulle vise sig at være forgæves. Det var farfar Ephraim, der kom til at redde ham. Det gjorde ham ondt, at det ikke var lykkedes for Johannes. Det var synd, at pigerne havde måttet dø. Men han havde mere tid end Johannes. Han ville ikke fejle. Han ville blive ved med at prøve, lige til han fandt nøglen til sit indre lys. Det, som farfar Ephraim havde fortalt, at han også havde i sig. Ligesom Johannes, hans far.

Han strøg beklagende langs pigens kolde arm. Det var ikke sådan, at han var uberørt af hendes død. Men hun var bare et almindeligt menneske, og Gud ville give hende en særlig plads, fordi hun havde ofret sig for ham, en af Guds egne udvalgte. Det slog ham pludselig: Måske var det sådan, at Gud forventede et vist antal ofre, før han lod Jacob finde nøglen. Sådan havde det måske også været for Johannes. Det var ikke et spørgsmål, om de havde fejlet, det var bare det, at deres herre forventede flere beviser for deres tro, før han viste vej.

Den tanke opmuntrede Jacob. Sådan måtte det være. Selv havde han altid troet mest på Det Gamle Testamentes Gud. Den Gud, der krævede blodofre.

Noget nagede dog hans samvittighed. Hvor tilgivende ville Gud være over for det, at han ikke havde kunnet modstå kødets lyster? Johannes havde været stærkere. Han var aldrig blevet fristet, og det beundrede Jacob ham for. Selv havde han følt den bløde, glatte hud mod sin, og noget dybt i ham var vågnet. Djævlen havde fået overtaget et kort øjeblik, og han havde givet efter. Men han havde angret sådan bagefter; det måtte Gud vel have set? Han, som jo så lige ind i hans hjerte, måtte kunne se, at hans anger var oprigtig og give ham syndernes forladelse.

Jacob vuggede pigen i sin favn. Han strøg en hårlok til side, der var faldet ned i ansigtet på hende. Hun var smuk. Allerede da han så hende stå ved vejen med opadvendt tommelfinger, vidste han, at hun var den rette. Den første havde været det tegn, han havde ventet på. Han havde fascineret læst Johannes' ord i bogen i årevis, og da pigen dukkede op ved hans dør og spurgte efter sin mor, samme dag som han selv havde fået dommen, så vidste han, at det var et tegn.

At han ikke havde fundet kraften ved hjælp af hende, slog ham ikke ud. Det havde Johannes heller ikke kunnet med hendes mor. Det væsentlige var, at han med hende var slået ind på den vej, der var udstukket for ham. At følge i sin fars fodspor.

Når han lagde dem samme sted i Kongekløften, var det for at vise hele verden det. En meddelelse om, at han nu fortsatte, hvad Johannes havde indledt. Han troede ikke, at der var nogen, der ville forstå det, men det var nok, at Gud forstod og fandt det godt.

Hvis han havde behov for et endeligt bevis, så fik han det i går. Han havde vidst, helt sikkert, da de begyndte at tale om blodprøveresultatet, at han ville blive spærret inde som en forbryder. Han havde ikke tænkt på, at djævlen fik ham til at efterlade spor på kroppen.

Men han grinede djævlen lige op i hans åbne ansigt. For til hans store forundring fortalte politiet ham i stedet, at prøven frikendte ham. Det var det endegyldige bevis for, at han var på rette vej, og at han ikke skulle lade sig stoppe. Han var speciel. Han var beskyttet. Han var velsignet.

Han strøg langsomt pigen over håret igen. Han ville være nødt til at finde en ny.

Det tog ikke Annika mere end ti minutter, så ringede hun tilbage.

"Det var, som du antog. Jacob har kræft igen. Men denne gang er det ikke leukæmi, det er en stor tumor i hjernen. Han har fået den besked, at de ikke kan stille noget op, det er alt for fremskredent."

"Hvornår fik han det at vide?"

Annika så i de notater, hun havde nedfældet i blokken. "Den dag Tanja forsvandt."

Patrik satte sig tungt i sofaen i stuen. Han vidste det, men havde alligevel svært ved at tro det. Huset åndede sådan en fred og ro. Der var ikke skyggen af den ondskab, som han sad med beviset for i sin hånd. Kun bedragerisk normalitet. Blomster i en vase, legetøj spredt i hele stuen, en bog, der var efterladt halvvejs læst på sofabordet. Ingen dødningehoveder, intet blodplettet tøj, ingen sorte, brændende lys.

Over ildstedet hang endda et billede af Jesus på vej til himmels efter genopstandelsen, med en glorie om hovedet og med opadskuende mennesker i bøn på jorden neden for ham.

Hvordan kunne man retfærdiggøre den ondeste af alle handlinger med et carte blanche fra Gud? Nej, det var måske ikke så mærkeligt. Millioner af mennesker var blevet myrdet i Guds navn gennem tiderne. Der var noget tillokkende ved den magt, som beruse-de og vildførte mennesket.

Patrik rev sig selv ud af sine teologiske spekulationer og opdagede, at alle politifolkene stod og ventede på yderligere instrukser. Han havde vist dem, hvad han havde fundet, og de kæmpede nu hver især med indre billeder af de faser, som Jenny måske gennemgik netop i dette øjeblik.

Problemet var, at de ikke anede, hvor hun befandt sig. Mens han ventede på, at Annika skulle ringe tilbage, havde de ledt huset igennem endnu mere desperat, og selv havde han ringet til herregården og spurgt Marita, Gabriel og Laine, om de kunne forestille sig nogen som helst steder, han kunne opholde sig. Han havde rask affejet alle deres spørgsmål. Det var der ikke tid til nu.

Han rodede op i håret, som i forvejen strittede. "Hvor fanden kan han være? Vi kan jo ikke så godt lede hele egnen igennem centimeter for centimeter. Og han kan lige så godt have hende i nærheden af gården i Bullaren i stedet for eller et sted midt imellem her og dér. Hvad fanden gør vi?" sagde han frustreret.

Martin følte sig mindst lige så magtesløs og sagde ingenting. Patrik mente det heller ikke som et spørgsmål. Så faldt det ham ind:

"Det må være her i nærheden af Västergården. Tænk på sporet efter gødningen. Jeg gætter på, at Jacob har brugt det samme sted som Johannes, og så vil det være logisk, at det er her i nærheden."

"Du har ret, men både Marita og hendes svigerforældre siger, at der ikke er flere bygninger på ejendommen. Det kan også lige så godt være en grotte eller sådan noget, men er du klar over, hvor store familien Hults jorder er? Det er som at lede efter en nål i en høstak!"

"Jamen, så Solveig og hendes drenge? Har du spurgt dem? De boede her jo før, og de kender måske et sted, som Marita ikke kender til?"

"Det var en rigtig god idé. Hænger der ikke en telefonliste ved telefonen i køkkenet? Linda har jo sin mobiltelefon på sig, så jeg kan måske få fat i dem på den måde."

Martin gik hen og tjekkede og kom tilbage med en seddel, hvor Lindas navn stod pænt skrevet. Patrik ventede utålmodig på, at der blev svaret. Efter hvad der føltes som en evighed, tog Linda den.

"Linda, det er Patrik Hedström. Jeg bliver nødt til at tale med Solveig eller Robert."

"De er inde hos Johan. Han er vågnet op!" sagde Linda glædesstrålende. Med tungt hjerte tænkte Patrik, at den glæde var kort.

"Hent en af dem, det er vigtigt."

"Okay, hvem af dem skal det være?"

Han tænkte lidt. Hvem kendte sit område bedre end et barn? Det var et let valg. "Robert."

Han hørte hende lægge telefonen og gå ind for at hente ham. Man måtte sikkert ikke tage telefonen med ind på stuen, hvor den kunne forstyrre hospitalets udstyr, nåede Patrik at ræsonnere, før han fik Roberts dybe stemme i røret.

"Ja, det er Robert."

"Hej, det er Patrik Hedström. Jeg tænker på, om du kan hjælpe os med noget. Det er virkeligt vigtigt," skyndte han sig at tilføje.

"Ja, okay, med hvad?" spurgte Robert tøvende.

"Jeg spekulerer på, om du mon kender til andre bygninger omkring Västergården end dem, der ligger i tilknytning til huset? Eller – det behøver heller ikke være en bygning, men et godt gemmested, hvis du forstår, hvad jeg mener. Men det skal være ret stort. Med plads til mere end en enkelt person."

Han så for sig den række af spørgsmålstegn, der hobede sig op i Roberts hoved, men til Patriks lettelse satte han ikke spørgsmålstegn ved motivet til hans spørgsmål. Derimod svarede han lidt eftertænksomt:

"Det eneste, jeg i så fald kan komme på, er det gamle beskyttelsesrum. Det ligger et godt stykke oppe i skoven. Dér legede Johan og jeg, da vi var små."

"Og Jacob?" spurgte Patrik, "kendte han noget til det?"

"Ja, vi gjorde en gang den fejltagelse at vise ham det. Men så sladrede han til far, som straks kom og forbød os at være der. Han sagde, det var farligt. Så var det slut med morskaben. Jacob har altid været lidt for prægtig for sit eget bedste," sagde Robert surt ved tanken om barndommens skuffelser. Patrik tænkte, at prægtig måske ikke lige var det ord, man ville forbinde med Jacob fremover.

Han takkede hurtigt efter at have fået en god beskrivelse af vejen derhen, og lagde på.

"Jeg tror, jeg ved, hvor de er, Martin. Lad os samle alle ude på gårdspladsen."

Fem minutter senere stod alle otte politimænd udenfor i bagende sol. Fire fra Tanumshede og fire fra Uddevalla.

"Vi har grund til at tro, at Jacob Hult befinder sig et stykke oppe i skoven, i et gammelt beskyttelsesrum. Dér har han sikkert Jenny Möller, og vi kan ikke vide, om hun er død eller levende. Derfor må vi gå frem, som om hun lever, og håndtere situationen yderst varsomt. Vi gør det, at vi bevæger os forsigtigt frem til stedet og omringer det. I *stilhed*," sagde Patrik skarpt og lod blikket vandre rundt og dvæle lidt ekstra ved Ernst. "Vi har våbnene fremme, men der er ingen, der foretager sig noget uden min udtrykkelige ordre. Er det forstået?"

Alle nikkede alvorligt.

"Der er en ambulance på vej fra Uddevalla, men i stedet for at køre frem med blink på, holder den lige før indkørslen til Västergården. Lyde bliver båret langt i skoven, og vi er ikke interesserede i, at han hører noget. Så snart vi har situationen under kontrol, tilkalder vi ambulancefolkene."

"Skulle vi ikke hellere have dem med derhen?" spurgte en af kollegerne fra Uddevalla. "Det kan jo være, det haster, når vi finder hende."

Patrik nikkede. "Du har i og for sig ret, men vi har ikke tid til at vente på dem. Lige nu er det vigtigere, at vi finder frem til hende hurtigt, så kommer folkene forhåbentlig i tide til at hjælpe os. Okay, så bevæger vi os fremad."

Robert havde beskrevet, hvor de skulle gå op i skoven bag huset, for hundrede meter længere henne at støde på den sti, der førte til gemmestedet. Stien var omtrent usynlig, hvis man ikke vidste, at den var der, og Patrik var lige ved at overse den. De begav sig langsomt frem, og efter nogle kilometer syntes han, at han skimtede noget mellem bladene. Uden et ord vendte han sig og vinkede mændene bag sig frem. I størst mulig stilhed spredte de sig og omringede beskyttelsesrummet, men det lod sig ikke gøre helt at undgå raslen. Patrik skar en grimasse for hver lyd og kunne kun håbe, at de tykke vægge forhindrede lyden i at trænge igennem til Jacob.

Han trak pistolen og så ud ad øjenkrogen, at Martin gjorde det samme. De listede hen og følte forsigtigt på døren. Den var låst. Pokkers! Hvad skulle de nu gøre? De havde ikke medbragt redskaber til at brække døren op, og deres eneste mulighed var at opfordre Jacob til at komme frivilligt ud. Patrik bankede på med tilbageholdt åndedræt og flyttede sig så til side i en fart.

"Jacob. Vi ved, at du er derinde. Vi vil gerne bede dig komme ud."

Intet svar. Han prøvede igen.

"Jacob, jeg ved, at det ikke var din hensigt at gøre pigerne fortræd. Du gjorde bare som Johannes. Kom ud og lad os snakke om det."

Han kunne godt selv høre, hvor svagt det lød. Han burde nok have taget et kursus i håndtering af gidsler eller i det mindste haft en psykolog med sig i denne situation. Men når han nu hverken havde det ene eller det andet, måtte han forlade sig på sin egen opfattelse af, hvordan man talte en psykopat ud af et beskyttelsesrum.

Til hans store overraskelse hørte han straks efter en lås klikke op. Døren blev langsomt åbnet. Martin og Patrik, der stod på hver sin side af døren, så på hinanden. De holdt begge deres pistol op foran ansigtet og spændte kroppens muskler. Jacob trådte ud gennem døren. Han bar Jenny i sin favn. Der var ingen tvivl om, at hun var død, og skuffelsen og sorgen stod malet i ansigtet på de politimænd, der nu stod fuldt synlige med våbnene rettet mod Jacob.

Jacob ignorerede dem. Han rettede blikket op og talte lige ud i luften.

"Jeg forstår det ikke. Jeg er jo udvalgt. Du skulle beskytte mig."

Han så lige så forvirret ud, som hvis der var vendt op og ned på verden. "Hvorfor reddede Du mig i går, hvis Du ikke finder mig værdig i dag?"

Patrik og Martin så på hinanden. Det lod til, at Jacob var helt væk. Det gjorde ham kun farligere. Man kunne ikke på nogen måde regne ud, hvad han kunne finde på. De beholdt pistolerne i stilling.

"Læg pigen ned," sagde Patrik.

Jacob holdt stadig blikket løftet mod himlen og talte med sin Gud.

"Jeg ved, at Du ville have givet mig gaven, men jeg har brug for mere tid. Hvorfor vender Du dig fra mig nu?"

"Læg pigen ned og ræk hænderne op!" sagde Patrik, nu skarpere end før. Jacob reagerede stadig ikke. Han holdt pigen i sine arme og så ikke ud til at bære nogen våben. Patrik spekulerede på, om han skulle overmande ham for at komme videre. I hvert fald var der ingen grund til at være bange for, at der skete pigen noget. Det var for sent.

Han nåede ikke andet end lige at tænke tanken, før en lang skikkelse kom flyvende fra venstre, skråt bag Patrik. Han blev så overrumplet, at fingeren rystede på aftrækkeren, og han nær havde skudt en kugle i enten Jacob eller Martin. Han så forfærdet Ernst kaste sig med hele sin vægt over Jacob, som faldt med et bump. Jenny røg ud af hans favn og landede lige foran ham med en væmmelig tung lyd, som en sæk mel, der smides mod jorden.

Ernst tvang med et triumferende udtryk Jacobs arme om på ryggen. Han gjorde ikke modstand, havde bare samme forbavsede udtryk i ansigtet.

"Sådan, ja," sagde Ernst og så op i forventning om folkets jubel. Alle stod som forstenede, og da Ernst så mørke skyer trække op over Patrik, forstod han, at han endnu en gang havde handlet overilet.

Patrik rystede stadig, efter at han havde været så tæt på at komme til at skyde Martin, og måtte tage sig sammen for ikke at samle hænderne om Ernsts tynde hals og kvæle ham langsomt. Det måtte vente. Nu var det vigtigst at tage sig af Jacob.

Gösta tog et par håndjern og gik hen og satte dem om Jacobs håndled. Sammen med Martin hjalp han hårdhændet Jacob på benene, hvorefter han så spørgende på Patrik, der vendte sig mod to af politifolkene fra Uddevalla.

"Tag ham tilbage til Västergården. Jeg kommer lige straks. Sørg for, at ambulancefolkene finder herhen og tager en båre med."

De begyndte at gå med Jacob, men Patrik standsede dem. "Vent lidt, jeg skal lige se ham i øjnene. Jeg vil se, hvordan en der kan gøre det her, ser ud i øjnene." Han nikkede mod Jennys livløse krop.

Jacob mødte hans blik med uforandret forvirring og uden anger. Han så på Patrik og sagde: "Er det ikke mærkeligt? At Gud lod et mirakel redde mig i går, men lader jer tage mig i dag?"

Patrik prøvede at finde tegn i hans blik på, om han mente det alvorligt, eller om det hele var et spil for at unddrage sig konsekvenserne af sine handlinger. Det blik, han mødte, var blankt som et spejl, og han fornemmede, at han så direkte ind i galskaben. Han sagde træt:

"Det var ikke Gud. Det var Ephraim. Du klarede frisag med blodprøven, fordi Ephraim donerede knoglemarv, da du var syg. Derfor fik du hans blod og hans dna i dit blod. Og så svarede din blodprøve ikke til den dna-prøve, vi tog fra de ... rester ... du efterlod på Tanja. Det forstod vi først, da eksperterne på laboratoriet kortlagde jeres indbyrdes relation, og dit blod viste, at du mærkeligt nok skulle være far til Johannes og Gabriel."

Jacob nikkede kun. Så sagde han mildt: "Men er det ikke også et mirakel på sin vis?" Så blev han ført ud gennem skoven.

Martin, Gösta og Patrik stod tilbage ved Jennys krop. Ernst var luntet væk sammen med betjentene fra Uddevalla og skulle nok sørge for at gøre sig usynlig i den nærmeste fremtid.

De ville alle tre ønske, at de havde haft en jakke at dække hende med. Hendes nøgenhed var så udleverende, så fornedrende. De så skaderne på hendes krop. Helt identiske med dem, som Tanja havde haft. Sandsynligvis også de samme, som Siv og Mona havde, da de døde.

Johannes havde, trods en vis impulsiv natur, været metodisk.

Hans notesbog viste, at han omhyggeligt havde nedtegnet de skader, han tilføjede sine ofre, for siden at prøve at hele dem. Han fremlagde det, som en videnskabsmand ville gøre det. Samme skader på begge piger, samme rækkefølge. Måske var det for at overbevise sig selv om, at det netop var et videnskabeligt eksperiment. Et eksperiment med ulyksalige, men nødvendige ofre. Nødvendige for at få Gud til at give ham den gave tilbage, som han havde haft som ung. Den gave, han havde savnet hele sit voksne liv, og som det blev så afgørende at genoplive, da hans førstefødte søn, Jacob, blev syg.

Det var en ulykkelig arv, Ephraim havde givet videre til sin søn og sit barnebarn. Jacobs fantasi var også blevet sat i bevægelse af Ephraims fortællinger om Gabriels og Johannes' evner i deres barndom. Når Ephraim for effektens skyld havde tilføjet, at han også så denne gave hos barnebarnet, skabte det tanker, der senere fik næring af den sygdom, han havde været ved at dø af. På et givet tidspunkt fandt han så Johannes' notesbøger og at dømme efter sidernes slidte stand, var han vendt tilbage til dem gang på gang. Det ulykkelige sammentræf, at Tanja skulle dukke op på Västergården og spørge efter sin mor, netop da Jacob havde fået sin dødsdom, havde det resultat, at de nu stod med endnu en død pige.

Da Jacob tabte hende, var hun faldet på siden, og det så næsten ud, som om hun krøb sammen i fosterstilling. Martin og Patrik så forbavset til, da Gösta knappede sin kortærmede skjorte op. Han fremviste en kridhvid, hårløs brystkasse, og uden et ord bredte han skjorten over Jenny i et forsøg på at dække mest muligt af hendes nøgenhed.

"Man skal ikke stå her og glo på pigebarnet, når hun ikke har en trævl på kroppen," gryntede han og lagde armene over kors i den rå fugt under træernes skygge.

Patrik satte sig på knæ og tog spontant hendes kolde hånd i sin. Hun døde ensom, men hun skulle ikke vente alene.

Et par dage senere havde den værste tumult lagt sig. Patrik sad foran Mellberg og ville bare have det overstået. Chefen havde ønsket en detaljeret gennemgang af sagen, og selvom Patrik vidste, at Mellberg skulle bruge det til i årevis fremover at fortælle skrøner om sin medvirken i sagen Hult, så rørte det ham ikke meget. Efter personligt at have overbragt Jennys forældre meddelelsen om datterens død havde han hverken øje for ære eller berømmelse i den forbindelse og overlod gerne Mellberg den del af sagen.

"Men jeg forstår stadig ikke det med blodet," sagde Mellberg.

Patrik sukkede og forklarede for tredje gang, nu endnu langsommere:

"Jacob fik en knoglemarvsdonation af sin farfar Ephraim, da han havde leukæmi. Det medførte, at det blod, der blev dannet i Jacob efter donationen, havde samme dna som donoren, det vil sige Ephraim. Jacob havde med andre ord to personers dna i sig. Sin farfars dna i blodet og sin egen i resten af kroppen. Det var derfor, vi fik Ephraims dna-profil frem ved analysen af Jacobs blodprøve. Men da det dna, som Jacob efterlod på sit offer, var sæd, så havde det hans oprindelige dna-profil. Og så stemte profilerne jo ikke overens. Ifølge laboratoriet er den statistiske sandsynlighed for, at sådan noget forekommer, så lille, at det er så godt som umuligt. Men altså kun så godt som ..."

Mellberg havde vist endelig forstået begrundelsen. Han rystede forundret på hovedet. "Det er sgu næsten science fiction. Ja, meget skal man høre, Hedström. Jeg må sige, vi gjorde det helvedes godt denne gang. Politichefen ringede mig personligt op i går og takkede for vores glimrende håndtering af denne sag, og jeg kunne kun give ham ret."

Patrik havde svært ved at se det glimrende i det hele, da det ikke var lykkedes at redde pigens liv, men han undlod at kommentere det. Nogle ting var bare, som de nu var, og der var ikke noget at gøre ved det.

De sidste dage havde været tunge at komme igennem. Næsten som en sorgproces. Han havde sovet lige så dårligt, plaget af billeder med udgangspunkt i skitser og tegninger fra Johannes' bog.

Erica havde kredset uroligt om ham, og han kunne mærke, at hun også lå og vendte og drejede sig ved siden af ham om natten. Men alligevel havde han ikke haft overskud til at række ud mod hende. Han var nødt til selv at komme igennem det her.

Ikke engang barnets bevægelser i maven kunne vække den tilfredse følelse, som de altid havde gjort. Det var, som om det pludselig var gået op for ham, hvor farlig verden var, og hvor onde eller vanvittige mennesker kunne være. Hvordan skulle han kunne beskytte et barn mod alt det? Følgen var, at han trak sig tilbage fra Erica og barnet. Tilbage fra risikoen for at opleve den smerte, han havde set i Bo og Kerstin Möllers ansigter, da han stod foran dem og med gråden i halsen meddelte, at Jenny desværre var død. Hvordan kunne mennesker overleve sådan en smerte?

I nattens mere dystre stunder havde han endda overvejet at flygte. Bare at tage sine ting og gå. Væk fra ansvar og forpligtelse. Væk fra den risiko, at kærligheden til barnet skulle blive til et våben mod ham selv. Han, der altid havde været pligtopfyldelsen selv, overvejede for alvor at tage den feje løsning for første gang i sit liv. Samtidig vidste han, at Erica behøvede hans opbakning mere end nogensinde. At Anna var flyttet tilbage til Lucas med børnene, gjorde hende fortvivlet. Det vidste han, og dog formåede han ikke at række ud efter hende.

Ordene blev ved at komme fra Mellbergs mund. "Ja, jeg kan ikke se, der skulle være noget i vejen for en større bevilling i det kommende budget, når man tænker på den goodwill, vi har fået ..."

Bla, bla, bla, tænkte Patrik. Meningsløse ord, der bare væltede ud. Penge og ære og større bevilling og ros fra de overordnede. Meningsløse parametre for succes. Han fik en pludselig trang til at tage sin kaffekop og langsomt hælde den varme kaffe ud over Mellbergs fuglerede. Bare for at lukke munden på ham.

"Og din indsats skal da bestemt bemærkes," sagde Mellberg. "Ja, jeg sagde faktisk til politichefen, at jeg har haft en fantastisk støtte i dig gennem hele efterforskningen. Men mind mig ikke om det, når vi skal have medarbejdersamtale," klukkede Mellberg og blinkede til Patrik. "Det eneste, der bekymrer mig, er forholdene omkring

Johannes Hults død. Har I stadig ingen idé om, hvem der kan have myrdet ham?"

Patrik rystede på hovedet. De havde talt med Jacob om det, men det virkede, som om han var oprigtigt uvidende om det. Mordet lå stadig i en bunke af henlagte sager, og dér lod den til at blive liggende.

"Ja, det ville være kronen på værket, hvis den del også lige kom til at passe. Det skader jo ikke at få en guldstjerne ved siden af 13-tallet, vel?" sagde Mellberg. Så lagde han igen ansigtet i alvorlige folder. "Jeg har selvfølgelig noteret mig kritikken af Ernsts optræden, men i betragtning af hans mange år i styrken synes jeg, vi skal vise os lidt large og slå en streg over den lille hændelse. Jeg mener, det hele endte jo trods alt godt."

Patrik huskede fornemmelsen af den rykkende finger, der nær havde udløst aftrækkeren med Martin og Jacob i skudlinien. Nu begyndte hans hånd med kaffekoppen at ryste. Som af en egen vilje begyndte den at hæve kaffekoppen og langsomt føre den op i retning mod Mellbergs dækkede isse. Den standsede midt i bevægelsen, da det bankede på døren. Det var Annika.

"Patrik, der er telefon."

"Kan du ikke se, at vi er optaget?" hvæsede Mellberg.

"Jeg tror faktisk godt, at han vil tage denne samtale," sagde hun og sendte Patrik et sigende blik.

Han så undrende på hende, men hun sagde ikke mere. Da de kom til hendes kontor, pegede hun på telefonrøret på skrivebordet og gik diskret ud på gangen.

"Hvorfor fanden har du ikke mobilen på dig!"

Han så på sin telefon, der hang i hylsteret om livet og opdagede, at den var helt død.

"Den er løbet tør for batteri. Hvorfor det?" Han forstod ikke, hvorfor Erica var så rasende over det. Hun kunne jo nå ham over omstillingen.

"Fordi det er gået i gang nu! Og du svarede ikke på din faste telefon og så heller ikke på mobilen og så ..."

Han afbrød hende forvirret. "Hvordan i gang? Hvad er det, der i gang?"

"Fødslen, din idiot. Veerne er begyndt, og vandet er gået! Du må hente mig, vi skal af sted nu!"

"Men, det er jo først om tre uger?" Han var stadig desorienteret.

"Det ved babyen åbenbart ikke, for den kommer nu!" Så lagde hun på.

Patrik stod som lammet med røret i hånden. Et fjollet smil begyndte at spille om hans læber. Hans barn var på vej. Hans og Ericas barn.

På rystende ben løb han ud til bilen og trak forfjamsket i døren et par gange. Nogen prikkede ham på skulderen. Bag ham stod Annika med et sæt dinglende bilnøgler i hånden.

"Det går hurtigere, hvis du låser op først."

Han hev nøglerne fra hende, vinkede hurtigt og trådte speederen i bund på vej mod Fjällbacka. Annika så på de sorte dækspor, han efterlod i asfalten og gik leende tilbage til sin plads i receptionen.

August 1979

Ephraim var bekymret. Gabriel blev stædigt ved med at påstå, at det var Johannes, han så med den forsvundne pige. Han havde svært ved at tro det, men samtidig vidste han, at Gabriel ville være den sidste til at lyve. For ham var sandhed, orden og redelighed vigtigere end hans egen bror, netop derfor havde Ephraim så svært ved at affeje det. Han blev ved at vende tilbage til den tanke, at Gabriel ganske enkelt måtte have set forkert. At han var blevet vildledt af skumringens lys eller af skyggedannelser eller sådan noget. Han vidste, det lød usandsynligt. Men han kendte også Johannes. Hans sorgløse, uansvarlige søn, som legede sig gennem livet. Han var vel ikke i stand til at tage livet af nogen?

Støttet af sin stok gik han fra herregården over til Västergården. Egentlig havde han ikke brug for stok, for hans kondition var – efter hans eget udsagn – som en tyveårigs, men han syntes, det så godt ud. Stok og hat gav ham en fremtræden, som var passende for en godsejer, så det brugte han ved enhver given lejlighed.

Det plagede ham, at Gabriel år for år lagde mere afstand imellem dem. Gabriel mente, at han favoriserede Johannes, og for at være helt ærlig: Det gjorde han også. Johannes var ganske enkelt så meget lettere at have med at gøre. Hans charme og åbenhed gjorde, at man kunne behandle ham med en mild overbærenhed, og det fik Ephra-

im til at føle sig som patriark i ordets egentlige forstand. Johannes var en, han kunne irettesætte strengt, en, der fik ham til at føle, at der var brug for ham, om ikke andet så for at holde sønnen nede på jorden med alle de kvindfolk, der rendte efter ham. Med Gabriel var det anderledes. Han så altid på ham med en foragt, der omvendt fik Ephraim til at behandle ham med en slags kølig overlegenhed. Han vidste godt, at det på mange måder var hans egen fejl. Mens Johannes hoppede af glæde, hver gang han holdt en ny gudstjeneste, hvor drengene kunne gøre nytte, havde Gabriel krympet sig og var visnet. Ephraim så det, og han tog ansvaret på sig, men han havde jo gjort det for deres eget bedste. Da Ragnhild døde, var der kun hans ord og hans charme at ty til for at få mad på bordet og tøj på kroppen. Ved et lykkeligt tilfælde viste han sig at være et sådant naturtalent, at det endte med, at den skøre enke Dybling testamenterede ham sin gård og formue. Gabriel skulle se lidt mere på resultatet, frem for altid at bebrejde ham sin "rædsomme" barndom. Sandheden var, at hvis ikke han havde fået den geniale idé at bruge drengene i sine gudstjenester, havde de ikke haft, hvad de havde i dag. Ingen kunne modstå de to små bedårende drenge, som ved Guds forsyn havde fået den gave at kunne helbrede de syge og forkrøblede. Sammen med den karisma og de talegaver, han selv besad, havde det gjort dem uovervindelige. Han vidste, at han stadig var en legendarisk prædikant inden for frikirkeverdenen, og det morede ham kosteligt. Han elskede også den kendsgerning, at han i folkemunde havde fået kæle- eller øgenavnet – hvordan man nu end så på det – "Prædikanten".

Det var dog kommet bag på ham, at Johannes reagerede med sådan en sorg på beskeden om, at han nu var vokset fra sin gave. For Ephraim havde det været en nem måde at stoppe bedraget på, og for Gabriel var det også kommet som en stor lettelse. Men Johannes havde sørget. Ephraim havde altid haft i sinde at fortælle dem, at det var et påfund fra hans side, og at de mennesker, de "helbredte," var helt raske mennesker, som havde fået lidt penge for at spille med i forestillingen. Men som årene gik, begyndte han at tvivle. Nogle gange virkede Johannes så skrøbelig. Derfor var Ephraim så bekymret over alt det med politiet og deres forhør af Johannes. Han var mere sart, end man skulle tro, og Ephraim var bange for, hvordan det påvirkede ham. Derfor begav han sig hen til Västergården for at snakke lidt med sin søn. Få en fornemmelse af, hvordan han klarede situationen.

Der kom et smil på Ephraims læber. Jacob var kommet hjem fra sygehuset en uge tidligere og tilbragte timevis oppe i hans værelse. Han elskede sit barnebarn. Han havde reddet hans liv, hvilket til evig tid forenede dem på en særlig måde. Men han var ikke så nem at narre, som de troede. Det var muligt, at Gabriel troede, at Jacob var hans søn, men han, Ephraim, havde nok set, hvad der foregik. Jacob måtte være Johannes' søn, det kunne han se i Johannes' blik. Ikke at det var noget, han gik op i. Men drengen var hans ét og alt på hans ældre dage. Selvfølgelig holdt han også af Robert og Johan, men de var stadig små. Det, han elskede hos Jacob, var hans kloge overvejelser, men især at han lyttede så ivrigt til Ephraims historier. Jacob elskede at høre historier om dengang, Gabriel og Johannes var små, og de rejste rundt med ham. "Helbrederhistorierne" kaldte han dem. "Farfar, fortæl en helbrederhistorie," sagde han altid, når han kom op på besøg, og Ephraim havde intet imod at genopleve den tid. For morsomt havde det været. Og det gjorde heller ingen skade at digte lidt videre på historierne. Han havde gjort det til en vane at afslutte fortællingerne med en dramatisk kunstpause for så at sætte en kroget pegefinger i brystet på Jacob og sige: "Og du, Jacob, har også gaven i dig. Et sted, dybt derinde, venter den på at blive lokket frem." Drengen plejede at sidde for hans fødder med store øjne og vidt åben mund, og Ephraim elskede at se hans fascination.

Han bankede på døren til huset. Intet svar. Alt var stille, og det lod heller ikke til, at Solveig og drengene var hjemme. Man kunne som regel høre drengene på flere kilometers afstand. Han hørte en lyd fra laden, så han gik derover. Johannes stod og lavede noget med mejetærskeren og bemærkede ikke Ephraim, før han stod bag ham. Det gav et sæt i ham.

"Her er travlt, ser jeg?"

"Jo, der er altid noget på gården."

"Jeg hørte, at du var inde hos politiet igen," sagde Ephraim, som havde for vane at gå lige til sagen.

"Ja," sagde Johannes kort.

"Hvad ville de denne gang?"

"Flere spørgsmål om Gabriels vidneudsagn selvfølgelig." Johannes var fuldt beskæftiget med mejetærskeren og så ikke op.

"Du ved, at Gabriel ikke sagde det for at skade dig."

"Det ved jeg. Han er, som han er. Men det gør ingen forskel."

"Sandt nok." Ephraim stod og vajede på hælene, lidt usikker på, hvordan han skulle gå videre.

"Dejligt at se Jacob på benene igen, ikke sandt?" sagde han, søgende efter et neutralt emne. Johannes lyste op i et smil.

"Det er pragtfuldt. Det er, som om han slet ikke har været syg." Han stillede sig foran sin far og så ham ind i øjnene. "Det er jeg dig evigt taknemmelig for, far."

Ephraim nikkede bare og strøg sig tilfreds over overskægget. Johannes fortsatte forsigtigt:

"Far, hvis ikke du havde kunnet redde Jacob. Tror du, at ..." Han tøvede, men fortsatte så beslutsomt som for ikke at fortryde. "Tror du så, at jeg havde kunnet finde gaven igen? Kunnet helbrede Jacob, mener jeg?"

Ephraim trådte overrasket tilbage. Det gik op for ham, at han havde fremelsket en større illusion, end det var meningen. Hans anger og skyld fik ham til at forsvare sig med optændt vrede, og han råbte hadefuldt mod Johannes:

"Så dum er du da ikke, knægt! Jeg troede, du før eller siden ville blive voksen nok til at forstå sandheden, uden at jeg skulle pensle den ud for dig! Der var ikke noget af alt det dér, der var alvor! Ingen af dem, som du og Gabriel 'helbredte'," han lavede citationstegn med fingrene, "var rigtigt syge. De var betalt for det. Af mig!" Han råbte ordene, og små spytpartikler fulgte med. I et sekund gik det op for ham, hvad han havde gjort. Al farve var forsvundet fra Johannes'

ansigt. Han vaklede som en fuld mand, og et kort øjeblik ventede Ephraim, at sønnen skulle falde om i et eller andet anfald. Så hviskede Johannes, knap hørligt:

"Så dræbte jeg pigerne til ingen nytte."

Al angst, al skyld, al anger eksploderede i Ephraim og trak ham ind i et mørkt hul, hvor erkendelsens smerte bare måtte ud. Hans knytnæve for ud og ramte Johannes' kæbe med fuld kraft. Han så i slow motion, hvordan Johannes med et forbavset udtryk faldt baglæns mod mejetærskerens metal. Den dumpe lyd blev hængende i laden, da Johannes' baghoved stødte mod den hårde overflade. Forfærdet så Ephraim på Johannes, som lå livløs på jorden. Han kastede sig ned på knæ og prøvede desperat at mærke efter pulsen. Der var ingenting. Han lagde øret mod sønnens mund og håbede at høre bare et svagt åndedrag. Stadig ingenting. Langsomt indså han, at Johannes var død. Faldet for sin egen fars hånd.

Hans første indskydelse var at løbe efter hjælp. Så blev overlevelsesinstinktet vakt. Og var der noget, Ephraim Hult var, så var det en overlever. Hvis han tilkaldte hjælp, så blev han nødt til at forklare, hvorfor han slog Johannes, og det måtte for alt i verden ikke komme frem. Pigerne var døde, og det var Johannes også. På en slags bibelsk vis var retfærdigheden sket fyldest. Selv havde han intet ønske om at tilbringe sine sidste år i fængsel. Det ville være straf nok at leve resten af sine dage i vished om, at han havde dræbt Johannes. Han begyndte at forberede en måde at skjule sin forbrydelse på. Heldigvis havde han en del gamle tjenester til gode.

EGENTLIG HAVDE HAN det ret godt. Lægerne havde givet ham et halvt år til i bedste fald, og de måneder fik han i det mindste lov at tilbringe i fred og ro. Han savnede selvfølgelig Marita og børnene, men de kom på besøg hver uge, og mellem besøgene bad han. Han havde allerede tilgivet Gud, at han havde forladt ham i hans sidste stund. Også Jesus havde stået i Getsemane have og råbt mod himlen med spørgsmålet til sin far om, hvorfor han havde forladt ham, aftenen før Gud ofrede sin eneste søn. Hvis Jesus kunne tilgive, så kunne Jacob også.

Hospitalets have var det sted, han tilbragte det meste af sin tid. Han vidste, at de andre fanger undgik ham. De var alle dømt for noget, de fleste for mord, men af en eller anden grund mente de andre, at han var farlig. De forstod ingenting. Han havde ikke myrdet pigerne for sin egen fornøjelses skyld. Han gjorde det, fordi det var hans pligt. Ephraim havde forklaret, at han var speciel, ligesom Johannes. En udvalgt. Det var hans pligt at forvalte den arv og ikke lade sig selv fortæres af en sygdom, der blev ved med at forsøge at gøre en ende på ham.

Og give op ville han ikke endnu. Kunne ikke. De sidste uger havde bragt ham til den erkendelse, at den måde, han og Johannes var gået til værks på, måske var den forkerte. De havde gjort praktiske forsøg på at få gaven tilbage, men måske var det ikke det, der var meningen. Måske skulle de i stedet have søgt indad. Stilheden og bønnen på dette sted havde hjulpet ham til at fokusere. Han var gradvist blevet bedre til at komme i den meditative tilstand, hvor han følte sig nærmere Guds oprindelige plan. Han kunne mærke, hvordan energien begyndte at fylde ham op. I de tilfælde dirrede alt i ham af forventning. Det ville ikke vare længe, før han kunne høste frugten af sin nye erkendelse. Så meget desto mere beklagede han, at der undervejs var liv, der var spildt, men der foregik en krig mellem ondt og godt, og i det perspektiv havde pigerne været nødvendige ofre.

Han sad på parkbænken og blev varm af eftermiddagssolen. Dagens bøn havde været særlig styrkende, og han følte, at han strålede om kap med solen. Da han så på sin hånd, opdagede han, at den var omgivet af en tynd stribe lys. Jacob smilede. Det var begyndt.

Han fik øje på en due ved siden af bænken. Den lå på siden, og naturen var allerede i færd med at tage den tilbage og forvandle den til muld. Stiv og snavset lå den med øjne, der havde fået dødens hvide hinde. Han lænede sig interesseret frem og studerede den. Det var et tegn.

Jacob rejste sig fra bænken og satte sig på hug ved siden af duen. Han betragtede den ømt. Nu glødede hans hånd, som om der brændte en ild indefra. Han førte sitrende sin højre hånds pegefinger mod duen og lod den hvile let mod den forpjuskede fjerdragt. Der skete ingenting. Skuffelsen truede med at overvælde ham, men han tvang sig selv til mentalt at forblive dér, hvor bønnerne plejede at bringe ham hen. Lidt efter gav det et sæt i duen, fulgt af en let rysten i et af dens stive ben. Så skete det lige pludselig. Glansen vendte tilbage til fjerene, øjnenes hvide hinde forsvandt, den kom på benene og med et kraftigt vingeslag begav den sig mod himlen. Jacob smilede tilfreds.

Ved et vindue, der vendte mod haven, stod doktor Stig Holbrand og betragtede Jacob sammen med Fredrik Nydin, en reservelæge, som var i praktik på retspsykiatrisk afdeling.

"Det er Jacob Hult. Han er et lidt specielt tilfælde her. Han torterede to piger for at forsøge at helbrede dem. De døde af mishandlingen, og han er dømt for mord. Men han klarede sig ikke igennem den retspsykiatriske undersøgelse og har desuden også en hjernetumor, som ikke kan behandles."

"Hvor lang tid har han igen?" spurgte reservelægen. Han kunne godt se det tragiske i sagen, men kunne samtidig ikke lade være at synes, at det var ualmindeligt spændende.

"Omkring seks måneder. Han mener selv, at han vil blive helbredt og tilbringer det meste af dagen med meditation. Vi lader ham være. Han gør jo ikke andre fortræd."

"Men hvad er det, han laver?"

"Ja, dermed ikke være sagt, at han ikke tér sig lidt underligt nogle gange." Doktor Holbrand så med sammenknebne øjne ud ad vinduet og skyggede med hånden over øjnene for bedre at kunne se. "Jeg tror, han står og smider en due op i luften. Nå, men den stakkel var i det mindste allerede død," sagde han tørt.

De gik videre til næste patient.

Tak

Først og fremmest vil jeg endnu en gang takke min mand Micke, som vanen tro har sat mit skriveri frem for alt andet og samtidig er min største støtte. Uden dig havde det ikke været muligt at tage sig af både et barn og forfatterskab.

Også stor tak til min agent Mikael Nordin, samt Bengt og Jenny Nordin på Bengt Nordin Agency, som ufortrødent arbejder på at få mine bøger ud til et bredt publikum.

Betjentene på Tanumshede Politistation og deres chef, Folke Åsberg, fortjener at blive nævnt, da de ikke alene har givet sig tid til at læse materialet og bidrage med kommentarer, men også har taget det i stiv arm, at jeg har placeret et par særdeles inkompetente betjente på deres arbejdsplads. I dette tilfælde er der ingen lighed mellem virkelighed og fantasi!

En uvurderlig hjælp under arbejdet med denne bog har jeg desuden haft i redaktør og forlægger Karin Linge Nordh, som med større omhyggelighed end jeg nogensinde selv har udvist, har gennemgået manuskriptet og delt ud af sine værdifulde synspunkter. Det er også hende, der har lært mig det væsentlige udtryk "when in doubt – delete". I det hele taget er jeg blevet godt modtaget på mit nye forlag, Forum.

Ligesom under arbejdet med den foregående bog har jeg haft stor støtte af Gunilla Sandin og Ingrid Kampås. Villige læsere og kommentatorer til manuskriptet har desuden været Martin og Hel Persson, svigermor Gunnel Läckberg og Åsa Bohman.

Endelig retter jeg en særlig tak til Berith og Anders Torevi, som ikke bare engageret har markedsført *Isprinsessen,* men også givet sig tid til at læse og kommentere *Prædikanten.*

Samtlige personer og begivenheder er opdigtede. Fjällbacka og omegn ligner dog sig selv, selvom jeg, hvad angår enkelte steder, har taget mig visse friheder.

Enskede, 11. februar 2004
Camilla Läckberg-Eriksson
www.camillalackberg.com

Udkommer marts 2007

Uddrag

HUMMERFISKERIET VAR IKKE længere som før i tiden. Dengang var det hårdtarbejdende erhvervsfiskere, der jagtede de sorte krebsedyr. Nu var det sommergæsterne, der en uge om året fiskede hummere udelukkende for fornøjelsens skyld. De holdt sig heller ikke til reglerne, og han havde da også set lidt af hvert i årenes løb. Børster, som diskret blev hevet frem for at fjerne hunnernes synlige rogn og dermed få hummerne til at se lovlige ud, tømning af andres tejner og sågar dykkere, som hoppede i vandet og med hænderne snuppede hummerne fra andres tejner. Indimellem spekulerede han på, hvad det skulle ende med, og om hummerfiskerne ikke længere havde nogen skam i livet. Ved et enkelt tilfælde havde der i det mindste ligget en flaske cognac i den tejne, han trak op, i stedet for det ukendte antal hummere, der var forsvundet. Denne tyv havde trods alt haft en vis anstændighed, eller i det mindste humoristisk sans.

Frans Bengtsson sukkede dybt, mens han stod og trak sine tejner op, men blev lidt mildere stemt, da han så, at der allerede i den første lå to flotte hummere. Han havde næse for, hvor de holdt til, og havde også sine egne særlige, hemmelige steder, hvor der var sikker fangst år efter år.

Tre timer senere havde han trukket en anselig mængde af de kostbare dyr om bord. Personlig forstod han ikke helt, hvorfor folk ville betale så tårnhøje priser for dem. Ikke at de på nogen måde var ulække, men hvis han kunne vælge, foretrak han sild til middag. De smagte bedre og var også billigere, men indtægten fra hummerfiskeriet var et mere end kærkomment tilskud til pensionen på denne tid af året.

Den sidste tejne var ualmindelig genstridig, og han støttede foden mod rælingen for ikke at miste balancen, da han prøvede at vriste den løs. Han mærkede, hvordan tejnen langsomt gav sig, og han bad til, at den ikke var blevet beskadiget. Han kiggede ud over rælingen på sin gamle jolle for at se, i hvilken forfatning den kom op. Men det var ikke tejnen, som kom først. En hvid hånd gennembrød den urolige vandflade, og et øjeblik så det ud, som om den pegede på himlen.

Hans første indskydelse var at slippe det reb, han holdt i, og lade hvad det end var, der gemte sig under vandet, forsvinde tilbage i dybet sammen med hummertejnen. Men derefter fik erfaringen overtaget, og han begyndte atter at trække i rebet, der var bundet fast til tejnen. Hans krop havde stadig sin styrke i behold, og den var der brug for. Han måtte lægge alle kræfter i for at bakse sit makabre fund op over rælingen. Først da den blege, livløse og våde krop med et bump faldt ned på dørken, mistede han fatningen. Det var et barn, han havde trukket op af vandet. En pige med langt hår, der klæbede til ansigtet, og læber lige så blå som øjnene, der nu stirrede blindt op i luften.

Frans Bengtsson lænede sig ud over rælingen og kastede op.

Patrik var mere træt, end han troede var muligt. Alle illusioner om, at spædbørn sov meget, var godt og grundigt gennemhullet de sidste to måneder. Han trak hænderne gennem sit korte brune hår, hvad der dog kun fik det til at se endnu mere uglet ud. Og hvis han var træt, kunne han ikke engang forestille sig, hvordan Erica måtte have det. Han slap da i det mindste for at amme adskillige gange hver nat. Desuden var han temmelig bekymret for hende. Han mindedes ikke at have set hende smile, siden de kom hjem fra fødeafdelingen, og hun havde mørke rande under øjnene. Når han så fortvivlelsen i Ericas øjne om morgenen, var det svært at gå fra hende og Maja, men samtidig måtte han nødtvungent tilstå, at han følte en stor lettelse over at kunne slippe af sted til sin velkendte voksenverden. Han elskede Maja over alt på jorden, men at have et barn i huset var som at træde ind i en fremmed, ukendt og stresset verden, hvor nye farer hele tiden lurede bag hjørnet. Hvorfor sover hun ikke? Hvorfor skriger hun? Er hun for varm? For kold? Har hun ikke fået noget underligt udslæt? Voksne ballademagere var i det mindste noget velkendt, som han vidste, hvordan han skulle håndtere.

Han stirrede tomt på papirerne foran sig og gjorde et forsøg på at fjerne så meget spindelvæv fra hjernen, at han kunne arbejde videre. Telefonens kimen fik ham til at hoppe i stolen, og den nåede at ringe tre gange, før han fik taget sig sammen til at tage den.

"Patrik Hedström."

Ti minutter senere greb han sin jakke, der hang på en knage ved døren, løb over til Martin Molins kontor og sagde:

"Martin, en gammel fisker, der var ude at røgte hummertejner, har trukket et lig op."

"Hvorhenne?" Martin så forvirret ud. Den dramatiske oplysning brød den sædvanlige mandagsstilhed på Tanumshede Politistation.

"Uden for Fjällbacka. Han har lagt til ved kajen ved Ingrid Bergmans Torv. Vi må derhen med det samme. Ambulancen er på vej."

Martin behøvede ikke at få det fortalt to gange. Også han greb en jakke som værn mod det sure oktobervejr og fulgte med Patrik ud til bilen. Turen til Fjällbacka gik hurtigt, og Martin klamrede sig nervøst til håndtaget i loftet, når bilen strejfede kantstenen i de skarpe kurver.

"Er det en drukneulykke?" spurgte Martin.

"Hvor fanden skulle jeg vide det fra?" sagde Patrik, men fortrød straks sit gnavne tonefald. "Undskyld. For lidt søvn."

"Helt i orden," sagde Martin. I betragtning af, hvor udkørt Patrik havde set ud de seneste uger, undskyldte han ham hellere end gerne.

"Det eneste, vi ved, er, at hun blev fundet for en time siden, og at hun ifølge fiskeren ikke så ud til at have ligget ret længe i vandet, men det finder vi snart ud af," sagde Patrik, mens de kørte ned ad Galärbacken mod kajen, hvor en træjolle lå fortøjet.

"Hun?"

"Ja, det er en pige. Et barn."

"Føj for satan," sagde Martin og ønskede, han havde fulgt sin første indskydelse og var blevet hjemme i sengen hos Pia i stedet for at tage på arbejde.

De parkerede ved Café Bryggan og skyndte sig hen til båden. Utroligt nok var der endnu ingen, som havde bemærket, hvad der var sket, og de var ikke nødt til jage nysgerrige væk.

"Hun ligger i båden," sagde den gamle fisker, der gik dem i møde på kajen. "Jeg ville ikke røre pigebarnet mere end højst nødvendigt."

Patrik genkendte så udmærket det blege skær i den gamle mands ansigt. Han havde set det i sit eget, hver gang han havde været nødt til at kigge på en død krop.

"Hvor fik du hende op?" spurgte Patrik og udskød med sit spørgsmål konfrontationen med den døde yderligere nogle sekunder. Han havde ikke engang set hende endnu, men det begyndte allerede at vende sig ubehageligt i maven på ham.

"Ved Porsholmen. På sydsiden. Hun havde sat sig fast i rebet på den femte hummertejne, jeg trak op. I modsat fald var der sikkert gået en rum tid, før vi havde set noget til tøsen. Hvis strømmen havde ført hende til havs, havde vi måske aldrig fundet hende."

Det overraskede ikke Patrik, at fiskeren vidste, hvordan en menneskekrop reagerer, når den ligger i havet. Alle de gamle knarke var helt på det rene med, at et lig først synker til bunds, hvorefter det langsomt – efterhånden som det fyldes med forrådnelsesgasser – stiger op til overfladen, inden det til sidst og efter endnu et stykke tid atter forsvinder ned i dybet. Før i tiden havde druknedøden været en særdeles reel risiko for en fisker, og Frans havde helt sikkert været med til at søge efter ulyksalige kammerater.

Som for at bekræfte det sagde fiskeren: "Hun kan ikke have ligget der så længe. Hun var ikke begyndt at flyde endnu."

Patrik nikkede. "Ja, det sagde du jo, da du ringede. Jamen så lad os da kigge på hende."

Martin og Patrik gik meget langsomt hen mod enden af kajen, hvor båden lå. Først da de var nået næsten helt frem, havde de tilstrækkeligt udsyn over rælingen til at kunne skelne det, der lå på dørken. Pigen var havnet på maven, da den gamle trak hende op i båden, og det eneste, de kunne se, var noget filtret, vådt hår.

"Ambulancen kommer nu, så de kan vende hende."

Martin nikkede umærkeligt. Hans fregner og rødblonde hår virkede mere dybrøde i kontrast til hans hvide ansigt, og han måtte kæmpe for at holde kvalmen i skak.

Gråvejret og blæsten, der var taget kraftigt til, skabte en uhyggelig stemning. Patrik vinkede til ambulancefolkene, som uden hastværk trak en båre ud af bilen og begav sig hen mod dem.

"Drukneulykke?" Den ene af de to reddere nikkede spørgende i retning af båden.

"Ja, det kunne se sådan ud," svarede Patrik, "men det må obducenten afgøre. I kan i hvert fald ikke gøre andet for hende end at tage hende med."

"Ja, det hørte vi," sagde fyren. "Jamen så løfter vi hende op på båren."

Patrik nikkede. Han havde altid syntes, at det værste, man kunne komme ud for som betjent, var tilskadekomne eller døde børn, men efter at han havde fået Maja, var det ubehag, han tidligere havde følt, forstærket tusindfold. Nu skar det i hjertet på ham ved tanken om det, der lå foran dem. Så snart pigen var blevet identificeret, var det deres hårde opgave at videregive den meddelelse, der ville lægge hendes forældres tilværelse i grus.

Ambulancefolkene var hoppet ned i båden og forberedte sig på at løfte pigen op på kajen. Den ene af dem begyndte forsigtigt at vende hende om på ryggen. Det våde hår faldt ned på dørken som en vifte omkring hendes blege ansigt, og de glasagtige øjne syntes at betragte de fremstormende grå skyer.

Patrik havde først vendt sig væk, men nu kiggede han modstræbende ned på pigen. Derpå greb en kold hånd om hans hjerte.

"Åh nej, åh nej, for fanden i helvede."

Martin kiggede bestyrtet på ham. Så gik der et lys op for ham. "Ved du, hvem hun er?"

Patrik nikkede tavst.

Strömstad 1923

HUN VILLE ALDRIG have vovet at sige det højt, men sommetider tænkte hun, at det var heldigt, hendes mor døde i barselsseng. På denne måde havde hun fået sin far for sig selv, og efter hvad hun havde hørt om sin mor, ville hun ikke lige så let have kunnet sno hende om sin lillefinger. Hendes far, derimod, havde ikke hjerte til at nægte sin moderløse datter noget – en kendsgerning, som Agnes var yderst bevidst om og udnyttede til fulde. Visse velmenende slægtninge og venner havde prøvet at gøre hendes far opmærksom på det, men selvom han gjorde halvhjertede forsøg på at sige nej til sin højtelskede datter, så blev sagen før eller siden afgjort af hendes smukke ansigt med de store øjne, der så let som ingenting kunne fælde tunge tårer, der trillede ned ad kinderne. Når det var nået så vidt, plejede hans hjerte at være blødgjort, og hun fik som oftest sin vilje.

Som resultat heraf var hun nu i en alder af nitten år en ualmindelig forkælet pige, og mange af de kammerater, hun havde haft gennem årene, ville nok vove den påstand, at hun faktisk havde noget ondskabsfuldt i sit væsen. Det var for det meste piger, der turde påstå det. Drengene, havde Agnes opdaget, kiggede sjældent længere end til det smukke ansigt, de store øjne og det lange, tykke hår, som havde fået hendes far til at give hende alt, hun pegede på.

Villaen i Strömstad var en af de fornemste i byen. Den lå højt oppe på klippen med udsigt over vandet og var blevet betalt dels med hendes mors arvede formue, dels med de penge, hendes far havde tjent i sin stenbrudsvirksomhed. Engang – under strejken i 1914, hvor den fuldtallige styrke af stenhuggere forsøgte at tage kampen op mod de store selskaber – havde han været på nippet til at miste alt, men roen blev genoprettet, og efter krigen var virksomheden blomstret op på ny, og ikke mindst stenhuggeriet i Krokstrand uden for Strömstad arbejdede på højtryk med primært Frankrig som aftager.

Agnes interesserede sig ikke synderligt for, hvor pengene kom fra. Hun var født velhavende og havde altid levet i velstand, og om pengene var arvet eller tjent, var ligegyldigt, så længe hun kunne købe smykker og fint tøj for dem. Det var ikke alle, der så sådan på det, det vidste hun. Hendes mormor og morfar havde været rystede, da datteren giftede sig med Agnes' far. Hans penge var jo nye, og hans forældre havde været fattige mennesker og af den slags, som ikke passede ind ved finere selskaber, men som man måtte invitere til mere beskedne anledninger, hvor kun den nærmeste familie var til stede. Og endog disse sammenkomster var pinlige. De stakkels mennesker vidste jo ikke, hvordan man førte sig i de bedre kredse, og konversationen blev håbløst pauver. Morforældrene havde aldrig begrebet, hvad deres datter så i August Stjernkvist – eller Persson, som var det navn, han var født med. De lod sig ingenlunde narre af hans forsøg på ved en blot og bar navneforandring at klatre op ad samfundets rangstige. Men barnebarnet havde de i det mindste glæde af, og de konkurrerede med hendes far om at forkæle hende, efter at datteren gik bort i barselsseng.

"Jeg tager ned på kontoret, skat."

Agnes vendte sig om, da hendes far kom ind i stuen. Hun havde siddet og spillet lidt på det store klaver, der stod vendt mod vinduet, mest fordi hun var klar over, hvor godt hun tog sig ud der. Musikaliteten lod en del tilbage at ønske; trods de dyre klavertimer, hun havde fået, fra hun var lille, kunne hun kun med nød og næppe halte sig gennem noderne på stativet foran sig.

"Har du tænkt over den kjole, jeg viste dig forleden, far?" Hun kiggede bedende på ham og så, hvordan han som altid kæmpede en indre kamp mellem ønsket om at sige nej og sin manglende evne til at gøre det.

"Jamen lille skat, jeg købte jo lige en kjole til dig i Oslo ..."

"Men den var jo med for, far! Forventer du virkelig, at jeg skal have en foret kjole på til festen på lørdag i denne varme?"

Hun rynkede irriteret øjenbrynene og afventede hans reaktion. Hvis han mod forventning stillede sig på bagbenene, måtte hun begynde at bæve om læberne, og hvis dét ikke hjalp, ja, så plejede lidt tårer at rette op på det. Men i dag så han træt ud, og hun regnede ikke med, at mere var nødvendigt. Som altid fik hun ret.

"Jamen så tag ned til forretningen i morgen og bestil den. Men du giver din gamle far grå hår en dag." Han rystede på hovedet, men kunne ikke undertrykke et smil, da hun løb hen til ham og kyssede ham på kinden.

"Ja, ja, men sæt dig nu og øv dig på skalaerne. Det er jo ikke utænkeligt, at de vil bede dig spille lidt på lørdag, så du må hellere være velforberedt."

Tilfreds tog Agnes atter plads på klaverbænken og begyndte lydigt at øve sig. Hun kunne allerede se det for sig. Alles blikke ville hænge ved hende, som hun sad dér ved klaveret i stearinlysenes flakkende skær, iført sin nye røde kjole.

MIGRÆNEN BEGYNDTE ENDELIG at lette. Jernbåndet rundt om hendes pande slap gradvist grebet, og hun kunne forsigtigt åbne øjnene. Herligt. Charlotte vendte sig om i sengen og lukkede øjnene. Nød følelsen af, at smerten langsomt forsvandt og blev erstattet af en afslappet fornemmelse i lemmerne.

Efter at have hvilet lidt satte hun sig forsigtigt på sengekanten og masserede tindingerne. De var stadig lidt ømme efter migræneanfaldet, og hun vidste af erfaring, at det ville vare et par timer.

Albin sov formentlig til middag ovenpå, så hun kunne med god samvittighed vente lidt med at gå derop. Guderne skulle vide, at hun trængte til al den afkobling, hun kunne få. Det stadigt stigende stress de seneste måneder havde gjort migræneanfaldene hyppigere, og de sugede den sidste energi ud af hende.

Hun besluttede sig for at ringe til sin lidelsesfælle og høre, hvordan hun havde det. Skønt hun selv havde det elendigt for tiden, kunne hun ikke lade være med at bekymre sig over Ericas tilstand. De havde ikke kendt hinanden særlig længe, men var begyndt at snakke sammen, efter at de adskillige gange var rendt ind i hinanden, når de gik tur med barnevognene. Erica med Maja og Charlotte med sin otte måneder gamle søn Albin. Efter at have fundet ud af, at de kun boede et stenkast fra hinanden, havde de mødtes så godt som hver dag, men Charlotte var begyndt at blive mere og mere urolig for sin nye veninde. Hun havde ganske vist ikke kendt Erica, før denne blev mor, men hendes intuition sagde hende, at det ikke lignede veninden at være så apatisk og nedtrykt, som hun som oftest var nu. Charlotte havde endog forsigtigt bragt spørgsmålet om fødselsdepression op med Patrik, men han havde afvist det og sagt, at det blot skyldtes den nye situation, og at det ville ordne sig, når de først var kommet ind i rutinen.

Hun rakte ud efter telefonen på natbordet og tastede Ericas nummer.

"Hej, det er Charlotte."

Erica lød søvndrukken og afmålt, da hun svarede, og endnu en gang blev Charlotte grebet af uro. Der var noget, som ikke stemte. Slet ikke.

Lidt efter lød Erica dog lidt gladere. Også Charlotte syntes, det var skønt at snakke et par minutter og for et kort øjeblik udskyde det uundgåelige – at gå op ovenpå til den virkelighed, der ventede hende deroppe.

Det var, som om Erica fornemmede, hvad Charlotte tænkte på, da hun spurgte, hvordan det gik med boligsøgningen.

"Langsomt, alt for langsomt. Niclas er altid på arbejde, eller sådan virker det, og han har aldrig tid til at tage med rundt og kigge. Desuden er der ikke ret meget at vælge imellem for tiden, så vi bliver nok hængende her et stykke tid endnu." Hun udstødte et dybt suk.

"Det ordner sig nok alt sammen." Ericas stemme var trøstende, men desværre satte Charlotte ikke så megen lid til hendes forsikringer. Hun, Niclas og børnene havde allerede boet et halvt år hos hendes mor og Stig, og alt tydede på, at de kunne se frem til mindst et halvt år mere. Hun var ikke sikker på, hun kunne klare det. Det var jo ikke så svært for Niclas, der opholdt sig henne i lægehuset fra morgen til aften, men for Charlotte, der var spærret inde sammen med børnene, var det ulideligt.

I teorien havde det lydt så fint, da Niclas foreslog det. Der var blevet en stilling ledig som praktiserende læge i Fjällbacka, og efter fem år i Uddevalla havde de følt sig parat til at rykke teltpælene op. Desuden var Albin på vej – et resultat af deres sidste forsøg på at redde ægteskabet – så hvorfor ikke begynde på en frisk? Jo mere han havde talt for det, desto bedre havde det lydt. Og det dér med, at de let ville kunne finde en babysitter, når de fik to børn, lød også fristende. Det tog dog ikke Charlotte mere end nogle dage at komme i tanke om, hvorfor hun havde været så ivrig efter at flytte hjemmefra i sin tid. På den anden side var der faktisk visse ting, der havde ændret sig i den retning, de havde håbet, men det var ikke noget, hun kunne tale med Erica om, hvor gerne hun end ville. Det måtte forblive en hemmelighed, ellers kunne det ødelægge hele deres familie.

Ericas stemme afbrød hendes tanker. "Hvordan går det ellers med din kære mor? Driver hun dig til vanvid?"

"Det er ikke ordet. Jeg kan ikke gøre noget rigtigt. Jeg er for streng over for børnene, jeg er for slap over for børnene, jeg giver dem for lidt tøj på, jeg giver dem for meget tøj på, de får for lidt at spise, jeg overfodrer dem, jeg er for tyk, jeg er en sjuskedorte ... Hun bliver bare ved, og det hænger mig ud af halsen."

"Hvad med Niclas?"

"Jamen Niclas er åh så perfekt i min mors øjne. Hun kvidrer og vimser rundt om ham og har ondt af ham, fordi han har sådan en uduelig kone. Efter hendes mening kan han ikke gøre noget forkert."

"Men kan han ikke se, hvordan hun behandler dig?"

"Han er jo aldrig hjemme, og når han er her, virker han jo flink nok ... Ved du, hvad han sagde i går, da jeg tillod mig den frækhed at brokke mig? 'Jamen sødeste Charlotte, gider du ikke slappe lidt af?' Slappe lidt af? Hvis jeg slapper mere af, falder jeg død om! Jeg blev så rasende, at jeg ikke har sagt ét ord til ham lige siden, så nu sidder han garanteret i sin konsultation og har ondt af sig selv, fordi han har sådan en strid kone. Det er sgu da ikke så underligt, jeg har fået migræne igen."

En lyd oppefra fik Charlotte til modvilligt at komme på benene.

"Du, jeg bliver nok nødt til at gå op til Albin, inden min mor kører hele martyrhalløjet i stilling ... Men jeg kigger forbi i eftermiddag med noget godt til kaffen. Jeg har kun kværnet løs om mig selv og ikke spurgt, hvordan du har det, men jeg kommer senere, ikke?"

Hun lagde røret på og rettede i al hast på håret, før hun tog en dyb indånding og gik op ad trappen.

Det var ikke sådan, det skulle være. Det var overhovedet ikke sådan her, det skulle være. Hun havde pløjet sig gennem bjerge af bøger om at få børn og blive forælder, men intet af det, hun havde læst, havde forberedt hende på den virkelighed, der mødte hende. Tværtimod oplevede hun det, som om alt, hvad der blev skrevet, var en del af en stor sammensværgelse. Forfatterne skrev om lykkehormonerne, og hvordan man svævede på en lyserød sky, når man holdt sit lille barn i armene, og som noget helt indlysende følte en fuldstændigt overvældende kærlighed til den lille bylt ved første blik. Det blev ganske vist nu og da nævnt i en bisætning, at man sandsynligvis ville være mere træt, end man nogensinde havde været før, men selv dette var omgivet af en romantisk glorie og var tilsyneladende en del af den vidunderlige moderskabspakke.

Sikke en gang pis! var Ericas oprigtige mening efter to måneder som mor. Løgn, propaganda og rent og skært nonsens! Hun havde aldrig i hele sit liv følt sig så elendig, træt, vred, frustreret og afkræftet, som hun havde gjort efter Majas fødsel. Og hun havde ikke oplevet nogen altomfattende kærlighed, da den røde, skrigende og ja, faktisk grimme bylt blev lagt til hendes bryst. Selvom moderfølelserne ganske langsomt var begyndt at komme snigende, føltes det alligevel, som om en vildfremmed havde invaderet hendes og Patriks hjem, og sommetider fortrød hun næsten deres beslutning om at få børn. De havde jo haft det så godt sammen de to alene, men de havde været ramt af det meget menneskelige og egoistiske ønske om at reproducere deres egne fortræffelige gener, og dét havde med ét slag vendt op og ned på deres tilværelse og reduceret hende til en malkemaskine, der kørte på højtryk døgnet rundt.

Hvordan så lille et barn kunne være så glubsk, overgik hendes forstand. Hun hang uafbrudt ved Ericas mælkespændte barm, som desuden var eksploderet i størrelse, så det føltes, som om hun ikke var andet end to omvandrende kæmpebryster. Hendes fysik i al almindelighed var heller ikke noget at råbe hurra for. Da hun kom hjem fra fødeafdelingen, så hun stadig gravid ud, og kiloerne var ikke raslet af hende i det tempo, hun havde ønsket. Den eneste trøst var, at Patrik også havde taget på, mens hun var gravid, og åd som en tærsker, og nu havde selv han et par ekstra kilo omkring livet.

Gudskelov var smerterne nu næsten helt forsvundet, men hun følte sig konstant svedig, oppustet og generelt skidt tilpas. Hun havde ikke barberet ben i adskillige måneder og havde desperat brug for at blive klippet og måske få lavet nogle lyse striber for at fjerne leverpostejfarven i sit normalt blonde og skulderlange hår. Erica fik et drømmende blik, men så trængte virkeligheden sig på. Hvordan fanden skulle hun komme hjemmefra og få det gjort? Åh, hvor hun misundte Patrik, der i det mindste kunne opholde sig i den rigtige verden, de voksne menneskers verden, otte af døgnets timer. Selv omgikkes hun for det meste Ricki Lake og Oprah Winfrey, mens hun ligegyldigt zappede rundt med fjernbetjeningen, og Maja suttede og suttede.

Patrik forsikrede hende om, at han hellere ville være hjemme hos hende og Maja end gå på arbejde, men hun kunne se i hans øjne, at han i virkeligheden følte lettelse over at kunne flygte fra deres lille verden et stykke tid. Og hun forstod ham. Samtidig følte hun en voksende bitterhed. Hvorfor var hun nødt til at trække det tunge læs med noget, der var en følge af en fælles beslutning og burde have været et fælles projekt? Burde han ikke bære en lige så stor del af byrden som hun?

Så hver dag holdt hun omhyggeligt øje med det tidspunkt, han havde lovet at komme hjem. Hvis han var blot fem minutter forsinket, sydede hun af irritation, og hvis han kom endnu senere, stod han til en gedigen overhaling. Straks han var inden for døren, smed hun Maja i armene på ham, såfremt hjemkomsten ellers faldt sammen med en af de sjældne afbrydelser i amningen, hvorefter hun skyndte sig i seng med ørepropper for i en stakket stund at slippe for lyden af barnegråd.

Erica sukkede, mens hun sad med telefonen i hånden. Alting føltes så håbløst, men samtalerne med Charlotte var en kærkommen afbrydelse i tristessen. Som mor til to var hun en fast klippe at læne sig op ad og fuld af beroligende forsikringer. Med skam at melde var det også temmelig rart at høre om hendes genvordigheder i stedet for kun at fokusere på sine egne.

Der var selvfølgelig endnu en kilde til uro i hendes liv. Søsteren Anna. Hun havde kun talt med hende få gange siden Majas fødsel og havde på fornemmelsen, at noget ikke var, som det burde være. Anna lød afdæmpet og åndsfraværende, når de talte i telefon, men forsikrede, at alt var i den skønneste orden. Og Erica var så indhyllet i sine egne tåger, at hun ikke magtede at presse søsteren. Men der var noget galt, det var hun sikker på.